NICOLE BÖHM

GOLDEN HILL

Touches

ROMAN

1. Auflage 2022
Originalausgabe
© 2022 by MIRA Taschenbuch in der
Verlagsgruppe HarperCollins Deutschland GmbH, Hamburg
Gesetzt aus der Minion Pro
von GGP Media GmbH, Pößneck
Druck und Bindung von GGP Media GmbH, Pößneck
Printed in Germany
ISBN 978-3-7457-0297-2
www.harpercollins.de

Für Bashir.
Meinen besten, geduldigsten
und stillsten Lehrmeister

1.

Vor elf Jahren

Parker

Ich hasste alles hier. Das wurde mir in dem Moment klar, als ich aus dem Leihwagen stieg und die Vögel zwitschern hörte. Die Luft roch nach Sommer und einem Rest Regen, die Sonne schien von einem wolkenlosen Himmel, rund um mich herum gab es nur Natur, Berge, Wälder, einen Bach und die Golden Hill Ranch, an die ich mich nur noch vage erinnerte. Das letzte Mal war ich mit fünf Jahren hier gewesen.

»Es wird dir bestimmt gefallen«, sagte Mark und umrundete den Wagen, um an den Kofferraum zu gelangen. Er war der Fahrer von Dads Firma und arbeitete schon seit fünfzehn Jahren für ihn. Dad hatte darauf bestanden, dass Mark mich begleitete. Wir waren von Denver nach Bozeman geflogen und hatten uns dort ein Auto geliehen. Als wäre ich ein verdammtes Kind, das nicht in der Lage war, selbstständig eine Reise anzutreten.

Ich stöpselte meine Kopfhörer ein, stellte mir *Asylum* von Disturbed an und trank den letzten Schluck aus meiner Red-Bull-Dose.

»Deine Großeltern freuen sich sehr auf dich«, sagte Mark etwas lauter.

Ich rülpste, drehte die Musik stärker auf und warf die Dose weg. Sie landete in einer Pfütze am Wegesrand. Der Boden war noch feucht und schlammig, aber es war bereits so warm, dass vermutlich bald alles austrocknen würde. Ab jetzt wären meine einzigen Beschäftigungen Steine werfen, dem Gras beim Wachsen zusehen und früh aufstehen. Mir wurde schon übel, wenn ich nur daran dachte.

Mark sagte noch irgendetwas, aber ich verstand ihn nicht richtig, also nickte ich nur. Er schüttelte den Kopf, rollte mit den Augen und hob meine Dose wieder auf. Demonstrativ genervt warf er sie in den Kofferraum und reichte mir meinen Rucksack. Viel hatte ich nicht eingepackt, auch wenn ich für die nächsten elenden zwölf Wochen auf der Golden Hill Ranch bleiben musste. Zwölf verdammte Wochen! Ich würde hier vor Langeweile eingehen.

Mein Handy vibrierte. Bestimmt hatte Ajden mir eine Nachricht geschickt. Wir schrieben uns schon den ganzen Morgen.

Schon da?
fragte er.

Eben angekommen. Is' genauso bescheuert, wie ich gedacht hab.

Du schaffst es! Bin gedanklich bei dir. 👊

Bist du schon im Bus?

Nee, aber der kommt gleich.

Du bist so durchgeknallt, ey.

Ich weiß 😊.

Ajden und ich waren seit der dritten Klasse beste Freunde. Er hatte sich für diesen Sommer in den Kopf gesetzt, seinem Vater hinterherzureisen. Der arbeitete gerade in Mexiko, wo er sich um Flüchtlinge kümmerte. Ajdens Dad wusste nichts von seinem Besuch und war vermutlich auch nicht einverstanden, dass sein Sohn ihm in ein Krisengebiet folgte, aber das konnten sie unter sich ausmachen.

Ich hätte ihn vielleicht begleiten sollen, das wäre spannender gewesen, als in diesem Loch festzusitzen, aber Mom und Dad hatten darauf bestanden, dass ich diesen Sommer bei meinen Großeltern verbrachte.

»Da kannst du mal in Ruhe nachdenken«, hatte Dad mir gesagt, was übersetzt so viel hieß wie: »Wir wissen nicht, wie wir mit einem Siebzehnjährigen umgehen sollen, also schieben wir dich zu deinen Großeltern ab, damit die sich rumplagen können.«

Ich war selbst schuld. Im letzten Jahr hatte ich ziemlich viel Unsinn angestellt. Ich hatte die Schule geschwänzt, mir illegal Alkohol besorgt und meinen ersten Vollrausch erlebt. Außerdem hatte ich das erste Mal gekifft und war auch noch beim Ladendiebstahl erwischt worden.

»Unser Sohn teilt uns mit, dass ihn unsere Beziehungsprobleme belasten«, hatte Mom meinem Dad mein Verhalten erklärt. »Er muss zum Psychologen!«

»So ein Quatsch«, meinte mein Dad daraufhin. »Parker muss nur mal den Kopf freibekommen. Körperlich arbeiten, zu sich finden, und ich weiß genau, wo er das machen kann.«

Daraufhin entfachte ein weiterer Streit zwischen den beiden, was dazu führte, dass meine Schwester Sadie rumheulte und mich beschuldigte, ich würde die Familie zerstören. Die konnten mich alle mal kreuzweise! Während meine Schwester zu unseren anderen Großeltern nach L. A. geschickt worden war, musste ich in dieses Kaff. Wenn ich nur darüber nachdachte, wurde ich schon wütend.

Eine Hand wedelte vor meinem Gesicht herum, und ich blickte genervt auf. Mark stand vor mir und zeigte auf seine Ohren und dann auf meine, als Aufforderung, dass ich die Kopfhörer abnehmen sollte.

»Was is'?«, fragte ich.

»Kann ich noch irgendetwas für dich tun?«

»Mich woanders hinfahren.«

»Außer das.«

»Mir den Wagen dalassen, damit ich abhauen kann.« Ich hatte vor zwei Monaten meinen Führerschein gemacht, für irgendwas musste der ja gut sein.

»Ich formuliere meine Frage um: Kann ich etwas für dich tun, was nicht mit einer möglichen Flucht aus Boulder Creek zusammenhängt?«

Ich holte tief Luft und stieß sie mit einem Seufzen wieder aus. »Eher nicht.«

Mark blickte zum Haus meiner Großeltern. Es war kleiner als in meiner Erinnerung. Ein typisches Ranchhouse, mit einer Steinfassade, die von dunklen Holzbrettern durchbrochen wurde. Es hatte zwei Stockwerke. Oben waren alle Wände von Dachschrägen durchzogen. Ich wusste noch, dass die Zimmer recht klein waren, was eine Umstellung für mich bedeutete. In unserem Haus in Denver hatte ich fast ein Stockwerk ganz für mich allein.

»Dein Dad hat mir gesagt, dass in Boulder Creek ein neues Café aufgemacht hat. Es soll sehr modern sein«, versuchte Mark mich aufzumuntern.

»Oh, wow. Bestimmt haben die auch so was wie das Internet. Muss ich ein Kabel mitbringen, oder gibt es WLAN?«

Mark lachte leise. »Versuch, das Beste daraus zu machen.«

»Klar doch.« Noch so ein Spruch, und ich musste gleich würgen. »Hat Dad dich dafür bezahlt, das zu sagen?«

»Nein. Ich habe nur gelernt, dass nicht immer alles so schlimm sein muss, wie man erwartet. Gib dem Ganzen eine Chance. Am Ende überrascht es dich vielleicht.«

Ich brummte und kickte einen Stein weg, der irgendwo am Wegrand im Gras verschwand. Mein Großvater pflegte das Gelände akribisch. Der Rasen war gemäht, die Bäume getrimmt, die Veranda des Hauses aufgeräumt. Es war so ekelhaft idyllisch, dass ich am liebsten brechen wollte.

Die Haustür ging auf, und ein älterer Mann trat ins Freie.

»Parker! Es ist so schön, dass du da bist.« Großvater hatte ziemlich viele graue Haare bekommen, seit wir uns das letzte Mal gesehen hatten, und ging etwas gebeugt, aber er wirkte dennoch recht fit und energiegeladen. Er kam uns freudestrahlend entgegen, trug ein kariertes dunkelblaues Hemd, helle Jeans und Boots. Sein Lächeln strahlte noch mehr als dieses Kackwetter. Fuck, das wurde immer schlimmer.

Ich schob die Hände in die Hosentaschen und wartete, bis Mark und er sich begrüßt und das übliche Blabla ausgetauscht hatten.

Seufzend blickte ich mich um und überlegte, ob ich nicht einfach auf die Straße laufen und per Anhalter abhauen sollte.

»Parker«, sprach mich Großvater nun erneut an.

Musste ich ihn jetzt auch noch drücken, oder was? Zum Glück machte er keine Anstalten dazu, sondern musterte mich nur intensiv. Als könnte er bis in meine letzten Hirnwindungen blicken. Ich verlagerte mein Gewicht von einem Fuß auf den anderen und zog die Nase hoch.

»Deine Großmutter wird sich so freuen, dich zu sehen, sie ist gerade in der Küche. Komm rein, ich zeig dir dein Zimmer.«

»Ich fahr mal wieder«, sagte Mark.

»Du kannst auch sehr gerne zum Abendessen bleiben«, sagte Großvater.

»Das ist nett, aber mein Rückflug ist bereits gebucht. Parker, wir sehen uns in zwölf Wochen wieder, wenn ich dich abhole.«

Ich wimmerte leise.

»Guten Flug«, sagte mein Großvater und winkte Mark zu, der zurück zum Wagen ging und einstieg.

Grandpa klopfte mir kurz auf die Schulter. Seine Berührung fühlte sich warm und irgendwie auch gut an, aber ich schüttelte das sofort wieder ab, zog noch mal die Nase hoch und spuckte dabei aus. Grandpa lächelte nur und deutete aufs Haus.

Ich trat als Erster ein. Es duftete schon an der Türschwelle nach Apfelkuchen, Kaffee und viel zu viel Geborgenheit. Mit jedem Schritt, den ich machte, fühlte ich mich beschissener. Ich spähte nach rechts ins Wohnzimmer, fand aber auf die Schnelle keinen Fernseher. Bestimmt hatten sie keinen, sondern saßen jeden Abend zusammen und spielten Scrabble oder Bingo oder so 'nen Scheiß. Hoffentlich wollten sie mich da nicht mit reinziehen, denn dann würde ich definitiv sterben!

Wir gelangten in die Küche, wo meine Großmutter stand und genauso breit lächelte wie mein Großvater. Sie trug ein Kleid mit einem großen Blumenmuster und darüber eine dunkle Schürze mit Mehlflecken. Ihre grauen gewellten Haare fielen locker auf die Schultern. Sie lächelte mich an und musterte mich mit dem gleichen durchdringenden Blick wie Grandpa. Vielleicht waren die beiden irre geworden und würden mich bei der nächsten Gelegenheit in den Keller zerren und mich dort festketten, um aus mir mit allen Mitteln einen braven Jungen vom Land zu machen.

»Es ist so schön, dass du da bist«, sagte Grandma.

Ich nickte nur, schob meine Hände tiefer in die Taschen und blickte zum hinteren Küchenfenster hinaus auf das Ranchgelände.

Auf einmal kam Grandma auf mich zu und breitete die Arme aus.

Nein, nein, bitte nicht umarmen! Ich wich einen Schritt zurück, war aber nicht schnell genug. Die Alte hatte mich schon erreicht und quetschte mich an sich. Ich unterdrückte einen Würgelaut, als sich ihre dünnen Arme um mich schlossen. Sie roch nach Rosen und Äpfeln. Der Duft stieg mir tief in die Nase und löste irgendetwas in meinem Bauch aus, was ich nicht deuten konnte. Ich versteifte mich mehr, während ich die Umarmung über mich ergehen ließ und mich fragte, ob ich das jetzt jeden Tag ertragen musste. *Willkommen auf Golden Hill. Willkommen in der Provinz-Hölle.*

Heute

Willkommen auf Golden Hill …
Ich stieg aus dem Range Rover und nahm einen tiefen Atemzug. Sofort füllte sich mein Körper mit einem Prickeln, das nicht nur durch die kalte, durchdringende Luft ausgelöst wurde, sondern vor allem durch den Geruch nach meiner Vergangenheit. Es war diese ganz spezielle Nuance, die tiefe Erinnerungen in sich trug und von jedem Menschen anders wahrgenommen wurde. Der Duft der Kiefern erschien mir nicht nur würzig und frisch, er war auch mit einem Gefühl der Freiheit verbunden. Der Wind auf meiner Haut war nicht nur eisig, sondern schenkte mir auf seine eigene Art Geborgenheit. Hier zu stehen brachte so viel in mir zum Schwingen. Gefühle, die ich lange Zeit begraben und in den letzten Jahren mit allerlei Müll zugeschüttet hatte, um sie nie wieder spüren zu müssen.

Mich fröstelte leicht, als mich der kalte Wind streifte. Es war bereits Ende März, aber überall lag noch Schnee, und die Temperaturen hatten gerade so den Gefrierpunkt gekratzt. Aufgewärmt von der Sitzheizung war mir zwar nicht kalt, aber ich sollte mir dennoch Handschuhe und einen Schal mitnehmen. Ich holte beides aus dem Auto, packte auch mein Handy ein und wandte mich wieder meinem neuen Leben zu.

Meinem neuen Leben in der Wildnis. Oder so ähnlich. Wildnis traf es nicht ganz, ich war nicht fernab jeglicher Zivilisation, aber es war definitiv abenteuerlich und unvorhersehbar hier in Boulder Creek, mitten in den Bergen Montanas.

Das, was jedes Genie antreibt, ist Wahnsinn. Ohne Wahnsinn keine Kreativität. Ohne Kreativität keine Vielfalt, ohne Vielfalt kein lustiges Leben. Und wenn der Spaß erst mal fort ist, ist sowieso alles verloren, rauschten die Worte meines verstorbenen Großvaters durch meinen Kopf.

»Ich hör dich, Grandpa, ich hör dich.« Ich blickte hoch in den grau verhangenen Himmel, der den nächsten Schneefall ankündigte. Heute würde es früh dunkel werden, ich sollte mich beeilen, wenn ich alles im Tageslicht begutachten wollte, aber ich brauchte diesen Moment, um das in mich aufzunehmen. Was vor elf Jahren noch mein Albtraum gewesen war, hatte sich mittlerweile für mich von Grund auf verändert.

Mein Handy klingelte, und ich fischte es aus der Tasche. Sadies Name stand auf dem Display. Meine Schwester rief seit heute Morgen ständig an, weil sie genauso aufgeregt war wie ich.

Ich schüttelte mich, um die Enge aus meinem Herzen und die Erinnerungen zu vertreiben, und nahm ab. »Hey, Sadie.«

»Bist du endlich da?«

»Ja.«

»Und?«

Ich sah sie vor mir, wie sie nervös in ihrem Apartment in Bozeman hin und her tigerte und dabei auf einem Fingernagel herumkaute.

»Es sieht nicht viel anders aus als vor zwölf Wochen. Nur mit noch mehr Schnee.«

»Du weißt genau, was ich meine, und das vor zwölf Wochen zählt nicht.«

»Das stimmt.« Da war ich mit dem Makler hier gewesen. Wir waren über das Gelände gerauscht, als hätte er es kaum erwarten können, wieder wegzukommen. Gut, der Schneesturm an jenem Tag war wirklich ungemütlich gewesen, aber ich hätte dennoch gerne mehr Zeit gehabt, mir alles in Ruhe anzusehen. Nicht, dass es etwas an meiner Entscheidung geändert hätte.

»Ich will alles wissen«, sagte Sadie. »Wie fühlt es sich an? Wo genau stehst du? Siehst du schon das Haus?«

»Ja, aber es ist heute neblig und trüb. Ich bin auf der anderen Seite des Baches am großen Weg, wobei man auch davon nichts sieht.«

»Mh«, machte sie, und ich wusste, dass sie jetzt mit geschlossenen Augen in ihrem Zimmer stand und es sich vorstellte. Sadie war zuletzt als Zwölfjährige auf Golden Hill gewesen. Damals hatte sie einen Sommer allein bei unseren Großeltern verbracht.

»Ich gehe jetzt weiter, aber es wird etwas dauern, bis ich das Gelände abgelaufen bin, hier liegt viel Schnee.«

»Ich hoffe, du hast passende Kleidung an.«

Ich blickte an mir hinab. Meine Schuhe und die Hosenbeine meiner Jeans weichten bereits durch. Mir würde bald eiskalt werden. »Wird schon.«

Langsam stapfte ich durch den Schnee, der völlig unberührt vor mir lag. Ab und an sah ich die Spur eines Tiers, das hier hindurchgejagt war, aber ansonsten betrat ich Neuland. Wie seltsam es sich anfühlte. Als würde ich einen Ort erforschen, den seit Jahren kein Mensch mehr gesehen hatte. Wie ein Archäologe, der eine Grabstätte offenlegte.

»Erzähl mir mehr«, sagte Sadie.

»Warte kurz.« Ich nahm das Handy vom Ohr und schaltete die Kamera an. Sofort erschien Sadies Gesicht im Display. Sie grinste mich an und klatschte leise in die Hände. Ihre Haare waren recht zerzaust, vermutlich hatte sie wieder die ganze Nacht im Internet verbracht, um zu recherchieren, und war erst vor Kurzem aufgestanden. Sadie sah ein wenig blass aus, aber solche Phasen hatte sie öfter mal. Hinter ihr an der Wand klebten Naturfotos und eine Karte von Boulder Creek. Außerdem erkannte ich den Flyer einer Pferderanch.

»Bereit?«, fragte ich, und sie nickte. Ich tippte die Frontkamera meines Handys an, damit Sadie sehen konnte, was ich sah. »So ist es einfacher.«

»Oh mein Gott, Parker!«, quiekte sie. »Da drüben sind die Koppelzäune!«

»Ja, zumindest das, was davon noch übrig ist.« Ich erkannte nicht viel, aber an einer Stelle war der Zaun durchgebrochen, und viele der Pfosten waren umgekippt oder verrottet.

»Ah! Und da vorne ist der Apfelbaum!«

»Stimmt.« Er sah ebenfalls verwuchert aus, und ich fragte mich, ob er überhaupt Früchte trug. Die Natur hatte sich das Land zurückerobert, ich war gespannt, was mich erwartete, wenn der Schnee erst mal geschmolzen war. Vermutlich Unkraut in rauen Massen.

»Das ist so aufregend!«, sagte Sadie. »Du solltest das filmen und es Granny zeigen.«

»Das mach ich vielleicht die Tage irgendwann.« Unsere Großmutter lebte zurzeit in einem Altersheim in Denver und baute von Tag zu Tag mehr ab. Aber das würde sich hoffentlich ändern, sobald ich sie wieder herbrachte. Sie sollte wieder wie früher auf ihrer Terrasse sitzen können, in den Sonnenuntergang blicken, ihren geliebten Earl Grey trinken und die Zeit genießen, die sie noch hatte.

Hier. Auf dem Land, das sie mit Grandpa bebaut hatte. Auf der Ranch, die ihr ganzes Leben bestimmt hatte.

»Weiß sie, dass du heute auf Golden Hill bist?«

»Nein, ich habe ihr nur gesagt, dass ich die Tage mal rausfahre, aber nicht konkret, wann. Sie ist jetzt schon ganz aufgeregt, ich wollte nicht, dass sie nur an diesen Moment denkt.«

»Versteh ich. Soll ich sie nachher anrufen?«

»Das mach ich schon, danke.«

»Oh, warte. Ist das da vorne der Bach?«

»Ja, aber er ist zugefroren. Die alte Brücke ist sogar noch da, ich weiß aber nicht, ob sie hält.« Ich lief auf den zwei Meter breiten, seichten Bachlauf zu. Er floss vom Berg herunter und beschrieb einen kleinen Bogen um Golden Hill herum. Als wollte er hier kurz Hallo sagen und dann seinen Weg fortsetzen. Anstatt die marode Brücke zu nehmen, überquerte ich die gefrorene Fläche. Das Eis knirschte unter meinen Schuhen.

»Feigling«, sagte Sadie und lachte.

»Du kannst gerne die Brücke ausgiebig testen, wenn du da bist. Aber bitte erst, sobald das Wasser aufgetaut ist.«

»Ich werde überall herumspringen, wo du dich nicht hintraust. Grandpa hat immer gesagt, dass alles auf der Ranch für die Ewigkeit gebaut ist.«

»Golden Hill hat Biss«, wiederholte ich Grandpas Worte. »Es wird jedem Sturm trotzen. Dieser Ort ist etwas Besonderes.«

Ich hielt inne, denn mich überkamen eine tiefe Sehnsucht und Nostalgie. Dieses Stück Land hatte nicht nur Biss, es hatte auch mein Herz geöffnet und mir Frieden gebracht, wo vorher noch ein Sturm in mir getobt hatte. Ich wünschte, ich hätte es damals mehr zu schätzen gewusst.

»Parker, alles klar?«, fragte Sadie, weil ich nicht weiterging.

»Ja. Natürlich.« Ich schüttelte mich und schob die Gedanken an damals mit aller Kraft zurück.

»Das wird so cool«, fuhr Sadie fort. »Ich sehe es ganz genau vor mir. Da drüben bauen wir die Reithalle hin, daneben den Offenstall mit direktem Zugang zu den Koppeln. Weiter hinten am Waldesrand errichten wir die Häuser für unsere Gäste.«

»Vorausgesetzt, wir bekommen die Genehmigung der Stadt.« An den Formalitäten hing gerade alles fest, aber das war eine Sache, um die wir uns morgen kümmern würden. Der Termin im Rathaus stand, wir waren vorbereitet und hatten unsere Vision für Golden Hill bis ins letzte Detail ausgearbeitet.

Ich stapfte den Weg hinunter, zeigte Sadie alles und war ein wenig erstaunt darüber, wie genau meine Füße noch immer wussten, wohin sie treten mussten.

»Fuck«, sagte ich, als ich ans Haupthaus gelangte.

»Was ist?«

Ich richtete die Kamera aus, sodass Sadie es auch sehen konnte.

Die Eiche neben dem Haus war an der Krone gebrochen, und ein dicker Ast war mitten aufs Dach gefallen. Das wiederum hatte unter der Last und dem Schnee nachgegeben, und nun klaffte ein riesiges Loch an der Stelle, ein paar Fensterläden waren abgerissen. Es sah aus, als hätte hier vor Kurzem ein heftiger Orkan getobt.

»Das war noch nicht, als ich alles mit dem Makler begutachtet habe.« Ich kratzte mich am stoppeligen Kinn und trat vorsichtig auf die alte Veranda. Grandpa hatte die Dielen eigenhändig verlegt und abgeschliffen. Er hatte das gesamte Haus selbst errichtet. Darin steckte mehr Seele von ihm als in irgendetwas anderem. Mir schnürte es das Herz zusammen, als ich erkannte, dass auch die unteren Fensterscheiben zerbrochen waren.

»Dieser verdammte Makler hätte wenigstens anrufen und mich hierauf vorbereiten können.«

»Für das viele Geld, das er dafür genommen hat, auf alle Fälle.«

Ich hatte Golden Hill völlig überteuert gekauft. Die Vorbesitzer waren die Rylands, die es damals für einen Spottpreis von Grandpa erworben, aber nie etwas aus dem Land gemacht hatten. All die Jahre hatte es brach gelegen und war zerfallen, bis Sadie und ich gekommen waren und es zum fünffachen Preis von damals zurückgekauft hatten. Den Großteil hatte ich übernommen und dafür nicht nur meine Anteile an Dads Firma verkauft, sondern auch einen saftigen Kredit bei der Bank aufgenommen. Sadie hatte mir zwar all ihr Erspartes gegeben, aber die paar Dollar hatten nicht mal die Maklergebühren gedeckt.

Ich betrachtete das marode Haupthaus und atmete tief ein und aus.

»Immerhin hat es ein gutes Fundament«, sagte Sadie.

»Das werden wir auch brauchen.«

Mit dem Makler hatte ich das Haus nur von außen begutachtet, weil er angeblich den Schlüssel nicht gehabt hatte. Der Typ hatte ab der ersten Sekunde gewusst, dass ich jeden Preis zahlen würde, um Golden Hill zurückzukaufen, und genau das hatte er schamlos ausgenutzt. Ich fischte den Schlüssel, der urplötzlich wiederaufgetaucht war, nachdem ich den Vertrag unterschrieben hatte, aus meiner Hosentasche und öffnete die Haupttür. Die Dielen knarzten, und mir wehte der Geruch nach altem Moder und abgestandener Luft entgegen. Im Inneren war es fast genauso kalt wie draußen, und ein Luftzug streifte durch die gebrochenen Fenster.

»Das sieht echt schlimm aus«, sagte Sadie.

»Ja.«

Das Haus war komplett leer, aber im Wohnzimmer rechts stand noch ein alter Plastikstuhl. So etwas hätte Grandpa nie gekauft, also vermutete ich, dass er vom Makler oder dem Vorbesitzer stammte. Ich ging weiter ins Haus hinein, blickte links zur Treppe hoch und wurde von den Bildern meines letzten Besuches vor elf Jahren geradezu überschwemmt. Nach der Umarmungsorgie meiner Großmutter damals bin ich sofort in das Zimmer gestürmt, das Grandpa mir zugewiesen hatte, und hatte die Tür zugeknallt. Ich hatte mir fest vorgenommen, für die zwölf Wochen, die ich bleiben sollte, weder mit jemandem zu reden noch das Haus zu verlassen.

»Es ist so schön«, sagte Sadie und holte mich zurück ins Hier und Jetzt. »Auch wenn es zerfallen ist.«

Ich ging ins Wohnzimmer und drehte mich um die eigene Achse. Der alte Kamin war noch erhalten, aber wir mussten erst sehen, ob er funktionierte. Direkt an diesen Raum schlossen der Essbereich und die Küche an, die nach hinten hinausführte. Weiter links waren das Bad und zwei kleine Zimmer, und oben befanden sich noch mal vier Räume und ein weiteres kleines Bad. Wenn wir renovierten, würden wir einige Wände rausreißen und die Räume anders aufteilen.

Ich nahm die Tür auf der Rückseite, die in den Garten führte, den Granny früher angelegt hatte. Natürlich war auch hier alles verschneit und die Tomaten schon lange verwildert. Ein paar trockene

Äste stachen durch den Schnee, wo Granny einst ihr Gemüsebeet hatte. An einem klebte sogar noch ein altes Etikett mit einer Paprika als Symbol drauf. Mich schüttelte es, aber ich bemühte mich weiter um Fassung, auch wenn es mir mit jedem Schritt schwerer fiel. Das hier war so viel und gleichzeitig so wenig. Die Blüte und Frische von früher waren weg, aber der Kern war noch vorhanden.

»Sind wir total irre, Parker?«, sprach Sadie aus, was mir durch den Kopf ging.

»Ein wenig vielleicht.« Oder ein wenig viel. Das Gelände war eine einzige Baustelle.

Uns war von Anfang an klar gewesen, dass es einiges zu tun gab, aber es mit eigenen Augen zu sehen traf mich viel direkter. Ich überquerte den Platz zwischen Stall, Scheune und Haupthaus. Mir wurde schwerer ums Herz, als ich daran dachte, wie Grandpa mich damals zum ersten Mal hierhergeschleift hatte.

Ich drehte mich um und blickte hoch zum Haus. Im ersten Stock das letzte Fenster links. Das war mein Raum gewesen. Ich schloss die Augen, dachte an jenen ersten grauenhaften Tag zurück, an dem ich auf der Golden Hill Ranch aufgewacht war und mich gefühlt hatte, als wäre ich in der Hölle gelandet. Großvater hatte mich einfach aus dem Bett geworfen, meine miese Laune ignoriert und mich in den Stall getrieben. Hier, wo ich jetzt stand, waren wir vorbeigekommen. Er mit seinem Cowboyhut, den Boots, den ausgeleierten Jeans und dem Karohemd und ich mit grimmigem Gesicht und knurrendem Magen, weil ich erst Frühstück bekam, nachdem die Arbeit erledigt war. Ich hatte die Welt wirklich sehr gehasst in jenen Tagen.

Ich schmunzelte und drehte mich wieder zurück zum Stall. Langsam ging ich den Weg ab, den Grandpa und ich damals gelaufen waren.

»Da vorne ist der Stall, das Gebäude rechts davon ist der Heuschuppen. Da findest du auch Werkzeug«, hatte er gesagt.

»Was'n für'n Werkzeug?«

»Schaufeln, Mistgabel, Schubkarren. Den Dreck kannst du rüber auf den Haufen da fahren.«

»Bitte was?«

»Die Pferde tun dir nichts, also keine Angst.«

Ich blieb vor dem Stall stehen, der heute völlig zerfallen war. Grandpa hatte ihn damals selbst zusammengezimmert. Es war ein einfacher Verschlag aus Holzbrettern und einem Wellblechdach. Das Dach war mittlerweile eingekracht, und ein gigantischer Schneeberg lag dort, wo mal die Heuraufe gestanden hatte. Eine Holzwand war geborsten, die andere stand noch aufrecht.

Direkt vor mir war ein kleines Tor gewesen, durch das Grandpa mich geführt hatte. Damals hatten uns die Pferde mit einem lauten Wiehern empfangen, und mir war der Arsch ziemlich auf Grundeis gegangen, aber das hätte ich niemals zugegeben. Dann waren wir in den Stall getreten, und ich hatte mich den beiden Monstern gestellt. Gin und Ginger, zwei alte große Kaltblutstuten, mit denen Grandpa früher das Feld bestellt hatte.

»Sie sind groß, aber sehr lieb«, hatte er gesagt. »Der kleine Braune da hinten ist Charlie. Ginger ist vor zehn Jahren ausgebüxt und zum Nachbarn rüber auf die Eastwood Ranch gerannt. Elf Monate später kam Charlie auf die Welt.«

»Toll für sie.«

»Dann leg mal los.«

»Mit was genau?«

»Du wirst den Stall misten, den Auslauf abäppeln, Wasser und Heu auffüllen. Wenn du fertig bist, kommst du rein und holst dir dein Frühstück.«

In diesem Moment dachte ich, dass mein bisheriges Leben in Denver vielleicht doch nicht so unerträglich gewesen war.

»Ich hab keine Ahnung, wie so was geht. Ich kann das nicht.«

»Oh, ich glaube, du wirst das ganz großartig hinbekommen, so sportlich, wie du aussiehst, außerdem wirst du nicht alleine bei der Arbeit sein ...«

Auf einmal hörte ich Sadie keuchen und wurde aus meinen Erinnerungen gerissen. Ich zuckte zusammen und sah aufs Display. Sie war blasser geworden. Sadie verzog das Gesicht und rutschte auf ihrem Stuhl hin und her.

»Hey, alles klar?«

»Ja, ich hab nur zu lange gesessen, muss mich bewegen.«

»Okay, ich gehe hier weiter alles in Ruhe ab. Ruh dich aus.«

Sie rollte mit den Augen.

»Na gut. Mach, was du für richtig hältst«, schob ich nach. »Aber mir fällt eh gleich der Arm ab, weil ich ständig die Kamera hochhalte.«

»Klar, du gehst auch nicht viermal die Woche ins Fitnessstudio und stemmst Gewichte, die bedeutend schwerer als ein Handy sind.«

Ich grinste und zuckte mit den Achseln. »Ich leg jetzt auf, mein Akku ist bald leer.«

»Das glaub ich dir zwar auch nicht, aber es ist okay. Ich muss sowieso noch ein paar Sachen erledigen und dann losfahren, damit ich rechtzeitig zu dir nach Boulder Creek komme.«

»Sehr schön. Wir treffen uns nachher bei Cybil und können gemeinsam zu Abend essen.«

»Ja, ich freu mich.«

»Ich dreh noch ein paar Videos für dich.«

»Ich dachte, dein Akku ist leer.«

»Stimmt.« Ich zwinkerte und grinste sie an.

»Ich hab dich trotzdem lieb.«

»Ich dich auch. Fahr vorsichtig, das Wetter ist echt fies zurzeit.«

»Ja, Dad.« Sadie legte auf, und ich steckte das Handy zurück in die Tasche. Die Videos könnte ich an einem schöneren Tag machen und sie auch Granny schicken. Sie hatte sich extra von einem Pfleger im Heim erklären lassen, wie diese Smartphones funktionierten, damit sie Bilder von ihrem Enkel empfangen konnte. Vermutlich saß sie bereits vor ihrem Handy und hoffte auf eine Nachricht von mir. Heute Abend würde ich sie erst mal anrufen und auf den neuesten Stand bringen. Ich musste mir nur überlegen, ob ich die Realität etwas verschleiern sollte, bis wir wenigstens den gröbsten Schaden beseitigt hatten.

Ich ging zur alten Scheune hinüber, dem einzigen Gebäude, das bereits auf dem Gelände gestanden hatte, bevor Grandpa es bewirtschaftet hatte. Sie war über zweihundert Jahre alt.

Der Schnee war hier sogar noch tiefer und reichte mir an einigen Stellen bis fast an die Knie. Es war recht mühevoll voranzukommen. Ich musste mir so schnell wie möglich vernünftige Kleidung holen. Meine Schuhe waren mittlerweile komplett durchweicht und meine Füße eiskalt und klamm. Bedauerlicherweise hatte ich nicht daran gedacht, mir Ersatzsocken mitzunehmen.

Als ich die Scheune erreichte, wurde mir das Ausmaß des Zerfalls klar. Das große Tor hing an einer Seite aus den Angeln, ein Teil davon war sogar herausgebrochen. Das Dach wirkte morsch, was mir bereits aufgefallen war, als ich mit dem Makler hier gewesen war.

Ich versuchte, das kaputte Tor aufzudrücken. Es quietschte und klemmte, und ich brauchte einiges an Kraft, bis ich es geöffnet hatte. In der Scheune wehte mir der Geruch nach altem Benzin und Metall entgegen. Es raschelte in den Ecken. Ich tastete nach dem Lichtschalter, aber es gab keinen Strom. Also nahm ich mein Handy heraus, schaltete die Taschenlampe an und blickte mich um. Überall lag vermodertes Heu und alter Dreck herum. Ich blickte nach oben, wo sich unzählige Spinnweben von Balken zu Balken zogen. An der Wand hingen verrostete Mistgabeln, Schaufeln und Rechen. Weiter hinten stand sogar noch Grandpas Traktor. Ich lief auf das alte Gefährt zu und strich über die Motorhaube. Eine dicke Staubschicht hatte sich daraufgelegt, und ich fragte mich, ob das Ding noch lief. Keine Ahnung, ob es überhaupt einen Schlüssel dafür gab und …

»Keine Bewegung«, hörte ich auf einmal eine Frauenstimme hinter mir. Kurz darauf erklang das metallische Klicken einer Waffe, die entsichert wurde.

»Was zum …« Ich drehte mich um und starrte in den Lauf einer Schrotflinte.

In mir stand alles still, und ich hielt die Luft an. Instinktiv wich ich einen Schritt zurück und hob sofort die Hände, um zu zeigen, dass ich unbewaffnet war. Ein Zittern ging durch meinen Körper. Am Ende der Schrotflinte erkannte ich nur eine Silhouette, weil mich das grelle Licht blendete, das durchs Tor hereinfiel, und das Gesicht der Frau im Schatten blieb. Ich drehte das Handy ein wenig, um sie anzuleuchten.

»Na, na«, sagte sie und zuckte einmal mit der Waffe, also hielt ich wieder still. »Was hast du hier zu suchen?«

»Ich bin … Mir gehört das Land. Ich bin Parker Huntington. Cynthia ist meine Großmutter. Ich habe Golden Hill vor ein paar Wochen gekauft.«

»Kann jeder sagen.«

»Ich zeige dir gerne meinen Ausweis.«

»Mh.«

»Und ich möchte festhalten, dass du mich auf meinem eigenen Grundstück bedrohst.«

»Das ist okay, ich hab einen guten Draht zur Polizei.«

Moment mal. Diese Stimme kam mir so bekannt vor. Irgendwas an ihr hatte ich doch schon mal … War das etwa … »Clayanne?«

»Immer noch Clay, daran hat sich nichts geändert.«

»Clay, verdammt!« Mein Herz machte einen Satz, und mir lief ein Schauer der ganz anderen Art den Rücken hinunter. Ich trat einen Schritt vor, aber sie hob sofort die Waffe an.

»Nimmst du mal das Ding aus meinem Gesicht?«, sagte ich.

»Eigentlich finde ich es ganz lustig so.«

»Scheiße, Clay.« Ich griff an den Lauf der Waffe und drückte ihn hinunter. Clay ließ es mit einem Murren zu.

»Spielverderber.«

»Warum zielst du mit dem Teil auf mich?«

»Weil ich es kann und weil du hier herumlungerst.«

»Wie ich schon sagte, ich … ich hab das Grundstück gekauft. Golden Hill gehört jetzt mir.«

»Hab ich schon gehört.«

Ich schüttelte den Kopf und hob das Handy an, damit ich ihr Gesicht besser sehen konnte. Sie kniff die Augen zusammen. Als der Strahl meiner Taschenlampe sie streifte, gab sie ein missmutiges Brummen von sich, drehte sich um und lief hinaus. Ich folgte ihr.

»Warte!«, sagte ich und wollte nach ihrer Hand greifen, aber sie entzog sich mir, ehe ich sie erwischen konnte. »Du wusstest, dass ich es bin und ich das Land gekauft habe, und hältst mir dennoch 'ne Schrotflinte ins Gesicht?«

»Ja. Und Maggie war nicht geladen, also keine Sorge.«

»Maggie?« Ach, stimmte. Clay hatte früher auch schon diesen verrückten Tick gehabt, all ihren Besitztümern Namen zu geben.

Als wir beide draußen im nebligen Tageslicht standen, konnte ich das erste Mal einen richtigen Blick auf sie werfen. Verflucht, sie war ganz schön erwachsen geworden.

Und noch tausendmal hübscher als damals.

Clay war einen Kopf kleiner als ich und trug eine dicke Wollmütze, unter der ein paar Strähnen ihrer schwarzen Haare hervorlugten. Ihre vollen Lippen hatte sie zu einem dünnen Strich zusammengepresst, und ihre braunen Augen brannten genauso tiefgründig und feurig wie schon zu unseren Teenagertagen. Clay war früher recht mager gewesen, doch jetzt hatte sie mehr Kurven bekommen, zumindest soweit ich das unter ihrem dicken Wintermantel beurteilen konnte. Sie hatte einen Schal um den Hals gewickelt, und ihre Hände steckten in braunen Lederhandschuhen. Die Schrotflinte hängte sie sich gerade über die Schulter.

Mir wurde warm, auch wenn es nach wie vor eisig hier draußen war. »Was sollte das eben?«

»In der letzten Zeit lungern immer wieder ein paar Leute auf dem Gelände rum, die hier nichts verloren haben. Ich komme regelmäßig her und sehe nach dem Rechten.«

»Aber wenn du mich erkannt hast, warum hast du mit der Waffe auf mich gezielt? Das wäre nicht nötig gewesen.«

Sie fuhr herum und funkelte mich wütend an. Ich zuckte zusammen und wich automatisch zurück.

»Eigentlich wäre viel mehr nötig gewesen als das! Ich sollte dir in den Fuß schießen, du elender Mistkerl!«

»Ich …«

Sie warf die Hände in die Luft, knurrte und setzte ihren Weg fort.

»Hey, warte.« Clay hatte einen ganz schönen Schritt drauf, ich musste mich anstrengen, mit ihr mitzuhalten. »Clay. Stopp.« Ich überholte sie, stellte mich vor sie und bremste sie so aus.

Sie kniff die Augen zusammen und sah übers Land, um meinem Blick auszuweichen. Seit knapp elf Jahren hatte ich sie weder gesehen noch ein Wort mit ihr gesprochen.

»Was willst du hier?«, fragte sie. »Warum hast du Golden Hill gekauft?«

»Weil ich es tun musste und weil ich … weil ich wieder hier sein möchte.«

»Ach, hast du dich auf einmal wieder daran erinnert, wo Boulder Creek auf der Landkarte liegt, oder was?«

»Ich …« Mir stockte der Atem, und ein tiefer Schmerz schoss mir durchs Herz. »Es tut mir leid.«

»Deine Entschuldigung kannst du dir dorthin stecken, wo keine Sonne scheint.«

»Ich habe damals nicht viel nachgedacht, aber ich bin erwachsen geworden, und ich …«

»Wo bist du gewesen?«, fragte sie und stach mir mit dem Zeigefinger in die Brust. »Wo, Parker?«

»In … in Denver. Ich hab in der Firma meines Vaters gearbeitet und …«

»Das mein ich nicht!« Sie funkelte mich an, und mir wurde schwindelig. Es war so viel auf einmal. Dieses Land zu betreten, die Erinnerungen, Clay ...

»Er hat nach dir gefragt, immer und immer wieder, aber du bist nicht mal für ihn zurückgekommen.«

Mir war sofort klar, von wem Clay sprach. Schlagartig wurde mir heiß, und der Schmerz in meiner Brust verstärkte sich. Alles zog sich in mir zusammen. Ich wäre am liebsten davongerannt, genau wie damals. »Grandpa.«

»Er wollte dich nur noch ein einziges Mal sehen.«

Ich verzog das Gesicht und schluckte den Kloß in meiner Kehle hinunter. Es kostete mich alle Mühe, mich nicht von der Trauer einholen zu lassen. Sie lag genauso lange hinter mir wie die Tage auf dieser Ranch, und dennoch trat der Schmerz in diesem Augenblick hervor und schrie mich genauso wütend an wie Clay.

»Ich ... ich konnte nicht. Ich habe mich verraten gefühlt ... Es war so viel auf einmal.«

»Zu viel? Verraten? Wirklich?« Clay kam näher und sah mich an. Was keine gute Idee war, denn in ihren Augen funkelte ebenfalls der Schmerz, gepaart mit dem Feuer und der Leidenschaft von früher. Clay war so wild wie dieses Land, sie war ein Wirbelwind, der alles mit sich riss. Ein sanfter Duft nach Schnee und Sandelholz stieg mir in die Nase, und ich musste unweigerlich an all die schönen Momente mit ihr denken.

Gott, ich bin damals so durcheinander gewesen.

Clay sah kurz auf meine Lippen, dann schloss sie die Augen, schluckte den Schmerz hinunter, der eben noch in ihrem Gesicht getanzt hatte, und wandte sich ab.

»Ich würde dir so gerne eine reinhauen«, sagte sie.

»Das solltest du vielleicht tun.« Ich hatte weiß Gott all ihre Wut und ihren Frust verdient.

Sie ballte eine Hand zur Faust, und ich machte mich darauf gefasst, gleich eine abzubekommen. Sie zischte und schüttelte den

Kopf. »Du bist so ein Volltrottel.« Statt mich zu schlagen, wandte sie sich ab und lief zu ihrem Auto, das sie neben meinem geparkt hatte. Es war derselbe hellblaue Pick-up wie damals, nur viel rostiger.

»Du fährst den immer noch«, stellte ich fest.

»Natürlich. Jackson ist mir treu geblieben.«

Im Gegensatz zu mir.

Clay öffnete die Beifahrertür und verstaute die Schrotflinte in einem Waffenkoffer. Als sie das Auto umrunden wollte, um sich ans Steuer zu setzen, stellte ich mich ihr in den Weg.

Sie hob nur eine Augenbraue. Ein Blick, der früher schon Wirkung gezeigt hatte. Clay konnte einen gestandenen Mann niederstarren, wenn sie es darauf anlegte.

»Es tut mir leid, Clay, ich weiß, dass ich damals Mist gebaut habe.«

Sie schnaubte.

»Ich werde alles tun, um dir zu zeigen, dass ich es ernst hiermit meine.« Ich deutete auf die Ranch hinter uns. Sie presste die vollen Lippen zusammen und sah mir fest in die Augen.

»Gehst du mir endlich aus dem Weg, oder willst du mich weiter anglotzen?«, fragte sie und fuchtelte mit der Hand vor meinem Gesicht herum. Ich zuckte zusammen und trat auf die Seite. Clay brummte genervt und öffnete die Fahrertür ihres Wagens.

»Ich will nicht so einen Start mit dir hinlegen«, sagte ich. »Ich bin nicht nach Boulder Creek gekommen, um zu streiten. Ich will das Land wiederbeleben und Granny zurückholen, damit sie hier ihre letzten Jahre genießen kann.«

»Viel Glück dabei, ich hoffe, du hast genügend Geld zurückgelegt.«

»Clayanne, bitte.«

»Nenn mich nicht so.«

»Clay. Sorry. Gib mir eine Chance.«

Sie zischte und startete den Motor, der ziemlich ungesunde Geräusche von sich gab. Es dauerte ein paar Sekunden, ehe der Wagen richtig lief. »Ich wünsch dir viel Spaß in deinem neuen Leben und auf deinem Land. Pass auf die Eindringlinge auf, hab auch ein paar Wildschweine gesehen, die sich gerne hier rumtreiben.«

Ich wollte noch etwas erwidern, aber Clay funkelte mich ein letztes Mal an, dann gab sie Gas und fuhr davon. Ich blickte ihr nach und spürte einen heftigen Stich in meinem Herzen. Clayanne. Keine andere Frau hatte mich schon ab Minute eins derart aus der Fassung gebracht. Keine hatte mich je wieder so herausgefordert wie sie. Das hatte sich bis heute nicht geändert.

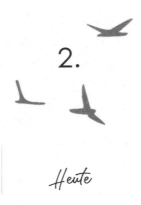

Heute

Clayanne

»So ein Arschloch!«, rief ich, während ich Jackson auf die Straße lenkte. Der Motor stotterte schon wieder, obwohl ich letzte Woche erst den Vergaser ausgetauscht hatte. Ich tätschelte sachte das Armaturenbrett und drosselte etwas die Geschwindigkeit. »Lass mich nicht hängen, alter Junge.«

Es ruckelte erneut, aber der Motor ging nicht aus, wie vor Kurzem, als ich oben am Pass gestrandet war und geschlagene drei Stunden auf Hilfe hatte warten müssen. Winter taten Jackson einfach nicht mehr gut, und es wurde von Jahr zu Jahr schlimmer. Trotzdem war ich nicht bereit, ihn auf den Schrottplatz zu bringen. Er begleitete mich, seit ich sechzehn war. Jackson war mein erster Wagen, den ich mir von meinem eigenen Geld finanziert hatte. Er und ich gehörten zusammen. Das hatte ich zwar auch mal von Parker gedacht, aber da hatte ich mich gehörig getäuscht.

Jackson ruckelte erneut und lenkte zum Glück meine Aufmerksamkeit auf sich.

»Nachher kümmere ich mich um dich, bring mich einfach nur zum alten Neil, dann kannst du dich ausruhen, okay?«

Irgendwas brummte auf, und natürlich redete ich mir ein, dass er mir Antwort gab. Mein Bruder Ryan würde jetzt die Augen verdrehen, aber das war mir egal. Autos hatten eine Seele, genau wie das Land, die Berge, die Flüsse, die Pflanzen. Man musste nur zuhören.

Vielleicht hätte ich Parker auch mehr zuhören sollen, aber ich war so unglaublich wütend auf ihn. Es hatte bereits vor ein paar Wochen angefangen, als ich vom Makler erfahren hatte, dass Parker Golden Hill gekauft hatte. Ab dem Moment waren der alte Schmerz und der Zorn wieder hochgekocht, obwohl ich längst darüber hinweg sein sollte. Den Teufel war ich.

Parker traf mich noch immer genau da, wo ich nicht getroffen werden wollte. Wenn ich ihm das nächste Mal gegenüberstand, musste ich ihm vielleicht wirklich eine reinhauen. Nicht, dass es viel ändern würde, aber ich hätte mir wenigstens Luft verschafft. Wobei dieses viel zu schöne Gesicht eigentlich zu schade dafür war. Parker war damals schon attraktiv gewesen, aber eher auf eine jugendliche, schlaksige Art. Heute war er dieser Jugend entwachsen und sehr maskulin geworden. Er trug die dunkelblonden Haare etwas länger als früher, hatte sie aber an den Seiten getrimmt. Dazu seine helle Haut und der Dreitagebart, der ihm diesen gewissen Hauch von Verwegenheit gab. Außerdem hatte er ordentlich Muckis zugelegt. Ich hatte zwar nicht viel von ihm unter der dicken Jacke erkennen können, aber der Breite seiner Schultern nach zu urteilen trainierte er regelmäßig. Aus dem dünnen Etwas mit viel zu langen Armen war ein ziemlich heißer Kerl geworden, der …

»Gott, Schluss damit, Clay!« Ich presste die Lippen zusammen und bog auf die 191 ab. Bis zu Neils Stall waren es nur sechzig Minuten, aber ich war jetzt schon zehn zu spät. Neil wohnte etwas außerhalb von Boulder Creek auf einem alten Bauernhof, den er mit viel Mühe instand hielt. Seit seine Frau vor drei Jahren gestorben war, führte er den Hof allein und hielt neben seinen zehn

Hühnern auch ein paar Schafe, zwei Pferde, drei Katzen und einen Hund. Neil müsste seinen Hof eigentlich verkaufen, aber er brachte es nicht übers Herz, die Tiere abzuschieben, und so quälte er sich Morgen für Morgen trotz seiner Arthrose raus, um alle zu versorgen.

Als ich auf dem Hof ankam, sah ich bereits Javiers dunkelblauen Pick-up in der Einfahrt stehen, aber von ihm war nichts zu sehen.

Verdammt, ich bin viel zu spät.

Ich parkte neben Javiers Auto, stieg aus und nahm mir meinen Arztkoffer von der Rückbank. Neils Hof war nicht sonderlich groß, er bestand nur aus dem Bungalow, den er bewohnte, und dem Stall dahinter. Die Pferde besaßen einen kleinen Auslauf, den sie sich mit den Schafen teilten, und die Hühner rannten frei herum.

Ich lief zum Stall und blickte durch die offene Tür, wo Javier bereits vor Neils alter Fuchsstute stand und das linke Vorderbein abtastete.

Javier trug einen dicken Parka, die langen schwarzen Haare hatte er zu einem Zopf geflochten, und er hatte eine Mütze aufgesetzt. Früher war er sogar bei diesen Temperaturen im Shirt herumgelaufen, aber mittlerweile zog er sich dem Wetter entsprechend an.

Neil hielt die Stute am Strick fest, seine Hände zitterten stark, aber das lag vermutlich eher am Alter als an der Kälte. Er hatte die Haltung eines Mannes, der sein Leben lang hart gearbeitet hatte und eigentlich in den Ruhestand gehen sollte, statt weiterzuackern.

»Sorry«, sagte ich und trat neben Javier. »Ich wurde aufgehalten.«

»Von Parker Huntington?«, fragte er, ohne von der Stute abzulassen. Das Bein war ziemlich geschwollen.

»Hab ihn nur kurz gesehen«, sagte ich und grüßte Neil mit einem Kopfnicken.

»Hast du ihn am Leben gelassen, oder müssen wir seine Leiche verscharren, ehe die Wildschweine sie holen?«, fragte Javier.

»Es geht ihm gut. Denk ich zumindest.« Ich stellte meinen Koffer ab und deutete auf die Stute. »Wie sieht es denn aus?«

»Ihr geht es nicht so gut«, sagte Javier und strich ein letztes Mal über das Bein. »Sehnenentzündung.«

Neil gab ein leises Stöhnen von sich. Ich sah ihn mitleidig an und tastete ebenfalls das Bein ab, das sich sehr warm anfühlte. Javier machte mir Platz, damit ich es in Ruhe untersuchen konnte. Eigentlich wäre das heute mein Termin gewesen, aber Neil hatte darauf bestanden, dass Javier mit dabei war, weil er schließlich der Tierarzt und außerdem ein Mann war.

Seit ich achtzehn war, arbeitete ich nun schon für Javier, und er hatte mir alles beigebracht, was er wusste. Für die meisten Bewohner von Boulder Creek zählte das genauso viel, aber es gab auch solche wie Neil, die darauf bestanden, dass ihre Tiere nur von einem richtigen Arzt mit Abschluss behandelt wurden.

»Was machen wir jetzt?«, fragte Neil. »Muss sie eingeschläfert werden?«

»Nein«, sagte Javier. »Wir haben einige Optionen. Eine mögliche Therapie ist, sie mit Stammzellen zu behandeln. Dazu muss sie aber in die Klinik.«

»Das klingt teuer«, stellte Neil fest.

»Ist es bedauerlicherweise auch.«

»Wir können auch eine Alternative versuchen«, sagte ich und richtete mich auf. »Wir könnten zum Beispiel Blutegel setzen, spezielle Kühlverbände anlegen, sie sogar tapen. Ich habe neulich erst einen Artikel gelesen, dass das auch bei Pferden gut funktioniert.«

Neil sah mich fragend an, weil er wohl mit dem Begriff Tapen nichts anfangen konnte.

»Das macht man bei Menschen unter anderem bei Muskel- oder Bänderverletzungen. Durch das Tape wird das Bindegewebe und die Muskulatur stimuliert, was die Mikrozirkulation und das analgetische System im Körper anregt.«

Jetzt sah er mich noch perplexer an.

»Es ist wie eine Massage durch ein Band, was auf die Haut geklebt wird.«

»Aha.«

Javier nickte und lächelte mich an. Er kannte diese Methoden natürlich auch, aber bei skeptischen Klienten wie Neil überließ er es gerne mir, die Behandlungsmöglichkeiten zu erläutern. Er wollte damit erreichen, dass ich besser dastand und sie erkannten, was ich draufhatte.

»Und das funktioniert?«, fragte Neil und runzelte die zerfurchte Stirn.

»Ja, sehr gut sogar«, stand mir Javier bei.

»Ich habe auch ein altes Rezept der Cheyenne für eine sehr wirksame Kräutertinktur«, sagte ich. Die Unterlagen stammten von Javiers Urgroßmutter, die eine Heilerin gewesen war. Meine Familie hatte zwar auch Wurzeln zum Volk der Cheyenne, aber meine Großmutter hatte irgendwann alle alten Schriften weggeworfen. »Die könnte ich dir anmischen. Du musst nur zweimal am Tag das Bein damit einreiben.«

Neil blickte zu Javier, der nur nickte. »Probiere es einfach. Sollte keine Besserung eintreten, kannst du sie immer noch in die Klinik bringen. Du willst sie ja sowieso nicht mehr reiten.«

»Nein, aus dem Alter bin ich raus.«

Ich legte eine Hand auf den Rücken der Stute und streichelte sie ein wenig. Sie war ein ruhiges Tier und wurde früher von Neil zum Rindertreiben eingesetzt, als er noch mehr Land besessen hatte. Jetzt zehrte das Alter genauso an ihr wie an ihm, aber es freute mich, dass er sie nicht abschob, wie es viele der Cowboys taten, sobald die Tiere keine Funktion mehr erfüllten.

»Na gut. Wir machen das«, sagte Neil und nickte Javier zu.

»Schön. Clay mischt dir die Kräuter zusammen und kann dann diese Woche auch die Blutegel setzen.«

»Kein Problem«, sagte ich.

Neil öffnete den Mund und blickte zu Javier, doch der hob die Hand. »Ich bin diese Woche leider ausgebucht. Lass es Clay machen, das geht schneller, und deine alte Sally hier hat schon bald weniger Schmerzen.«

»Wenn es sein muss«, stimmte Neil widerstrebend zu.

Ich verkniff es mir, mit den Augen zu rollen.

»Stell sie erst mal separat von den anderen«, sagte Javier.

Ich wandte mich bereits ab, während er Neil noch instruierte, was er außerdem zu tun hatte. Als ich den Stall verließ, kam mir Neils Hund entgegen und wedelte mit dem Schwanz.

»Hey, Rover«, sagte ich und wuschelte ihm über den Kopf. Er reichte mir bis knapp übers Knie, hatte schwarzes Fell mit weißen Flecken darin und wundervolle braune Knopfaugen, die jedem das Herz erweichen. Rover hinkte seit seiner Kindheit, weil er als Welpe von einem Range Rover angefahren worden war und nur durch ein Wunder überlebt hatte. Daher sein Name.

Rover setzte sich vor mich und legte eine Pfote auf meinen Unterarm, damit ich ihn weiterstreichelte.

»Schön, dass du keine Vorurteile mir gegenüber hast«, sagte ich und kraulte ihn ausgiebig hinter den Ohren.

»Rover, komm«, rief Neil schließlich.

Der Hund sprang auf und flitzte trotz seiner Behinderung erstaunlich schnell davon. Ich richtete mich auf und ging weiter zum Auto, wo ich meinen Koffer wieder auf der Rückbank verstaute. Es dauerte nicht lange, bis auch Javier kam.

»Schieß los: Wie war es mit Parker?«, fragte er ohne Umschweife.

Ich schmunzelte und lehnte mich an Jackson. »Eigentlich nicht sehr spektakulär. Er will die Ranch renovieren.«

Javier pfiff durch die Zähne, nahm sich eine Mappe, die wir für all unsere Patienten anlegten, und notierte sich die heutigen Ergebnisse. »Hoffe, er hat einen guten Finanzplan.«

»Keine Ahnung, ob er überhaupt irgendeinen Plan hat.«

Javier lachte leise, schrieb seine Notizen nieder, klappte die Mappe zu und reichte sie mir. »Für die nächste Behandlung.«

»Danke.« Ich nahm sie an und klemmte sie unter den Arm. Eigentlich störte es mich nicht, von Leuten wie Neil unterschätzt zu werden, aber heute nagte es an mir. Ich blickte zurück zum Stall, wo der alte Mann noch mit seiner Stute beschäftigt war, und seufzte leise.

»Noch kannst du etwas daran ändern«, sagte Javier und ging zu seinem Wagen.

Mir war klar, was er damit meinte, auch wenn wir nicht oft über dieses Thema redeten. Ich sah ihn an und erkannte in seinen Augen die stumme Aufforderung: *Mach dein Studium, dann kann ich dich voll einsetzen.*

Ich biss mir auf die Lippe und sah zu Boden. Das Abenteuer Veterinärmedizinstudium saß mir nach sieben Jahren noch immer im Nacken. Vielleicht war ich damals einfach nicht bereit gewesen, diesen Weg zu gehen, und hätte ein oder zwei Jahre warten sollen, aber der Zug war irgendwie abgefahren. Mittlerweile war dieses Thema genauso negativ für mich besetzt wie diese Sache mit Parker.

Ich stieß mich von Jackson ab und lief zur Fahrerseite. Die Mappe warf ich auf den Sitz neben mir. Javier stieg ebenfalls in seinen Wagen und ließ den Motor an. Er wusste, dass ich mich vor dem Thema drückte, und gewährte mir mal wieder eine Schonfrist, bis ich so weit war, darüber zu sprechen. Im Moment war es leichter, es einfach von mir zu schieben. Klar, Situationen wie eben ärgerten mich mal kurz, doch damit kam ich klar.

Ob das auch für den Mann galt, der nun auf Golden Hill einzog, musste sich erst noch zeigen. Ich schüttelte mich, stieg in meinen Wagen und warf meinem Waffenkoffer einen Blick zu.

Sofort erinnerte mich das wieder an Parker und wie ich ihn vorhin mit Maggie bedroht hatte. Sein dummes Gesicht, als er in den Lauf meiner Schrotflinte geblickt hatte, würde mich noch eine

Weile begleiten. Genau wie seine schönen dunkelblauen Augen, die mich sofort zurück in unsere Freundschaft gezogen hatten. Eine Freundschaft, die mehr als holprig angefangen hatte und sich zu etwas entwickelte, das ich so nicht erwartet hätte.

3.

Vor elf Jahren

Parker

»Parker, da kommt deine Hilfe. Das ist Clay. Sie ist die Enkeltochter der Davenports, das sind gute Freunde von mir«, sagte mein Großvater und deutete auf das Mädchen, das eben den Stall betreten hatte.

Sie hatte schulterlange, sehr zerzauste Haare, die sie versucht hatte, in einem Pferdeschwanz zu bändigen, aber es war ihr nicht wirklich gelungen. Dazu trug sie ein schlabbriges Shirt, enge Jeans und Wanderschuhe. Um ihr rechtes Handgelenk hatte sie Lederbänder geflochten. Ich rollte mit den Augen, weil sie aussah, als würde sie draußen im Wald leben. Ihr Gesicht gefror zu Eis, und zwei fast schwarze Augen hefteten sich auf mich. Ich verschränkte die Arme vor der Brust und sah sie an.

»Was ist mit deinen Haaren? Brütest du darin Eier oder so?«

Clay kniff die Augen zusammen, und pures Feuer sprühte aus ihnen heraus. Sie ballte die Hände zu Fäusten und zischte leise.

»Okay, ganz ruhig, Hitzeblitz«, sagte mein Großvater zu ihr. »Clay, du wirst Parker alles zeigen, er kennt sich noch nicht so gut aus.«

Clay brummte leise und verzog das Gesicht.

»Ich lass dich liebend gerne allein«, sagte ich. »Dann hast du deine Ruhe, und ich …«

»Das würde dir so passen«, sagte mein Großvater und klopfte mir auf die Schulter. »Sei nett, Parker, und lass sie nicht alles allein machen, verstanden?«

»Jaja.«

Grandpa lächelte, sah noch einmal zwischen uns hin und her und verabschiedete sich.

Wir blieben etwas unschlüssig zurück. Ich schob den Dreck mit einem Fuß vor mir her und überlegte, wie ich am besten aus der Nummer rauskäme, aber noch sah ich keine Möglichkeit.

Clay stöhnte, trat an die Seitenwand und zog eine Mistgabel von der Halterung. »Du weißt schon, dass ›Jaja‹ leck mich am Arsch heißt?«

»Und wenn schon? Mein Grandpa sah nicht so aus, als wüsste er es, oder?«

»Wow, du bist ja ein ganz Schlauer.« Sie kehrte zurück zu mir und hielt mir die Gabel hin. »Lass es uns hinter uns bringen, du Möchtegern-Bad-Boy.«

»Wie hast du mich genannt?«

»Na, schau dich doch an. Diese Hier-ist-alles-so-langweilig-Miene.« Sie äffte mich nach und verzog gekünstelt das Gesicht. »Dann der Spruch mit meinen Haaren. Wie alt bist du? Zwölf?«

»Was?! Ich bin nicht … ich bin …«

Sie schüttelte den Kopf und lief zu Gin und Ginger. »Hältst dich für ultracool, jammerst aber rum, sobald man von dir verlangt zu arbeiten. Vermutlich kriegst du gleich Blasen an den Händen.«

Ich ballte besagte Hände zu Fäusten und zischte leise. »Besser, als rumzulaufen, als wäre ich dem Wald entsprungen. Ihr Dörfler wisst vermutlich nicht mal, wie man ein Handy benutzt.«

»Ja, ganz bestimmt nicht.« Clay schüttelte den Kopf und tätschelte den beiden Pferden die Nasen. »Hallo, ihr zwei Hübschen.«

Ich tat so, als müsste ich würgen, weil die Viecher alles andere als hübsch waren.

Clay hielt inne, lächelte mich an und rammte die Mistgabel neben meinem Fuß in die Erde. Ich zuckte zusammen. Die Zacken hatten mich nur haarscharf verfehlt.

»Bist du irre? Ein paar Millimeter weiter links, und ich hätte das Teil im Fuß gehabt!«

»Hast du aber nicht. Jetzt ran an die Arbeit, wir wollen irgendwann auch mal fertig werden.«

»Gott, bist du anstrengend.«

»Du hast ja keine Ahnung.«

Heute

Die Begegnung mit Clay hing mir noch nach, als ich längst auf dem Weg zurück nach Boulder Creek war, wo ich in der nächsten Zeit wohnen würde. Clays Gesichtsausdruck und der Zorn in ihrer Stimme hatten mich die ganze Zeit über begleitet, während ich Golden Hill weiter abgelaufen war und mir notiert hatte, wo und wie wir am besten anfangen sollten. Unser Zeitplan war sehr eng gesetzt, weil wir schnellstmöglich Gäste empfangen wollten, damit Geld in die Kasse floss. Das war auch bitter nötig, denn leider war die Ranch in einem schlechteren Zustand, als ich erwartet hatte. Das Loch im Dach würde uns gleich zu Beginn aufhalten. Dann hatte ich gesehen, dass es im Keller ein paar feuchte Wände gab, und im Kamin war ein altes Vogelnest, das entfernt werden musste. Sobald ich mich nachher bei Cybil im Gästezimmer eingerichtet hatte, würde ich erst mal ein Resümee des heutigen Tages ziehen und alles entsprechend planen. Vielleicht sollte ich mir auch überlegen, wie ich das mit Clay wieder geradebiegen konnte, aber ich verstand sehr gut, warum sie zornig auf mich war. Ich an ihrer Stelle hätte mir wohl in den Fuß geschossen.

Ich passierte das Stadtschild von Boulder Creek, und wieder erfüllte diese angespannte Nostalgie mein Herz. Als ich gestern angereist war, war es schon dunkel gewesen, und ich hatte nicht viel von der Stadt sehen können. Heute war es zwar trüb und verhangen, aber ich erkannte genug. Ich befand mich auf der langen Hauptstraße, die irgendwann am Rathaus endete. Vorher kamen Cybils Diner, wo ich ein Gästezimmer bezogen hatte, Stews Lebensmittelgeschäft, ein Friseur, ein Tabakladen, das kleine Café, das Mark mir damals ans Herz gelegt hatte, und ein Touristenbüro. Aus dem Internet wusste ich, dass Boulder Creek mittlerweile gewachsen war. Es gab rund zweitausend Einwohner, zwei Ärzte eine Tierklinik, die Feuerwehr, Polizei, drei große Campingplätze mit Ferienhütten und einige lokale Bauunternehmen, die den Wald rodeten und das Holz weiterverarbeiteten. Im Winter war hier nicht viel los, aber im Frühjahr kamen die Touristen und Wanderer. Zudem war etwa zwei Stunden nördlich von hier der berühmte Yellowstone Park, der jedes Jahr Tausende von Menschen anlockte. Ich selbst hatte ihn nie besucht, aber irgendwann wollte ich unbedingt einen Ausflug dorthin machen.

Ich kam an Stews Laden vorbei, der sich ebenfalls nicht viel verändert hatte. Es war ein großes Gebäude mit bodentiefen Glasfenstern. Auf dem Dach prangte ein Logo mit Stews Namen und den Worten: *Beste Waren seit 1935.* Vor der Tür stand noch immer das hölzerne Pferd in Lebensgröße, allerdings fehlte ihm nach wie vor ein Ohr. Ich zog die Augenbrauen zusammen, als ich an jene Nacht dachte, an der ich dem Tier das zugefügt hatte. Zusammen mit noch vielen anderen dummen Dingen, die ... Mein Handy klingelte, und ich zuckte zusammen. Das Display im Armaturenbrett verriet mir, dass es wieder Sadie war.

»Hey, ich habe schlechte Neuigkeiten«, sagte sie statt einer Begrüßung.

»Was ist passiert?«

»Ich stecke auf der 89 fest, irgendwo zwischen Bradley Mountain und Deadhorse Peak. Hier hat es auf einmal angefangen zu schneien, und ein Lkw hat sich auf der glatten Straße quergelegt.«

Ich blickte durch die Frontscheibe hinaus. Auch hier war der Himmel sehr verhangen, und die ersten Schneeflocken rieselten herab.

»Ich komm heute nicht mehr weg«, sagte Sadie.

»Hast du denn eine Möglichkeit, wo du übernachten kannst?«

»Ja, der Verkehr wurde in die nächste Ortschaft umgeleitet. Ich hab mich jetzt für die Nacht eingemietet und hoffe, dass bis morgen die Straße frei ist.«

»Wird schon.«

»Ich muss es unbedingt zu dem Termin schaffen.«

Wir waren morgen um zehn mit Tara McArthur, der Bürgermeisterin von Boulder Creek, verabredet, um die finale Baugenehmigung und die Einverständniserklärung für unser Projekt abzuholen. Eigentlich hatte Sadie sich bereits im letzten Jahr darum gekümmert und intensiven Kontakt zu einer Sachbearbeiterin im Rathaus gehabt, aber die hatte leider von heute auf morgen ihren Job geschmissen. Seitdem lag unser Projekt auf irgendeinem Schreibtisch und verstaubte. Es war zwar schön, dass sich die Bürgermeisterin nun persönlich unserer Sache annehmen wollte, aber das schüchterte mich auch ganz schön ein.

»Wir schaffen das, mach dir keine Sorgen«, sagte ich. »Deine Sicherheit geht vor.«

Sadie seufzte leise, aber ich wusste, dass sie kein unnötiges Risiko eingehen würde, sollten die Straßen auch morgen nicht frei sein. »Ich bete zum Wettergott«, sagte sie.

»Ruf mich morgen früh an, ich biege gerade bei Cybil auf dem Parkplatz ein.«

»Okay, ich hoffe, dass alles klappt. War noch irgendwas heute auf Golden Hill? Weitere Überraschungen?«

Nur eine feurige Frau mit einer Schrotflinte. »Nichts, womit wir nicht klarkommen, aber ich bin Clay begegnet.«

»Oha. Wie war es denn?«

»Interessant.«

»Gut interessant oder schlecht interessant?«

»Das weiß ich noch nicht.« Im Gegensatz zu mir hatte Sadie bei ihrem Besuch auf Golden Hill nie etwas mit Clay zu tun gehabt, aber sie wusste natürlich vieles über sie aus meinen Erzählungen.

»Hat sie denn irgendwas Besonderes gesagt?«

»Nicht wirklich.«

Sadie stöhnte, weil ich mir alles aus der Nase ziehen ließ, aber ich wusste auch nicht so recht, was ich sagen sollte. »Wir reden später darüber. Ich parke gerade und möchte reingehen.«

»Na gut, ich lass dich vom Haken.«

»Wie nett von dir. Pass auf dich auf, ja?«

»Immer.«

Ich legte auf, stellte das Auto ab und sammelte meine Sachen zusammen. Als ich ausstieg, empfing mich sofort die Eiseskälte, und meine Wangen glühten von dem stetigen Wechsel aus warm und kalt. Ich überquerte rasch den Parkplatz und steuerte den Eingang zu Cybils Diner an. Es war ein uriges Restaurant mit einer großen Fensterscheibe zur Straße hin. Ich erkannte, dass es recht voll war.

Das Diner gab es schon ewig und hatte sich seit meinem letzten Besuch kaum verändert. Bis auf den neuen Anstrich und die roten Fensterläden, die früher nicht da gewesen waren.

Cybil führte mittlerweile nicht nur das Restaurant, sie vermietete auch einige Ferienwohnungen. Drei befanden sich im Nachbargebäude, zwei lagen direkt über dem Diner und bestanden aus je einem einfachen Zimmer.

Ich betrat das Diner und schüttelte den Schnee von den Stiefeln. Einige Blicke richteten sich auf mich, als ich auf die Bar zusteuerte. Unweigerlich sah ich zum Tisch drüben am Fenster, an dem ein junges Pärchen saß.

Das war der Tisch, an dem damals meine Welt zerbrochen war, nachdem ich gedacht hatte, sie endlich im Griff zu haben. Da drüben hatte ich das letzte Mal mit Grandpa gesprochen. Ich schüttelte mich, zog die Jacke aus, hängte sie aber nicht an der Garderobe auf, sondern nahm sie mit zu den Hockern an der Theke und legte sie neben mich.

Eine junge Frau mit einer Schürze und einem Tablett in der Hand lief an mir vorbei und nickte mir zu, als Zeichen, dass sie mich registriert hatte. Sie verschwand in der Küche, und ich wickelte den Schal ab, zog die Handschuhe aus und nahm die Speisekarte in die Hand. Mein Magen rumorte leise, als ich die Seite mit den Burgern studierte. Seit heute Morgen hatte ich nichts mehr gegessen, und nach dem langen Tag draußen fühlte ich mich recht ausgehungert.

Auf einmal bemerkte ich aus dem Augenwinkel, wie jemand rechts von mir tuschelte. Ich blickte über die Schulter und entdeckte zwei ältere Männer, die die Köpfe zusammensteckten. Die beiden waren vermutlich Anfang sechzig und kamen mir bekannt vor, aber ich konnte sie auf die Schnelle nicht zuordnen.

Der eine Mann rümpfte die Nase, als er mich anblickte, schüttelte den Kopf und wandte sich wieder seiner Pizza zu.

»Taucht hier einfach wieder auf«, hörte ich auf einmal einen anderen sagen. Der Typ saß schräg vor mir an einem der Tische und funkelte mich genauso missmutig an wie die beiden eben. Ich zuckte zusammen, als sich unsere Blicke trafen, denn den erkannte ich sofort. Es war Stew. Der Betreiber des Lebensmittelladens. Dieses Gesicht würde ich wohl nie mehr vergessen, nach allem, was ich angestellt hatte. Er hatte deutlich mehr graue Haare und auch mehr Falten als früher. Stew trug ein dunkelgraues Sakko, darunter ein helles kariertes Hemd. Seine Schultern wirkten noch gebeugter als damals, aber in seinem Blick loderte das Feuer.

Ich lächelte verlegen und bemühte mich, freundlich zu wirken, doch er schnaubte nur.

»Hi«, hörte ich eine weibliche Stimme. Ich blickte auf und sah der Frau vor mir ins Gesicht. Sie war schätzungsweise Mitte zwanzig, hatte dunkelbraune Haare, die sie zu einem strengen Zopf geflochten hatte, und trug eine schwarze Bluse mit dem Aufnäher von Cybils Logo. Um ihre Hüfte hatte sie eine weiße Schürze gebunden, und ihre blauen Augen wirkten wachsam. Ich sah auf ihr Namensschild über ihrer Brust.

»Katherine«, las ich ab und grüßte sie mit einem Kopfnicken.

»Kit, bitte. So nennen mich eigentlich alle, bin nur noch nicht dazugekommen, das Schild zu ändern. Und du musst Parker sein, hab ich recht? Der, der Golden Hill gekauft hat.«

»Genau der bin ich.«

Sie zückte einen Block und einen Stift. »Was darf ich dir denn bringen?«

»Den Grilled Cheeseburger mit Pommes und eine Pepsi dazu, bitte.«

»Gerne. Kaffee vorab?«

»Klar.«

Sie notierte alles, und ich hörte Stew ein weiteres Mal schnauben.

»Wirst es wohl nicht leicht hier haben«, sagte Kit. »Du bist seit gestern Stadtgespräch.«

»Ich merke es.«

»Was hast du denn angestellt?«

Ich sah sie verblüfft an. Warum wusste sie das denn nicht?

»Bin erst vor einiger Zeit zugezogen«, sagte sie nur. »Bisher konnte ich nur ein paar Puzzleteile aufschnappen, aber ich hab noch kein genaues Bild von dir.« Kit legte den Kopf schräg und schien sich zurechtzulegen, was sie alles von mir wusste. »Du bist der Enkel von Darren und Cynthia Huntington, hast mal hier drei Sommer verbracht …«

»Einen«, korrigierte ich sie. »Wobei ich als Fünfjähriger auch schon mal für zwei Wochen hier war, aber ich weiß nicht, ob man das zählen kann.«

»Also gut. Du warst einen Sommer und ein paar Wochen hier und hast die ganze Stadt beleidigt, als du damals gegangen bist. Hast du auch 'ne Scheibe hier eingeschlagen?«

»Fast. Sie ging nicht zu Bruch. Ich hab aber einen Kaffeebecher an die Wand geschmissen, und ich denke, ich habe nur die halbe Stadt beleidigt, aber das ist wohl Haarspalterei.«

»Spannend.«

»Kit, wir würden gerne zahlen«, rief einer der beiden Männer, die mich eben noch angestarrt hatten.

»Mist. Die Pflicht ruft leider, aber ich will unbedingt mehr darüber hören, ja?« Sie stellte mir rasch eine Tasse hin, goss mir Kaffee aus einer der Kannen ein, die rund um die Uhr bereitstanden, und trollte sich zu dem Tisch, wo die beiden Typen saßen.

Ich umschloss meine Kaffeetasse und ließ einen Moment die Wärme an meinen Fingern wirken. Mich überkam das Gefühl, als würde mich gerade das gesamte Restaurant anglotzen, auch wenn es vermutlich nicht stimmte. Kit kehrte zurück, eilte aber gleich zur Küche weiter, um weitere Bestellungen aufzugeben oder wegzutragen. Ich sah ihr dabei zu und fühlte mich mit jedem Atemzug unwohler. Dieser Ort erdrückte mich. Mit einem Mal spürte ich all die Last der Vergangenheit auf mir ruhen, ich spürte den Hass und die Wut der anderen gegen mich. Mir wurde leicht schwindelig, weil es mich regelrecht überwältigte.

Auf einmal stellte Kit einen Teller und die Pepsi vor mich. Ich zuckte zusammen und sah erst das Essen an, dann sie. »Ist … ist es okay, wenn ich das hoch auf mein Zimmer nehme?«

»Klar. Das Geschirr kannst du mir morgen zurückbringen.«

»Gut. Danke.«

»Hier.« Sie zog ein Tablett unter dem Tresen hervor und half mir, alles draufzuladen.

»Unser Gespräch müssen wir auf ein anderes Mal verschieben«, sagte ich.

»Kein Ding. Hab eh zu tun.«

Ich nickte ihr zu und wollte mich abwenden, doch sie hielt mich noch auf. »Ich finde es übrigens gut, dass du dich um Golden Hill kümmerst.« Sie lächelte.

»Mal sehen, ob ich dem Ganzen auch gewachsen bin. Sieht ziemlich übel da draußen aus.«

»Warte ab, bis der Schnee geschmolzen ist und der Frühling kommt. Sonne macht alles besser.«

»Ist das so?«

»Sagt zumindest meine Mutter, und sie ist eine sehr weise Frau, also gehe ich davon aus, dass es stimmt.«

Ich erwiderte ihr Lächeln und war dankbar, dass sie bisher als Erste ein paar nette Worte für mich übrighatte. Mir war von Anfang an klar gewesen, dass mein Neustart hier in Boulder Creek ein wildes Abenteuer werden würde, bei dem ich sicher mehr als einmal an meine Grenzen käme, aber dass die Herausforderungen schon so früh anfangen würden, hätte ich nicht gedacht.

»Bis morgen«, verabschiedete ich mich von Kit, nahm meine Jacke und das Essen und verschwand nach oben in den Schutz meines Zimmers, wo mich weder alte Männer anglotzen konnten noch Frauen mit Schrotflinten bedrohen würden.

Hoffte ich zumindest.

Vor elf Jahren

Ich dreh hier durch!
schrieb ich Ajden.
Dabei sind erst zwei Wochen um!

Sieh es positiv: Das sind zwei weniger als bei deiner Ankunft.

Willst du mich verarschen?

»Kannst du dein Handy nicht mal für eine Minute wegstecken?«, fragte Clay, die neben mir herlief. »Konzentrier dich lieber darauf, die Kiste mit beiden Händen zu tragen statt nur mit einer.«

»Ich trage die Kiste locker mit einer Hand, wie du siehst, dafür muss ich mich nicht konzentrieren.«

Mein Großvater hatte mich heute Nachmittag mit Clay in die Stadt – *die Stadt! Haha* – geschickt, um Stew Großmutters selbst gemachte Marmelade vorbeizubringen. Er verkaufte sie in seinem Laden, wo sie wohl reißenden Absatz fand. Ich hatte wenig Bock auf diesen Botengang, aber mein Großvater war ziemlich kompromisslos, was meinen Aufenthalt anging. Er scheuchte mich jeden Morgen in den Stall, um auszumisten, und tagsüber musste ich auf der Ranch bei Reparaturen und anderen Arbeiten helfen. Irgendwas ging immer kaputt. Ich fragte mich, wie meine Großeltern den ganzen Spaß überhaupt finanzierten. Mir war schon aufgefallen, dass sie öfter mal darüber sprachen, wie sie jeden Cent umdrehen mussten. Marmelade schien auf alle Fälle eine gute Einnahmequelle zu sein, denn in meiner Kiste waren hundert Gläser, und Clay trug eine weitere mit fünfzig.

Ich schnaubte, hob mein Handy wieder an und schrieb Ajden weiter:

Wenn ich hier vor Langeweile sterbe, hol bitte meine Leiche ab und bring sie nach Denver.

Ist das nicht ein wenig theatralisch?

Nein, wärst du hier, könntest du es verstehen.

Aha.

Wie ist es denn bei dir?

Wenn ich jetzt schreibe: total spannend! Hasst du mich dann?

Könnt dich nie hassen, Mann.

Gut! Denn es ist total spannend! Die Leute hier sind so dankbar für unsere Hilfe! Ich will nie wieder weg, aber Dad hat schon gesagt, dass er mich zurückschickt.

Fuck, ey. Ajden erlebte voll die aufregende Zeit, und ich lieferte Marmelade aus. Wobei ich mir nicht vorstellen konnte, in einem Flüchtlingslager zu arbeiten.

Wenn du nach Hause musst, kannst du auch zu mir kommen«,
antwortete ich ihm.
So hab ich wenigstens Gesellschaft beim Langweilen.

Nee. Hab jetzt erst mal Hausarrest, weil ich einfach so nach Mexiko gefahren bin.

Jep.

Auf einmal griff Clay nach mir und nahm mir das Handy ab. »Hey!«, zischte ich.

»Nur mal fünf Minuten, ja? Damit du das hier wertschätzen kannst.« Sie machte eine ausladende Handbewegung, während sie mein Handy festhielt und sich die Kiste mit der Marmelade unter den anderen Arm klemmte. Dann deutete sie auf die lang gezogene Straße vor uns. »Willkommen in Boulder Creek.«

Ich verzog das Gesicht und drehte mich um die eigene Achse, wobei ich übertrieben erstaunt die Augen aufriss. »Wow! Eine Straße! Der Wahnsinn. Und da drüben ist ein Diner! Ich flipp aus! Wo ist das hippe Café? Bitte zeig es mir, ehe mein flatterndes Herz aus der Brust springt.«

Clay gab mir einen Klaps und rollte mit den Augen. Wie so oft verfehlte es seine Wirkung nicht. In meiner Hose zuckte es, und ich lenkte rasch meine Gedanken von ihr weg, ehe es peinlich werden konnte.

Clay trug heute eine lange Hose und eine Jacke über ihrem ärmellosen Shirt. Vorhin hatte es geregnet, und ein kühler Wind war aufgezogen, weshalb ich einen Sweater übergezogen hatte. Ich räusperte mich und konzentrierte mich auf die Umgebung anstatt auf ihre Nähe. Der Himmel über Boulder Creek war verhangen, vermutlich würde es im Laufe des Tages noch mal regnen.

Wir überquerten die Straße, und Clay zeigte auf ein großes Gebäude an der Ecke mit bodentiefen Glasfenstern an der Front und einer Seite. Auf dem Dach prangte der Name Stew Clearwood, und darunter stand: *Beste Waren seit 1935.* Vor der Tür stand ein hölzernes Pferd in Lebensgröße.

»Oh, darf ich mal reiten?«, fragte ich und hob meine Stimme um eine Oktave.

»Als ob du reiten könntest.«

»Stimmt, ich lasse mich lieber ...«

Und wieder folgte ein Klaps. Dieses Mal auf den Hinterkopf.

»Wir müssen echt mal über dein Aggressionsproblem reden«, sagte ich und rieb mir über die Stelle.

»Ich hab doch kein Aggressionsproblem!«

»Du schlägst mich ständig, und außerdem hast du mich in der kurzen Zeit, in der ich hier bin, schon unzählige Male mit der Mistgabel bedroht.«

»Gott, bist du empfindlich. Abgesehen davon schlag ich dich doch nicht, oder siehst du das ernsthaft so?«

Nein, eigentlich nicht. Es waren wirklich nur harmlose Klapse, aber es machte Spaß, Clay damit aufzuziehen. »Wenn ich grün und blau nach Hause komme, werde ich dich verklagen.«

»Ja, unbedingt, bei meiner Familie kannst du Millionen an Schadenersatz einfordern.«

Ich hatte keine Ahnung, wie viel Kohle ihre Familie hatte, aber das klang jetzt eher ironisch.

»Los jetzt, Stew schließt den Laden in einer halben Stunde«, sagte Clay, griff nach der Klinke und öffnete die Tür. Die Klingel läutete, als wir über die Schwelle traten.

Mich empfing eine bunte Duftmischung aus frisch gebackenen Brötchen, Kaffee, druckfrischem Zeitungspapier und Obst. Der

Laden war größer, als er von außen wirkte, und es schien hier tatsächlich alles zu geben. Die Regale waren gefüllt mit Eiern, Milch, Nudeln, Reis und was man sonst noch so brauchte. Es gab eine Sektion für die Frischwaren wie Obst und Gemüse, eine kleine Fleischtheke, und an einer Wand standen mehrere Kühlregale. Ein älterer Mann stand hinter einer der zwei Kassen und zog gerade Waren über das Band.

Clay nickte dem Mann zu, der sie anlächelte.

»Ah, Clay. Schön, dass du da bist.«

Das war wohl Stew. Ich folgte Clay zur Kasse, wir warteten kurz, bis die Kundin vor uns bezahlt und ihre Einkäufe eingepackt hatte, dann stellten wir die Kisten auf das Rollband. Die Frau warf mir einen skeptischen Blick zu. Als hätte sie noch nie einen Fremden in Boulder Creek gesehen.

»Du musst Darrens und Cynthias Enkel Parker sein«, sagte Stew und lächelte mich verhalten an. Kam es mir nur so vor oder war der auch misstrauisch?

»Ja, hi.« Ich schob die Hände in die Hosentaschen, während Clay mit Stew über die verschiedenen Marmeladensorten redete, die meine Großmutter eingekocht hatte. Mein Blick fiel auf mein Handy, das aus der Gesäßtasche von Clays Jeans lugte. Da sie noch immer in ihr Gespräch vertieft war, trat ich näher und zog es einfach wieder heraus.

»Hey!«, zischte sie und wollte nach mir greifen, aber ich war schneller.

»Zu spät.« Ich wackelte mit dem Handy vor ihrer Nase herum und trat ein paar Meter zurück, ehe sie es mir abnehmen konnte.

Clay schnaubte nur, wandte sich aber wieder Stew zu. Ich lief weiter in den Laden hinein, streifte ziellos an den Regalen vorbei, während ich meine Nachrichten checkte.

Ajden hatte noch mal kurz geschrieben, dass er jetzt losmüsse, weil sein Dad auf ihn wartete, ansonsten hatte mir noch Mara aus meiner Parallelklasse getextet, wie sehr sie mich vermisste, und mir dazu ein Bild von sich geschickt, wie sie im Bett lag. Sie war perfekt geschminkt, hielt eine Kaffeetasse in der Hand und lächelte gekonnt in die Kamera. *Bin so aufgewacht und musste gleich an dich denken.*

Ja, bestimmt bist du so aufgewacht.

Ich wollte schon mein Handy einstecken, als eine weitere Nachricht aufploppte.

Sie war von meinem Vater. Die erste persönliche Nachricht, seit ich in Boulder Creek angekommen war.

Parker. Ich habe gerade die Möbel für dein zukünftiges Büro bekommen. Es folgte ein Bild von einem Zimmer mit zwei großen Fenstern, hinter denen Denvers Skyline im Dunst des Abends zu erkennen war. Dad hatte sich in eins der höchsten Gebäude der Stadt eingemietet und prahlte gerne damit.

Sobald die Ferien um sind, wirst du hier nach der Schule arbeiten. So kann ich dich optimal auf deine kommende Rolle als Juniorchef von KVPE Astra vorbereiten, und du hast im Studium einen Vorteil.

Das Studium.

In mir zog sich alles zusammen, wenn ich nur daran dachte. Mein Leben war schon lange vorbestimmt. Nach der Highschool sollte ich an der Denver University Betriebswirtschaft studieren. Nebenher würde ich in Dads Firma arbeiten, damit ich die ganze Show irgendwann übernehmen konnte, wenn er zu alt wurde. Seit ich denken konnte, hielt er mir Predigten darüber, wie toll es werden würde, wenn wir erst zusammenarbeiteten, und was er mir alles beibringen könnte.

»Im Gegensatz zu mir wirst du es mal viel leichter haben« waren stets seine Worte. »Ich musste mir meinen Erfolg hart erkämpfen, du darfst dich ins gemachte Nest setzen.«

Das gemachte Nest, das einen Jahresumsatz von rund hundert Millionen Dollar einfuhr und sich in einer Nische etabliert hatte, die kaum jemand so gut bediente wie mein Vater. Die KVPE Astra war eins der größten Unternehmen für alternative Energien in Denver und stellte heute einen Großteil der Solarpanels her, die in der Stadt genutzt wurden. Die Firma war von meinem Vater gegründet worden. Damals hatte er die Vision gehabt, Sonnenstrahlen in Energie umzuwandeln. Es hatte einige Jahre gedauert und viel Mühe gekostet, bis sein erster Prototyp erfunden war, der den Grundstein für den Erfolg von KVPE Astra legte. Seither wuchs die Firma stetig und zählte mittlerweile zu den besten und damit auch einflussreichsten Arbeitgebern Denvers. Ich sollte froh und dankbar sein, einen derart guten Job zu erhalten, nach dem andere sich die Finger leckten. Doch alles, was ich empfand, war Druck.

Ich löschte die Nachricht von meinem Vater, ohne darauf zu reagieren. Er würde mir sowieso nicht noch mal schreiben. Für ihn waren seine Pflichten damit erfüllt. Er glaubte, er tat mir einen Gefallen, wenn er mir eine Zukunft aufbaute, in der ich keine finanziellen Probleme haben würde, und eigentlich stimmte das ja auch. Was war ich nur für ein schrecklicher Mensch, dass ich das nicht wertschätzen konnte?

Ich schob das Handy in die Tasche und spürte einen stechenden Schmerz in meiner Brust. Das war mir nicht fremd, zu Hause in Denver ging es mir sehr oft so. Dann hatte ich das Gefühl, als würde mir gleich das Herz herausspringen. Als wäre mein Körper auf einmal zu eng dafür geworden. Ich fasste mir an die Brust und massierte sie sachte. Mein Blick wanderte durch den Laden. Clay stand noch immer vorne an der Kasse und unterhielt sich mit Stew. Und ich? Was tat ich hier eigentlich? Meine Kehle wurde eng, ich fuhr mir durch die Haare, ging ein paar Schritte durch die Gänge. Ziellos und verloren. Genauso fühlte ich mich die meiste Zeit in meinem Leben. Vor einem Regal machte ich halt und starrte auf die Waren darin. Vor mir standen unzählige Flaschen Tequila, Schnaps, Rum, Whiskey. Nicht das teure Zeug, das bewahrte Stew bestimmt an der Kasse auf, vor mir reihte sich nur billiger Fusel auf. Ich warf einen weiteren Blick über die Schulter, doch weder Stew noch Clay schenkten mir Beachtung.

Und dann tat ich es einfach. Ich griff nach einer Flasche Whiskey und schob sie unter meinen Sweater. Mein Herzschlag beschleunigte sich, und als die Türglocke erklang und der nächste Kunde reinkam, rechnete ich schon fast damit, erwischt zu werden. Doch der Mann interessierte sich nicht für mich, nahm sich einen Einkaufswagen und lud die ersten Waren ein.

Ich wandte mich zur Tür und überlegte, wie ich mich am besten abseilen konnte. Clay würde nicht wieder mit mir nach Golden Hill zurückfahren, weil sie gleich eine Schicht bei Cybil im Diner hatte. Meine Großeltern waren heute nicht zu Hause. Sie feierten bei ihren Freunden auf der Eastwood Ranch Geburtstag.

Zum ersten Mal, seit ich hier war, war ich also frei und konnte tun und lassen, was ich wollte. Die Whiskeyflasche drückte mir gegen den Bauch, und ich hatte das Gefühl, als würde der Alkohol bereits in mich sickern. Ich schloss für einen Moment die Augen, dann verließ ich einfach den Laden, ohne mich noch mal nach Clay oder Stew umzudrehen.

4.

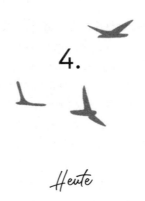

Heute

Parker

Als mich am nächsten Morgen der Handywecker aus dem Schlaf riss, begrüßte mich ein wildes Schneetreiben vor meinem Fenster. Die Scheiben bebten sogar ein wenig, weil der Wind energisch dagegenklopfte. Ich rieb mir über die Augen und richtete mich auf. Wie immer schlief ich ohne Shirt, nur in meinen Boxershorts.

»Verdammt.« Ich griff nach meinem Handy und checkte, ob es etwas Neues von Sadie gab. Sie hatte vor einer halben Stunde geschrieben.

Ich hänge noch immer fest. 😢 *Es gibt kein Durchkommen. Der Schneesturm heute Nacht hat alles schlimmer gemacht.*

Ich drückte auf Anrufen und lauschte dem Läuten, bis Sadie abnahm.

»Hey«, sagte sie.

»Hab es eben gelesen.«

»Ich hab keine Chance wegzukommen. Hier ist alles dicht.«

»Okay.« Es war nicht okay, aber ich wollte sie nicht noch mehr aufregen. Ich wuschelte mir durch die Haare und überlegte, was das für heute bedeutete.

»Willst du den Termin verschieben?«, fragte sie.

»Nein. Wer weiß, wann die Bürgermeisterin wieder Zeit hat. Wir haben zu lange auf diesen Tag gewartet. Ich werde alleine hingehen.«

Sadie seufzte leise, ich hörte ihr die Enttäuschung an.

»Ist ja nicht deine Schuld«, sagte ich.

»Nein, aber ich wäre gerne da gewesen und hätte dich unterstützt.«

»Mach dir keinen Kopf, das bekomm ich schon hin. Gibt es noch irgendwas Neues? Hat sich was ergeben, was ich wissen müsste?«

»Eigentlich nicht. Rhondas Studien hast du ja. Erkläre der Bürgermeisterin einfach noch mal genau, was auch im Exposé steht, und nenne auch gerne meine Genesungsgeschichte als Beispiel. Sie kann mich oder Rhonda jederzeit anrufen. Wir stehen für alle Fragen bereit.«

»Alles klar.«

»Ruf mich sofort an, wenn du fertig bist.«

»Mach ich.«

»Gott, ich bin so aufgeregt. Es geht wirklich los, Parker.«

»Ja.« Ich spürte es auch. Das Kribbeln, die Vorfreude, die Sorge, die Abenteuerlust. Es war ein cooles Gefühl, auch wenn ich etwas Schiss vor der Zukunft hatte. »Also, bis später.«

»Ich werde vor dem Handy kauern und deinem Anruf entgegenfiebern.«

Ich grinste bei der Vorstellung, dass sie genau das tat. Dann legte ich auf. Ehe ich aufstand, checkte ich noch meine anderen Nachrichten. Granny hatte gestern Nacht geschrieben. Ihr erster Text bestand nur aus wirren Zeichen. Vermutlich hatte sie keine Brille aufgehabt und die Tasten nicht richtig erkennen können. Der zweite war dafür mehr oder weniger lesbar: *Ich Freude mich SOS!*

Ich schmunzelte über die Verschlimmbesserung durch die Autokorrektur. Manchmal kamen derart kryptische Nachrichten an, dass ich sie anrufen musste, um zu fragen, worum es ging.

Die andere Nachricht war von meinem Dad:

Parker! Ich möchte dir ein letztes Mal ans Herz legen, diesen Unsinn zu lassen und wieder in die Firma zurückzukehren. Hast du eine Ahnung, was hier los ist? Die lokale Presse steht mir auf den Füßen und fragt, wie es sein kann, dass mein Sohn meine Nachfolge verweigert. Sie verlangen Statements!

»Sie verlangen Statements«, brabbelte ich genervt vor mich hin, auch wenn es wohl stimmte und sie ihm wirklich die Bude einrannten. Mein Dad war in seiner Funktion als CEO eng vernetzt mit der städtischen Politik und Wirtschaft und trat oft als Sponsor auf. In Denver kannte und achtete man ihn. Nach außen hin war die KVPE eine Vorzeigefirma für die Stadt, intern sah es allerdings anders aus.

Ich ignorierte seine Nachricht, stand auf und tapste hinüber ins kleine Bad. Es bestand nur aus einer Dusche, in der ich mich geradeso umdrehen konnte, einem Waschbecken und der Toilette. Ich musste sogar den Kopf einziehen, wenn ich durch die Tür lief, aber es hatte Charme. Rasch streifte ich die Boxershorts ab, stellte das Wasser an und trat unter den angenehmen warmen Strahl. Das Meeting war in einer Stunde, ich würde im Diner frühstücken und ins Rathaus hinüberlaufen, es lag nur ein paar Häuser entfernt.

Als ich mich angezogen hatte und ins Restaurant trat, fühlte ich mich schon wacher. Statt Kit begrüßte mich heute Morgen Cybil, die Besitzerin. Sie war Anfang siebzig, komplett ergraut, wirkte aber noch topfit und agil.

»Guten Morgen, Parker, gut geschlafen?«, fragte Cybil und stellte mir bereits eine Tasse Kaffee hin, ohne dass ich sie bestellt hätte.

»Sehr gut. Danke.«

Cybil hatte mich von Anfang an nett empfangen, was, wie ich jetzt erkannt hatte, keine Selbstverständlichkeit in Boulder Creek war. Auch heute Morgen trafen mich ein paar giftige Blicke von zwei älteren Frauen, die hinten in der Ecke zusammensaßen und ihren Toast verdrückten. Ich versuchte, sie zu ignorieren, bestellte mein Frühstück und wappnete mich innerlich vor dem, was mir bevorstand.

Während ich wartete, nahm ich mir die Lokalzeitung, die auf dem Tresen lag. Auch hier hatte sich nicht viel geändert. Das Blatt wurde direkt in Boulder Creek gedruckt. Sogar die Namen der Herausgeber waren noch dieselben: Louis und Owen MacFarlan. Die beiden Brüder hatten früher bereits über alles berichtet, was in Boulder Creek und Umgebung passierte. Auf Seite eins wurde heute der späte Wintereinbruch thematisiert und was er für die Tierwelt bedeutete. Außerdem schrieben sie, dass wieder Wilderer in den Wäldern gesehen worden waren.

Ich überflog die Seiten, während Cybil mir das Frühstück hinstellte. Die Zeitung war gefüllt mit Anzeigen der lokalen Geschäfte, Gedichten und kurzen Artikeln, die von Lesern eingereicht worden waren. Es wurde zudem über eine nötige Renovierung der Kirchenbänke diskutiert und ob das Lebensmittelgeschäft in der Hauptsaison eine Stunde länger öffnen sollte. Ich schmunzelte, weil ich das Gefühl hatte, in der Zeit zurückgereist zu sein. Boulder Creek war so … eigen.

»Und?«, fragte Cybil und goss mir Kaffee nach. »Wie ist es, wieder hier zu sein?«

»Eigentlich ganz gut, auch wenn manche es wohl nicht so gerne sehen.«

»Ach, lass die Leute reden. Das sind alte Starrköpfe, die ihre Nasen zu tief in die Angelegenheiten anderer Leute stecken.« Die letzten Worte hatte sie lauter und deutlich in die Richtung der beiden Frauen gesprochen. Diese schnaubten nur, und die eine winkte ab.

»Ich hab mich ziemlich mies benommen, als ich gegangen bin, und vielen vor den Kopf gestoßen.«

»Ich kann mich erinnern, war schließlich live dabei.«

»Stimmt.« Cybil führte dieses Diner, seit ich denken konnte. Am Tag meines Ausbruches hatte sie ebenfalls hinterm Tresen gestanden. »Tut mir leid, dass ich deine Einrichtung zertrümmert habe.«

Ich blickte zu der Stelle an der Wand, an die ich damals meinen Kaffee geschleudert hatte. Natürlich war davon heute nichts mehr zu erkennen.

»Das war nichts, was ein Lappen und etwas Farbe nicht wieder hätte richten können. Solche Dinge passieren eben. Du warst jung und verwirrt.«

Verwirrt war ich heute immer noch.

»Ich finde es gut, dass du Golden Hill gekauft hast, so kommt es zurück in die Familie. Lass dich nicht entmutigen, hörst du?«

»Ich werde es versuchen.«

Sie wischte den Tresen ab und deutete hinaus. »Zieh dir noch andere Schuhe an, bevor du vor die Tür gehst. Mit deinen kommst du nicht weit.«

Ich blickte an mir hinab. Meine Boots hatten gestern schon nicht dem Schnee standgehalten. »Hab leider keine anderen.«

»Du kannst dir im Nebenraum welche aussuchen. Ich verkaufe mittlerweile auch ein paar Klamotten an die Touristen. Du glaubst nicht, wie viele ohne vernünftige Ausrüstung hierherkommen.«

Ich spähte nach links um die Ecke. Dort hingen ein paar Jacken an Kleiderständern. Früher war der Bereich geschlossen gewesen. Ich nickte, aß in Ruhe auf und lief in den Nebenraum.

Viel Auswahl gab es nicht. Ein paar Winterjacken, Cargohosen, Angelausrüstung und zwei Modelle an Stiefeln. Ich checkte die Größen und wählte die Boots, die etwas stabiler aussahen. Sie passten recht gut und würden meine Füße definitiv wärmer halten als meine alten.

»Kannst sie später bezahlen«, rief Cybil mir aus der Küche zu. »Stell deine alten einfach auf die Treppe, ich nehm sie nachher mit rauf.«

Ich bedankte mich mit einem Lächeln. Mit meinen neuen Boots und meinen restlichen Sachen trat ich schließlich vor die Tür. Es hätte mich fast umgefegt, als mich eine heftige Sturmböe erfasste. Ich zitterte, schloss die Jacke fester und zog den Schal enger um den Hals. Der Wind war schneidend kalt. Der Neuschnee lag bereits einen Meter hoch, und es war noch lange nicht vorbei. Wenn es so weiterging, wären wir bis zum Ende des Tages komplett eingeschneit. So schnell würde Sadie nicht zu mir kommen können.

Ich richtete den Blick nach unten und stapfte los. Es war recht mühevoll, voranzukommen, und ich war dankbar, dass das Rathaus nicht allzu weit weg war. Außer mir waren noch ein paar andere Irre unterwegs, die über die Straße huschten oder in einem Laden verschwanden. Schließlich kam ich am Polizeirevier vorbei. Die Tür schwang auf, und ein junger Mann trat mit einem Handbesen heraus. Er straffte die Schultern, als er mich sah, und lief zu einem der beiden Wagen, die rechts vor dem Gebäude parkten.

»Sieh an, sieh an«, rief er in meine Richtung. »Wenn das mal nicht Parker Huntington ist.«

Ich blieb stehen und blickte zu dem Kerl. Er trug eine schwarze Uniform, eine Wollmütze und die dazu passenden Lederhandschuhe. Schlagartig wurde mir klar, wer das war, wobei ich ihn wohl nicht so schnell erkannt hätte, wenn ich gestern nicht Clay begegnet wäre.

»Ryan.« Die Ähnlichkeit zu seiner Schwester war nicht zu übersehen, vor allem jetzt, da er mich genauso wütend anfunkelte wie sie gestern. Zögerlich trat ich auf ihn zu und versuchte mich an einem vorsichtigen Lächeln.

Hör zu, du Freak, hatte Ryan mir damals gesagt, als ich öfter mit Clay abgehangen hatte. *Solltest du meiner Schwester jemals wehtun, werde ich dir persönlich die Eier rausreißen und sie auf dem Dach meines Wagens brutzeln.*

Ich räusperte mich und machte mich aufs Schlimmste gefasst. Ryan hatte ziemlich zugelegt in den letzten elf Jahren, aber es stand ihm. Er hatte damals schon gut ausgesehen und enorm viel Charisma versprüht, und das hatte sich durchs Älterwerden verstärkt.

»Du bist Polizist geworden«, stellte ich fest.

»Nein, ich trage die Uniform, weil ich sie schön finde, und wenn ich ganz artig bin und Russell nett frage, darf ich den Streifenwagen putzen, so wie jetzt.«

»Ich ... Okay, das war dämlich von mir.«

Er fegte eine Ladung Schnee vom Dach. Genau in meine Richtung. Ich musste zur Seite springen, um nicht alles abzubekommen.

»Ich ... äh, ich hab einen Termin«, sagte ich unsicher und deutete auf das Rathaus, das gleich gegenüber der Polizeistation lag.

»Hab schon gehört, dass du hier sesshaft werden willst.«

»Ja, ich ... ich werde Golden Hill wieder aufbauen.«

Ryan nickte, ließ den Besen sinken und schloss die Augen. Seine Kiefermuskeln spannten sich an, und ich merkte, wie sehr er mit sich rang.

»Ich bin nicht mehr ...«, setzte ich an, doch da fuhr er herum und funkelte mich an. Automatisch wich ich einen Schritt zurück. »Ich will echt keinen Ärger«, sagte ich und hob eine Hand. »Weder mit dir noch Clay oder dem Rest der Stadt. Ich will einfach nur die Ranch wieder aufbauen.« Ich fröstelte, was nicht nur an dem eiskalten Wind lag.

Ryan brummte, zog die Nase hoch und wandte sich wieder seinem Wagen zu.

Auf einmal überkam mich eine tiefe Traurigkeit, weil mir so deutlich vor Augen geführt wurde, wie ungewollt ich in Boulder Creek war. Aber was hatte ich anderes erwartet? Dass ich einfach so auftauchen könnte, nachdem ich einen theaterreifen Abgang hingelegt und mich nie mehr gemeldet hatte? Gedacht nicht, gehofft schon.

Ich nickte, murmelte ein leises »Mach's gut« und trollte mich wieder, mit dem Gefühl, dass mir die halbe Stadt im Nacken saß.

Nach wenigen Schritten erreichte ich endlich das alte Stadthaus, das tapfer dem Schneesturm trotzte. Es war im 19. Jahrhundert erbaut worden. Die Fassade bestand aus hellem Sandstein, die Fenster hatten Rundbögen und waren mit durchgehenden Streben versehen. Im Erdgeschoss waren sie vergittert. Über der großen hölzernen Eingangstür ragte ein kleiner Balkon, auf dem früher vermutlich der Bürgermeister gestanden und dem Dorf die Neuigkeiten bekannt gegeben hatte. Darüber befand sich die alte Uhr, die nach wie vor die exakte Zeit anzeigte.

Es war, als würde ich in die Vergangenheit von Boulder Creek blicken. Ich überwand die wenigen Stufen und öffnete die rechte der beiden großen hölzernen Türen. Der Geruch von Rose und Holzpolitur schlug mir entgegen. Das Rathaus war vierstöckig, ein Wegweiser am Eingang zeigte mir, wie ich zum Büro der Bürgermeisterin in der zweiten Etage gelangte.

Auf der Treppe klopfte ich den restlichen Schnee von meiner Kleidung und checkte meine Tasche. Die Unterlagen darin waren hoffentlich nicht nass geworden, aber ich hatte der Bürgermeisterin auch alles bereits vorab gemailt.

Ich gelangte auf die erste Zwischenebene. Hier stand eine Vitrine mit der Gründungsurkunde der Stadt. Ich hielt kurz inne und spähte auf die Namen.

Brice & Adriana Stewart
Kristi & Virgil McArthur
Janna & Rhett Davenport
Frank & Juliana Kent
Isadora & Charles Huntington

Die zehn Gründer von Boulder Creek. Die ältesten Familien in der Stadt. Ryans und Clays gehörte zu ihnen, genau wie meine Familie. Isadora und Charles waren meine Urururgroßeltern. Bis auf Darren und Cynthia waren meine restlichen Vorfahren aber schon vor langer Zeit aus der Gegend weggezogen und in alle Winde verstreut.

Neben der Urkunde hing ein weiteres Bild. Es war vor dem Rathaus geschossen worden und zeigte sieben Personen, die mehr oder weniger freundlich in die Kamera blickten. Clay stand ganz rechts außen neben Cybil. Ich trat näher und sah auf das Schild, das dort angebracht war.

Der Stadtrat von Boulder Creek wurde einst durch die Gründerfamilien eingeführt. Es erfüllt uns mit viel Stolz, dass wir diese Tradition seit knapp zweihundertfünfzig Jahren aufrecht halten können. Mittlerweile besteht der Rat aus sieben Mitgliedern, die jedes Jahr von Neuem gewählt werden. So haben alle Bewohner aus Boulder Creek eine Chance, sich zu engagieren. In diesem Jahr wird der Rat vertreten von:

Stew Clearwood
Felix Carr
Tara McArthur
Neil Schofield
Cybil Kent
Russell Stewart
Clay Davenport

Es war eigentlich ein Witz, bei rund zweitausend Einwohnern einen Stadtrat zu haben, aber Boulder Creek schätzte offenbar seine Traditionen. Ich riss mich von dem Foto und der Urkunde los und ging weiter.

Auf dem Weg nach oben stieß ich auf weitere Artefakte aus der Vergangenheit. Im nächsten Stock gab es einen ganzen Flügel, der wie ein Museum aufgebaut und der Gründerzeit der Stadt gewidmet war. Es war sogar der Spaten ausgestellt, mit dem der erste Stich hier gemacht worden war. Damals waren die Leute hergekommen, um Gold zu schürfen. Die Maschinen und Utensilien wurden genauso verwahrt wie Möbel, Dokumente und Bilder. Sogar einer der ersten Goldnuggets lag hier unter Verschluss. Boulder Creek hielt an seiner langen Geschichte fest, die von der Goldgräberei ebenso geprägt war wie von der wilden Natur ringsum.

Ich spähte nach links und checkte erneut die Wegweiser. Ms. McArthurs Büro lag am Ende des Flurs. Mit wachsender Anspannung ging ich weiter und kämpfte dabei die Nervosität hinunter. Jetzt wurde es ernst. Diese Frau entschied über die Zukunft von Golden Hill.

Ich erreichte das Zimmer, atmete durch und klopfte an. Ein gemurmeltes »Herein« erklang, und ich öffnete die Tür. Das Büro war weitläufig und passte vom Stil her perfekt in das alte Rathaus. Ms. McArthur saß hinter einem schweren antiken Schreibtisch aus massivem Holz. An der Wand hingen alte Ölgemälde, die Szenen aus Boulder Creek zeigten, wie es vermutlich vor hundert Jahren mal ausgesehen hatte. Statt der Autos fuhren auf den Bildern Kutschen über die Straße. Einige waren mit Gold beladen, wobei ich bezweifelte, dass jemals so viel geschürft worden war, um damit einen ganzen Karren zu füllen.

»Ah, Parker. Schön, dich kennenzulernen«, sagte die Bürgermeisterin und erhob sich hinter ihrem Tisch. »Ich darf doch Parker sagen? Ich bin Tara.«

»Natürlich. Freut mich ebenso.«

Tara war nur wenig älter als ich und hatte lange blonde Haare, die ihr in einem seitlichen Zopf über die Schulter hingen. Sie trug eine dunkelblaue Bluse mit einem kupferroten Wollrock. Dazu die passenden Stiefel und dicke Strumpfhosen.

»Wir setzen uns rüber, da können wir besser reden«, sagte sie und deutete auf den runden Konferenztisch am anderen Ende des geräumigen Büros. Ich zog Jacke und Schal aus und legte beides auf einen freien Stuhl, dann stellte ich die Tasche ab und schluckte trocken.

»Magst du etwas trinken? Kaffee, Tee, Wasser?«

»Kaffee wäre perfekt. Schwarz, bitte.«

»Gern.« Tara trat an ein Sideboard, nahm eine Kanne und goss mir ein. Ich nutzte die Zeit, um mir in Gedanken alles noch mal zurechtzulegen und meine Nervosität zu bekämpfen. Es war mehr

Sadies Ding, andere Leute zu überzeugen. Sie kümmerte sich um die Details, ich war fürs Grobe zuständig.

Tara brachte mir mein Getränk, ich bedankte mich und ließ mich auf einen der freien Stühle sinken. Nach und nach packte ich alle Unterlagen aus, die Sadie und ich vorbereitet hatten.

»Du hast mir ja am Telefon schon geschildert, was du und deine Schwester planen«, sagte Tara weiter. »Ich muss mich noch mal für das Chaos entschuldigen, das unsere Mitarbeiterin Paige hinterlassen hat. Sie hat einfach vom einen auf den anderen Tag gekündigt. Sehr unangenehme Sache.«

Ich nickte, weil ja eigentlich ich der Bittsteller war, nicht umgekehrt.

»Na los. Lass uns über dein Projekt reden«, sagte Tara und nahm sich die ersten Unterlagen.

»Also in erster Linie wollte ich Golden Hill wegen meiner Großmutter zurückkaufen. Sie ist sehr unglücklich im Heim, und ich möchte, dass sie da rauskommt.«

»Was eine wundervolle Sache ist. Ich kenne Cynthia, und auch an deinen Großvater kann ich mich gut erinnern. Darren war sehr beliebt in der Stadt.«

»Ich weiß.« Kurz hielt ich inne, um zu checken, ob Tara mir genauso vorwerfen würde, dass ich nicht für ihn da gewesen war, als er nach mir verlangt hatte, aber sie ließ sich nichts anmerken. »Das war so ein wenig der Auslöser für die ganze Sache. Ich …« Die Nervosität kroch wieder in mir hoch, weil ich merkte, wie wichtig es war, Tara ins Boot zu holen. »Meine Schwester Sadie ist …« Ich schüttelte den Kopf und lächelte gequält. Rasch nahm ich einen Schluck vom Kaffee, um meine Unsicherheit zu überspielen. »Ich weiß nicht so recht, wie und wo ich anfangen soll.«

»Also ich kann dir schon sagen, dass nichts gegen die Renovierungsmaßnahmen spricht. Es ist eine Schande, wie Marco Ryland das Anwesen hat verrotten lassen.«

»Das stimmt. Ich frage mich, warum er die Ranch überhaupt gekauft hat, wenn er kein Interesse an ihr hatte.«

»Hauptsächlich wegen seiner Tochter Olivia. Sie wollte unbedingt einen eigenen Stall, um ihre Springreiterkarriere voranzutreiben, aber dann entschloss sie sich von heute auf morgen, mit dem Reiten aufzuhören, und hat mit dem Modeln angefangen. Ryland hat das Gelände brach liegen lassen.«

Ich schüttelte den Kopf, weil mir nur noch bewusster wurde, was für eine Verschwendung das für Golden Hill war. Ryland hatte das Land überhaupt nicht verdient.

Tara lehnte sich nach vorne und tippte mit den Fingern auf den Tisch. »Deine Pläne für Golden Hill. Ich bin gespannt drauf.«

»Ja, also, es fing damit an, dass ... meine Schwester Sadie mit vierzehn Jahren einen heftigen Autounfall hatte. Sie ...« Ich atmete noch mal durch.

Reiß dich zusammen, Mann.

Kurz dachte ich an meine Begegnung mit Clay gestern, und komischerweise stieg dabei Wärme in mir auf. Clay hatte immer an mich geglaubt, auch wenn es anfangs nicht danach ausgesehen hatte. Sie hatte mir die Chance gegeben, die ich dringend gebraucht hatte, genau wie Grandpa. Am Ende hatte ich beide enttäuscht.

»Sadies Unfall war verheerend«, fuhr ich schließlich fort. »Ein Wagen hatte uns gerammt, und sie wurde eingequetscht.«

»Mein Gott, das klingt furchtbar.«

»Sie hatte sehr viel Glück. Sadie hat sich zwei Lendenwirbel gebrochen, aber Gott sei Dank keine Verletzungen am Rückenmark erlitten. Leider hat sich am Knochen viel Kallus gebildet, der auf ihr Rückenmark drückt. Deswegen hat sie heute eine leichte Gehschwäche. Außerdem hat sie sich einen Sehnenabriss im Bein zugezogen, und sie hat sich bei den OPs einen dieser Krankenhauskeime eingefangen.«

»Das tut mir leid.«

Ich nickte und dachte daran zurück, was Sadie alles durchgemacht hatte. Hier und jetzt war sicher nicht der Raum, das alles auszuführen, aber ich wollte Tara dennoch etwas abholen. »Nach vielen OPs und einer langwierigen Reha ist sie heute weitestgehend genesen. Einen Teil des Erfolgs hat sie einer Reittherapie zu verdanken. Durch das regelmäßige Training auf einem Pferderücken konnten sich ihre Muskeln wieder ausbilden, und sie heilte mit jeder Sitzung mehr. Sie hat ... Sadie hat sich danach selbst viel mit Pferden beschäftigt und auch eine Ausbildung als Trainerin absolviert.«

»Also wollt ihr gerne auf Golden Hill Pferde ausbilden und verkaufen?«, fragte Tara und wühlte in den Unterlagen, als wollte sie checken, ob sie diesen Punkt übersehen hatte.

»Nein, wir wollen Menschen helfen. Mit Pferden. Wir möchten ein paar Tiere kaufen und Gäste bei uns aufnehmen, die entweder wie Sadie Probleme mit ihrem Körper haben oder eine andere Form der Therapie brauchen. Das Ganze wird von Dr. Rhonda Standen betreut. Sie lebt in Bozeman, ist Psychotherapeutin und hat sich auf Traumatherapie spezialisiert. Gemeinsam mit ihrem Partner hat sie ein eigenes Konzept entwickelt, das sie *Free Soul* nennen und sich auf das Zusammenwirken von Pferd und Mensch konzentriert. Meine Schwester Sadie lässt sich gerade bei den beiden als lizenzierter Coach weiterbilden. Sie wird mit unseren Gästen auf Golden Hill arbeiten.« Ich würde mich ebenfalls einbringen, sobald ich aus den gröbsten Bauarbeiten raus war. Sadie sollte schließlich nicht das gesamte Einkommen allein stemmen.

»Aber Sadie ist keine Therapeutin, oder?«

»Nein, Rhonda wird sie unterstützen, und natürlich werden wir nicht die ganz heftigen Fälle aufnehmen, die intensive psychologische Betreuung benötigen. Bei uns wird es eher darum gehen, dass die Leute wieder Kraft tanken. Körperlich und mental.«

»Welche Patienten werdet ihr denn aufnehmen?«

»Das Angebot richtet sich an ganz unterschiedliche Menschen.

Personen, die wie Sadie einen Unfall hatten oder ein körperliches oder seelisches Trauma überwinden müssen, aber auch Menschen in höheren Führungsebenen, die unter Burn-out leiden oder einfach eine Pause brauchen. Wir wollen außerdem Drei- oder Viertageskurse anbieten für Leute, die gerne mithilfe der Pferde innerhalb von kurzer Zeit mehr zu sich finden wollen.«

»Klingt ungewöhnlich«, sagte Tara.

»Ich weiß. Aber diese Art der Behandlung gibt es schon sehr lange, und es ist nachgewiesen, dass Pferde sehr gute Partner dafür sind, um Menschen wieder ins innere Gleichgewicht zu bringen.«

»Mh.« Sie klang noch recht verhalten, hoffentlich war das kein schlechtes Zeichen.

»Ich spüre deine Skepsis. Kann ich noch etwas tun, um sie auszuräumen?«

»Nun ja, das wird für ziemlich viel Wirbel in unserer Stadt sorgen, wenn so viele fremde Menschen nach Boulder Creek kommen, die alle ... psychische Probleme haben. Ich weiß nicht, ob mir das gefällt. Boulder Creek ist nicht der Schickimicki-Ort, an dem sich reiche Manager tummeln, die eine Kur brauchen. Das kann ich mir für uns auch nicht vorstellen.«

»Die Leute, die wir ansprechen, sind nicht auf der Suche nach einer Luxuserholung, falls du das denkst. Es sind einfach Menschen, die Hilfe brauchen.« Nach einem Moment des Schweigens setzte ich zaghaft nach: »Also? Was meinst du dazu?«

»Ich kann dir heute noch keine Antwort geben, weil ich mich erst einlesen muss. Außerdem würde ich gerne mit Dr. Standen telefonieren, falls das möglich ist.«

»Natürlich. Ihre Kontaktdaten stehen in den Unterlagen.«

»Gut.« Tara schob die Papiere zusammen und stand auf. Das Zeichen für mich, dass die Unterhaltung vorüber war. »Falls ich danach noch Fragen habe, rufe ich dich an.«

»Jederzeit, ich wohne drüben bei Cybil.«

Sie lächelte. »Ich weiß.«

»Klar.« Ich sah auf den Tisch und hatte das Gefühl, als müsste ich noch irgendwas Kluges loswerden, um meinen Standpunkt zu untermauern.

»Ich weiß, dass du gerne eine Antwort hättest«, kam sie mir zuvor. »Aber ich muss dich leider um Geduld bitten, Parker.«

»Okay.«

»Mit den anderen Umbauten kannst du gerne schon anfangen. Es würde mich freuen, wenn Golden Hill im neuen Glanz erstrahlt.«

»Danke. Ich muss ...« Ich räusperte mich, nahm meine Tasche und meine Jacke. Zögernd hielt ich inne. Was genau musste ich? Ihr sagen, wie unglaublich wichtig dieses Projekt für Sadie und mich war? Ihr erklären, dass wir Menschen wirklich helfen konnten? Dass wir viel Gutes bewirken würden und es meinem Leben einen Sinn geben würde?

Stattdessen seufzte ich nur, nickte noch einmal und wandte mich ab.

Während ich die Treppen hinunterlief, zückte ich mein Handy. Sadie hatte schon zweimal geschrieben, um zu fragen, wie es gelaufen war.

Ich trat hinaus auf die Straße, atmete tief durch und rief sie zurück.

5.

Heute

Clayanne

Es war ein wunderschöner sonniger, aber auch kalter Morgen, als ich vor dem Polizeigebäude hielt und aus Jackson stieg. Der Schnee fing bereits an zu schmelzen und hatte sich nun wohl endlich dazu entschlossen, den Rückzug anzutreten. Wie jeden Mittwoch sah ich kurz bei Ryan vorbei, ehe ich mich auf den Weg zur Arbeit machte. Wir wohnten zwar in derselben Stadt, bekamen uns aber durch unsere Jobs nicht oft zu sehen. Da ich mittwochs erst um elf in der Tierklinik sein musste, nutzte ich die Zeit davor, um mit ihm zu plaudern.

Hoffentlich lenkte mich dieses Gespräch endlich von Parker ab. Seit drei Tagen war er in der Stadt, und seit drei Tagen spukte er in meinem Hirn herum. Mal war ich stocksauer, dann wieder enttäuscht, dann wurde ich wieder sauer, was in der Regel dazu führte, dass ich ihn anrufen und anschreien wollte. Zum Glück hatte ich nicht seine aktuelle Nummer. Dieser Kerl hatte sich genau wie früher in meiner Seele eingenistet, und ich hatte keine Ahnung, wie ich ihn da herausbekommen sollte. Aber nicht nur mir ging es so. Die ganze Stadt redete über ihn. Ich konnte nirgendwo mehr hingehen, ohne von ihm zu hören.

Ich betrat das Gebäude und sah zum Empfangstresen, wo Tommi saß und Zeitung las. Er hatte kurze kupferrote Haare und ein recht jungenhaftes Gesicht, als wollte er nie erwachsen werden. Tommi war mit meinem Bruder auf die Polizeiakademie gegangen, hatte die Prüfung aber aus Nervosität nicht bestanden. Dreimal war er durchgerasselt, und nun saß er hier am Empfang. Ich konnte es sehr gut verstehen. Auch ich hatte während meines Studiums völlig versagt.

»Hey, Tommi«, sagte ich und lehnte mich an den Tresen.

Er blickte von seiner Zeitung auf, und seine Wangen färbten sich rot. Nicht, weil er mich so toll fand, sondern weil er immer errötete, sobald ihn jemand ansprach. Rasch faltete er die Zeitung zusammen und atmete durch. Seine Gesichtsfarbe näherte sich der seiner Haare an, und auch auf seinem Hals zeigten sich hektische Flecken. Mir tat er jedes Mal leid, denn er war echt ein netter und zuvorkommender Mann.

»Hallo, Clayanne.«

Das war allerdings eine Sache, die ich ihm gerne abgewöhnen wollte. Mir rollte es jedes Mal die Zehennägel hoch, wenn er mich bei meinem vollen Namen nannte. »Ist Ryan da?«

»Ja, hinten.« Tommi räusperte sich, und seine Wangen färbten sich noch einen Tick dunkler.

Ich bedankte mich bei ihm und lief zu Ryans Büro. Das Revier war nicht groß. Da nur insgesamt fünf Leute hier arbeiteten, hatte jeder einen eigenen Raum.

Wenn Touristenzeit war, arbeiteten die Deputies auch gleichzeitig als Ranger und sorgten für Ordnung. Seit vor zwei Jahren irgendein bekannter Reiseblogger über unsere Gegend berichtet hatte, herrschte wesentlich mehr Betrieb, was einige in der Stadt störte. Der Touristenzulauf war ein anhaltendes Thema bei so ziemlich jeder Ratssitzung. Die einen fanden es toll, weil es Geld brachte, die anderen fürchteten um unsere schöne Natur.

Neben mir öffnete sich eine Tür, und heraus kamen Russell und Stew.

»Mach dir keine Sorgen, Stew, Parker wird keinen Ärger machen«, sagte Russell gerade an Stew gewandt.

Ich verdrehte die Augen. Hatte ich eben noch gedacht, dass ich Parker hier entgehen konnte?

»Das hoffe ich wirklich sehr«, erwiderte Stew.

Russell bemerkte mich und heftete seine dunklen Augen auf mich. Russell war eins der Urgesteine von Boulder Creek. Er war seit über dreißig Jahren im Amt und hatte die Stadt fest im Griff. Russell entschied, wann welche Wanderwege geöffnet wurden, welche Campingplätze freigegeben wurden, legte fest, welche Tiere wann gejagt werden durften und so weiter. Wann immer draußen im Wald etwas passierte, kümmerte er sich mit seinen Leuten darum.

Mich überkam jedes Mal ein unangenehmer Schauder, wenn ich ihm begegnete, ohne genau sagen zu können, woran das lag. Russell war eigentlich nett, aber auch … aalglatt. Das lag nicht nur an seinen perfekt frisierten kurzen Haaren, dem akkurat getrimmten Schnurrbart oder daran, dass er nie auch nur ein Staubkorn auf seiner Uniform hatte. Es war die Art, wie er sprach. Meistens sehr ruhig und langsam, aber mit diesem ganz speziellen Unterton in seiner Stimme, als würde er jedem tief in die Seele blicken und dort die dunkelsten Geheimnisse lesen können.

»Clay«, begrüßte mich Russell nun in genau diesem Tonfall, der mir durch und durch ging.

»Russell«, erwiderte ich genauso trocken.

»Habe gehört, dass du mit Parker Huntington zusammengestoßen bist.«

»Bin ich.«

Stew gab einen gequälten Laut von sich und schüttelte den Kopf. Er hielt eine Mütze in den Fingern und knautschte sie fest zusammen. Russell legte eine Hand auf seine Schulter und tätschelte ihn beruhigend. Dass Stew sich Sorgen wegen Parker machte, konnte ich nachvollziehen. Er hatte damals mit am meisten unter Parker gelitten.

»Ich möchte wirklich nur meine Ruhe«, sagte Stew. Doch Russell beachtete ihn gar nicht, sondern musterte weiterhin mich.

Ich hob eine Augenbraue und sah ihn offen an. »Ich bin mir sicher, dass Parker das auch will«, hörte ich mich sagen, obwohl ich schlecht wissen konnte, was Parker wollte und was nicht.

»Und falls nicht, werde ich mich darum kümmern«, sagte Russell.

Stew seufzte und nickte. Er wirkte nur bedingt beruhigt, was ich verstehen konnte.

»Na dann, viel Glück«, murmelte ich und lief hinüber zu Ryans Büro. Die Tür stand einen Spalt offen, und ich sah, wie er telefonierte.

»Ja, das mit den Wilderern haben wir natürlich im Blick«, hörte ich Ryan sagen. Er sah mich und winkte mich zu sich heran. »Wir wollen nächste Woche raus und ein paar Kameras aufhängen, aber versprich dir nicht zu viel davon.«

Ich trat in sein Reich und ging zu einem der Stühle vor seinem Tisch. Ryans Büro war wie eine eigene Welt. Das Revier war bis auf ein paar Bilder von Boulder Creek an den Wänden recht steril, aber Ryan hatte seinem Büro einen ganz eigenen Touch verliehen. Alle Möbel waren von ihm gefertigt worden und wirkten wie aus einem Guss. Es roch immer leicht nach Holzpolitur und frischen Sägespänen. Auf dem Regal an der Wand stellte er seine eigens gefertigten Skulpturen aus. Im Moment waren es zwei kämpfende Bären, die sich gegenseitig mit ihren Pranken bearbeiteten. Sie waren detailreich gearbeitet, sogar das Fell hatte er herausgeschnitzt, und die Augen der Tiere funkelten vor Zorn. Keine Ahnung, wie Ryan es schaffte, seiner Kunst so viel Leben einzuhauchen, und wenn man ihn darauf ansprach, wiegelte er nur ab. Seine Liebe für Holzarbeiten hatte er definitiv von unserem Vater geerbt, genauso wie seine Bescheidenheit.

Ich ließ mich auf den Stuhl sinken, der auch von ihm gefertigt worden war, und wartete.

»Nein, ihr könnt natürlich nicht darüber schreiben, wo ich die Kameras anbringe, Louis. Wenn ihr das tut, kann ich auch gleich ein Schild dran hängen.«

Ich nahm an, dass Ryan mit Louis MacFarlan sprach. Dem Herausgeber unserer Tageszeitung. Louis und sein Bruder waren immer im engen Kontakt mit der Polizei, um zu berichten, falls irgendetwas Aufregendes passierte.

»Ich muss jetzt auflegen, Clay ist da und schaut mich mürrisch an.«

Ich rümpfte die Nase und schüttelte den Kopf, weil ich überhaupt nicht mürrisch schaute.

»Natürlich sag ich dir als Erster Bescheid, sobald ich irgendwas herausgefunden habe oder sogar jemanden verhaften kann ... Ja, richte ich aus.« Er legte auf und schnaubte genervt.

»Danke für die Grüße«, sagte ich, weil ich annahm, dass Louis das eben noch zu Ryan gesagt hatte. »Ist er wieder anstrengend?«

»Nur hartnäckig. Er will von mir wissen, an welchen Stellen im Wald ich die Kameras anbringen will. Wir werden wieder ein paar der Hotspots überwachen. Owen hat vorgestern am Fluss eine Wildererfalle gefunden und es natürlich gleich gemeldet.«

»Kommen die wieder?« Wir hatten vor ungefähr drei Jahren ein paar Fälle von Wilderei. Vier Bären waren dabei getötet worden. Ryan hatte nach monatelanger Überwachung zwei Männer überführen können, aber er vermutete bis heute, dass die Jungs nur kleine Fische waren und für eine größere illegale Organisation arbeiteten. Beweise hatte er leider noch keine gefunden.

»Ich denke nicht, aber wir halten die Augen offen.«

»Gut, lass mich wissen, falls Javier oder ich helfen können.« Ich sah demonstrativ in die leere Kaffeetasse, die auf Ryans Tisch stand.

Er verstand meinen nicht sehr dezenten Hinweis und stand auf. »Klar kannst du einen Kaffee haben.« Ryan trat zur Tür hinaus.

»Denkst du, dass die Kameras helfen?«, rief ich ihm nach.

»Mal sehen«, antwortete er mir durch die geöffnete Tür. »Es beruhigt zumindest die Leute, wenn wir welche aufhängen.«

Ich legte den Kopf gegen die Lehne und schloss kurz die Augen. Hier bei Ryan zu sitzen beruhigte mich. Es war dieser Duft nach Holz, der so sehr mit ihm verbunden war. Ryan hatte als Kind schon ständig geschnitzt und war immer mit einem kleinen Messer unterwegs gewesen. Sein Traum von einem eigenen Bildhauer-Atelier hatte er sich allerdings nie erfüllt.

Das Geräusch der mahlenden Maschine erklang, und kurz darauf kam mein Bruder mit einer dampfenden Tasse zurück. Nun mischte sich der Holzduft mit dem des frischen Kaffees. Ich atmete tief ein und genoss das wohlige Gefühl, das sich in meinem Bauch ausbreitete.

»Ich hab vorhin übrigens mit Tara telefoniert.« Ryan umrundete seinen Schreibtisch und nahm wieder Platz. »Sie hat erzählt, dass Parker eine Art Therapiestätte mit Pferden aufmachen will?«

»Ja.« Da ich im Stadtrat war, hatte ich ihr Briefing bekommen, aber eigentlich sollte das noch vertraulich behandelt werden. Hoffentlich zog es jetzt nicht schon wieder Kreise.

»Seit wann hat Parker denn eine Ahnung davon, wie man Menschen therapiert?«, hakte Ryan weiter nach. »Und warum braucht er dafür Pferde?«

»Er wird es nicht selbst machen, sondern stellt nur die Ranch dafür zur Verfügung. Seine Schwester Sadie hat wohl so eine Therapie hinter sich. Abgesehen davon ist diese Arbeit mit Pferden nichts Ungewöhnliches. Es gibt sehr viele Studien zu dem Thema. Die Erfolgsquoten sind ziemlich hoch.«

»Was war denn mit Sadie?«

»Sie hatte einen schweren Unfall, und die Pferde haben ihr geholfen, wieder laufen zu lernen.«

»Oh.« Ryan lehnte sich im Stuhl zurück und tippte mit den Fingern auf die Tischplatte. Wir kannten Parkers kleine Schwester nur flüchtig. Sie war mal als junger Teenager bei den Huntingtons gewesen, aber da hatte ich kaum etwas von ihr mitbekommen.

»Sadie scheint wieder fit zu sein. Ich habe aber auch nur die Infos aus Parkers Exposé. Tara hat es den Ratsmitgliedern weitergeleitet.« Ich trank einen Schluck Kaffee und seufzte zufrieden. Entgegen dem gängigen Klischee hatte das Revier eine tolle Maschine. Er schmeckte fast besser als der bei Cybil. Manchmal kam ich nur deshalb hierher.

»Kannst du es mir zeigen?«

»Lass dich wieder in den Rat wählen, dann mach ich das gerne.«

»Nein, damit kann sich Russell rumquälen. Die zwei Jahre, in denen ich dabei war, haben mir gereicht.«

»Einen Versuch war es wert.« Ich fragte mich jedes Jahr aufs Neue, ob ich mich wieder aufstellen lassen sollte. Die Sitzungen waren mitunter zäh und langweilig, aber es gefiel mir auch, dass ich mitreden und mich einsetzen konnte. Wäre ich letztes Frühjahr nicht dabei gewesen, hätte niemand die neue Beschilderung der Wanderwege durchgesetzt. Im Sommer hatten sich viel weniger Touristen verirrt, und somit wurden auch weniger Tiere gestört.

»Klingt dennoch verrückt«, murmelte Ryan.

Ich brummte in meine Tasse und trank einen weiteren Schluck.

»Wie geht es dir denn damit, dass Parker wieder da ist?«

»Großartig, sieht man das nicht?«

Ryan runzelte die Stirn. Vermutlich glaubte er mir kein Wort. Wie auch, wenn ich mir selbst nicht glaubte.

»Keine Sorge, mit Parker bin ich durch.«

Ich starrte in meinen Kaffee, spürte aber den Blick meines Bruders auf mir. Parker hatte mich damals als heulendes Elend zurückgelassen, das zu nichts mehr fähig gewesen war. Mein Bruder hatte die volle Breitseite meines Kummers abbekommen, mir aber gleichzeitig durch die Zeit geholfen. Er hatte sich zu mir ins Bett gekuschelt, Netflix angestellt und mit mir einen Eisbecher nach dem anderen geleert. Er war der Freund gewesen, den ich damals dringend gebraucht hatte. Kompromisslos und zuverlässig. Und er hatte nicht einmal einen dummen Spruch in der Art von *Ich hab es dir ja gesagt* von sich gegeben.

»Gib einfach Bescheid, wenn ich ihn verschwinden lassen soll, ja?«, sagte Ryan.

»Das kann ich auch selbst.«

Er schnaubte nur und nickte. »Stimmt.«

Ich trank meinen Kaffee aus, stellte die Tasse auf den Tisch und erhob mich. »Muss jetzt los, die Arbeit ruft.«

Ryan deutete auf die Tasse und runzelte die Stirn. »Die Spülmaschine ist noch immer da, wo sie letzte Woche war.«

»Schön, dann verirrst du dich nicht, wenn du die Tasse wegbringst.«

»Clayanne!«

»Mach's gut.« Ich lief zur Tür und öffnete sie.

»Das ist das letzte Mal, dass ich dir einen Kaffee ausgebe!«

»Jaja.«

»Und *Jaja* heißt: Leck mich am Arsch.«

Ich winkte nur, ohne mich noch mal umzudrehen.

Ich verabschiedete mich von Tommi, der mir mit roten Wangen zurückwinkte, und trat hinaus in den immer noch kalten Morgen.

Auf zur Arbeit.

6.

Heute

Parker

Ich saß in Cybils Diner an einem Tisch hinten in der Ecke in der Nähe des Fensters, das zur Seitenstraße zeigte, und starrte auf meine Unterlagen zu unseren Ranchplänen. Von den Fensterscheiben tropfte das Tauwasser. Der Schnee war in den letzten Tagen fast komplett verschwunden.

Heute war Freitag, das Gespräch mit Tara war erst vier Tage her, aber mir kam es wie eine halbe Ewigkeit vor. Noch immer hatte ich keine Nachricht, ob wir unser Projekt starten durften, und ich wurde mit jedem Tag unruhiger.

Sadie war nicht nach Boulder Creek gekommen. Sie hatte durch den Stress einen Schmerzschub erlitten. Ich hatte sie gleich zurück nach Bozeman geschickt, da sie hier draußen sowieso nicht helfen konnte.

»Noch Kaffee?«, fragte plötzlich jemand.

Ich zuckte zusammen und blickte auf. »Kit.«

»Sorry, wollte dich nicht erschrecken.«

Fahrig fuhr ich mir über den Nacken und massierte die Anspannung weg. Ich hob dankend die Tasse an, und sie goss mir ein.

Kit deutete auf das Deckblatt, das ich zur Seite geschoben hatte.

Darauf war eine Karte gedruckt, die Golden Hill zeigte, wie es irgendwann aussehen sollte. Mit den neuen Ställen, dem großen Reitplatz und der Halle, den vier Gästehäusern in der Nähe des Waldes und dem renovierten Haupthaus.

»Sieht toll aus.«

»Danke. Ich hoffe, dass es das auch wird.«

Kit nickte anerkennend, was mich freute. Ich hatte das Gefühl, dass sie und Cybil so ziemlich die Einzigen in Boulder Creek waren, die dieses Projekt cool fanden.

Die Türklingel läutete, und Kit gab ein leises Schnauben von sich, als freute sie sich nicht sonderlich über den Gast, der gerade eingetreten war.

Ich sah über meine Schulter zurück und zuckte zusammen.

Russell Stewart kam zur Tür herein und blickte sich um, als gehörte der Laden ihm. Ich verlagerte mein Gewicht im Stuhl. Sofort fühlte ich mich in die Zeit zurückversetzt, als wir beide das erste Mal aneinandergerasselt waren.

Vor elf Jahren

Schmerzen.

Das war das Erste, das ich bewusst wahrnahm, als ich meine Augen öffnete. Mein Schädel würde ganz sicher gleich explodieren! Ich stöhnte, rollte mich auf die Seite und hatte keine Ahnung, wo ich überhaupt war. Die Geräusche drangen nur gedämpft zu mir, mein Mund war furztrocken, ich hatte einen ekelhaften Geschmack nach Erbrochenem auf der Zunge, und meine Augen klebten quasi noch zusammen. Mein rechter Arm war eingeschlafen, weil ich darauf gelegen hatte, generell fühlte sich meine Unterlage bretthart an.

Ich versuchte, die Augen zu öffnen, und nahm gleichzeitig einen tiefen Atemzug. Es roch nach Urin und rostigem Eisen. Etwas quietschte unter mir, als ich mich umdrehte und versuchte, mir meiner Umgebung bewusster zu werden.

Fuck, was ist denn passiert?

Die Erinnerungen an gestern waren völlig verschwommen. Erstickt im Whiskeyrausch, oder so ähnlich. Mühevoll richtete ich mich auf und bereute es umgehend, denn die Schmerzen in meinem Schädel wurden nur noch schlimmer. Ich würgte trocken, hielt mir die Hand vor den Mund und konnte gerade so die Galle unten behalten. Benommen blickte ich an mir hinab und stellte fest, dass ich noch immer meine Sachen von gestern trug. Allerdings war meine Jeans am Knie aufgerissen und die Haut darunter mit einer getrockneten Blutkruste überzogen. Auch mein Ellbogen schmerzte, wenn ich ihn bewegte. Mein Shirt war ebenfalls verdreckt, und der Sweater, den ich gestern angehabt hatte, war weg.

Ich stemmte mich hoch und bekam endlich mit, wo ich war. In einer Gefängniszelle.

Verfluchte Scheiße!

Die Zelle war klein, mit einem Klo in der Ecke und einem winzigen Waschbecken. Die Vorderseite war vergittert, sodass ich auf den davorliegenden Flur blicken konnte. Dort stand eine Tür einen Spalt offen, und draußen sah ich jemanden herumlaufen.

Ich richtete mich auf, fasste an meine Stirn und torkelte. Alles drehte sich für einen Augenblick, und ich musste schon wieder würgen. Ich gab mir Zeit, wartete, bis der Schwindel vorbei war, dann lief ich auf die Gitterstäbe zu.

»Hey«, rief ich, aber meine Kehle war so ausgetrocknet, dass nur ein Krächzen herauskam. Ich räusperte mich und versuchte es noch einmal. Draußen hielt jemand inne, und kurz darauf sah ich einen Schatten auf die Tür zukommen. Ein Polizist steckte den Kopf durch den Spalt und musterte mich. Er war um die dreißig, vermutete ich, trug eine dunkle Uniform mit dem Emblem der Stadt vorne auf der Brust.

»Russell, der Kleine ist wach«, sagte er nur, musterte mich noch mal und ging wieder davon.

»Nein, warte«, schob ich nach, aber er war schon weg. Ich hätte meine Seele für ein Glas Wasser und ein paar Aspirin verkauft. Leider geschah für eine unendlich wirkende Weile lang nichts. Ich ging schließlich pinkeln, versuchte, meine Sinne zusammenzusammeln und mir zu überlegen, was ich heute Nacht getan hatte und wie ich in einer Zelle hatte landen können.

Ich erinnerte mich nur noch daran, dass ich den Whiskey geklaut hatte und ohne Clay losgezogen war. Aber wohin? Wo hatte ich den Alk getrunken, und was war danach passiert?

»Sieh an, sieh an«, erklang eine ältere und tiefe Stimme hinter mir. Ich schloss meinen Reißverschluss und drehte mich um. Kurz darauf wurde die Tür im Flur ganz geöffnet, und ein breit gebauter Mann stand im Rahmen. Er verschränkte die Arme vor der Brust und funkelte mich aus tiefbraunen Augen an. Ich wich einen Schritt zurück und beobachtete ihn. Er trug einen Schnurrbart, der absolut perfekt geschnitten war. Genau wie seine dunklen Haare, die er mit viel Pomade an seinen Kopf gepflastert hatte. An seiner Brust war ein Sheriffstern angebracht. Ich schüttelte mich, blinzelte und versuchte, mich zusammenzureißen.

»Ich möchte telefonieren«, sagte ich rasch.

»Eins nach dem anderen.« Der Mann kam auf mich zu. »Mein Name ist Russell Stewart. Ich bin der Sheriff von Boulder Creek und derjenige, der dich gestern verhaftet hat. Aber so wie du mich ansiehst, kannst du dich nicht mehr daran erinnern, oder?«

Ich schüttelte den Kopf und versuchte, weiter die Fragmente in meinem Hirn zusammenzubauen.

Russell nickte nur, griff nach einem Schlüssel, der an der Wand hing, und schloss meine Zelle auf. »Dein Großvater ist vor zehn Minuten eingetroffen, du brauchst also nicht zu telefonieren, es sei denn, du willst deinen Anwalt anrufen? Solche reichen Jüngelchen, wie du einer bist, haben doch sicher Daddys Anwalt auf der Kurzwahltaste eingespeichert.«

»Brauch ich denn einen?«

»Wird sich noch rausstellen.« Er nickte mit dem Kinn Richtung Flur, und ich folgte ihm mit einem heftigen Grummeln im Magen. Meine Übelkeit wurde leider nur schlimmer, und auch das Hämmern in meinem Schädel steigerte sich. Ich trat mit Russell in den großen Revierraum, in jeder Ecke stand ein Schreibtisch. Der Mann, der mich eben gemustert hatte, saß an der Wand gegenüber und tippte auf seinen Computer ein.

Russell deutete auf einen der Tische am Fenster hinten links, wo bereits jemand wartete. Er hatte uns den Rücken zugewandt, doch ich erkannte ihn sofort. Mein Großvater.

Er straffte die Schultern, als er uns näher kommen hörte, drehte sich aber nicht zu uns um. Russell führte mich an den Tisch und nahm dahinter Platz. Er bot mir den Stuhl rechts von meinem Großvater an. Ich räusperte mich und murmelte ein leises Hallo in Grandpas Richtung.

Mein Großvater nickte nur, und als ich mich neben ihn setzte, blickte er zum ersten Mal zu mir. Ich zuckte zusammen, weil mich der Ausdruck in seinen Augen überraschte.

Wenn ich zu Hause in Denver Ärger machte, bekam ich stets die gleiche Reaktion von meinen Eltern: Erst Wut, dann Enttäuschung, dann kamen die Vorwürfe. Dieses Muster wiederholte sich immer. Ich wusste es deshalb so genau, weil ich es unzählige Male getestet hatte. Meistens war es mir gleichgültig. Ich ließ die Tiraden über mich ergehen, wartete, bis Moms und Dads Wut langsam verrauchte, und verschwand auf mein Zimmer.

Bei meinem Großvater allerdings erkannte ich nun keine dieser Emotionen. Da war keine Wut. Da war kein Vorwurf. Da war nur eine einzige Frage, die ihm förmlich aus dem Gesicht sprang: *Wie können wir dir helfen?*

Das verunsicherte mich. Ich rutschte auf meinem Stuhl hin und her und sah auf die halb volle Wasserflasche, die auf Russells Tisch stand. Mein Großvater bemerkte es, nahm sie, ohne vorher zu fragen, und schenkte mir ein Glas ein.

»Danke«, sagte ich und hätte es ihm fast aus der Hand gerissen, aber ich konnte mich zügeln. Mit gierigen Schlucken trank ich es leer, hatte aber selbst danach noch Durst.

»Also, Parker«, sagte Russell und nahm sich eine Mappe vom Tisch. Er schlug sie auf, und ich erkannte einige Fotos, die zwischen beschriebenen Seiten lagen. Eins davon war von Stews Laden. Das große Fenster am Eingang war eingeschlagen worden.

In meinem Gedächtnis tauchte ein Bild auf, wie ich einen Stein aufgehoben und ihn gegen die Scheibe gedonnert hatte. Es klirrte und schepperte in meinem Kopf.

»Ich habe dich gestern Abend gegen zehn Uhr auf der Hauptstraße von Boulder Creek aufgehalten. Davor hattest du in Stews Laden die Scheibe eingeschlagen, warst dort eingestiegen und hast das Geschäft völlig verwüstet.«

»Echt?«, murmelte ich.

Russell zog ein weiteres Foto heraus, das Stews Laden von innen zeigte. Von den Regalen waren die Waren gefegt worden, Mehl lag auf dem Boden verstreut, und Gläser und Flaschen waren zu Bruch gegangen, darunter auch ein paar der Marmeladengläser, die Granny eingekocht hatte. In mir zog sich alles zusammen, und ich versuchte mich krampfhaft daran zu erinnern, warum ich so ausgetickt war, aber es fiel mir nicht mehr ein.

»Du hattest 2,1 Promille, als ich dich aufs Revier brachte.«

Heftig.

»Beim Laden hast du nicht haltgemacht«, sagte Russell und zeigte mir das nächste Foto. Darauf war ein blauer Van abgebildet, auf dessen eine Seite mit roter Sprühfarbe *Boulder Creek ist voller Kleinstadtidioten* geschrieben worden war und auf die andere: *Ihr könnt mich alle mal!*

Dafür war ich wohl auch verantwortlich. Ich schluckte und musste ein leichtes Grinsen unterdrücken. Es war besser, in Momenten wie diesen Reue zu zeigen.

»Du hast außerdem den Lack zweier Autos verkratzt und dem Holzpferd vor Stews Laden die Ohren und den Schweif abgeschlagen. Als ich dich festnehmen wollte, bist du davongerannt und wolltest ein Auto aufbrechen. Ich konnte dich jedoch aufhalten. Dabei hast du dir das Knie aufgeschrammt.«

Ich winkelte das Bein an. Die Stelle schmerzte ein wenig, aber das war nichts gegen das Hämmern in meinem Schädel.

Russell schob die Bilder meiner nächtlichen Taten zurück in den Ordner und klappte ihn zu. Er lehnte sich im Stuhl zurück, faltete die Hände und sah mich an. »Das sieht nicht gut aus, Parker. Volltrunken randaliert mit gerade mal siebzehn Jahren.«

Ich senkte den Blick und biss mir auf die Unterlippe. *Einfach diese Predigt über mich ergehen lassen und mich zurückhalten.*

»Woher hattest du den Alkohol?«, fragte Russell.

»Ich hab ihn von Stew geklaut«, gab ich zu. *Wozu abstreiten?*

Großvater zuckte neben mir zusammen, und ich merkte, wie seine Hände anfingen zu zittern. Er verschränkte sofort die Finger ineinander, um es zu verbergen.

Russell nickte, machte eine Notiz in meiner Akte und seufzte tief.

»Was können wir tun?«, fragte mein Großvater.

»Trinken unter einundzwanzig, Diebstahl, Sachbeschädigung.« Russell runzelte die Stirn.

Ich bohrte die Fingernägel in die Armlehnen des Stuhls, aber nicht weil mir meine Straftaten vor Augen gehalten wurden, sondern weil mir echt schlecht war.

»Wird das vor Gericht kommen?«, fragte mein Großvater. »Er kann doch nicht ... Parker muss nicht ins Gefängnis, oder?«

»Nein«, sagte Russell. »In der Regel wird eine Summe als Schadensersatz festgelegt. Für Straftaten wie diese liegt sie um die fünftausend Dollar.«

Ich schnaubte. Auch das war mir nicht fremd. »Ich werde die Strafe bezahlen«, sagte ich sofort. »Damit sollte ja alles geklärt sein.« Ich wollte aufstehen, aber mein Großvater hielt mich zurück und drückte mich wieder in den Stuhl.

»Nicht so schnell, Junge«, sagte er.

Ich verzog das Gesicht und ließ mich wieder zurückfallen. »Ich hab das Geld, das ist kein Problem«, erwiderte ich genervt.

»Das mag sein, aber wir werden das anders regeln.« Er warf Russell einen Blick zu, der nur eine Augenbraue hob, die Hände vor dem Bauch verschränkte und verschlagen grinste.

Ich zog die Augenbrauen zusammen und blickte zwischen ihm und meinem Großvater hin und her. Was hatten die denn vor?

»Mein Enkel wird diese Strafe abarbeiten«, sagte Großvater schließlich. »Ich bin mir sicher, dass wir etwas in der Gemeinde finden, wo er sich einbringen kann.«

»Russell, hi«, begrüßte Kit unseren Sheriff aufgesetzt freundlich.

»Kit«, gab er mit seiner tiefen Stimme zurück und kam näher.

Ich bekam Gänsehaut, und ein hässliches Kribbeln setzte sich in meinen Nacken. Als hätte er mich an der Stelle gepackt und würde mich gleich durchschütteln.

Er trat an meinen Tisch und blickte mich von oben herab an. Russell war schon immer ein beeindruckender Mann gewesen, und er hatte über die Jahre nichts von seiner Würde eingebüßt.

»Ich nehme das Schinkensandwich mit extra Käse.« Die Worte galten Kit, aber er hielt den Blick fest auf mich gerichtet und starrte unverhohlen auf die Unterlagen vor mir. Mich überkam der Drang, alles einzusammeln und vor ihm zu verstecken. »Zum Mitnehmen«, fügte er an.

Kit räusperte sich, murmelte ein leises »Kommt gleich« und trollte sich wieder.

Nimm mich mit, wollte ich ihr nachrufen, aber ich richtete mich stattdessen auf und schüttelte die Enge ab.

Russell zog den Stuhl mir gegenüber hervor und ließ sich nieder. Eine Hand legte er auf die Tischplatte. Er hatte kräftige große Hände mit langen Fingern, die vom vielen Arbeiten gezeichnet waren. Seine Haut war schwielig und rau, man sah ihm an, dass er viel draußen war.

Eine drückende Stille legte sich zwischen uns und lud sich mit Spannung auf. Die unangenehme Art von Spannung, die einen im Sitz hin und her rutschen ließ.

Doch ich erinnerte mich daran, dass ich keine siebzehn mehr war und Russell mir nichts tun würde oder könnte. Die Zeiten waren vorüber.

Er trommelte mit den Fingern auf der Tischplatte herum.

Poch, poch. Poch, poch.

Ich räusperte mich, hielt meine Aufmerksamkeit weiter auf die Unterlagen gerichtet und tat so, als würde ich interessiert darin lesen. Dennoch hatte ich das Gefühl, als wäre es auf einmal stiller im Restaurant geworden. Als würden sich alle Blicke auf uns richten, in stummer Erwartung, dass gleich etwas Spannendes passierte.

Unauffällig sah ich mich um und bemerkte, wie hinten an der Wand tatsächlich zwei ältere Männer ihr Gespräch gestoppt hatten und uns beobachteten.

»Tara hat mir gestern erzählt, was du für die Golden Hill Ranch planst«, sagte Russell und brach diese grässliche Stille. Seine Stimme klang ruhig und gelassen, als wollte er nur einen netten Plausch übers Wetter halten, aber ich wusste es besser. Russell plauschte mit niemandem einfach so, schon gar nicht mit mir.

»Wie schön, dann bist du ja bestens informiert«, gab ich zurück.

»Wir werden das jetzt noch im Stadtrat besprechen. Bei Projekten wie deinen können wir ein Veto einlegen.«

Ich riss den Blick hoch. Mein Mund klappte auf, und ich zerknüllte vor Anspannung das Papier in meiner Hand.

Russell grinste selbstgefällig, als hätte er auf genau so eine Reaktion von mir gehofft.

Mir war nicht klar gewesen, dass unsere Pläne vom Stadtrat abgesegnet werden mussten und diese Leute sich gegen mein Vorhaben aussprechen konnten. Rasch ging ich in Gedanken noch mal durch, wer alles dazu zählte. Ich hatte es doch erst vor ein paar Tagen im Rathaus gelesen. Wer war das noch gleich?

Stew Clearwood
Felix Carr
Tara McArthur
Neil Schofield
Cybil Kent
Russell Stewart
Clay Davenport

Russell. Clay. Stew. Menschen, die nicht sehr gut auf mich zu sprechen waren, durften über meine Zukunft entscheiden.
Fuck.
»Ich ...«, setzte ich an, aber meine Kehle war staubtrocken. Rasch trank ich einen großen Schluck Kaffee und versuchte, mich zu sammeln.
»Pferdetherapie für verrückt gewordene Städter«, fuhr Russell unbeirrt fort. »So was hatten wir hier noch nie.«
»Das ... das sind keine Verrückten.« Ich schüttelte mich und lenkte meine Gedanken mit aller Macht auf das Gespräch. »Das sind Menschen, die psychiatrische Hilfe brauchen. Viele leiden körperlich und seelisch, haben Burn-out oder Depressionen.«
Russell schnaubte und lehnte sich im Stuhl zurück. »Noch schlimmer. Ich bin mir sicher, dass die Hälfte von ihnen ganz schnell genesen würde, wenn sie sich ein bisschen zusammenreißen würden. Den meisten ist doch nur langweilig, weil sie zu viel Zeit haben. Dieser ganze Social-Media-Scheiß ist daran schuld.«
Ich unterdrückte ein Stöhnen, weil ich es hasste, wenn jemand eine schwerwiegende Krankheit wie Depression herunterspielte.

Sadie hing nach ihrem Unfall nicht nur körperlich in den Seilen. Es hatte Jahre gedauert, bis sie ihren Lebensmut wiedergefunden hatte, und sogar heute kämpfte sie noch an vielen Tagen gegen ihre Schwere an.

»Depressionen kann man nicht damit heilen, dass man vor die Tür geht und die Sonne genießt«, sagte ich. »Es ist eine ernste Erkrankung, und die Betroffenen sind ganz sicher nicht verrückt.«

»Auslegungssache. Wie so vieles im Leben. Auf alle Fälle bist du der Erste, den ich kenne, der Pferde als Therapie einsetzen möchte.«

»Auch das ist lange wissenschaftlich …«

»Die gehören raus! Zum Viehtreiben oder meinetwegen zum Rodeo. Das sind Arbeitstiere und keine süßen Kuscheldinger, mit denen man irgendwas heilen kann.«

Wow … okay. Dieses Gerede war mir nicht fremd, und ich hatte schon befürchtet, dass solche Sprüche kämen. In der Gegend rund um Boulder Creek lebten viele noch wie im Wilden Westen. Sie betrieben ihre Farmen, hielten ihre Kühe, nutzten ihre Pferde für die Arbeit. Es war ein raues Land mit rauen Kerlen und rauen Manieren. Fortschritt tat sich mitunter schwer, Konflikte wurden oft mit Fäusten geregelt, und danach wurde der Streit bei einem Bier beigelegt. Hier galt ein Handschlag als verbindlicher Vertrag und ein Versprechen als feste Zusage. Städter wie ich und Sadie, die hierherkamen und irgendwelchen Firlefanz mit Pferden anstellten, mussten wie Außerirdische wirken.

Ich öffnete den Mund, doch ehe ich etwas erwidern konnte, kam Kit mit einer Kanne Kaffee an unseren Tisch.

»Das Sandwich dauert leider noch ein paar Minuten.« Sie schenkte ihm ein und warf mir dabei einen mitleidigen Blick zu. Ich lächelte ihr zu und merkte, dass noch mehr Augenpaare auf Russell und mich gerichtet waren. Hoffentlich genossen die Leute ihre Show.

Russell trank einen Schluck Kaffee und funkelte mich über den Rand der Tasse hinweg an. Mir lief der Schweiß den Rücken hinunter, und ich verteufelte mich dafür. Würde für mich nicht so viel an diesem Projekt hängen, würde ich Russell ganz anders entgegentreten, aber ich wollte es mir nicht noch mehr mit ihm verscherzen. Er war in dieser Stadt sehr einflussreich.

Russell grinste, stellte die Tasse gemächlich ab und wischte sich über die Lippen. Erneut trommelte er mit den Fingern auf den Tisch. Wieder in diesem ätzenden langsamen Rhythmus.

Poch, poch. Poch, poch.

Mit jedem Klopfen zog sich mein Herz enger zusammen. Mit jedem Klopfen vermittelte Russell mir das Gefühl, dass er mich voll und ganz am Wickel hatte.

Poch, poch. Poch, poch.

»Eins will ich dir schon mal sagen, Parker.« Russell lehnte sich nach vorne. »Solltest du dieses Projekt durchziehen und sollten diese Leute Ärger machen, wirst du hier keinen Spaß haben. Ich werde alles sehr genau kontrollieren und aufpassen, dass du keinen Mist baust. Und falls das doch passiert, wird es diesmal gewiss nicht damit getan sein, dass du Wanderwege vom Müll befreist oder Stews Laden neu streichst.«

Ich schnaubte bei der Erinnerung daran, dass ich damals diese Aufgaben erledigt hatte. Nach meiner betrunkenen Randalieraktion hatte ich drei Wochen lang täglich bei Russell antanzen müssen, und er hatte mir eine unangenehme Aufgabe nach der anderen zugeteilt. Am schlimmsten war es gewesen, die öffentlichen Toiletten zu schrubben. »Ich habe nicht vor, irgendwelchen Mist zu bauen. Genauso wenig wie die Leute, die zu uns kommen werden.«

Russell stieß einen höhnischen Laut aus.

»Ich bin kein Teenager mehr.«

»Das ist unübersehbar.«

»Ich versuche, auf Golden Hill etwas Gutes und Nachhaltiges zu erschaffen. Wir wollen Leuten helfen, die es brauchen. Diese Menschen, die zu uns kommen, sind weder Luxustouristen noch irgendwelche Durchgeknallten, die wirr über die Straße rennen und auf UFOs warten. Sie kommen her, weil sie genesen wollen.«

»Wie finanzierst du den ganzen Spaß eigentlich?«

»Mit Geld natürlich, oder würdet ihr auch ein warmes Lächeln in Boulder Creek als Bezahlung akzeptieren?«

»Werd nicht vorlaut.«

»Dann rede nicht mit mir wie mit einem Kind.«

Er starrte mich an und ich ihn. Es war ein stummes Duell, das wir lediglich über unsere Blicke austrugen. Ich würde den Teufel tun und als Erster wegsehen.

Russell lächelte und schloss kurz die Augen. »Nun gut. Ich bin sicher, dass wir uns noch öfter über den Weg laufen werden.«

»Ganz bestimmt.«

Kit kam zurück an den Tisch und brachte ihm sein eingepacktes Essen. Russell trank seinen Kaffee aus, nahm die Tüte von Kit an und reichte ihr einen Zehndollarschein.

»Pass auf dich auf, Parker. Die Wildnis hier draußen ist rauer geworden als vor elf Jahren.« Er erhob sich und klemmte sich sein Essen unter den Arm.

Ich kniff die Augen zusammen und versuchte herauszufinden, ob Russell mir gerade unterschwellig gedroht hatte. »Das werde ich, keine Sorge.«

Er nickte mir zu, winkte den beiden Typen hinter mir und verließ das Restaurant. Erst als er draußen war, entspannte ich mich und ließ die Luft aus der Lunge. Mein Blick wanderte zurück auf die Unterlagen, und auf einmal überkam mich der Drang, nach Golden Hill zu fahren und mich dort zu verbarrikadieren, bis sich der Sturm um mich gelegt hatte. Irgendwann würde sich Boulder Creek hoffentlich wieder beruhigen. Irgendwann würden sie akzeptieren, dass ich dazugehörte.

Falls nicht, würde unser Vorhaben ein ganz schön wilder Ritt werden.

7.

Heute

Parker

Verfluchte Bürokratie!

Ich schlug mit dem großen Hammer auf die Wand ein und lauschte dem Geräusch des splitternden Holzes. Es tat gut, sich bewegen zu können, es baute den Stress ab. Morgen war mein Besuch bei der Bürgermeisterin genau eine Woche her. Nach wie vor hatte Tara keinen Pieps von sich gegeben. Am Freitag hatte ich noch mal bei ihr angerufen, doch ihr Assistent meinte, dass sie auf einem Termin sei und sich melden würde. Hatte sie nicht getan, und da heute Sonntag war, würde ich wohl weiter ausharren müssen. Diese Scheißwarterei machte mich wahnsinnig.

Da ich nicht länger bei Cybil rumsitzen wollte, war ich auf die Golden Hill Ranch gefahren und hatte angefangen, die ersten Zwischenwände einzureißen. So konnte ich etwas Sinnvolles tun und gleichzeitig meinen Frust herauslassen.

Ich schlug erneut gegen die Wand. Kleine Gesteinsbrocken spritzten hoch, aber ich trug sowohl eine Schutzbrille als auch eine dicke Maske, sodass ich kaum etwas davon ins Gesicht bekam. Meine Muskeln brannten, weil ich seit mehreren Stunden ununterbrochen arbeitete. Der Schweiß rann mir bereits den Nacken hinunter, und mein Shirt klebte an meiner Haut. Drei weitere Male schlug ich auf die Wand, dann gab der letzte Zwischenpfosten mit einem lauten Bersten nach. Staub stob auf, und vor mir klaffte ein riesiges Loch, das den Blick auf mein früheres Zimmer freigab. Der Raum war nun bedeutend größer und heller. Noch immer fühlte es sich komisch an, hier zu stehen und auf die Stelle zu blicken, an der einst mein Bett gestanden hatte. Wie oft hatte ich damals an die Decke gestarrt und mir gewünscht, verschwinden zu können.

Ich hielt inne, atmete durch und zog mir die Maske und die Brille vom Gesicht. Meine Haut juckte, und meine Augen tränten. Ich rieb mit dem Handrücken darüber, verteilte aber nur den Dreck, statt ihn wegzuwischen. Außerdem biss der Staub in meiner Lunge, aber ich nahm das alles liebend gerne in Kauf, wenn es nur voranging. Ich würde verflucht noch mal auf Knien über den Boden kriechen und alles per Hand abschleifen, wenn wir nur unser Projekt verwirklichen könnten.

Mein Telefon klingelte. Rasch zog ich es aus der Tasche, weil ich hoffte, dass es Tara war. Fehlanzeige.

»Sadie, hey«, begrüßte ich meine Schwester. »Wie geht es dir?«

»Mein Rücken schmerzt heute stärker, aber ich hab schon ein Wärmepflaster draufgeklebt. Kann sein, dass es vom Wetterumschwung kommt.«

»Nutzt du die Magnetfeldmatte?«

Sie schnaubte nur als Antwort, weil sie es hasste, wenn ich sie derart bemutterte, aber, hey, sie wäre beinahe bei einem Autounfall gestorben. Ich hatte jedes Recht der Welt, meine schützende Hand über sie zu halten.

»Meiner schmerzt übrigens auch«, sagte ich. »Ich schlage Wände raus.«

»Du hast schon angefangen zu renovieren?«

»Ich wollte mich beschäftigen, und Tara meinte ja, dass wir die Baugenehmigung für die Umbaumaßnahmen haben.«

»Mit dem Rest lassen sie sich ganz schön Zeit.«

»Wem sagst du das.« Ich streckte den Rücken durch und legte den Kopf in den Nacken. Es krachte in meinen Wirbeln, weil ich so lange mit dem schweren Hammer in der Hand dagestanden hatte.

»Ich wollte eigentlich nur wissen, ob es etwas Neues gibt.«

»Bisher leider nicht.«

Sie seufzte, das Geräusch lastete fast schwerer auf mir, als dieser Hammer in meiner Hand wog. Ich hasste es, Sadie möglicherweise enttäuschen zu müssen. »Wird schon noch.«

»Ich hoffe es.«

»Schon dich, ja? Wir reden, sobald ich etwas Neues weiß.«

»Okay.«

Ich legte auf, schob das Handy zurück in die Tasche meiner Jeans und betrachtete das Chaos um mich herum. Der Staub hatte sich jetzt als feiner Film auf meiner verschwitzten Haut abgesetzt und sich in meinen Haaren verfangen. Die Dusche später würde eine reine Wonne werden. Ich nahm den Hammer ein weiteres Mal hoch und wollte wieder ansetzen, als ich ein Geräusch unten hörte und kurz darauf einen kalten Luftzug spürte, als ob jemand die Tür geöffnet hatte.

»Hallo?«, rief ich und trat hinaus in den Flur, um die Treppe hinunterblicken zu können. Ich hörte Schritte und sah einen Schatten näher kommen.

»Ich bin's«, erklang Clays Stimme.

Unwillkürlich atmete ich aus, und etwas lockerte sich in mir. Seit der merkwürdigen Begegnung mit der Schrotflinte hatten wir gar nicht mehr miteinander gesprochen, auch wenn ich kurz davor gewesen war, mich bei ihr zu melden. Leider hatte ich ihre aktuelle Handynummer nicht, aber irgendwer in Boulder Creek hätte mir bestimmt sagen können, wo sie wohnte.

Ich ging Clay entgegen, doch sie kam bereits die Treppe hoch. Heute hatte sie zum Glück keine Waffe dabei. Clay trug eine dicke Weste und darunter ein dunkelrotes Hemd. Mir gefiel ihr Anblick.

Clay hatte diese weibliche Verwegenheit an sich, die einem sagte, dass man mit ihr Pferde stehlen konnte, wenn es sein musste. Sie war tough, attraktiv, souverän und selbstbewusst. Als sie direkt vor mir stand, nahm sie die Wollmütze ab, die sie auch beim letzten Mal getragen hatte.

»Die sind ja kurz!«, stellte ich mit Blick auf ihre Haare verblüfft fest.

»Ja, nichts mehr mit Eierbrüten.«

Ich verzog das Gesicht. »Das ist mein dümmster Spruch überhaupt gewesen.«

»Stimmt.«

»Steht dir sehr gut.«

Sie hielt die Luft an und wuschelte sich über den Kopf. »Danke.«

Mir brannten immer noch die Augen vom Dreck, also griff ich den unteren Saum meines Shirts und zog ihn hoch, um mir übers Gesicht zu wischen. Ein kalter Luftzug streifte meinen nackten Bauch, und als ich wieder aufsah, bemerkte ich, wie Clay rasch ihren Blick nach oben richtete.

Sie deutete auf den Vorschlaghammer in meiner Hand und ging die letzten Stufen hoch. »Was reißt du denn raus?«

»Die Wand zwischen meinem alten Zimmer und dem daneben. Das soll mein künftiges Schlafzimmer werden.«

»Verstehe.«

Sie trat näher und blickte sich um. Clay lief durch den kleinen Durchbruch, den ich bereits geschaffen hatte, und nickte. »Könnte gut werden.«

»Ich baue noch einen Erker an, und die andere Seite des Obergeschosses wird Sadies Reich. Da reiße ich das alte Bad raus und vergrößere das Schlafzimmer. Sadie kann von dort aus auf die Koppeln sehen. Sie bekommt auch einen kleinen Balkon, hat sie sich gewünscht, damit sie morgens die Pferde begrüßen kann und ...«

Ich unterbrach mich, weil ich von Plänen redete, von denen ich nicht mal wusste, ob wir sie realisieren konnten.

Clay warf mir nur einen flüchtigen Blick zu und stieg über die Trümmer hinweg, die ich hinterlassen hatte. »Und Cynthia? Wo wird sie wohnen?«

»Unten im neuen Anbau. Sie bekommt eine eigene Terrasse mit einem Wintergarten, damit sie sich auch bei kalten Temperaturen dort aufhalten kann. Fast an derselben Stelle, an der sie früher immer gesessen hat. Dann bau ich ihr noch ein eigenes Bad und einen extra Zugang, falls sie irgendwann einen Rollstuhl braucht. Noch kommt sie ganz gut klar, aber gewisse Dinge im Alltag fallen ihr zusehends schwerer. Manchmal hat sie keine Kraft in den Fingern und bekommt nicht mal mehr einen Kochtopf hoch.«

»Ist sie deshalb im Altersheim?«

»Ja und nein. Daran hat mein Dad Schuld. Er hat so lange auf sie eingeredet, bis sie einwilligte, nach Denver ins Heim zu gehen. Weil sie so näher bei der Familie wäre und er sie öfter besuchen könnte und all der Kram.«

»Hat er sein Versprechen gehalten?«

»Ich … nein. Hat er nicht.«

Clay nickte nur.

»Im Nachhinein hätte so vieles anders laufen sollen«, sagte ich.

»Ja, hinterher ist man immer schlauer, aber daran lässt sich jetzt nichts mehr ändern.« Clay lief weiter und strich mit der flachen Hand über eine Wand, als wollte sie die Energie aufnehmen.

»Wann warst du das letzte Mal hier?«, fragte ich sie.

Sie atmete tief ein, ließ die Luft aber nicht mehr aus der Lunge. »Als die Pferde weggebracht wurden. Wir haben Gin und Ginger rüber zur Eastwood Ranch gefahren, wo sie vor fünf Jahren im stolzen Alter von neunundzwanzig und dreißig gestorben sind. Erst ist Gin gegangen und zwei Wochen nach ihr Ginger.«

»Das wusste ich gar nicht. Tut mir leid.«

»Muss es nicht, die beiden hatten noch eine schöne Zeit.«

Mir wurde trotzdem schummrig. »Was ist mit Charlie passiert?«

»Er ging an eine Wanderreitstation im Shoshone National Forest. Meines Wissens nach steht er da noch heute.«

Clay lief weiter durch den Raum und sah sich alles in Ruhe an. Am Fenster, das hinaus zum Stall zeigte, blieb sie stehen. Sie sah hinüber, wo wir uns früher jeden Morgen getroffen hatten, um unsere Arbeit zu erledigen. Ich stellte mich neben sie und blickte zu dem zerfallenen Gebäude. Meine Finger zuckten. Am liebsten hätte ich Clays Hand gegriffen.

»Was wirst du tun, wenn Tara gegen dein Therapieprojekt ist?«, fragte sie.

In mir zog sich alles zusammen, weil es sich wie eine böse Vorahnung anhörte. »Ist sie das denn? Weißt du etwas darüber?«

Sie senkte den Blick. »Sie hat heute Morgen ihre Entscheidung getroffen und den Rat um Abstimmung gebeten. Am Montag sollst du es erfahren.«

»Was? Das heißt, … du … du weißt es schon?«

»Ja.«

»Was …« Ich trat näher, aber Clay spannte sich an. »Clay, bitte sag es mir. Diese Ungewissheit macht mich wahnsinnig!«

Sie presste die Lippen zusammen. Schwieg sie, um es mir heimzuzahlen? Für mein Verhalten von damals?

»Ich weiß, dass ich dir wehgetan habe, und es tut mir leid, aber hier geht es nicht nur um mich. Es geht um Golden Hill und Granny und …«

»Beantworte erst meine Frage: Was wirst du tun, wenn Tara ablehnt?«

Ich hielt die Luft an und musterte Clays Gesicht. Diese Antwort war ihr wichtig. Sie wollte ausloten, ob ich genauso verschwinden würde wie damals, falls mir Steine in den Weg gelegt wurden.

»Ich werde trotzdem weitermachen. Ich hole Granny zurück, ich habe es ihr versprochen. Ich werde hier mit ihr leben und … keine Ahnung … mir einen Job in Boulder Creek suchen, denk ich. Vielleicht können wir trotzdem Pferde halten, eben nicht für die Therapie, sondern zum Wanderreiten. Sadie will unbedingt mit Pferden arbeiten, und hier hätten wir die Möglichkeit dazu. Ein Nein zur Therapieranch ist kein Nein zu Golden Hill, auch wenn es wirklich schwer ist, mir etwas anderes vorzustellen. Ich will dieses Projekt aufziehen. Sadie und ich planen es seit über zwei Jahren und geben alles von uns rein, was wir nur können. Sollte es nicht klappen, wäre das ein heftiger Schlag für uns, aber ich werde mich nicht in irgendein Büro hocken und wieder …«

»Ihr habt die Genehmigung«, unterbrach mich Clay auf einmal.

Ich stockte, starrte sie an und konnte im ersten Moment nicht glauben, was ich eben gehört hatte. »Ich … Hast du eben … Was?«

»Ihr habt die Genehmigung, Parker. Ihr könnt eure Vision verwirklichen. Ihr könnt eure Pferdetherapie aufziehen.«

»Clay! Das ist …«

Oh mein Gott! Oh mein Gott! OH MEIN GOTT!

Ehe ich mich versah, riss ich sie an mich und drückte sie fest an meine Brust. Sie gab ein leises Keuchen von sich und wurde stocksteif, doch sie wehrte mich nicht ab, daher umarmte ich sie einfach noch enger. Clay duftete nach Natur, nach der Weite der Wälder Montanas, nach Freundschaft und nach Geborgenheit. Erst jetzt, als ich sie nach so vielen Jahren zum ersten Mal wieder festhielt, fiel mir auf, wie sehr ich das vermisst hatte.

»Danke!«, flüsterte ich gegen ihren Hals. Mir wurde leicht schwindelig, aber ich konnte nicht deuten, ob es an ihr lag oder an der Tatsache, dass ich meinem Ziel einen Schritt näher gekommen war.

Wir durften endlich loslegen! Sadie, Golden Hill und ich.

»Lässt du mich mal wieder los?«, sagte Clay schließlich.

Ich trat sofort zurück und fuhr mir durch die Haare. »Sorry.«

»Schon gut.«

»Ich … wow, ich weiß nicht, wie ich euch danken kann. Das muss ich sofort Sadie erzählen, sie wird ausflippen!«

»Freu dich noch nicht zu früh.« Clay atmete einmal tief durch und wandte sich von mir ab. »Drei Ratsmitglieder haben ein Veto gegen euch eingelegt, und sie werden es dir nicht leicht machen.«

»Lass mich raten, einer davon war Russell.«

Sie nickte.

»Er hat mich bereits auseinandergenommen, als wir uns neulich im Diner getroffen haben, und meinte, ich würde Verrückte nach Boulder Creek holen.«

Clay schnaubte und schüttelte den Kopf. »Das so was aus seinem Mund kommt, wundert mich nicht. Russell ist nicht ohne, vor dem musst du dich in Acht nehmen. Er hat ziemlich viel Einfluss in der Stadt.«

»Das war ja damals schon so. Wer waren denn die beiden anderen?«

»Das darf ich dir eigentlich nicht sagen.«

Ich legte den Kopf schräg. »So wie du mir eigentlich nicht sagen durftest, dass ich loslegen kann?«

»Ja.«

»Macht es das jetzt noch schlimmer?«

»Vermutlich nicht.« Sie rollte mit den Augen. »Neil war der Zweite. Er hat früher mal eine Ranch betrieben, ist jetzt aber im Ruhestand. Im Grunde macht er immer das, was Russell sagt oder tut. Die beiden treffen sich jeden Dienstag zum Skatspielen. Er ist also eher ein Mitschwimmer.«

»Verstehe. Wer war der Dritte?«

»Stew.«

»Scheiße.«

»Ja.«

»War vermutlich zu erwarten, oder?«

»Ein bisschen.«

»Kann ich irgendwas tun, um meine Lage zu verbessern?«

Sie zuckte mit den Schultern. »Abwarten. Hoffen. Beten? Ich weiß es nicht, ehrlich gesagt.«

Ich drehte mich wieder zum Fenster und überschaute das Gelände, das ich bald zum Leben erwecken durfte. Trotz der Vetostimmen überkam mich eine tiefe Dankbarkeit. Es würde noch viel Arbeit werden, aber der erste Schritt in die richtige Richtung war getan.

»Danke, dass du kein Veto eingelegt hast«, sagte ich nach einer Weile und wandte mich ihr wieder zu.

Clay schloss die Augen. »Es geht hier nicht um mich, sondern um das, was für Golden Hill das Beste ist. Dein Vorhaben klingt gut.«

Ich schluckte, und wieder schoss mir der leichte Schwindel in den Schädel. In meinem Herzen löste sich etwas, von dem ich gar nicht bemerkt hatte, dass es dort feststeckte. Diese Worte aus Clays Mund zu hören bewirkten einen warmen Schauer in meinem Inneren. Als hätte Clay gerade einen Anker an meine Seele geheftet und würde sie so daran hindern, wegzugleiten. Clay erdete mich. Auf eine wundervolle, einzigartige Weise, die ich vorher noch bei keinem anderen Menschen gespürt hatte.

»Danke«, wiederholte ich.

Sie nickte, wandte sich ab und stiefelte ohne ein weiteres Wort davon.

»Clay ...«

»Wir sehen uns, Parker. Viel Spaß beim Renovieren.«

Ich überlegte einen Moment, ob ich ihr hinterherlaufen sollte, entschied mich aber dagegen. Wenn ich sie jetzt drängte, würde sie mich nur noch mehr ausschließen. Ich lauschte ihren Schritten und wie sie die Tür öffnete und wieder schloss. Es fühlte sich nicht wie ein Weggang an, sondern wie ein Neuanfang.

Wir hatten es verdammt noch mal geschafft.

Ich lachte, fuhr mir durch die Haare und blickte nach oben. »Hast du das gesehen, Grandpa? Wir starten durch! Wir holen Golden Hill zurück ins Leben!«

Staub rieselte von der Decke und mir in die Augen, aber ich

wischte ihn nur mit einem Grinsen beiseite. Meine Laune konnte heute nichts mehr verderben!

Erneut fischte ich mein Handy aus der Tasche und wählte Sadies Nummer. Sie nahm nach dem zweiten Klingeln ab.

»Hast du was vergessen?«, fragte sie.

»Nein, aber es gibt Neuigkeiten … großartige Neuigkeiten.«

8.

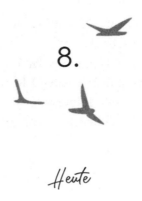

Heute

Clayanne

Als ich an diesem Abend zurück nach Hause fuhr, fühlte ich mich merkwürdig. Seit ich Parker vor einer Stunde erzählt hatte, dass er seine Pferdetherapiestätte aufbauen durfte, war meine Seele wie zwiegespalten. Auf der einen Seite war da eine Leichtigkeit in meinem Inneren, weil ich wusste, dass er jetzt länger bleiben würde, auf der anderen auch eine unsägliche Enge. Als er mich an sich gerissen hatte, war mir kurz schwindelig geworden. Ich hatte mich erst dagegen wehren wollen, aber ehe ich reagieren konnte, war ich schon verloren in seinem Duft und seiner Nähe. Parkers Umarmung hatte die alten Wunden in mir aufgerissen, die ich mit so viel Mühe gepflegt hatte, bis sie endlich verheilt waren. All die letzten Jahre hatte ich Stück für Stück die Scherben aufgesammelt, mein Herz wieder zusammengesetzt und mich von ihm gelöst.

Das hatte ich zumindest geglaubt.

Das Gespräch mit Parker eben hatte mich zurück in die Vergangenheit zu meinem sechzehnjährigen Ich katapultiert und all die Schmetterlinge in meinem Bauch aufwirbeln lassen, die ich schon damals nicht hatte bekämpfen können, obwohl ich es so sehr gewollt hatte.

Ich schüttelte mich, parkte Jackson und starrte durch die Windschutzscheibe. Vor mir erstreckte sich das Tal, in dem Boulder Creek friedlich schlummerte. Die Nacht war schon angebrochen, und unzählige Sterne am Himmel erschienen. Es war eiskalt, aber ich roch auch langsam den Frühling in der Luft. Seit vier Jahren wohnte ich hier oben abseits der Stadt. Zum einen weil ich hier meine Ruhe hatte, zum anderen weil ich diese Aussicht liebte. Meinen Eltern gehörte dieses Stück Land. Viel besaßen wir nicht mehr, obwohl wir von einer der Gründerfamilien Boulder Creeks abstammten. Im Laufe der Jahrzehnte waren viele Besitztümer verloren gegangen. Mein Urgroßvater hatte wohl auch einiges von unserem alten Land versoffen.

Aber das hier war meins ganz allein, inklusive des Wohnwagens, der zu meiner Linken parkte. Gustav war neben Jackson mein ganzer Stolz, und ich liebte ihn heiß und innig, auch wenn Ryan das überhaupt nicht verstehen konnte. Er brauchte richtige Wände um sich herum, mehr als ein Stockwerk, ein großes Bad und ein ordentliches Bett. So sagte er es zumindest immer, wenn er mich besuchen kam. Es war mir egal, ob er meine Art zu leben verstand oder nicht, ich fühlte mich wohl.

Genauso wohl wie in Parkers Armen eben. Ich seufzte und rieb mir übers Gesicht. Schon damals hatte ich nichts gegen meine aufkeimenden Gefühle für ihn tun können, obwohl ich ihn lieber von mir ferngehalten hätte. Aber dieser elende Junge mit den dunkelblauen Augen und dem verwegenen Grinsen hatte mich einfach nicht losgelassen.

Vor elf Jahren

»Du bist ein Trottel!« Ich stand vor Parkers Bett und trat gegen den Pfosten am Fußende. Er zuckte nur kurz zusammen, zog sich die Decke über den Kopf und gab ein missmutiges Brummen von sich.

»Wie kann man sich nur so gehen lassen?«, zeterte ich weiter. Als Parker mich gestern Mittag bei Stew einfach so hatte stehen lassen, war ich ziemlich sauer auf ihn gewesen. Eben hatte er noch neben mir gestanden, und im nächsten Moment war er abgehauen. Erst hatte ich ihn suchen wollen und war hinaus auf die Straße getreten, doch dann hatte ich mich besonnen. Ich durfte diesem Volltrottel nicht noch mehr Macht über mich geben, indem ich mich über ihn und sein Verhalten aufregte. Es sollte mir egal sein, ob er ging, ohne sich zu verabschieden. Wir beide waren uns nichts schuldig. Er war einfach nur ein Typ aus Denver, der den Sommer über bei seinen Großeltern wohnte und bei der Rancharbeit half. Fertig.

Ein Typ, der sich nun gerade auf den Rücken drehte, einen Arm über seine Augen legte und tief seufzte. Parker schlief oben ohne, wie ich feststellte. Vielleicht war er auch komplett nackt unter der Decke. Seine Brust hob und senkte sich, als er tief einatmete und die Luft mit einem weiteren Stöhnen ausließ. Seine Haut war leicht gebräunt, aber nicht so dunkel wie meine. Parker war schlank und sehnig. Er war nicht sonderlich muskelbepackt wie einige Jungs in der Schule, die regelmäßig trainierten, dennoch wölbte sich sein Bizeps, als er sich jetzt übers Gesicht strich und seine Haare durchwuschelte. Er warf mir einen kurzen Blick zu, rollte mit den Augen und schnaubte leise. Ich schluckte gegen die Enge in meinem Hals, die auf einmal aufgetreten war, und trat näher.

»2,1 Promille«, sagte ich.

»Es ist ein wenig eskaliert.«

»So kann man es auch ausdrücken.«

»Mir ist schon übel, okay? Außerdem habe ich meine Standpauke bereits von Russell erhalten. Du kannst dir also all die Worte sparen und mich in Frieden lassen.«

Ich zischte und verschränkte die Arme vor der Brust. »Denkst du echt, dass du mit so einem Scheiß davonkommst?«

»Ich komme immer mit so einem Scheiß davon. Werd jetzt ein wenig Buße tun und Müll in der Stadt wegräumen. In ein paar Wochen bin ich wieder zu Hause in Denver, und ihr seid mich los.«

»Gott, bist du bescheuert.«

Er lachte auf und rollte sich auf die Seite, sodass ich seinen Rücken anschauen musste. »Schön, dass dir das auffällt, und jetzt zisch ab.«

Oh nein, mein Freund. So läuft das hier nicht.

Ich musterte ihn noch einen Moment, dann stapfte ich aus seinem Zimmer und die Treppe hinunter. Cynthia kam mir entgegen, als ich zur Vordertür hinaustrat. Sie sah mich fragend an, doch ich winkte nur ab. Auf der Veranda sah ich mich kurz um, fand, was ich suchte, und lief zum Bach hinüber.

Nachdem ich dort fertig war, ging ich zurück in Parkers Zimmer. Er lag noch immer genauso da, wie ich ihn eben verlassen hatte, und schnarchte leise. Ich kniff die Augen zusammen, umklammerte den Henkel meines Eimers fester und schüttete das eiskalte Wasser, das ich eben aus dem Bach geschöpft hatte, über ihm aus.

Parker schrie auf, fuhr herum und saß auf einmal kerzengerade und pitschnass im Bett. »Was zur Hölle …!«, schrie er und starrte mich an. »Bist du total übergeschnappt?«

»Vielleicht, aber du musst dich ganz dringend zusammenreißen. Ich hab keine Ahnung, was für Nummern du normalerweise in Denver abziehst oder warum du den Scheiß machst, den du machst, aber du bist jetzt in Boulder Creek, und hier läuft das nicht! Auf dieser Ranch wohnen zwei wundervolle Menschen, denen du nicht auf der Nase herumtrampeln wirst!«

»Du kannst doch nicht einfach …«

»Das ist nur Wasser, krieg dich wieder ein!«

»Du blöde Kuh, ey. Hau doch einfach ab und lass mich in Frieden.«

»Oh nein, so schnell wirst du mich nicht los. Ich werde hier sein, und ich werde aufpassen, dass du nicht noch mehr Schaden anrichtest.«

»Was interessiert es dich denn, was ich tue?«

Ich schnappte nach Luft. Es sollte mich nicht interessieren, da hatte er recht, aber das tat es. Schon allein um Cynthias und Darrens willen, die sich so viel Mühe mit ihrem undankbaren Enkel gaben und herzensgute Menschen waren. Ich hatte keine Lust, danebenzustehen und zuzusehen, wie Parker hier alles niedermachte.

Ich trat einen Schritt näher. Parker schüttelte die Arme aus und strich sich die nassen Haare zurück. Von der Matratze tropfte das Wasser. Die Decke war ihm jetzt bis zu den Hüften gerutscht und gab auch seinen flachen Bauch preis, auf dem der Hauch eines Sixpacks zu erkennen war. Parker schlief nicht nackt, seine dunkle Boxershorts lugte unter der Decke hervor.

»Du wirst deinen verdammten Kopf aus dem Pool des Selbstmitleids ziehen und dich zusammenreißen. Niemand wird dir je vertrauen, wenn du dich weiterhin so verhältst.«

»Ich brauche euer Vertrauen nicht. Ich brauche niemanden.«

Ich lachte auf, weil ich ihm ansah, dass das gelogen war. »Red dir ein, was auch immer du willst, aber mit dem Scheiß ist es jetzt vorüber.« Ich musterte seinen nackten Oberkörper einen Tick zu lange, ehe ich meinen Blick von ihm abwandte und zur Tür lief. »Ich erwarte dich in zehn Minuten im Stall. Wenn du nicht kommst, stehe ich wieder vor deinem Bett. Dann werde ich kein Wasser dabeihaben, sondern Pferdemist, also überleg es dir gut.«

Parker brummte, öffnete den Mund, um etwas zu erwidern, doch ich trat schon zur Tür hinaus und zog sie hinter mir zu. Mein Herz raste, als ich in den Flur trat, und in meinem Bauch flatterte es. Vielleicht ging ich gerade zu weit, aber ich bereute es nicht. Parker musste sich auf die Reihe bekommen.

9.

Heute

Parker

Zum gefühlt tausendsten Mal kramte ich mein Handy hervor und starrte auf Taras Mail, die gestern reingekommen war und mir nun auch schriftlich bestätigte, dass wir endlich mit der Planung der Pferdetherapiestätte loslegen durften. Sie würde mir alle Genehmigungen auch noch per Post zukommen lassen, aber unserem Vorhaben stand wirklich nichts mehr im Wege. Ich hatte bereits mit Leo Roberts Kontakt aufgenommen, der eine lokale Baufirma leitete und früher mit meinem Großvater befreundet gewesen war. Wir waren gestern das Gelände abgegangen und hatten überlegt, wo und wie wir am besten anfangen sollten. Leo würde mit seinem Neffen Terence und einem weiteren Mitarbeiter namens Jessie anrücken. Sie würden erst mal das Unkraut rund ums Haupthaus ausreißen und die Flächen ebnen, die wir bebauen wollten. Leo konnte nicht alles selbst übernehmen, würde sich aber um die Subunternehmer, wie Dachdecker, Fensterbauer, Elektriker und so weiter, kümmern. Es würde sehr viel Arbeit werden, aber wenn alles glattlief, könnten wir in rund drei Monaten ins Haupthaus einziehen. Den alten Stall konnten wir nicht erhalten und mussten ihn abreißen. Mit dem Bau der Gästehäuser wollten wir ebenfalls anfangen, aber das würde sicher noch einige Zeit dauern, denn dafür mussten wir ein Stück des Waldes neben Golden Hill roden, das ich noch extra dazugekauft hatte. Grandpa hatte zwar viel Land besessen, aber diese eine Ecke rechts vom Haupthaus hatte ihm nicht gehört. Sie war perfekt gelegen, um unsere künftigen Gäste zu empfangen. Dort drüben hätten sie ihre Ruhe, wären aber schnell auf dem Gelände und könnten mit den Pferden arbeiten.

Wenn alles glattlief, würden wir im nächsten Sommer eröffnen können. Etwas mehr als ein Jahr. Es war ein straffer Zeitplan, aber wir würden das schon hinbekommen.

Heute allerdings noch nicht. Heute stand eine andere wichtige Sache an.

Ich packte das Handy weg und schnappte mir den Blumenstrauß vom Beifahrersitz. Ob das eine gute Idee war, würde ich gleich herausfinden.

Ich stieg aus dem Wagen und atmete tief die wundervolle kühle Frühlingsluft ein. In den letzten Tagen hatte sich die Sonne ziemlich viel Mühe gegeben und die Reste des Winters endgültig vertrieben. Ich lief auf den Eingang der Tierklinik zu. Cybil hatte mir gesagt, wo Clay arbeitete.

Die Klinik war eine recht große Einrichtung, die aus einem Haupthaus und zwei kleineren Anbauten bestand. Rechts erkannte ich einige Stallungen und hörte Pferdewiehern. Hätte nicht gedacht, dass sich in einem Kaff wie Boulder Creek eine derartig professionelle Klinik befindet. Durch die Glastüren erkannte ich den Empfangstresen, an dem eine junge Frau saß und telefonierte. Ich nahm die Blumen fester in den Arm und trat mit einem Lächeln ein. Sie blickte auf, als sie mich sah, und nickte mir zu.

»Ja, genau. Die Klinik wird von Javier Kosumi geleitet, aber sie gehört noch seinem Vater, Everett.« Sie notierte sich etwas, während sie sprach.

Ich blickte mich um. Rechts war ein Wartebereich, in dem zwei Leute mit ihren Hunden saßen. Die Tiere trugen Maulkörbe, wirkten aber recht entspannt. Hinter dem Tresen führte ein Gang in die Behandlungsräume, die Türen waren geschlossen, und alles in allem herrschte eine ruhige Atmosphäre.

»Doch, Javier Kosumi ist der zuständige Tierarzt, sein Vater ist nicht mehr … Ja, ich weiß, dass er auf dem Briefkopf der Praxis steht, aber das ist nur auf dem Papier … Nein … Javier Kosumi kann genauso unterschreiben, er ist … Okay … ja, danke. Ich frage nach.« Die Frau legte genervt auf, fluchte über die dumme Bürokratie und schrieb noch rasch etwas nieder. Erst dann blickte sie mich erwartungsvoll an.

»Hi, ich bin Parker Huntington und würde gerne zu Clay, falls sie da ist.«

»Nein, heute wird sie den ganzen Tag auf der Eastwood Ranch sein und Schafe entwurmen.«

Ich sah auf meinen Blumenstrauß und merkte, wie Bedauern in mir hochkroch.

»Soll ich ihr etwas ausrichten?«

»Können Sie vielleicht …« Die Tür zu einem der Behandlungsräume ging auf, und ein etwa fünfzigjähriger Mann trat mit einer jungen Frau heraus. Sie trug eine Transportbox mit einer braun gescheckten Katze darin, die schlief. Der Mann hatte lange schwarze Haare mit einigen grauen Strähnen. Er hatte sich einen Zopf geflochten, und auf seinem Arztkittel waren bunte native Muster eingestickt.

»Seven hat sich prächtig erholt«, sagte er zu der Frau.

Sie lächelte ihn an und nickte voller Dankbarkeit.

»Gib ihr noch zwei Tage, dann kannst du sie wieder ins Freie lassen.«

»Danke, Javier.«

»Klar.«

Die Frau trat an den Tresen, und ich machte ihr Platz, während Javier sich ein Klemmbrett von der Ablage holte und etwas aufschrieb. Er warf mir einen kurzen Blick zu und lächelte.

»Ich habe mit der Versicherung wegen der Verlängerung des Vertrages telefoniert«, sagte die Empfangsdame zu Javier. »Dein Vater müsste den unterschreiben, weil er noch als Eigentümer der Klinik eingetragen ist.«

»Verstehe.«

»Weißt du, wann das Ganze mal geregelt wird? Jedes Mal müssen wir uns damit rumschlagen. Es ist sehr umständlich, wenn er auf dem Papier noch verantwortlich ist, aber eigentlich in den Ruhestand will.«

»Ich weiß, Martha, ich rede noch mal mit ihm.«

»Danke.«

Javier legte das Klemmbrett beiseite und blickte mich an. »Parker.«

»Kennen wir uns?«

»Noch nicht, aber man erzählt sich hier in Boulder Creek so einiges über dich.« Er streckte mir eine Hand hin, die ich sofort ergriff. Javiers Händedruck war angenehm, fest, aber nicht aufdringlich, was mich beruhigte.

»Kann ich etwas für dich tun?«, fragte er.

»Ich wollte eigentlich zu Clay, aber ich habe schon gehört, dass sie nicht da ist.«

»Richtig.« Javier blickte auf den Blumenstrauß und lächelte. »Du kannst sie gerne auf der Eastwood Ranch besuchen. Die liegt ja nicht weit entfernt von Golden Hill.«

»Störe ich sie da auch nicht?«

»Vermutlich wird sie dankbar über eine Pause sein.«

»Na gut. Dann schaue ich mal vorbei.« Erleichtert ließ ich die Luft aus der Lunge, weil ich hier normal behandelt wurde und nicht wie ein unerwünschter Eindringling.

In dem Moment rief Javier den nächsten Patienten aus dem Wartezimmer. Es war eine ältere Frau mit einem Hund. Irgend so ein kleiner weißer Wadenbeißer, der mich finster anblickte. Genau wie die Frau. Sie war Anfang siebzig und musterte mich von oben bis unten.

»Unverschämter Bengel«, zischte sie und folgte Javier in den Behandlungsraum.

Ich seufzte, verabschiedete mich von Javier und machte mich wieder auf den Weg.

Die Eastwood Ranch lag in der Tat nicht weit weg von Golden Hill. Ich erreichte sie nach nur dreißigMinuten Fahrt und bog auf einen langen geschotterten Weg ein. Auf dem großen Eingangstor prangte ein rundes Logo mit einem buckelnden Pferd darauf. Darunter stand der Name der Ranch. Das Anwesen war weitläufig und bestand aus einer Reithalle, scheinbar grenzenlosen Koppeln, zwei riesigen Stallkomplexen und einem fast so mächtigen Haupthaus. Dahinter erkannte ich ein paar Ferienhäuser und zwei weitere Ställe.

Beeindruckend.

Ich bog auf einen der unzähligen Parkplätze ab und schnappte mir die Blumen. Als ich aus dem Wagen stieg, vernahm ich den Duft nach frischem Heu und Pferdemist. Dieser unvergleichliche Geruch katapultierte mich sofort zurück in meine Vergangenheit. Es war zwar nicht der erste Stall, den ich in den letzten Jahren besuchte, aber es roch dennoch irgendwie anders. Die Luft von Boulder Creek vermischte sich mit dem Geruch nach Pferd, und das brachte eine ganz eigene Seite in mir zum Schwingen.

Ich nahm einen tiefen Atemzug und lief über das Gelände. Hier herrschte ganz schön Trubel. Helfer führten Pferde hin und her, jemand fuhr mit einem Traktor vorbei, und zwei Männer standen vor einem Jeep, der Sättel geladen hatte. Ich nickte einem der Arbeiter zu, der mich skeptisch musterte.

»Hey, ich suche Clay Davenport. Wissen Sie zufällig, wo sie ist?«

»Hinten im Stall. Einmal um das Haus herum und dann geradeaus. Sie können es nicht verfehlen.«

»Danke.«

Der Mann nickte und machte sich wieder an die Arbeit, während ich über die Anlage marschierte. Golden Hill war zwar viel kleiner, aber so ähnlich stellte ich mir meine Ranch auch irgendwann vor.

Meine Ranch.

Ich grinste, weil sich das so richtig anfühlte und es dieses ganz bestimmte Kribbeln in mir auslöste. Ich umrundete das Stallgebäude und blickte mich um. Schon von Weitem hörte ich das wilde Meckern von Schafen. Es roch etwas schärfer als zuvor, und ich folgte sowohl dem Duft als auch den Tönen der Tiere. Der Stall war nicht sehr groß, und die doppelflügige Tür stand offen. Im Inneren waren Gatter aufgestellt mit jeder Menge Schafen. Zwei Helfer trieben Tiere rein, während Clay gerade eins zwischen ihren Beinen festhielt und ihm einen langen Stift in den Rachen schob. Kurz darauf nahm sie das Teil wieder heraus, wartete ab, um sicherzugehen, dass das Schaf den Inhalt schluckte, und entließ es zu den anderen. Das Tier wurde von einem der Helfer eingefangen und in ein extra Gatter gesperrt. Clay trug heute Gummistiefel und einen längeren Kittel. Um den Kopf hatte sie ein breites Haarband gewickelt, das ihr die kurzen Ponyfransen aus dem Gesicht hielt.

»Wie viele haben wir noch?«, rief sie einem der Helfer zu.

»Einhundertdreißig.«

»Oh Mann. Das hört ja nie auf.« Zügig griff sie nach dem nächsten Tier.

Ich trat vorsichtig näher und hatte auf einmal das Gefühl, dass meine Blumen doch nicht so angebracht waren. Einer der Männer bemerkte mich.

»Kann man dir helfen?«, fragte er.

»Ja, ich möchte gerne zu Clay.«

Sie horchte auf, als ich ihren Namen sagte, und blickte über die Schulter zu mir. Das Schaf wand sich derweil zwischen ihren Beinen. »Was machst du denn hier?«

»Ich wollte dir eigentlich die hier bringen.« Ich hob die Blumen an und lächelte sanft. »War in der Klinik, und Javier meinte, ich kann rauskommen.«

Sie kniff die Augen zusammen, schob auch diesem Tier den Stift in den Rachen und entließ es kurz darauf. Clay nickte einem der Männer zu, wischte sich die Hände ab und kam zu mir.

Hinter dem Gatter blieb sie stehen und stellte einen Fuß auf die unterste Strebe. Ihr Blick wanderte zum Blumenstrauß und wieder zurück zu mir. »Die sind sehr schön, aber ich wüsste nicht, für was die gut sein sollen.«

»Ich wollte mich bei dir bedanken. Also für Sonntag. Es war nett, dass du extra zu mir gefahren bist, um mir das mit der Ratsentscheidung zu sagen. Du hast meinen Tag gerettet.«

Sie verzog das Gesicht und blickte erneut auf die Blumen. »Das wäre wirklich nicht nötig gewesen.« Clay seufzte und wischte sich mit dem Handrücken über die Stirn.

»Die Blumen sind noch nicht alles. Ich würde dich gerne zum Essen einladen.«

Clay blickte über ihre Schulter zurück, aber die Jungs beachteten uns nicht, sondern machten mit den Schafen weiter. »Auch das ist nicht nötig«, sagte sie.

»Ich tue es nicht, weil es nötig ist, sondern weil ich es gerne möchte. Wir haben keinen guten Start hingelegt, und ich dachte, dass wir … keine Ahnung. Dass wir mal wieder miteinander reden. Ich möchte nicht hier wohnen und mit dir verkracht sein.«

Sie schnaufte und deutete mit einem Kopfnicken auf die Blumen. »Da hinten steht ein Eimer mit Wasser, stell sie da rein.«

Ich sah hinüber und nickte.

»Dann schnappst du dir die Gummistiefel, die danebenstehen, und kommst her.«

»Was?«

»Du wirst mir helfen, so werden wir schneller fertig.«

»Aber ich … ich habe das noch nie gemacht.«

»Ist nicht schwer.«

Ich runzelte die Stirn, wickelte die Folie von den Blumen ab, stellte sie ins Wasser und sah auf die Gummistiefel, die an der Wand standen.

Na gut.

Ich trug sowieso meine schweren Cargohosen und ein dickes Hemd, weil ich nachher noch auf die Baustelle musste. Rasch zog ich meine Schuhe aus und die Gummistiefel an. Sie waren einen Tick zu groß, aber besser so als zu eng. Meine Jacke legte ich ebenfalls ab und hängte sie über eines der Gatter. Dann öffnete ich die Eisentür und trat zu Clay ins Gehege. Die Schafe wichen sofort vor mir zurück, weil sie mich nicht kannten.

»Was muss ich tun?«, fragte ich Clay, die sich bereits das nächste Tier geschnappt hatte.

»Nimm dir einen der Pillenverabreicher aus der Tasche in meinem Kittel.« Sie deutete mit dem Kinn auf ihre Brusttasche. Da sie das Schaf festhalten musste, konnte sie nicht selbst hineingreifen.

Ich trat näher und nahm einen der langen Stifte heraus. Er war leicht gewölbt und hatte oben eine kleine Einkerbung, die mit einer Pille bestückt war.

»Der ist schon geladen, am besten steckst du ihn so in deine Tasche, dass du gleich danach greifen kannst.«

Ich nickte und verwahrte ihn seitlich in der Cargohose.

»Du fängst dir eins der Tiere, klemmst es zwischen deinen Beinen ein und machst das hier.« Sie zog den Kopf des Schafes mit sanftem Druck nach hinten, schob ihm den Stift in den Rachen und drückte hinten drauf. »Damit schiebst du die Pille hinein. Lass das Tier danach nicht los, sondern halte deine Hand unter sein Maul. So wie ich gerade.«

Ich beobachtete sie genau und nickte.

»Es darf nicht auf der Pille herumkauen, sonst spuckt es sie wieder aus. Wenn du merkst, dass es alles geschluckt hat, streichst du die Backentaschen aus, und es ist fertig.« Sie entließ das Schaf zu den anderen und richtete sich wieder auf.

»Okay.«

Sie sah mich mit einem Stirnrunzeln an, als wollte sie checken, ob ich wirklich bereit war, aber ich nickte nur.

»Ich krieg das hin.«

»Na, dann los.«

Ich sah mich im Gehege um und versuchte, das erste Tier einzufangen. Es wich mir allerdings aus und suchte Schutz bei seinen Kollegen in der Herde.

»Dränge es am besten in eine Ecke, wenn es sich gar nicht fangen lässt«, sagte Clay, die bereits ihr nächstes Schaf hatte.

Ich nickte, fixierte ein weiteres Tier und hielt darauf zu. Auch das wollte vor mir fliehen, aber dieses Mal schnitt ich ihm den Weg ab. Wir gerieten in einen kurzen Zwist, wo jeder den anderen auszutricksen versuchte, bis es seitlich an mir vorbeiwollte. Ich machte einen Schritt nach vorne, wollte danach greifen, doch es entwich mir. Ich verlor das Gleichgewicht und hätte mich fast auf die Schnauze gelegt. Mitten in den Schafmist. Missmutig grummelte ich, aber Clay kicherte nur. Auch die beiden Helfer wirkten amüsiert. Ich richtete mich auf, strich über mein Hemd und funkelte das nächste Schaf herausfordernd an.

»Du kannst sonst auch die Tiere rein- und raustreiben«, bot mir einer der Männer an. »Ist vielleicht leichter für den Anfang.«

»Nein, ich schaff das«, sagte ich und suchte mir ein anderes Schaf. Es war ein wenig größer und schwerer, und ich hoffte, dass es sich nicht ganz so flink bewegen konnte wie sein Kollege. Ich wartete kurz und suchte mir eine bessere Position, dann trat ich nach vorne und erwischte es tatsächlich an der Seite. Es wollte weg von mir, aber ich schwang ein Bein über seinen Rücken und fixierte es so zwischen meinen Oberschenkeln. Erstaunlicherweise wehrte es sich nun nicht mehr.

»Sehr gut«, lobte mich Clay.

Ich nahm den Kopf des Schafes, hob ihn an und zog den Stift aus meiner Tasche. Das Tier ließ es sich gut gefallen und schluckte die Pille ohne größere Mühe. Ich strich ihm die Backentaschen aus, wie Clay es mir eben gezeigt hatte, danach entließ ich es, woraufhin einer der Männer es sofort in ein anderes Gehege trieb.

»Hätte mit Schlimmerem gerechnet«, sagte Clay und lächelte mich an.

»Ja, ich auch.« Ich erwiderte ihr Lächeln und schnappte mir das nächste Schaf.

Knapp zwei Stunden später waren wir fertig. Mir stand der Schweiß im Nacken, ich stank nach Schaf, und mein Rücken schmerzte. Clay und ich hatten den gesamten Bestand entwurmt und fünfzig weitere Tiere noch dazu, die Judie, die Besitzerin der Eastwood Ranch, gerade geliefert bekommen hatte.

»Was macht man mit so vielen Schafen?«, fragte ich und zog mir meine Schuhe wieder an. »Hoffentlich nicht schlachten.«

»Nein, die Wolle wird verkauft, und ansonsten werden sie zur Weidepflege eingesetzt. Solltest du dir auch überlegen, wenn du Golden Hill betreibst. Schafe oder auch Kühe eignen sich sehr gut dafür, weil sie all das von den Wiesen fressen, was die Pferde stehen lassen«, antwortete Clay.

»Ich denke drüber nach.«

»Du hast dich gut geschlagen. Ohne dich wäre ich nicht so schnell fertig geworden.«

Ich lächelte sie an und hielt ihren Blick fest. Clays Haare hatten sich zum Teil aus ihrem Haarband gelöst, und ein paar einzelne Strähnen blitzten hervor. Sie war verschwitzt und wirkte genauso erschöpft wie ich, aber auch zufrieden. Das erste Mal seit meiner Rückkehr sah sie etwas entspannter in meiner Gegenwart aus. Sie nahm sich ihren Blumenstrauß aus dem Wasserkübel und wickelte wieder die Folie drum herum. Dann zog sie ihren Kittel aus und hängte ihn sich über den Arm.

»Danke, Clay«, rief einer der Jungs uns nach, die mit uns gearbeitet hatten. Sie winkte ihm zu und lief mit mir aus dem Stall.

Wir nahmen einen anderen Weg als den, den ich gekommen

war. Clays alter Truck parkte auf der linken Seite des Gebäudes. Sie öffnete die Beifahrertür und warf ihre Sachen hinein. Ich spähte ins Innere und entdeckte auch den Waffenkoffer, in dem sie ihre Schrotflinte verwahrte. Clay legte die Blumen auf dem Sitz ab, nahm sich ein Klemmbrett und notierte irgendetwas.

Ich lehnte mich neben sie an den Truck und wartete, bis sie fertig war.

»Also?«, fragte ich. »Wie sieht es mit Essen aus? Es ist Mittag, wir könnten zu Cybil.«

Sie schlug die Tür zu und umrundete ihr Auto. »Ich kann nicht, ich muss zu meinem nächsten Termin.«

»Dann heute Abend? Oder die Tage irgendwann?«

»Mal sehen.«

Ich breitete die Arme aus und lief ihr hinterher. »Clay, mach es mir nicht so schwer.«

Sie ignorierte mich, stieg in ihren Truck und ließ den Motor an, der allerdings stotterte. Ich hob eine Augenbraue, und Clay fluchte leise. »Komm schon, Jackson.«

»Du solltest dir einen neuen Wagen zulegen.«

»Irgendwann tue ich das.«

»Und wann gehst du mit mir essen?«

»Parker ...«

Ich legte eine Hand in das geöffnete Seitenfenster und wünschte, ich könnte sie mit irgendetwas dazu bringen, einen Schritt auf mich zuzugehen. Clay schloss kurz die Augen und wirkte für einen Augenblick so, als überlegte sie es sich doch anders. In dem Moment sprang der Wagen an. Sie gab einen triumphierenden Laut von sich, legte den Sicherheitsgurt an und tätschelte das Lenkrad.

»Wir sehen uns«, rief sie mir zu und fuhr rückwärts davon. »Danke noch mal fürs Helfen und die Blumen.«

»Klar.« Ich schluckte die Enttäuschung hinunter, während sie verschwand. Mir blieb nichts anderes übrig, als ihrer Staubwolke nachzublicken, die der Wagen aufwirbelte.

10.

Heute

Clayanne

Seit Parker vor zwei Wochen auf der Eastwood Ranch aufgetaucht war und mir beim Entwurmen geholfen hatte, war er wie vom Erdboden verschluckt. Wüsste ich nicht durch den Stadttratsch, dass er fast rund um die Uhr auf Golden Hill arbeitete, hätte ich geglaubt, er wäre wieder verschwunden wie beim letzten Mal. Der Gedanke daran brannte heiß in meinem Herzen nach und hatte mir ein paar sehr unruhige Nächte beschert. Ich hasse es nach wie vor, dass mir Parker so viel im Kopf herumspukte, und hatte mich absichtlich nicht bei ihm gemeldet. Wie eine Art Radikaldiät, die aber leider nicht geholfen hatte. Obwohl ich Parker verzweifelt aus meinem Hirn verbannen wollte, legte ich mir stattdessen alle möglichen Szenarien mit ihm in meinem Kopf zurecht. Ich fantasierte darüber, was Parker gerade tat, ob er Hilfe brauchte, wie weit er mit den Renovierungsarbeiten schon war und – was noch viel schlimmer war – was er die letzten Jahre so getrieben hatte. Seit Ewigkeiten hatte ich nicht mehr über ihn nachgedacht. Nachdem er aus Boulder Creek verschwunden war, hatte ich mir oft vorgestellt, wie er bei seinem Dad in der Firma saß. Wie er mit Anzug und Krawatte durch die Flure lief, zu dem konservativen Mann wurde, der er nie sein wollte. Sich eine Frau suchte, zwei Kinder mit ihr zeugte und in einem schicken Haus am Stadtrand von Denver wohnte. Besagte Frau könnte jetzt daheim sitzen und nur darauf warten, dass er Golden Hill renovierte, damit sie bei ihm einziehen konnte.

Da ich dieses Gedankenkarussell nicht länger ausgehalten hatte, war ich nun hier. Ich blickte zu Quinn, den ich am Strick als Beipferd neben mir herführte, während ich selbst auf Love ritt. Die beiden gehörten seit Jahren zur Eastwood Ranch und waren hervorragende Geländepferde. Judie setzte sie oft ein, wenn sie ihr Vieh in den Frühlings- und Herbstmonaten von einer Weide auf die nächste trieb. Sie hatte sie mir sofort geliehen, als ich nachgefragt hatte, und nun war ich auf dem Weg zur Golden Hill Ranch, um Parker abzuholen.

Ich ritt aus dem Wald hinaus und folgte dem Weg leicht bergab. Von Eastwood hierher waren es querfeldein nur knapp zwanzig Minuten mit dem Pferd. Die Tiere waren noch frisch und gut gelaunt, das Wetter nahezu perfekt mit einer sanften Brise und nicht zu warmem Sonnenschein. Alles in allem war es der optimale Tag für einen Ausflug. Mal sehen, ob Parker das auch so sehen würde.

Im Stadtrat wurde weiterhin heftig darüber diskutiert, was Parker mit Golden Hill vorhatte und ob es wirklich gut für Boulder Creek war, wenn er die Therapiestätte eröffnete. Vor allen Dingen Russell machte Stimmung gegen Parker, und Stew stieg mehr oder weniger euphorisch mit ein. Auch Neil wetterte herum, dass Parker das Andenken an Darren beschmutzte und wir nicht zulassen sollten, dass sich ein Städter hier breitmachte. Ich hielt mich zurück. Zumindest versuchte ich das, denn auch mein Bruder ließ kaum eine Gelegenheit aus, mich über Parker auszufragen und mir auf den Zahn zu fühlen, wie es mir ging. Ich verstand ja seine Sorge, aber langsam nervte er.

Der Weg nahm eine schmale Kurve und gab den Blick auf Golden Hill frei. Obwohl Parker erst seit Kurzem daran baute, hatte sich schon einiges verändert. Ein Teil des Geländes war geebnet worden. Vor dem Haus standen zwei Baucontainer, die prallvoll mit Schutt beladen waren. Ein großer Hydraulikbagger fuhr über den Hof. Darin saß ein Mann, und ein anderer deutete auf eine Fläche, die sie wohl gleich bearbeiten wollten. Wenn ich das aus der Ferne richtig deutete, war der im Bagger Terence, Leos Neffe, und der andere Jessie. Terence war in meiner Parallelklasse gewesen und immer ein sehr ruhiger und verträumter Typ gewesen, der deshalb oft gehänselt worden war. Er war ein herzensguter Kerl.

Jessie war hingegen von einem ganz anderen Schlag. Er sah heiß aus, hatte einen tollen Körper, der durch die harte Arbeit an der frischen Luft fest und muskulös war, und er wusste, wie er ihn richtig einsetzte. Vor zwei Jahren hatten wir mal einen One-Night-Stand gehabt. Es war auf einem unserer Sommerfeste passiert. Wir hatten an jenem Abend viel geredet, viel getrunken und viel rumgemacht. Ich verband schöne Erinnerungen mit dieser verrückten Nacht.

Ich folgte dem Weg zur Ranch und wurde ein wenig nervös. Parker wusste nichts von meinem Einfall mit dem Ausritt. Womöglich hatte er gar keine Zeit oder Lust darauf.

»Hey, Clay«, begrüßte mich Terence, der mich als Erstes bemerkte.

Jessie zuckte zusammen und drehte sich um. Er trug ein ärmelloses Shirt, was seine Muskeln natürlich extra gut zur Schau stellte. Bei ihm war ich mir nie ganz sicher, ob er sich darüber bewusst war, wie gut er aussah. Jessie war eher zurückhaltend. An jenem Abend auf dem Sommerfest hatte er sich erst auf mich eingelassen, als ich die Initiative ergriffen und ihm unmissverständlich gezeigt hatte, was ich von ihm wollte.

»Clay, hi«, sagte er nun und nickte mir zu.

Ich erwiderte den Gruß und hielt neben den beiden an. »Ist Parker da?«

»Ich hab ihn zuletzt vor dem Haus gesehen«, sagte Terence.

»Danke.«

Jessie rieb sich über den Nacken und verlagerte sein Gewicht von einem Fuß auf den anderen. Ich umschloss den Zügel fester und nickte ihm zu, um ihm verständlich zu machen, dass wir keinen belanglosen Small Talk halten mussten. Seit wir miteinander geschlafen hatten, wirkte er stets etwas verunsichert mir gegenüber.

»Okay, Jungs. Wir sehen uns«, sagte ich und ritt weiter.

»Klar«, murmelte Terence. Jessie schwieg.

Die Pferde und ich trabten über das Gelände, passierten weitere Arbeiter, und schließlich bogen wir ums Haus herum und gelangten zu dem kleinen Vorplatz, wo zwei SUVs parkten. Einer gehörte Leo, der andere Parker. Letzterer stand mit dem Rücken zu mir über einen Klapptisch gebeugt und klärte gerade mit Leo einige Details.

»Es wäre besser, wenn wir den Reitplatz und die Halle weiter nach rechts verschieben. Unter dem Gelände verlaufen alte Minenschächte«, sagte Leo. »Wir sollten darauf nicht bauen. Uns fehlt sonst ein sicheres Fundament.«

»Aber wir hatten die Minen doch beim Planen berücksichtigt«, wandte Parker ein. »Der Architekt hatte alle Informationen und wusste auch, dass das hier ehemaliges Goldgräberland ist. Ich verstehe nicht, warum der Reitplatz und die Halle jetzt direkt darüber geplant wurden.«

»Manche Minenschächte tauchen in den aktuellen Stadtplänen nicht mehr auf. Dein Architekt hatte vermutlich nicht die alten Verzeichnisse. Die bekommt man nur, wenn man direkt bei der Stadt nachfragt und …« Leo blickte auf und sah mich an.

Er war Mitte fünfzig, hatte aber noch kein graues Haar und kaum Falten. Leo war meistens braun gebrannt, weil er so viel Zeit im Freien verbrachte. Er wirkte stets ruhig, geerdet und war ein alter Freund meines Vaters. Er leitete sein Bauunternehmen, seit ich denken konnte. Ryan hatte früher ständig bei ihm rumgehangen und ihm auch beim Bäumefällen geholfen, wodurch oft Holz für seine Schnitzkunst für ihn abgefallen war.

»Clay, hallo«, begrüßte mich Leo nun.

Parker drehte sich um und zuckte zusammen, als er mich auf dem Pferd entdeckte. Im ersten Moment wirkte er überrumpelt, und ich krampfte innerlich. Vielleicht hätte ich doch vorher anrufen sollen.

Er wischte die Unsicherheit jedoch sofort weg und lächelte mich an. Mal wieder sah er großartig aus, und ich hasste ihn ein wenig dafür, dass mich sein Anblick nach wie vor so aus dem Konzept brachte. Parker trug seine abgewetzten alten Cargohosen, die an den Knien leicht durchgescheuert waren. Dazu ein dunkles Shirt, das über seiner breiten Brust ein wenig spannte. Er hatte eine Sonnenbrille auf, die er nun abnahm, als er näher trat. »Hey, mit dir hätte ich ja nie im Leben gerechnet.«

»Bist du sehr beschäftigt?«

»Schon, aber ich hab Zeit für 'ne kurze Pause.« Er musterte die beiden Pferde und streichelte Love über die Nase. »Musst du sie bewegen?«

»Nicht ganz. Ich hab Quinn für dich mitgebracht.«

Parker runzelte die Stirn.

»Ich dachte, du könntest mehr als eine kurze Pause machen und mit mir picknicken gehen. Weißt du denn nicht mehr? Die Essenseinladung?«

»Die Essens…« Er runzelte die Stirn, doch dann schien ihm zu dämmern, worauf ich hinauswollte. »Eigentlich wollte ich dich ausführen, nicht umgekehrt.«

Ich zuckte mit den Achseln. »Wen kümmern schon die Details? Es sei denn, du traust dich nicht mehr zu reiten.«

Gin und Ginger hatte man nicht reiten können, und Charlie war nicht gut ausgebildet gewesen. Parker hatte sich dennoch irgendwann mal ohne Sattel auf ihn geschwungen und war mit ihm losgaloppiert, bis er das Gleichgewicht verloren hatte und runterfiel. Der Sturz hatte spektakulär ausgesehen, aber Parker war nichts passiert.

»Ich saß schon ewig nicht mehr auf einem Pferd«, sagte er.

»Das wäre jetzt die Gelegenheit, oder?«, fragte ich. »Wie sieht es aus? Kannst du dich für zwei Stunden abseilen?«

Parker blickte zu Leo, der sich ein Lächeln verkniff.

»Du bist der Boss.«

»Eigentlich müsste ich die Pläne weiter durchgehen und den Keller ausräumen, da stehen noch alte Möbel drin.«

»Den Keller kann ich übernehmen«, bot Leo an. »Das mit den Plänen hat auch Zeit bis morgen. Bis wir die Reithalle bauen können, dauert es noch eine Weile.«

Parker stemmte die Hände in die Hüften und sah mich etwas unsicher an. Er musste die Augen zusammenkneifen, weil die Sonne hinter mir stand.

»Okay ... Es ist schön, dass du da bist, Clay, und ich ... ich könnte wirklich eine Pause vertragen.« Er warf Leo einen Blick zu, doch der zuckte nur mit den Schultern, als wollte er ihm sagen, dass Parker tun und lassen konnte, was er wollte. »Gib mir ein paar Minuten, um mich umzuziehen.«

Ich lächelte ihm zu. Na ja, ich versuchte es zumindest. Es fühlte sich etwas schräg und verschroben an, und da erst fiel mir auf, dass ich Parker noch kein richtiges Lächeln geschenkt hatte, seit er nach Boulder Creek zurückgekehrt war.

»Dauert nicht lange.« Parker grinste viel offener als ich und wandte sich ab.

Ich blickte ihm nach und stieg vom Pferd. Leo musterte mich und notierte sich etwas auf einem der zahllosen Zettel, die auf dem Tisch lagen.

»Wie läuft es denn?«, fragte ich ihn.

»Ganz gut. Das Gelände zu bebauen wird mehr Arbeit, als Parker eingeplant hat, aber wir bekommen es schon hin. Das Haupthaus hat ebenfalls einige Mängel, doch nichts, was sich nicht beheben lässt. Es lag einfach zu viel brach in den letzten Jahren.«

»Ja, das stimmt.« Ich betrachtete das Haus und musste an die vielen Tage denken, in denen ich hier ein und aus gegangen war.

Darren und Cynthia waren für mich fast wie meine eigene Familie gewesen. Ich hatte es geliebt, in den Sommerferien bei ihnen zu sein, ihnen mit dem Hof zu helfen, die Pferde zu pflegen, hier abzuhängen. Und dann war Parker gekommen und hatte so viel durcheinandergebracht.

»Schon unglaublich, zu sehen, dass Golden Hill wieder zum Leben erwacht«, riss mich Leo aus meinen Gedanken.

Ich versuchte herauszuhören, ob er Parkers Plänen gegenüber positiv oder negativ eingestellt war. Doch vermutlich hätte er den Bauauftrag gar nicht angenommen, wenn er die Therapiestätte nicht gutheißen würde.

»Terence hat früher immer davon geträumt, die Ranch zu kaufen«, schob er nun nach.

»Ach? Das wusste ich gar nicht.«

Leo nickte. »Er sucht seit Jahren nach passendem Land, aber das hier liegt nicht in seiner Preisklasse. Jetzt kann er immerhin dafür sorgen, dass die Ranch wieder im alten Glanz erstrahlt. Er war ganz aufgeregt, als er von diesem Auftrag erfuhr.«

»Schön.« Parker konnte Unterstützung sehr gut brauchen.

Die Vordertür ging auf, und Parker kehrte zurück. Die Cargos hatte er gegen eine Jeans getauscht, die allerdings kaum sauberer war. Außerdem hatte er eine dünne Jacke dabei, und er trug waschechte Cowboyboots.

»Wo hast du denn die her?«, fragte ich und deutete auf seine Schuhe.

»Die hab ich mir letzten Sommer gekauft und sogar schon eingelaufen. Irgendwie haben mir diese Schuhe geholfen, Kraft für dieses Projekt zu sammeln. Ich hab mir immer vorgestellt, wie ich sie auf Golden Hill trage, morgens rüber in den Stall laufe, die Pferde rauslasse oder auf meiner Veranda mit dem ersten Kaffee stehe. Es hat mir dieses Gefühl von Freiheit vermittelt.« Er blickte an sich hinab und wackelte mit einem Fuß. »Richtig albern, was? Der Großstadtjunge macht hier einen auf Cowboy.«

»Ich finde es gar nicht albern«, widersprach ich. *Ich finde es sehr schön.*

Parker grinste breiter, als wäre meine Bestätigung genau das, was er hatte hören wollen.

Ich räusperte mich und zeigte auf den Sattel. »Weißt du, wie es geht?«

»Ja, ich bin ein paarmal mit Sadie geritten. Ohne abzustürzen, wohlgemerkt.« Er trat näher an Quinn und tätschelte dem Wallach erst mal die Nase. »Na, was sagst du?«

Quinn schnupperte an Parkers Hand und leckte einmal darüber. Parker lächelte, lief auf die Seite und schob vorsichtig den linken Fuß in den Steigbügel. Er hielt die Luft an und zog sich nach oben. Es klappte besser, als ich erwartet hatte, und Parker atmete ebenfalls durch.

»Und?«, fragte ich ihn.

Er verlagerte sein Gewicht, suchte seine Position und nickte dann. »Fühlt sich erstaunlich gut an.«

»Steigbügellänge okay?«

»Ja, super.«

»Nimm die Zügel, ich binde dir den Führstrick am Sattelhorn fest.«

Er gehorchte, während ich die Führleine am Sattel vor seiner Mitte verknotete und dabei ignorierte, dass meine Finger sehr nahe an seinem Schritt waren. Parker beobachtete mich ruhig und wartete, bis ich fertig war.

»Bei Quinn musst du nicht viel machen, er wird mir einfach folgen«, sagte ich und stieg auf Love. »Lass ihm genug Zügel und Spielraum. Wenn das Gelände schwieriger wird, kannst du dich am Horn festhalten, aber auf keinen Fall in seinem Maul reißen. Er weiß, was er tut. Vertrau ihm.«

»Das tue ich.« Er sah mich offen und warm an, und mir war klar, dass dies nicht nur an das Pferd gerichtet war, sondern auch an mich.

Ich nickte und wendete Love, um Richtung Wald zu reiten.

Den ersten Abschnitt legten wir schweigend zurück. Ich hatte das Gefühl, dass Parker sich erst an alles gewöhnen musste und seine Zeit auf dem Pferderücken brauchte. Nach einer Weile blickte ich zu ihm, und mir wurde schlagartig warm ums Herz. Parker lächelte. Das war an sich nichts Außergewöhnliches, aber er hatte diesen ganz bestimmten seligen Gesichtsausdruck, den man nur hatte, wenn man rundum zufrieden war. Mein dummes Herz geriet mal wieder heftig ins Stolpern.

»Ist was?«, fragte er irritiert, weil ich ihn anstarrte.

»Nichts, es ist ... Ich wollte nur sehen, wie du klarkommst.«

»Ich denke, nicht so schlecht, oder?«

Nein, ganz und gar nicht. »Das Reiten steht dir.«

Er grinste noch breiter. »Wohin führst du mich eigentlich?«

»Ich dachte, wir können an den Horseshoe Creek. Da ist ein toller Aussichtspunkt.«

»Klingt gut.«

Ich deutete nach vorne, und wir zogen ein wenig das Tempo an. Bis zum Creek war es noch ein gutes Stück, aber es lohnte sich. Wir verließen den Wald, und vor uns erstreckte sich eine weite grüne Lichtung eingesäumt von hohen Bäumen. Wir mussten sie überqueren und auf der anderen Seite den Berg hinauf.

»Bereit für mehr?«, fragte ich und funkelte Parker herausfordernd an.

»Klar, gib Gas.«

Ich nickte, schnalzte mit der Zunge und ließ Love mehr Zügel. Sie verstand die Aufforderung sofort und fiel in einen schnelleren Galopp. Parker lachte und trieb auch Quinn an. Die Pferde gelangten Kopf an Kopf. Ich stellte mich in den Sattel und spürte, wie Loves Muskeln unter mir arbeiteten. Es war jedes Mal ein unglaubliches Gefühl von Freiheit, mit dem Pferd durch die Natur zu brettern. Die Tiere schnaubten, legten noch einen Zahn zu, und mir pfiff der Wind um die Nase.

»Das ist großartig!«, rief Parker. Seine Wangen waren leicht gerötet, und auch mein Puls stieg an. Wir preschten quer über die Wiese, ließen den Pferden freien Lauf, und mit jedem Meter, den wir zurücklegten, fiel die Spannung von meinem Herzen ab. Das hier fühlte sich so unbeschwert und frei an. So echt und auch so unschuldig.

Viel zu schnell erreichten wir das Ende der Lichtung. Ich parierte durch, Love verfiel in einen lockeren Trab, dann in den Schritt. Quinn bremste ebenfalls neben uns ab. Die Pferde pumpten heftig von dem kurzen Sprint, auch mir stand der Schweiß im Nacken.

»Das ist ja fast so anstrengend, wie selbst zu rennen«, sagte Parker und wischte sich über die Stirn.

»Ja, aber gut, oder?«

»Gigantisch.« Er klopfte Quinn den Hals, der zufrieden schnaubte und gemütlich weitertrottete. Wir gelangten an einen alten Wander- und Reiterpfad, der zurück in den Wald und ab jetzt steil hinaufführte. Nicht mehr lange, und wir mussten wieder hintereinander reiten, weil der Weg schmaler wurde.

Parker gab einen tiefen genussvollen Laut von sich und blickte übers Land. Zu unserer Rechten lag ein Tal, in dem sich der Mellow River schlängelte. Dahinter löste eine Hügelkette die andere ab. Wir waren umgeben von satten Grün- und Brauntönen, es duftete nach Gras, Blumen, Frühling. Die Natur atmete endlich auf, jetzt, da der ganze Schnee weg war. Einzig die hohen Bergspitzen waren noch weiß gepudert.

»Ich hab vergessen, wie wunderschön es hier ist«, sagte Parker und seufzte. »Wie konnte ich es nur all die Jahre ohne Boulder Creek aushalten?«

»Tja, so schwer ist dir das offensichtlich nicht gefallen.« Ich wollte eigentlich nicht so sarkastisch klingen, aber es kam einfach so raus.

»Es tut mir wirklich sehr leid, Clay. Ich hätte mich melden sollen.«

Du hättest noch viel mehr als das tun sollen.

»Ich war so ein Arsch.«

Mein Mund klappte auf und wieder zu. Ich wusste nicht so richtig, was ich darauf erwidern sollte. Parker hatte mir das Herz herausgerissen und mich danach zurückgelassen. So ein Schmerz hatte leider kein Verfallsdatum. Er saß tief in mir drin und meldete sich lautstark zu Wort, wann immer ich in die tiefgründigen blauen Augen dieses Mannes blickte.

»Wenn ich irgendwas tun oder sagen kann, um es für uns einfach ...«

»Pass auf!«, rief ich und deutete nach vorne. Ein dicker Ast hing quer über den Weg, genau in Höhe von Parkers Kopf. Er reagierte zum Glück schnell genug, griff in die Zügel und stoppte Quinn, ehe der Ast ihn vom Pferd holen konnte.

»Verflucht«, stieß Parker aus. »Das war knapp.«

»Ja. Hat schon öfter Leute auf diese Art aus dem Sattel gerissen.«

»Dabei dachte ich, die Pferde würden so gut aufpassen, wo sie hintreten.«

»Na ja, Quinn hätte da locker unten durchgepasst, um den Rest kümmert er sich nicht.«

Parker brummte, während er sich vorbeugte, um unter dem Ast durchzureiten. Ich beobachtete ihn, wie geschickt er sich dabei anstellte, als würde er das jeden Tag machen. Das war mir schon aufgefallen, als wir die Schafe entwurmt hatten. Nach nur wenigen Minuten hatte Parker begriffen, was zu tun war, und sich verhalten, als wäre es ganz normal für ihn. Er hatte eine unglaublich gute Auffassungsgabe.

»Schön, dass dich die Stadtjahre nicht ganz verweichlicht haben«, sagte ich.

Er winkte ab und richtete sich wieder auf. »Keine Sorge, in der Zeit, in der ich mit Ajden unterwegs war, habe ich alles andere als komfortabel gelebt.«

»Ajden? Das ist dein Freund aus der Highschool, oder?«

»Ja, genau.«

Parker hatte mir mal von ihm erzählt, aber das war schon lange her.

»Sein Vater ist Arzt und viel in Krisengebieten unterwegs. Ajden hat schon mit zwölf gewusst, dass er mal in die Fußstapfen seines Dads treten möchte, und sich ihm gleich nach der Schule angeschlossen. Seither reist er um die Welt und ist so ziemlich überall, wo Hilfe gebraucht wird.«

»Wow, klingt beeindruckend.«

»Ist es. Vor zwei Jahren habe ich ihn für sechs Wochen in Kambodscha besucht und geholfen, einen Brunnen zu bauen. Ich musste damals einfach weg aus Denver.«

»Hast du davor in der Firma deines Vaters gearbeitet?«

»Ja.« Er presste die Lippen aufeinander und senkte den Blick. »Nachdem, was hier in Boulder Creek passiert ist und … Ich … Es ist … Ich hatte keine Kraft, mich gegen meinen Vater aufzulehnen. Dann hatte Sadie ihren Unfall, und ich … ich brachte es nicht übers Herz, meiner Familie noch mehr Kummer zu bereiten. Also hab ich es durchgezogen. Ich hab Betriebswirtschaft studiert, nebenbei in der Firma gearbeitet und einfach funktioniert.«

»Ich habe das mit Sadies Unfall in deinem Exposé gelesen.«

»Ja, es war ziemlich heftig.« Er umklammerte die Zügel fester und mahlte mit dem Kiefer. Offenbar wollte er darüber gerade nicht sprechen. »Wie dem auch sei, als ich mit Ajden in Kambodscha war, wurde mir klar, dass es so nicht weitergehen konnte. Die Zeit dort hat mich viel gelehrt und mich wachgerüttelt. Ich meine, ich hab schon vorher gewusst, dass es viel Elend in der Welt gibt, aber es mit eigenen Augen zu sehen ist etwas anderes, als es im Fernsehen anzuschauen. Danach war ich sehr … verwirrt. Ich kam zurück nach Denver und stellte alles infrage. Mein Leben, meine Arbeit, meine Zukunft. Ich … Es hat mich einfach überwältigt. Aber letzten Endes fand ich endlich den Mut, mich gegen Dad zu stellen. Ich bin zu Sadie nach Bozeman gereist und habe mit ihr die Pläne für Golden Hill geschmiedet.«

»Wie hat dein Dad es denn aufgenommen?«

»Schlecht. Er hält es mir heute noch vor, dabei bin ich wirklich alt genug zu wissen, was ich will.«

»Was ist mit deiner Mom? Sie und dein Vater kamen ja nie gut miteinander aus.«

»Sie hat sich endlich von ihm scheiden lassen. Mom hat Sadies Unfall auch ziemlich erschüttert. Danach ist ihr klar geworden, wie albern der jahrelange Streit zwischen ihr und Dad gewesen ist. Sie haben sich zusammengerauft und sich mehr oder weniger im Guten getrennt. Heute reden sie zwar nicht mehr miteinander, aber sie bekriegen sich auch nicht, was definitiv eine Verbesserung ist. Wir sind alle irgendwie durchgerüttelt worden, und ich …« Er schüttelte sich und fuhr sich durch die Haare. »Sorry, ich wollte eigentlich gar nicht so viel über mich reden.«

»Schon okay, ich hab ja gefragt.«

»Was hast du denn so gemacht in den letzten Jahren?«

Oh, nein. So weit sind wir noch lange nicht, mein Freund.

Ich schüttelte den Kopf und deutete nach vorne. »Da kommt gleich ein steiler Anstieg. Wir müssen wieder hintereinanderreiten und uns konzentrieren.«

»Mit anderen Worten: Halt die Klappe und frag mich nicht aus.«

»Ganz genau.«

Parker schmunzelte, wirkte aber auch ein wenig traurig, dass das Gespräch beendet war. Er bedeutete mir mit der Hand, ihn zu überholen, und verlangsamte gleichzeitig sein Tempo. »Na, dann reite voran. Ich werde folgen.«

Und genau das tat er.

11.

Heute

Parker

Eine angenehme Stille senkte sich über mich, während ich Clay hinterherritt, die mir an den schwierigen Stellen über die Schulter zurief, auf was ich achten sollte. Ich musste zwischendurch schmunzeln, weil es mich so an damals erinnerte, wenn wir gemeinsam den Stall gemistet hatten und sie mich ständig rumkommandierte. Clay hatte mich nach meiner Gefängnisnacht ziemlich hart rangenommen und mir gehörig den Kopf gewaschen. Mittlerweile war mir klar, wie nötig ich das damals hatte, und ich war ihr bis heute dankbar, dass sie so stur geblieben war.

Vor elf Jahren

»Wirf nicht so viel von der guten Einstreu raus, das können wir noch mal verwenden«, sagte Clay und beobachtete mich bei der Arbeit.

Ich rollte mit den Augen und schmiss die Gabel voller Einstreu wieder zurück. Diesen Kommandoton schlug sie nun seit diesem elenden Morgen mit dem Wasserkübel jeden Tag an: Hier ist es noch zu dreckig, pass mit der Mistgabel auf, mehr Heu, nicht so viel Hafer, du hast da was übersehen, bla, bla, bla ...

»Den Schubkarren musst du anders beladen«, sagte sie. »Das hab ich dir doch schon erklärt. Erst alles rundum in den Ecken stapeln. Die losen Pferdeäpfel wirfst du in die Kuhle in die Mitte, dann fallen sie nicht wieder raus. Ist das echt so schwer?«

Ich unterdrückte ein genervtes Stöhnen und versuchte, Clays Anweisungen umzusetzen, wobei mein Karren schon derart voll war, dass sowieso nichts mehr darauf passte. Ich hob ihn an und machte einen ersten Schritt damit. Das blöde Ding wackelte aber wie verrückt. Ich fluchte, blieb an einem Stein hängen und kam ins Stocken. Clay stemmte die Mistgabel in die Erde und stützte sich darauf ab, während ich mit der Ladung Scheiße jonglierte und versuchte, sie aus dem Stall zu manövrieren. Leider musste ich an der Tür noch einen kleinen Absatz überwinden. Ich setzte an, schob die Karre nach vorne und kippte sie natürlich um. Alles, was ich aufgeladen hatte, verteilte sich wieder über dem Stallboden.

»Verfluchter Dreck!«, brüllte ich und trat gegen die Karre.

»Du musst rückwärts über den Absatz, so geht es ganz leicht.«

»Ach, leck mich doch. Ich mach das hier nicht mit.« Ich trat noch mal dagegen und stapfte aus dem Stall. Gin und Ginger beäugten mich neugierig, als ich zum Ausgang lief.

Von Weitem sah ich meine Großmutter im Garten und Grandpa, wie er an seinem Traktor rumschraubte, den er hinter dem Haus abgestellt hatte. Wenn ich an den beiden jetzt vorbeiging, würden sie mich fragen, warum ich nicht im Stall war, und ich hatte keinen Bock auf dummes Gequatsche.

Ich hörte, wie Clay hinter mir mit dem Karren rumhantierte und die Scheiße wieder hineinbeförderte. Ich kickte einen trockenen Pferdeapfel weg und lief zum Zaun auf der anderen Seite. Der Wald schloss direkt an die Koppel an, vielleicht könnte ich einfach dorthin verschwinden und mich verschanzen.

»Hey«, rief Clay, aber ich schob die Hände in die Taschen, stapfte weiter auf den Zaun zu und roch schon die Freiheit, die mich erwartete.

Auf einmal traf mich etwas an der Schulter. Etwas Hartes. Ich japste vor Schmerz auf, rieb mir über die Stelle und drehte mich um. Ein Apfel kullerte auf dem Boden davon. Charlie bemerkte es natürlich sofort und schnappte ihn sich. Clay hielt einen zweiten Apfel in der Hand, warf ihn in die Luft und fing ihn wieder auf.

»Sag mal, hast du sie noch alle? Damit kannst du Leute ernsthaft verletzen«, rief ich wütend.

»Damit kannst du Leute ernsthaft verletzen«, äffte sie mich nach. »Ist deine Schulter aus Glas, oder was? Bekommst du jetzt einen blauen Fleck?«

Ich ballte die Hände zu Fäusten. Diese elende Göre ging mir so was von auf die Nerven! Ob es auffallen würde, wenn ich sie auf dem Misthaufen entsorgte?

»Du bist ganz schön verweichlicht, weißt du das?«, sagte sie nun und blieb vor mir stehen. Sie biss in den Apfel, der augenscheinlich ziemlich saftig war. Ein paar Tropfen blieben an ihrem Mundwinkel kleben und lenkten mich für einen Augenblick ab. Clay hatte perfekte Lippen, wie ich leider schon mehrfach festgestellt hatte. So perfekt, dass ich echt gerne mal … Ich ballte die Hände in den Taschen zu Fäusten. Clay fuhr mit der Zunge sachte über die Mundwinkel und leckte die Tropfen weg. Meine Augen blieben an der Stelle kleben, und mir schoss die Hitze in die Hose.

»Bist du noch da?«, fragte Clay und wedelte mit der Hand vor meinem Gesicht. »Oder hat dich mein Wurf doch nachhaltig geschädigt?«

Ich knurrte leise, drehte mich um und wollte weiter, doch sie heftete sich an meine Seite.

»Du kannst nicht abhauen.«

»Sieh mal zu, wie ich das kann.«

Sie biss erneut in ihren Apfel und warf Charlie den Rest hin, der schon auf uns zutrottete. »Und wo willst du hin?«, fragte sie.

»Mir egal, Hauptsache weg von dir.«

»Du wirst dich verirren. Im Wald gibt es keine ausgeschilderten Wanderwege.«

»Ich verirre mich nicht.«

»Parker!« Sie griff nach meinem Arm und hielt mich zurück.

Ein warmer Schauer durchlief mich, als sie mich berührte, und schon wieder reagierte mein Schwanz darauf. Siebzehn zu sein war so ätzend! Zum Glück hatte ich eine weite Hose an. Ich drehte mich trotzdem von ihr weg.

»Das mein ich ernst. Die Wälder sind gefährlich.«

»Dann komm halt mit.«

»Was?«

»Wenn du alles besser weißt und dich so gut auskennst, komm mit.«

Sie kniff die Augen zusammen.

»Es sei denn, du hast Schiss vor den Wäldern.«

Clay lachte auf, als hätte ich gerade etwas Urwitziges gesagt. »Also gut, Bad Boy. Lass mal sehen, ob du beim Wandern mehr draufhast als beim Stallausmisten.«

Nur eine Viertelstunde später bereute ich meine Großspurigkeit, denn Clay legte ein ganz schön heftiges Tempo an den Tag.

Mein Herz raste, während ich hinter ihr herkletterte. Der Weg war an manchen Stellen ziemlich steil und mit Wurzeln überwuchert, aber sie wies mich immer darauf hin, damit ich mich nicht auf die Nase legte. Ich hätte eigentlich erwartet, dass sie sich bereits in den ersten Minuten absetzen und sich einen Dreck darum scheren würde, ob ich mitkam oder nicht.

Wir waren umgeben von hohen Bäumen und wilder Natur. Das Wetter war genauso ekelhaft schön wie in den vergangenen Tagen, und die warme Luft, gepaart mit der Anstrengung, trieb mir den Schweiß in den Nacken.

Dieser dummen Landschaft schenkte ich allerdings nicht viel Beachtung, denn erstens scherte mich Boulder Creek und seine Umgebung einen Dreck, und zweitens wackelte Clays Hintern vor mir her. Ich war sogar schon umgeknickt, weil ich zu abgelenkt war, um aufzupassen, wo ich hintrat. Zum Glück hatte sie es nicht mitbekommen.

Meine Hose spannte im Grunde, seit wir gestartet waren, und in meinem Kopf spukte ständig dieses Mädel vor mir herum. Ihr Duft stieg mir mit jedem Schritt in die Nase, und ich konnte nicht anders, als ihn begierig einzuatmen. Sie roch nach Minze, Apfel und ein wenig nach Pferd. Ich versuchte, mich an dem herberen Duft festzuhalten und damit meine Erregung zu dämmen, aber vergeblich. Wenn ich meine Latte nicht bald loswurde, würde Clay es noch bemerken und mich vermutlich auslachen.

»Wie weit ist es noch?«, fragte ich sie.

»Warum, machst du schlapp?«

Ha! Ich wünschte, es wäre so! »Kannst du einfach 'ne Frage beantworten, ohne selbst eine zu stellen?«

»Kannst du es denn?« Sie warf mir einen Blick über ihre Schulter zu und grinste mich an.

Blöde Kuh.

Das war doch was, auf das ich mich konzentrieren konnte! Clay war zickig, eingebildet, wusste alles besser, und sie kommandierte mich rum. Ein komisches Kribbeln schoss durch meinen Körper und sammelte sich zwischen meinen Beinen, genau da, wo ich es nicht brauchen konnte.

Fuck, ey. Warum macht mich das an?

Ich brummte, kniff die Augen zusammen und beschleunigte meine Schritte. Der Weg war ein wenig breiter geworden und der Untergrund stabiler. Es ging zwar noch immer bergauf, aber hier konnte man wesentlich besser auftreten.

»Was wird das denn jetzt?«, fragte Clay, als ich sie überholte.

»Wo müssen wir hin?«, entgegnete ich.

Sie zeigte nach oben. »Einfach nur geradeaus.«

»Gut.« Ich zog an ihr vorbei, machte größere Schritte und steigerte das Tempo. Schon nach den ersten Metern brannten meine Oberschenkelmuskeln, aber die Anstrengung tat mir gut, sie lenkte mich ab.

»Hey!«, rief Clay, die deutlich zurückfiel.

Ich grinste und legte noch einen Zahn zu. Mein Herzschlag beschleunigte sich, mir rann der Schweiß den Rücken und die Schläfen hinunter, und langsam verabschiedete sich auch meine Latte.

»Was wird das? Ein Wettlauf?«

»Ja, warum eigentlich nicht?« Dieses Mal war ich derjenige, der nach hinten spähte. Clay kniff die Augen zusammen und funkelte mich an, was schon wieder dafür sorgte, dass ich … Rasch blickte ich nach vorne, konzentrierte mich auf den Weg und beschleunigte erneut. Mein Atem kam schneller und abgehackter, und ich hatte etwas Mühe, doch ich wurde nicht langsamer. Ganz im Gegenteil.

»Volltrottel«, rief Clay, und ich hörte, wie sie näher kam.

Sie versuchte es zumindest, denn kaum holte sie ein Stück auf, beschleunigte auch ich. Sie keuchte nun ebenfalls, und diese Laute machten alles nur noch schlimmer.

Ich will einfach nur hier weg!

Jetzt joggte ich bergauf und hatte das Gefühl, dass mir das Herz jeden Moment aus der Brust springen musste. Clay fluchte hinter mir, doch sie ließ sich nicht abschütteln. Wir rauschten beide den Berg hoch, legten noch einen Zahn zu, obwohl ich schon Sterne sah und mir langsam übel wurde. Clay holte auf, kam auf meine Seite und wollte überholen, aber ich zog davon. Wir ächzten, keuchten, fluchten, doch keiner von uns wollte klein beigeben. Meine Oberschenkelmuskeln schrien mich an, meine Beine zitterten, meine Haare klebten an meiner Stirn.

Weiter. Weiter. Weiter.

Mir platzte gleich die Brust, oder meine Beine fielen ab, oder ich wurde ohnmächtig, oder ich ... Da! Der Hang flachte ab!

Wir waren da!

Ich stieß einen triumphierenden Laut aus. Nicht weil ich den Wettlauf gewonnen hatte, sondern weil ich noch lebte. Mit einem letzten Schritt ließ ich den Anstieg hinter mir, taumelte und klappte an Ort und Stelle zusammen. Wie ein platter Käfer blieb ich einfach auf dem Bauch liegen.

»Verdammt«, ächzte Clay und stürzte neben mich.

Wir lagen auf einem Felsen, der mich herrlich von unten kühlte. Mein Herz überschlug sich fast, und ich konnte gar nicht schnell genug einatmen, wie ich Luft brauchte. Irgendwo rauschte ein Wasserfall, aber vielleicht war es nur das Blut in meinen Ohren. Ein angenehmer kühler Wind fegte über uns hinweg und trocknete meinen überhitzten Körper.

»Das ... das ... ist nicht ... gut«, sagte Clay und rollte sich auf den Rücken. Sie legte eine Hand auf ihre Stirn, rang nach Atem. »Wir sollten ... uns weiter bewegen, bis ... Puls unten ... ist.«

»Mach mal«, gab ich von mir. Ich schloss die Augen, lauschte dem Pochen in meinem Körper und gab mich der Kühle hin, die mir von unten entgegenstrahlte. Mein Körper war am Ende und zum Glück auch mein Schwanz.

»Du bist echt verrückt«, sagte Clay, deren Atem sich langsam beruhigte.

»Kann sein.«

Wir blieben noch eine Weile genau so liegen, bis sich unsere Atmung wieder normalisiert hatte und ich klar denken konnte. Irgendwann richtete ich mich auf und sah mich zum ersten Mal um.

Wow.

Wir waren weit oben auf einem Felsvorsprung. Seitlich waren wir vom Wald eingeschlossen, und direkt vor mir ging es in die Tiefe. Ein Wasserfall rauschte links von uns und sammelte sich in einem tiefblauen kristallklaren Becken. Ein kleiner Fluss zweigte davon ab und floss hinunter ins Tal. So etwas hatte ich noch nie zuvor gesehen.

»Nicht schlecht, was?«, fragte Clay.

Überwältigend. »Is ganz okay.«

»Ganz okay?«

»Ja.« Ich zuckte mit den Achseln und ließ mich auf der Kante des Vorsprungs nieder. Die Wasseroberfläche toste zu meinen Füßen. Ich schätzte, es waren rund zehn Meter in die Tiefe. Zum Glück hatte ich keine Höhenangst.

»Du bist so ein Snob«, sagte Clay und ließ sich neben mir nieder.

Ein Stich fuhr mir durchs Herz, als sie mich so nannte. Als würde es irgendeine Rolle spielen, was sie von mir hielt. »Wenn du meinst«, sagte ich, und sie schnaubte.

Ich kratzte mit den Fingernägeln über den kalten Stein und dachte darüber nach, ob ich echt ein Snob war. Vielleicht stimmte es ja. Meine Eltern waren reich. Wir wohnten in einer guten Gegend. Ich hatte alles, was ich brauchte, und trotzdem kotzte mich mein Leben an. Dachten so Snobs? Bestimmt taten sie das.

»Du bist aber auch nicht besser«, sagte ich schließlich.

»Wie bitte?«

»Führst dich auf, als wärst du die Königin von Boulder Creek.«

»Tue ich überhaupt nicht.«

»Und wie! Ständig kommandierst du mich rum und lässt raushängen, wie gut du dich mit allem auskennst.«

Sie schnaubte nur belustigt.

»Bist bestimmt auch voll gefürchtet in deiner Klasse.«

Sie atmete hörbar ein und hielt die Luft an. »Dass ich nicht lache«, murmelte sie und warf einen Stein in die Tiefe.

»Nicht?«

Sie seufzte, und das Geräusch verursachte mir eine Gänsehaut. Vielleicht lag es aber auch an ihrer Nähe und weil ihr Körper so eine unglaubliche Hitze ausstrahlte.

»Was ist denn in der Schule?«, fragte ich schließlich.

»Ist doch egal.«

Anscheinend nicht, so wie sie gerade guckte.

»Kommst du nicht mit? Sind sie doof zu dir? Macht sich jemand über dich lustig?«

»Warum? Willst du dich für mich prügeln? Ich kann gut auf mich selbst aufpassen, falls es dir entgangen sein sollte.«

»Das hab ich bemerkt.« *Meine Schulter und mein Ego auch.* »Aber du hast schon wieder 'ne Frage mit 'ner Gegenfrage beantwortet.«

»Stimmt.«

»Also? Was nervt dich in der Schule?«

Sie schauderte kurz, versuchte es aber zu unterdrücken. Clay atmete tief ein und sah zum Wasserfall. »Ich geh halt nicht so gerne hin.«

Eine komische Stille senkte sich zwischen uns, und Clay wirkte auf einmal tieftraurig. Ich verlagerte mein Gewicht von einer Seite auf die andere und überlegte, ob ich jetzt was Gehaltvolles sagen sollte, aber was wusste ich schon von dem ganzen Quatsch.

»Ich hab mich im Frühjahr mit Steven McAdams geprügelt«, gab ich schließlich von mir.

Sie drehte den Kopf zu mir und blickte mich fragend an. »Wer ist Steven McAdams?«

»Ein Arschloch.«

»Okay.« Sie runzelte die Stirn. »Willst du das weiter ausführen?«

Ich verzog abwägend die Lippen. »Er hat meinem besten Freund Ajden gesagt, er sei ein Niemand, weil seine leiblichen Eltern tot sind. Steven meinte, dass Ajden keine richtige Familie hat und nirgendwohin gehört.«

»Oh. Wie sind sie denn gestorben?«

»Durch eine Überschwemmung. Ajden wurde in Indien geboren. In einem kleinen Bergdorf, das bei einem Unwetter zerstört wurde. Er wurde daraufhin adoptiert und lebt jetzt in Denver bei mir um die Ecke.«

»Also hat er eine Familie.«

»Ja, eine ziemlich coole sogar. Sein Dad ist Arzt und reist ständig um die Welt. Seine Schwester Riley will unbedingt Musicalsängerin werden. Seine Adoptivmutter starb leider vor einigen Jahren bei einem Autounfall.«

»Wie furchtbar. Erst verliert er die eine Familie und dann einen Teil seiner neuen.«

»Ajden ist voll der Kämpfer, aber das mit Steven hat ihn dennoch getroffen. Also hab ich dem eine reingehauen.«

»Verdient.«

»Sag ich doch.« Ich stemmte die Hände hinter mir auf den Felsen und lehnte mich zurück.

»Gab's Ärger dafür?«

»Jede Menge. Seine Mutter ist Vorsitzende des Elternbeirats und hat mir die Hölle heißgemacht, aber ich würde es wieder tun. Hab zwei Monate Hausarrest bekommen und musste mein Taschengeld an eine gemeinnützige Einrichtung spenden.«

Clay schmunzelte. »Warum erzählst du mir das? Um mir zu zeigen, dass du doch ein harter Kerl bist, der sich für mich prügeln würde, wenn es sein müsste?«

»Funktioniert es denn?«

»Bist du eigentlich deshalb in Boulder Creek?«, fragte sie, ohne darauf einzugehen. »Als Strafe, weil du Steven McAdams verprügelt hast?«

»Nicht nur deshalb.«

»Dann stimmt es doch, was die Leute über dich sagen?«

»Was sagen sie denn?«

Sie biss sich auf die Unterlippe und kniff die Augen zusammen. »Dass du ein verwöhnter Großstädter bist, der öfter Ärger mit dem Gesetz hatte und sogar mal länger im Knast war. Deine Eltern haben dich angeblich nach Boulder Creek abgeschoben, weil sie mit dir nicht klarkamen, und dein Grandpa soll dir nun Manieren beibringen. Was aber offenkundig nicht so gut funktioniert.«

Ich starrte sie an, runzelte die Stirn und lachte lauthals los. Meine

Stimme hallte von den Felswänden wider, ehe sie vom Wald geschluckt wurde. »Ja, genau! Ich hab die letzten Jahre hinter Gittern verbracht und bin zum ersten Mal wieder an der frischen Luft.« Wobei ihre Beschreibung von mir und meinem Zuhause der Realität schon sehr nahekam. Das Stechen in meinem Herzen kehrte zurück und setzte sich da fest.

Sie boxte mich gegen den Arm, aber ausnahmsweise nicht sonderlich hart. Vielleicht versuchte sie sich ja zurückzuhalten.

»Mich ärgert niemand in der Schule, und vor mir hat auch niemand Angst«, sagte Clay schließlich.

»Sondern?«

»Ich weiß nicht. Ich … ich tue mich schwer mit dem Lernstoff.«

Ich zog verwirrt die Augenbrauen zusammen.

»Ich … ich brauche ein wenig länger, bis ich mir was merken kann. Am besten verstehe ich die Zusammenhänge, wenn man mir den Stoff persönlich erklärt, statt über einem Buch zu hocken und ihn auswendig zu lernen.«

»Und das ist ein Problem?«

»Manchmal. Die Lehrer können das nicht immer berücksichtigen. Wie sollen sie das auch machen? Können ja wegen mir nicht den ganzen Unterricht aufhalten, weil sie mir was erklären müssen.«

»Ja, aber was ist mit Nachhilfe oder so?«

»Hab ich schon probiert.«

»Aber …?«

Sie zuckte mit den Schultern und blickte hinab ins Wasser. »Klappt auch nicht mit jedem. Vielleicht bin ich doch etwas schwer von Begriff.«

»So ein Quatsch.«

»Das kannst du doch gar nicht wissen, du kennst mich kaum.«

»Das stimmt, aber du bist pfiffig, einfallsreich und wunderschön.«

»Was?«

Was?

»Ich ... ich meine, du bist ... also ... das Aussehen hat damit ja nichts zu tun, aber ich ... ach, keine Ahnung. Ich versuche, dich nur aufzumuntern, okay?«

Sie schmunzelte, und ich blickte auf meine Hände. Worte waren nicht gerade meine Stärke. Wie konnte ich Clay ...

Auf einmal kippte meine Welt.

Eben hatte ich noch auf dem Felsen gesessen, jetzt stürzte ich in die Tiefe. Ich schrie, wedelte mit Armen und Beinen und tauchte auch schon ins Wasser ein. Klirrende Kälte umfing mich und riss mich in ein dunkles blaues Nichts. Ich strampelte hastig, schluckte dabei Wasser, während mein Herz mir vor Schock bis zum Hals pochte. Etwas schlug neben mir ein, und als ich prustend die Wasseroberfläche erreichte, tauchte auch Clay neben mir auf.

»Scheiße! Was sollte das denn?« Mein Herz pumpte wie wahnsinnig, und meine Füße kribbelten von der plötzlichen Kälte.

»Du hast ausgesehen, als könntest du 'ne kleine Abkühlung vertragen.«

»Du blöde ...« Ich schlug ihr Wasser entgegen, aber sie drehte den Kopf weg und lachte nur. »Was, wenn ich nicht schwimmen kann?«

»Dann hätte ich dich gerettet, keine Sorge.«

Ich schüttelte den Kopf und strampelte schneller, ehe mir die Füße abfroren. Clay hielt sich mit ruhigen Armbewegungen über Wasser und ließ mich nicht aus den Augen.

Na warte, du Zicke. Ich schwamm auf sie zu und hob eine Hand. Sie bemerkte, was ich vorhatte, schrie auf und wich vor mir zurück, doch ich erwischte sie noch am Hemd und zerrte sie an mich. Clay schlug mit den Beinen aus, aber ich drückte sie unter die Wasseroberfläche. Sie zerrte mich mit sich zurück in die Tiefe. Kurz rangen wir miteinander, ich schluckte jede Menge Wasser, weil ich lachen musste, genau wie sie. Als wir wieder auftauchten, prustete sie los und hustete das Wasser aus.

Und auf einmal strahlte Clay mich an. Diesen Gesichtsausdruck sah ich zum ersten Mal an ihr. Ohne den unverhohlenen Spott, ohne die Herablassung.

Es war schön.

Mir wurde warm, trotz des eiskalten Wassers um mich herum. Clays Augen funkelten abenteuerlustig, sie biss sich auf die Unterlippe, was mir ein leises Keuchen entlockte. Dieser Moment, die Nähe zu ihr, das Gespräch eben … Ich musste aufpassen, dass ich mich nicht daran gewöhnte oder es zu sehr an mich heranließ. Solche Dinge gingen in meinem Leben niemals gut aus.

Heute

»Da vorne ist es«, hörte ich Clay sagen und zuckte zusammen. Die Erinnerungen an unseren Ausflug von damals verblassten, und ich kehrte in die Gegenwart zurück.

Fast bedauerte ich es, angekommen zu sein. Ich schloss zu ihr auf, bis ich wieder an ihrer Seite reiten konnte, und blickte mich um.

»Wow, das ist traumhaft schön.«

»Freut mich, wenn es dir gefällt.«

Clay hatte mich heute zwar nicht zu einem Wasserfall geführt wie beim letzten Mal, aber ein paar Meter weiter entfernt rauschte dennoch ein Fluss. Das Wasser toste wild, und es gab unzählige Stromschnellen.

»Willkommen am Horseshoe Creek. Wir nennen ihn so, weil der Fluss da vorne eine Biegung in Form eines Hufeisens macht.« Sie zeigte nach links, und ich folgte ihrem Finger mit dem Blick und sah, wo sich der Fluss um den Ausläufer eines Berges schlängelte.

Wir standen ungefähr zehn Meter oberhalb der Wasseroberfläche auf einem Felsplateau. Clay stieg ab und nahm Love am Zügel. Ich tat es ihr nach und trat mit ihr nach vorne an die Felskante. Das Wasser strahlte eine angenehme Kühle aus, ab und zu spritzte etwas Gischt nach oben und benetzte meine Haut.

»Fast wie damals, als wir zum Wasserfall hochgesprintet sind«, sagte ich.

»Ja, fast.«

Plötzlich gab mir Clay einen leichten Klaps auf die Schulter. Ich schwankte nach vorne, fing mich jedoch im letzten Moment und warf ihr einen grimmigen Blick zu.

»Keine Sorge, ich schubs dich nicht wieder rein«, sagte sie nur und spähte über die Kante. »Dazu ist der Fluss zu wild.«

»Wie bedauerlich«, sagte ich nur.

Clay lachte leise und ging zu Love, um eine der prall gefüllten Satteltaschen zu öffnen.

»Was kann ich tun?«, fragte ich und schloss zu ihr auf.

»Du kannst erst Quinn absatteln, danach Love. Lass ihnen aber die Halfter auf und binde sie da vorne an dem Baumstamm fest.«

»Okay.«

Ich nahm Quinn den Sattel und die Trense ab und band ihn an der angewiesenen Stelle fest. Den Knoten knüpfte ich so, dass er mit einem Handgriff zu lösen war. Aber falls Quinn daran zerrte, würde er sich enger zusammenziehen.

»Nicht schlecht«, sagte Clay, die zu mir getreten war. »Wo hast du das denn gelernt?«

»Von meiner Schwester Sadie.«

Sie nickte stumm. Ich hatte vorhin schon das Gefühl gehabt, dass sie gerne mehr über das Verhältnis zu meiner Schwester wissen wollte, aber statt nachzufragen wandte Clay sich ab und leerte die nächste Satteltasche. Ich schüttelte mich und band Love auf die gleiche Art fest, während Clay die Picknickdecke für uns ausbreitete.

Seltsamerweise fühlte sich das alles völlig natürlich zwischen uns an. Als wären keine elf Jahre vergangen, als wären wir wieder zurück in diesem verrückten Sommer, in dem alles drunter und drüber gegangen war.

Ich beobachtete Clays ruhige Bewegungen, während ich ihr half. Die Sonne stand weit über uns, aber wir hatten uns einen kleinen schattigen Platz im Schutz zweier Bäume gesucht. Die Blätter brachen die Sonnenstrahlen und zauberten ein schönes Muster aus Hell und Dunkel auf die Umgebung. Und auf Clay. Sie wirkte völlig konzentriert, während sie eine Thermoskanne auspackte, zwei Becher dazunahm und Alugeschirr bereitstellte.

»Ich hab dir zwei Sandwiches gemacht, ich hoffe, du hast Hunger«, sagte Clay und blickte zu mir auf. In ihrer Hand hielt sie das eingewickelte Essen und reichte es mir. »Alles klar? Du siehst aus, als hättest du einen Bären gesehen.« Sie sah über ihre Schulter, als wollte sie sich vergewissern, dass keins der Biester hinter uns stand. »Also eigentlich kommen sie nicht hierher.«

»Nein, da war kein Bär.« *Ich hab nur dich bewundert.* »Außerdem zähle ich darauf, dass du mich beschützt.« Ich ließ mich neben ihr nieder und grinste.

Clay wandte sich wieder mir zu und kniff die Augen zusammen. Ich hatte kein Problem damit, mich hinter sie zu stellen, wenn es sein musste. Clay war in der Wildnis Montanas zu Hause, ich war es nicht. Und wenn ich eins bisher gelernt hatte, dann, dass man die Natur respektieren sollte. In Kambodscha hatte ich genug Geschichten über Leute gehört, die sich überschätzt hatten und nie mehr von einer Wanderung zurückkamen.

Clay nahm sich ebenfalls ein Sandwich, wickelte das Papier ab und streifte die Stiefel von den Füßen, während sie sich auf die Decke sinken ließ. Genüsslich biss sie ab und gab ein tiefes wohliges Seufzen von sich. Bei dem Geräusch zog sich alles in mir zusammen. Ich hatte ganz vergessen, wie sie klang, wenn sie etwas genoss.

Ich atmete tief durch. Ehe sie mich gleich fragen würde, warum ich herumstand und sie anglotzte, zog ich ebenfalls meine Stiefel aus und ließ mich neben ihr nieder. Mein Sandwich war mit Tomaten, Mozzarella und frischen Kräutern belegt. Das Brot war knusprig, und der feine würzige Duft ließ mir das Wasser im Mund zusammenlaufen. Mit viel Hunger biss ich ab und seufzte ähnlich wie Clay eben.

»Das ist verdammt lecker«, sagte ich und kaute zufrieden.

»Danke. Ich war mir nicht sicher, was dir schmeckt und ob du noch Fleisch isst.«

»Doch, tu ich. Aber das hier ist perfekt. Danke.«

Sie nickte und aß weiter. Ab und an streifte mich ein Windzug und trug mir Clays angenehmen Duft herüber. Sie hatte noch nie Parfüm getragen und war dieser Vorliebe offenbar treu geblieben. Nur wenn ich Haut an Haut mit ihr gewesen war, hatte ich früher ihr Shampoo oder ihre Seife riechen können. Und genau diese sanfte Note nahm ich auch jetzt wahr. Ihr Duft streifte mich an der tiefsten Stelle in meinem Herzen.

»Es tut wirklich gut, hier zu sein«, sagte ich nach einer Weile. »Hab nicht bemerkt, wie sehr mir so etwas gefehlt hat.«

»Dann solltest du dir öfter Zeit dafür nehmen. Momente wie diese sind wichtig. Die Natur lässt uns innehalten, durchatmen, sie gibt uns das zurück, was wir glauben verloren zu haben.«

»Tust du das denn regelmäßig? Innehalten? Hier hinausreiten und abschalten?«

Sie verzog das Gesicht und schüttelte den Kopf. »Leider nicht so oft, wie ich sollte, obwohl ich mich direkt am schönsten Ort der Erde befinde. Meist kommt der Alltag dazwischen, Verpflichtungen, die man nicht aufschieben kann. Dann streicht der Tag an mir vorbei, und ehe ich es richtig begreife, ist schon wieder eine Woche um oder ein Monat oder ein Jahr oder …«

»Oder elf Jahre.«

Clay atmete scharf ein und stopfte den Rest ihres Sandwiches in den Mund. Sie wandte den Kopf ab und blickte hinüber zum Fluss.

»Vielleicht sollten wir uns beide daran erinnern«, sagte ich leise.

»Mh?«

»Na, an Momente wie diese. Wir sollten uns solche Auszeiten fest vornehmen und sie regelmäßig genießen. Das fände ich schön.«

Sie zuckte mit den Schultern und legte das Sandwichpapier beiseite. »Mal sehen.« Clay beugte sich über ihre Tasche, und ich spürte, wie sie wieder dichtmachte. »Kaffee?«

»Immer.«

»Trinkst du ihn nach wie vor schwarz?«

»Das weißt du noch?«

»Ich weiß noch sehr viele Dinge.« Sie biss sich auf die Lippen und nahm einen Becher. Schweigend goss sie mir ein und reichte ihn mir.

»Danke.«

Sie goss sich ebenfalls ein und trank in kleinen Zügen.

Ich winkelte die Beine an und stützte die Ellbogen auf die Knie. Der Kaffeeduft stieg mir in die Nase. Ich trank einen Schluck und genoss die bittere Wärme, die meinen Rachen hinunterlief. »Wie meditieren.«

»Was?«

»Das hier. Dieser Moment. Es ist wie eine Meditation. Ajden hat es mir erklärt. Da er selbst nicht viel Zeit hat, um abzuschalten, nimmt er sich ganz bewusst mehrmals am Tag fünf Minuten nur für sich. Er setzt sich irgendwohin, schließt die Augen und lauscht seinem Atem. Mir wollte er es auch beibringen, aber es fällt mir recht schwer. Ich werde zu schnell abgelenkt, daher meinte er, ich sollte es mit alltäglichen Dingen probieren. Beim Kaffeetrinken oder beim Essen ganz bewusst den Geschmack und das Gefühl wahrnehmen, das dabei in mir ausgelöst wird. Das ist bereits eine Meditation.«

Clay nickte und schwenkte den Rest Kaffee in ihrer Tasse. »Javier hat mir erzählt, dass die Cheyenne zu diesem Zweck früher ihre Kraftplätze aufsuchten.«

»Machst du das auch?«

»Nein. Ich habe noch keinen für mich gefunden. Die Kraftplätze sind sehr individuell. Es gibt zwar welche, die von Generation zu Generation in der Familie weitergegeben werden, aber noch besser sind die, die man selbst für sich findet. Wenn du ihn hast, wirst du es spüren, weil dich eine ganz eigene Wärme und Energie durchflutet. Es ist der Ort, an dem du dich am meisten mit der Natur und dir selbst verbunden fühlst.«

»Du findest ihn sicher noch.«

»Vielleicht.« Sie trank den Rest des Kaffees und schloss kurz die Augen.

In mir wuchs der Drang, sie zu berühren, ihr näher zu kommen, ihr meine Gefühle zu offenbaren. Ich wollte, dass Clay mich verstand und spürte, wie leid es mir tat, ein Schlachtfeld hinterlassen zu haben. Aber Worte genügten nicht aus, um die Emotionen von damals zu beschreiben. All der Hass, die Enttäuschung, die Wut, die Trauer. Ich hatte sie auf die Menschen abgeladen, die mir am meisten bedeuteten.

»Clay, ich …«

Sie blickte zu mir, und in ihren dunklen Augen funkelte es. Obwohl ich sie gut kannte, konnte ich nicht herauslesen, was gerade in ihr vorging. Clay konnte wie keine andere ihr Gegenüber ausschließen, wenn sie das wollte. Sie verbarg ihre Gefühle hinter dieser eisigen Maske der Unnahbarkeit, weshalb sie oft für zickig gehalten wurde, auch von mir. Aber das war sie nicht. Sie wollte einfach ihre Ruhe und sich nicht mit Dingen beschäftigen, die sie als unnötig erachtete.

Ich schluckte gegen die Trockenheit in meiner Kehle und spülte zur Sicherheit mit Kaffee nach. Die Enge in mir wurde schlimmer und dieses Drängen nach einer Aussprache stärker. Doch was sollte ich sagen? Was konnte ich tun, um die Kluft zwischen uns zu überwinden?

»Warst du dabei?«, kam es auf einmal über meine Lippen.

»Was meinst du?«

»Als … als das mit Grandpa passierte.«

Sie gab einen tiefen kehligen Laut von sich, der so voller Trauer war, dass es mir durch und durch ging. Keine Ahnung, wie ich ausgerechnet jetzt auf dieses Thema kam.

»Ja.« Ihre Antwort kam so leise, dass ich sie kaum hörte.

»Ich … ich hätte auch kommen sollen. Grandpa war einer der wenigen Menschen, die mich mit Respekt behandelt haben und mich nicht für einen Versager hielten. Es tut mir so unendlich leid, dass ich zu feige war, zurückzukehren. Seit Jahren lebe ich mit dieser Schuld in meinem Herzen, und ich weiß, dass sie niemals vergehen wird, weil ich diese letzte Chance mit ihm verpasst habe.« Ich schloss die Augen und bebte innerlich. Meine Hand fing an zu zittern, und ich umklammerte den Becher fester, als könnte er mir Halt geben. »Grandpa hat mir so viel gegeben.«

Vor elf Jahren

Ich schlurfte den langen Kiesweg hinunter, der von der Straße zum Haus meiner Großeltern führte. Es war kurz vor sieben am Abend. Die Sonne wanderte Richtung Wald und tauchte die Ranch bereits in diesen charakteristischen goldenen Schein, dem Golden Hill wohl seinen Namen zu verdanken hatte. Gestern hatte ich mich dabei erwischt, wie ich kurz innegehalten und dem Spektakel zugesehen hatte. In dem Moment hatte ich so viel Frieden gespürt wie noch nie zuvor in meinem Leben. Es hatte sich angefühlt, als hätte die Natur die Zeit für mich angehalten, um mir Kraft zu schenken.

Albern. Ich war einfach nur erledigt von der beschissenen Plagerei jeden Tag. Russell tat alles dafür, damit ich ordentlich Buße für meinen Ausraster in Stews Laden tat.

Ich schüttelte mich, rieb mir übers Gesicht und gähnte herzhaft. Meine Muskeln brannten, genau wie meine Haut, weil ich fast den ganzen Tag über draußen in der Sonne gearbeitet hatte. Ich hob die Arme, die ganz schön Farbe bekommen hatten. Farbe und Dreck. Heute hatte Russell mich auf einer Baustelle eingesetzt. Seit sieben Uhr hatte ich Sand geschaufelt, Steine geschleppt, Mörtel angerührt und alten Putz von einer Wand gekratzt. Der feine Staub hatte sich in jeder Pore abgesetzt, und ich musste jetzt noch husten, obwohl ich eine Schutzmaske getragen hatte. Meine Haare fühlten sich an, als hätte ich sie mit Sand shampooniert. Ich freute mich auf die Dusche. Erneut gähnte ich und ging die Verandastufen hoch. Dort streifte ich meine verdreckten Schuhe ab, klopfte notdürftig den Staub aus der Kleidung und trat ein. Es duftete nach frischem Braten, Kartoffeln und etwas anderem Würzigen. Sofort lief mir das Wasser im Mund zusammen, und mein Magen gab ein lautes Grummeln von sich.

»Parker?«, hörte ich meine Großmutter von der Küche aus rufen.

»Ja.« Ich lief zu ihr und gab mir Mühe, dabei nicht allzu viel Dreck zu verlieren. Sie stand am Herd und rührte gerade eine Soße an. Als ich im Türrahmen erschien, drehte sie sich um.

»Wie war dein Tag?«

»Anstrengend.« Ich schluckte das Wasser hinunter, das sich in meinem Mund sammelte, um nicht zu sabbern, aber es duftete einfach zu köstlich.

Großmutter legte den Löffel weg und kam zu mir. Unwillkürlich versteifte ich mich. Sie blieb vor mir stehen und blickte zu mir auf. Sie war einen Kopf kleiner als ich. Ihre grauen Augen strahlten mich an, die faltige Haut runzelte sich, als sie lächelte. Dann legte sie auf einmal beide Hände auf meine Wangen, was mich normalerweise dazu bewogen hätte zurückzuweichen, aber ich tat es nicht. Eine angenehme Wärme floss von ihren Fingern über meine Haut bis tief in mein Inneres. Ein ähnliches Gefühl wie gestern, als ich mir den Sonnenuntergang angesehen hatte. Ich musste erneut schlucken, aber dieses Mal lag es nicht an dem Essensduft. Großmutter hielt mich nur ganz sanft, doch es fühlte sich stark und beschützend an. Als wollte sie mir mit dieser Geste sagen, dass sie für mich da war. Dass ich hier ein Heim hatte, egal, wie wild es draußen zuging.

»Du bist ein guter Junge«, sagte sie leise.

»Ich ... ich hab nicht das Gefühl. Ich fühle mich eher ... verloren.« Was? Warum sagte ich das?

Sie lächelte noch breiter, tätschelte mir sanft die Wange und ließ mich los. »Ach, Parker. Das ist völlig normal in deinem Alter und gehört dazu. Wir machen alle Fehler, es wäre doch schlimm, wenn nicht.«

Wäre es das? Zu Hause in Denver hatte ich nie das Gefühl, dass es okay wäre. Wenn ich dort etwas falsch machte, wurde ich meistens angeschrien.

»Geh duschen. Das Abendessen ist gleich fertig.«

Ich schüttelte mich, nickte und wandte mich ab. In der Tür wäre ich beinahe mit Großvater zusammengestoßen, den ich gar nicht gehört hatte. Auch er musterte mich mit dieser eindringlichen Intensität, die mir heute durch und durch ging. Was war denn da los, Mann?

Großvater klopfte mir auf die Schulter. Eine kleine Staubwolke stieg aus meinem Shirt auf.

»Ich bin stolz auf dich, Parker«, sagte er und lächelte.

»Was?«, fragte ich. »Ich mach doch nichts.«

Großvaters Finger übten etwas mehr Druck auf meine Schulter aus.

»Doch, das tust du«, sagte er. »Ich weiß, dass es gerade nicht einfach für dich ist, aber du ziehst es durch. Du stehst für das gerade, was du verbrochen hast, und das ist ein erster Schritt in die richtige Richtung.«

Ich schloss die Augen und ließ seine Worte wirken, bei denen ich vor ein paar Wochen noch schreiend davongelaufen wäre. Mit

Wut und Vorwürfen konnte ich umgehen, aber nicht mit dem, was mir meine Großeltern gerade schenkten.

»Irgendwann wird sich alles fügen. Glaub mir.«

Ich atmete tief durch, hätte gerne etwas erwidert, aber ich wusste nicht, was. Außerdem war ich zu müde. Es war schön, einfach hier zu stehen und diese Worte anzunehmen.

Großvater ließ mich los und machte mir Platz, damit ich aus der Küche treten konnte.

Ich verließ die beiden, aber die Wärme, die in meinem Herzen aufgetaucht war, blieb. Sie begleitete mich den ganzen Abend über, beim Essen, beim Aufräumen, beim letzten Mal Pferdefüttern, was ich an jenem Abend freiwillig übernahm. War es das, was die Leute meinten, wenn sie von einem Zuhause sprachen? Von der Wärme und Geborgenheit, von Ruhe und Frieden? Ich wusste es nicht, aber vielleicht hatte ich einen ersten kleinen Blick darauf werfen dürfen.

Heute

Ein Beben ging durch Clays Körper, und auch ich brauchte einen Moment, um diese Erinnerung an damals wirken zu lassen. In den Tagen meiner Strafarbeit hatte sich viel für mich verändert. Das war die Zeit gewesen, in der ich so etwas wie Frieden in mir gefunden hatte. Damals hatte ich damit begonnen, Golden Hill als ein Zuhause anzusehen, und ich fühlte mich von da an wohler dort als an jedem anderen Ort zuvor.

Ich blickte zu Clay, die einen Schluck Kaffee trank und sich an ihrer Tasse festhielt.

»Erzähl es mir«, sagte ich. »Das mit ... mit Grandpa ... seine letzten Tage.«

»Wirklich?«

Ich nickte. Es fiel mir schwer, dieses Thema überhaupt anzusprechen, aber ich hatte das Gefühl, dass ich es hören musste. In seinem vollen Ausmaß.

Sie atmete ein paarmal tief ein und aus. Ihr Schweigen dauerte eine gefühlte Ewigkeit, aber schließlich fing sie mit ruhiger und fester Stimme an. »Er hat seine Therapie schon nach ungefähr einem halben Jahr abgebrochen. Die Chemo hat ihm überhaupt nicht gutgetan. Es war erschreckend, wie schnell er abgebaut hat. Darren wusste, dass er ohne Behandlung sterben würde, aber er hat es dennoch getan und kam zurück nach Hause.«

»Er wollte in Boulder Creek sterben, dort, wo er geboren worden ist.«

»Ja. Da er und Cynthia Golden Hill schon verkauft hatten, sind sie auf die Eastwood Ranch zu ihren Freunden gezogen.«

Ich nickte, weil ich das natürlich schon von Granny wusste. Wir redeten zwar nie über Grandpas Tod, aber das hatte sie mir dennoch erzählt.

»Kaum war Darren zurück, ging alles relativ schnell«, sagte sie leise. »Das erste Mal ist er in Stews Laden zusammengebrochen. Der hat natürlich sofort einen Arzt gerufen, doch der konnte Darren auch nur nahelegen, wieder ins Krankenhaus zu gehen. Er hat sich geweigert, ließ sich eine Schmerzspritze geben und ist zurück zu Cynthia. Zwei Tage später brach er in Cybils Diner zusammen. Davon hat er sich nicht mehr erholt. Mein Vater war an dem Tag auch bei Cybil und hat geholfen, Darren zurück auf die Eastwood Ranch zu bringen. Das war der Moment, als er … als er nach dir gefragt hat.«

Ich schloss die Augen und fuhr mir über die Stirn. »Granny hat bei uns in Denver angerufen und erzählt, wie schlecht es ihm ging. Ich war aber so … Ich konnte es einfach nicht. Ich war so dumm und so wütend.«

»Es ist für ihn nicht leicht gewesen, Golden Hill zu verkaufen.«

»Ich weiß. Heute weiß ich so viel mehr.«

»Ich habe ihn das letzte Mal einen Tag vor seinem Tod besucht«, fuhr Clay fort, ohne mir für mein damaliges Verhalten Vorwürfe zu machen. »Er hat recht fit gewirkt. Hat sogar davon gesprochen, dass er und Cynthia noch mal umziehen wollen. In ein kleines Haus mit einem Garten, damit Cynthia ihre Tomaten anpflanzen konnte.«

Ich lachte leise. »Das hat sie geliebt. Tomatensalat mit frischem Brot.«

»Das Beste.«

»Das war der letzte Energieschwung. In jener Nacht ist er eingeschlafen und nicht mehr aufgewacht. Cynthia war bei ihm.«

Meine Kehle war so trocken, dass ich kein Wort mehr sagen konnte.

»Ganz Boulder Creek war auf der Beerdigung. Es war schön. Auf eine merkwürdige Art und Weise. Ich denke, es hätte ihm gefallen.«

»Ich bin ... Er ... Das ist gut. Denk ich.«

»Es war friedvoll.« Sie wischte sich über die Augen und blickte rasch weg.

»Danke, dass du mir das erzählt hast.«

Sie nickte nur.

Ganz von allein wanderte meine Hand höher, fand eine ihrer kurzen Haarsträhnen und steckte sie hinter ihr Ohr. Clay zuckte zusammen, wich aber nicht zurück. Sie räusperte sich, und dann drehte sie ihr Gesicht in meine Handinnenfläche. Es war eine so einfache Geste, die dennoch ein heftiges Schaudern in mir auslöste. Der erste Schritt auf mich zu, die erste Annäherung, die von Herzen kam. Ich hielt ganz still, weil ich diese Situation nicht zerstören wollte, die sich auf einmal so rein und unschuldig anfühlte. Clay ließ sich von mir berühren, ich durfte diese Grenze überschreiten und ihr ein wenig näher sein.

»Wir sollten langsam zurück«, sagte sie und stand auf. Die Magie brach, und ich musste mich schütteln, weil mich auf einmal fröstelte. »Du musst bestimmt wieder auf die Baustelle.«

»Ich ...«

Clay begann, die Reste unseres Picknicks einzupacken. Mir war klar, dass dieser besondere Moment vorüber war. Also seufzte ich leise und half ihr.

Danach band ich die Pferde los und sattelte Quinn wieder auf. Clay kontrollierte mit prüfendem Blick, ob ich alles richtig gemacht hatte, und nickte mir anerkennend zu.

»Danke für den schönen Tag«, sagte ich und stieg auf.

»Wart lieber den Muskelkater ab, bevor du mir dankst. Der wird heftig, das kann ich dir schon mal versprechen.«

Ich tätschelte Quinns Hals. »Das ist okay, so hab ich die nächsten Tage etwas, das mich an diesen Moment erinnert.«

Clay hielt inne, blickte mich an und sah auf meine Lippen. Für eine Sekunde schien sie über etwas nachzudenken, aber dann schüttelte sie sich und stieg ebenfalls auf ihr Pferd.

Wir schwiegen fast auf dem gesamten Weg zurück nach Golden Hill, und ich nahm es so hin. Clay war mir heute einen gewaltigen Schritt entgegengekommen, und wenn ich das nicht zerstören wollte, hielt ich am besten die Klappe und genoss diese letzten Minuten mit ihr.

Heute

Parker

Ich parkte den Truck vor Stews Lebensmittelladen und schaltete den Motor aus. Der Regen prasselte aufs Dach und die Windschutzscheibe. Seit gestern schüttete es wie aus Kübeln, was zwar gut für die Natur war, uns aber bei den Bauarbeiten hemmte. Es war jetzt Mitte Mai, und wir waren bisher erstaunlich gut mit den Umbauten vorangekommen. Das Haus war noch nicht bezugsfertig, aber wir hatten alles komplett entkernt und warteten nun auf den Dachdecker, der nächste Woche kommen sollte. Die Sanierung des Daches war durch den Einsturz der Eiche schwieriger als angenommen.

Ehe ich ausstieg, checkte ich mein Handy. Da wir die Reithalle nun an eine andere Stelle setzen mussten, war eine Änderung am Bauantrag nötig, die von Tara genehmigt werden musste. Leider hatte die Bürgermeisterin nach wie vor nicht geantwortet. Ich seufzte und rief stattdessen Leos Mail auf, die er mir gestern weitergeleitet hatte. Eins seiner Bodenmessgeräte war kaputtgegangen, und nun brauchte er ein neues, ansonsten kämen wir mit den Ausgrabungen nicht voran. Die Mail war die Lieferbestätigung in Stews Laden. Er verkaufte nicht nur Lebensmittel, sondern hatte mittlerweile auch eine kleine Poststelle. Da ich sowieso ein paar Einkäufe erledigen wollte, hatte ich angeboten, das Messgerät abzuholen. Ich nahm mir meine Einkaufsliste, stopfte sie in die Innenseite meiner Jacke und zog mir diese über den Kopf, ehe ich mich hinaus in den Regen wagte.

Heute wollte ich zum ersten Mal auf Golden Hill übernachten, auch wenn es noch lange nicht bezugsfertig war. Seit ich den Kaufvertrag unterschrieben hatte, waren auf den Tag genau sechs Monate vergangen, und ich hatte mir damals vorgenommen, zu diesem Datum das erste Mal im Haus zu schlafen. Egal, in welchem Zustand es war. Also würde ich mir eine Flasche Wein holen, den Schlafsack ausrollen und dem Regen lauschen, während ich davon träumte, wie die Ranch bald aussehen würde.

Am liebsten hätte ich Clay gefragt, den Abend mit mir zu verbringen, aber seit dem Picknick hatten wir nicht mehr miteinander gesprochen. Ich hatte das Gefühl, sie wollte wieder Abstand zu mir, und das respektierte ich.

Mit angezogenen Schultern eilte ich über den Parkplatz zum Eingang und wurde dabei ziemlich nass. Rasch öffnete ich die Eingangstür, schüttelte mich kurz aus und blickte mich um. Der Laden war um einiges größer als damals und bot neben Lebensmitteln auch Haushaltsartikel, Bücher und ein paar Kleidungsstücke an. Ich nickte einer weiteren Kundin zu, die nach mir eintrat und ihren Regenschirm ausschüttelte. Sie trug ein elegantes Kostüm, die dazu passenden Stiefel, die wohl wasserdicht waren, und einen langen Mantel. Ihre braungrau melierten Haare waren zu einem strengen Pferdeschwanz zusammengebunden. Sie ignorierte mich und ging an mir vorbei in den Laden hinein.

Also eine aus der Kategorie: Anti-Parker. Mittlerweile hatte ich mir angewöhnt, die Bewohner Boulder Creeks danach einzuteilen, weil es mir so leichter fiel, mit der Abneigung umzugehen.

Ich schnappte mir einen Einkaufskorb und lief die Reihen mit den Lebensmitteln ab. Während ich meine Liste checkte, griff ich nach Käse, Chips, Äpfeln und Bananen. Außerdem Kaffeepulver, Cracker und Toastbrot. Wir hatten mittlerweile eine French-Press-Kaffeemaschine auf der Baustelle. Das Wasser heizten wir mit einem Gasbrenner auf. Leo hatte mir erklärt, wie wichtig guter Kaffee für die Motivation der Arbeiter war. Außerdem hatte ich jede Menge Wasser und Limo besorgt, die sich flaschenweise in der Küche stapelten. Ich wollte, dass sich die Arbeiter bei mir wohlfühlten.

Als ich zum Alkoholregal kam, hielt ich kurz inne, sah hinüber zu den Whiskeyflaschen und erinnerte mich an den Tag, an dem ich eine geklaut hatte. Rückblickend war diese Aktion wohl nötig gewesen, um mir endlich den Kopf zu waschen, genau wie Clays Beharrlichkeit und Grandpas ruhige Reaktion auf mein dummes Verhalten.

Ich schüttelte mich, nahm mir eine Flasche Rotwein und legte sie in den Wagen. Dann ging ich weiter zur Kasse, wo auch die Post ausgegeben wurde. Ich stellte mich in der Schlange an und wartete, bis ich dran war. Die Frau von vorhin stand vor mir und blickte mich über die Schulter mürrisch an.

»Kann ich etwas für Sie tun, Ma'am?«, fragte ich, so höflich ich nur konnte.

»Du kannst dorthin verschwinden, wo du hergekommen bist. Niemand will dich hier.«

Ich zuckte zusammen. Normalerweise begnügten sich die Leute damit, mir mürrische Blicke zuzuwerfen. So offensiv gingen sie mich in der Regel nicht an.

»Ich will keinen Ärger, nur in Frieden die Golden Hill Ranch wieder aufbauen.« Diesen Spruch spulte ich inzwischen aus dem Schlaf ab.

Die Frau schüttelte den Kopf. »Du hast nicht mal genügend Respekt gehabt, zu Darrens Beerdigung zu kommen, und jetzt verunstaltest du sein Anwesen. Er würde sich im Grabe umdrehen, wenn er wüsste, dass du Verrückte dorthin holst.«

Ich schloss die Augen und zählte innerlich bis zehn. Gute Argumente bewirkten oft gar nichts. Bisher war ich am besten damit gefahren, dass ich das Gerede ignorierte. Allerdings hatte mir noch niemand offen ins Gesicht gesagt, dass mein Großvater mein Vorhaben verurteilen würde. »Wir werden die Ranch mit sehr viel Respekt und Liebe wieder aufbauen und nicht …«, setzte ich an.

»Pah! Respekt! Ich weiß genau, wie das läuft. Ihr wollt das große Geld machen. Die Ranch ist in bester Lage, da lässt sich bestimmt viel rausschlagen, wenn man es richtig anstellt. Heutzutage wird doch sowieso alles kommerzialisiert. Darren würde es hassen. Genauso wie er es gehasst hat, dass du nicht für ihn da warst!«

Ich ballte die Hand in der Hosentasche zur Faust und biss mir gleichzeitig auf die Unterlippe, aber die Fremde hatte einen wunden Punkt in mir getroffen, und ich merkte bereits, wie sich alles in mir zusammenzog.

»Meine Großmutter Cynthia ist damit einverstanden«, sagte ich leise. »Ich habe alle Pläne mit ihr besprochen, und sie kann wohl am besten einschätzen, was ihr Mann wollte und was nicht.« Ich holte tief Luft und sammelte mich, ehe ich weitersprach. »Dass ich nicht auf seiner Beerdigung war, tut mir leid. Ich bereue es selbst zutiefst.«

Die Frau schnaubte nur.

»Lisette«, sagte Stew, der hinter der Kasse stand. »Schön, dich zu sehen.«

Lisette warf mir einen weiteren finsteren Blick zu, legte ihre Waren aufs Band und wartete, bis Stew sie abkassiert hatte. Auch er funkelte mich von der Seite an, aber das wunderte mich nicht.

Als ich an der Reihe war, nickte ich Stew zu. »Leo hat ein Messgerät bestellt, das ich noch abholen möchte«, sagte ich.

»Das ist noch nicht da«, erwiderte er knapp.

»Aber Leo hat eine Versandbestätigung bekommen, dass es geliefert wurde. Er hat sie mir weitergeleitet.« Ich kramte nach meinem Handy, rief die Mail auf und zeigte sie Stew.

Der zuckte jedoch nur mit den Achseln. »Was soll ich sagen? Es kam nichts an.«

Ich blickte zu den Regalen hinter ihm, die mit Paketen voll beladen waren. Eins hatte die Größe des Messgeräts, und ich erkannte auch das Logo der Firma auf der Vorderseite. Ich deutete darauf. »Was ist mit dem?«

Stew blickte nicht zurück, sondern tippte nur genervt mit den Fingern auf den Tresen. »Nicht für dich. Brauchst du sonst noch was? Ansonsten bekomm ich achtundfünfzig Dollar neunzig von dir.«

»Ich ...«

Stew hob eine Augenbraue und presste die Lippen aufeinander.

»Ich brauche das Gerät wirklich dringend, damit wir weitermachen können.«

»Es ist kein Paket für dich da. Fertig. Wenn Leo was will, soll er selbst vorbeikommen.«

»Das ist doch ...« Ich verkniff mir die Worte, weil ich wusste, ich würde die Situation nur verschlimmern. »Ich schreibe Leo.«

»Sehr gut.«

Kopfschüttelnd kramte ich nach meinem Geldbeutel und bezahlte meine Einkäufe. Leo war für ein paar Tage auf einem anderen Bau beschäftigt und würde erst Anfang nächster Woche wieder für mich Zeit haben. Hoffentlich konnte er kurz vorbeikommen und dieses elendige Messgerät holen, sonst würde alles ins Stocken geraten. Stew packte meine Einkäufe in eine Tüte und gab mir mein Wechselgeld.

Augen zu und durch, irgendwann wird es besser.

Rasch griff ich nach meinen Sachen, zückte mein Handy im Gehen und schrieb Leo, dass er das Paket selbst abholen müsse, weil Stew es mir nicht aushändigte. Vielleicht könnte er im Laden anrufen und es doch noch klären.

Als ich vor die Tür trat, regnete es noch immer. In mir kochten der Frust und die Wut hoch. Wut auf mich selbst, weil ich so viel falsch gemacht hatte, aber auch auf die Bewohner Boulder Creeks, weil sie so verbohrt waren. Wir lebten doch nicht mehr in der Steinzeit, Herrgott.

Ich öffnete den Kofferraum und legte die Einkäufe hinein. Noch ehe ich den Deckel geschlossen hatte und eingestiegen war, hörte ich das leise Klingeln meines Telefons. Ich schlüpfte rasch auf den Fahrersitz und nahm den Anruf an. Es war Sadie.

»Hey, was gibt es?«, fragte ich harscher als beabsichtigt.

»Du bist im Stress.«

»Ja, ein wenig.«

Sadie keuchte leise und gab einen Laut von sich, den ich nur zu gut kannte.

»Hast du einen Schub?«

»Ich befürchte, ja. Kann mich kaum bewegen.«

Ich schloss die Augen und legte eine Hand aufs Lenkrad. Sadie war noch dabei, Pferde für uns auszusuchen, und war deswegen recht viel herumgefahren in den letzten Wochen. Sie hatte vorgestern eine Ranch in Norfolk Valley gefunden, die eventuell passende Tiere hatte.

»Du musst dich ausruhen«, sagte ich.

»Nein, ich muss auf die Ranch in Norfolk. Der Besitzer Jordan meinte, dass sie übernächstes Wochenende eine Auktion veranstalten, ich mir aber vorab alle Tiere anschauen könnte, um eine Vorauswahl treffen zu können. Entweder jetzt oder nie.«

»Was ist mit Rhonda?«

»Die ist auf einer Fortbildung.«

»Wie weit ist Norfolk Valley entfernt?«

»Rund acht Stunden. Es liegt in Nevada, direkt an der Grenze zu Idaho.«

Ich trommelte mit den Fingern aufs Lenkrad und lauschte dem Prasseln des Regens auf meinem Dach. »Das hat keinen Sinn. Wenn du dich jetzt übernimmst, wird der chronische Schmerz nur wieder schlimmer. Wir finden bestimmt auch andere Pferde.«

»Das ist viel schwieriger, als du denkst. In den letzten Wochen hab ich nur herumtelefoniert und mir so viele Tiere angeschaut, aber nicht ein passendes gefunden. Entweder waren sie von vornherein zu teuer, nicht geeignet für Therapien oder nicht gesund. Es nützt uns nichts, günstige Pferde zu kaufen, aber danach noch Tausende Dollar in eine Behandlung stecken zu müssen. Die Pferde müssen sich in der Herde gut vertragen, perfekt sozialisiert sein, kein Trauma mit Menschen haben und so weiter. Im Moment gibt der Markt kaum was her.«

»Okay. Wie wäre es, wenn ich nach Norfolk fahre und mir die Tiere anschaue?«

»Du hast keine Ahnung von Pferden. Außerdem bist du auf dem Bau beschäftigt.«

»Das stimmt, aber da kommen wir gerade eh nur schleppend weiter. Abgesehen davon ist das mit den Pferden genauso wichtig. Ich könnte dich vor Ort über Telefon zuschalten. Du sagst mir, worauf ich achten soll.«

»Ja, aber das kann ich nicht über die Ferne beurteilen. Jemand müsste mit dir dort sein, der sich mit Pferden besser auskennt als du.«

»Was ist mit diesem Jordan?«

»Ich weiß nicht. Er wirkte am Telefon ganz zuverlässig, aber er will seine Tiere natürlich verkaufen, da kann er dir alles Mögliche erzählen.«

»Clay«, kam es über meine Lippen. Sie hatte ein Händchen für Pferde und arbeitete in einer Tierklinik.

»Das wäre perfekt!«

Ja, wäre es.

»Ich werde sie fragen. Du schonst dich jetzt und legst dich hin.«

»Aber ...«

»Das mein ich ernst, Sadie. Deine Gesundheit geht vor!«

Sie seufzte. Vermutlich war der Schub schlimmer, als sie es mir eingestehen wollte. »Na gut. Sag bitte sofort Bescheid, falls Clay dir absagt, werde ich mich doch ...«

»Dann lassen wir uns etwas anderes einfallen.«
»Okay. Danke.«
»Ich meld mich. Pass auf dich auf.«
»Du auch. Hab dich lieb.«
»Ich dich auch.«

Ich legte als Erster auf und gab mir einen Moment, um mich zu sammeln. Vermutlich hätte ich es ahnen sollen. Zu viel Stress bewirkte bei Sadie oft einen Schmerzschub, und das viele Autofahren in den letzten Wochen hatte dazu sicher beigetragen. Wenn sie auf sich aufpasste und ihre Übungen machte, kam sie gut zurecht, aber manchmal überforderte sie sich leider doch. Ich atmete kurz durch, entriegelte mein Handy ein weiteres Mal, rief Google auf und suchte die Nummer der Tierklinik von Boulder Creek heraus. Vielleicht hatte ich Glück, und Clay war da.

»Kosumi Clinic, Martha am Apparat. Wie kann ich Ihnen helfen?«

»Hi, hier ist Parker Huntington, ich war neulich schon mal da und habe Clay gesucht.«

»Ah ja, der mit den Blumen.«

»Genau. Ist Clay zu sprechen?«

»Ja, sie kommt gerade den Flur heruntergelaufen. Moment.«

Es raschelte in der Leitung, und ich hörte gedämpfte Stimmen. Martha hielt anscheinend die Hand über den Hörer. Clay wurde etwas lauter, aber ich verstand nicht, was sie sagte.

»Parker«, hörte ich sie schließlich. Sie klang gehetzt.

»Hey, ich wollte fragen, ob du mir helfen könntest. Sadie wollte sich auf einer Ranch ein paar Pferde anschauen, aber es geht ihr gerade nicht gut. Ich dachte, vielleicht könntest du mit mir in den Stall …«

»Jetzt nicht«, sagte sie und legte auf.

Ich starrte das Handy an, das noch die Nummer der Klinik anzeigte, aber die Verbindung war bereits getrennt.

Und nun?

Hatte ich sie auf dem falschen Fuß erwischt, oder war sie auch in das Anti-Parker-Loch gefallen? War es ihr doch zu viel Intimität beim Picknick gewesen? Hatte ich eine Grenze überschritten, ohne es gemerkt zu haben?

Ich blickte durch die Windschutzscheibe auf den Laden und sah Stew, der mich durchs Fenster beobachtete. Seinen Gesichtsausdruck konnte ich nicht erkennen, aber vermutlich freute er sich noch immer über seinen Triumph über mich gerade eben. Ich seufzte, startete den Wagen und rollte aus der Parklücke.

Boulder Creek und ich.

Bis wir wieder Freunde wurden, würde es noch sehr lange dauern.

13.

Heute

Clayanne

Irgendwann wird er mich hassen.

Ich benahm mich Parker gegenüber derart unhöflich, dass es mich nicht wunderte, wenn er mich bald zum Teufel jagte.

Heute hatte er zum Glück keine Chance dazu, denn er schlief gerade fest und tief in seinem Schlafsack. Es war nicht mal acht Uhr in der Früh. Ich war extra vor der Arbeit nach Golden Hill hinausgefahren, um mit ihm zu sprechen. Es tat mir leid, wie ich Parker gestern am Telefon abgewürgt hatte, aber er hatte mich in einem ungünstigen Moment erwischt, denn bei uns war zeitgleich eine Stute mit einer heftigen Kolik eingeliefert worden. Bei dem Tier hatte jede Minute gezählt, weshalb ich weder die Zeit noch den Kopf gehabt hatte, auf Parkers Bitte einzugehen. Javier und ich hatten eine zweistündige Not-OP vornehmen müssen. Nun war die Stute zwar noch nicht über den Berg, aber die Prognose sah ganz vielversprechend aus.

Danach war ich nach Hause gefahren, hatte mich auf mein Bett geworfen und war sofort eingeschlafen. Als ich heute früh Parker bei Cybil hatte besuchen wollen, hatte sie mir gesagt, dass er die Nacht auf Golden Hill verbracht hatte, also hatte ich mir zwei Kaffee geben lassen und war rausgefahren.

Es dauerte nicht lang, bis ich ihn fand. Parker schlief auf der Seite in seinem künftigen Wohnzimmer. Neben ihm stand eine halb volle Flasche Rotwein, davor lagen eine leere Tüte Chips und ein iPad.

Ich ging in die Hocke und betrachtete ihn. Die Sonne fiel durchs zerborstene Fenster und streifte seine zerzausten Haare. Er sah friedlich und sehr zufrieden aus. Sein Atem kam langsam und gleichmäßig, seine Lippen standen ein Stück offen, und er säuselte leise. Der Schlafsack war nicht ganz geschlossen und entblößte seine nackte muskulöse Brust. Ich erinnerte mich an jenen Morgen, als ich vor seinem Bett gestanden und ihm den Eimer mit Wasser übergegossen hatte. Parker hatte sich seither so verändert. Seine Muskeln waren eindeutig gewachsen. Sein Körper war nicht mehr so schlaksig und sehnig. In ihm schien so viel ungebändigte Kraft zu stecken, die er auch dringend brauchte, wenn er das alles hier durchziehen wollte. Ich lehnte mich vor und fragte mich, ob er sich mittlerweile wohl angewöhnt hatte, nackt zu schlafen.

Meine Finger zuckten. Es wäre ein Leichtes, den Stoff etwas anzuheben und nachzusehen, aber ich hielt mich zurück. Parker stöhnte leise, drehte sich auf den Rücken, wachte allerdings nicht auf. Ich stellte einen der Kaffeebecher ab, kniete mich neben ihn und überlegte, wie ich ihn am besten wecken sollte, ohne dass er einen Herzinfarkt bekam. Mit einer Hand wedelte ich den Kaffeegeruch in seine Richtung, aber er rümpfte nur kurz die Nase.

Ich könnte ihn wach küssen.

»Sicher nicht«, brummelte ich und stellte den zweiten Becher auf den Boden. Ich beugte mich über ihn und biss mir auf die Unterlippe. »Parker?«

»Mh«, kam nur als Antwort.

Ich strich mit einem Finger über seine Wange. Seine Haut fühlte sich wundervoll warm und vertraut an. Als lägen keine elf Jahre Abwesenheit zwischen uns. Ich bewegte mich weiter zu seinem Kinn, fuhr über die Stoppeln dort und arbeitete mich zu seinen

Lippen vor. Ich schluckte trocken. Mein Herz schnürte sich zusammen. Ich sehnte mich nach diesem Mann, und gleichzeitig wollte ich mich so fern wie nur möglich von ihm halten.

Parkers Lider flatterten, er drehte den Kopf in meine Hand und bot mir so mehr von sich. Ich bebte, denn dies sandte einen warmen Schauer von meinen Fingern durch meinen Arm und sammelte sich irgendwo in meiner Körpermitte.

Ich lehnte mich noch ein Stück weiter vor, näher an Parkers Gesicht, und atmete seinen Duft ein. Er benutzte kein aufdringliches Aftershave, was ich sehr zu schätzen wusste, ich mochte den chemischen Geruch von Parfüm nicht sonderlich. Es kribbelte in meinem Nacken, und Hitze staute sich in meiner Mitte. Er war so nah. Alles, was ich jetzt tun musste, war, mich vorzulehnen, um ihn zu …

Auf einmal riss er die Augen auf und stieß einen erschrockenen Schrei aus. Parker fuhr hoch und prallte mit Wucht gegen meinen Schädel. Schmerz schoss durch meine Stirn. Für ein paar Sekunden sah ich nur helle Sterne.

»Autsch!«, schrie ich und plumpste auf meinen Hintern.

»Clay, Himmelherrgott …« Er blickte sich verwirrt um und fasste sich an die Stirn.

»Tut mir leid, ich wollte dich nicht erschrecken.« Ich rieb mir ebenfalls über die Stelle, an der wir aufeinandergeprallt waren.

»Meine Güte«, sagte er, fasste sich ans Herz und atmete ein paarmal tief durch, bis er sich wieder gefangen hatte. »Mach so was bitte nie wieder!«

»Ich hab dich leider nicht wach bekommen.« *Na ja, ich habe es auch nicht wirklich probiert.*

Er stieß die Luft aus und fuhr sich durch die Haare. Dass sich dabei sein Bizeps wölbte, versuchte ich zu ignorieren. »Wenigstens hattest du dieses Mal nicht Maggie dabei.«

»Glaube, das wäre auch nicht mehr so lustig gewesen wie vor ein paar Wochen.«

»Alles klar?« Er deutete auf meinen Kopf, und ich nickte.

Meine Mundwinkel zuckten. Ich hatte keine Ahnung, was ich daran so lustig fand, aber auf einmal musste ich über diese Situation lachen.

Auch Parkers Schnauben wirkte amüsierter. »Mann, das gibt 'ne Beule morgen. Du und dein elender Dickschädel.«

»Das nächste Mal probiere ich es wieder mit einem Kübel kaltem Wasser.«

»Untersteh dich.«

»Das Wasser aus dem Bach hat sich ja bewährt und ... Ah! Parker!«

Auf einmal lag er auf mir. Er hatte sich blitzschnell auf mich geworfen und zu Boden gedrückt. Der Schlafsack war nach unten gerutscht, und ich spürte seine Körperwärme, die mich fast vollständig einhüllte. Parker schlief noch immer nicht nackt, sondern in Boxershorts. Ich keuchte, wand mich kurz unter ihm und spürte, dass er hart war. Sofort hielt ich die Luft an und starrte ihm in die Augen.

Das ist nur 'ne Morgenlatte, sie hat nichts mit mir zu tun.

Doch sie löste ein weiteres heißes Kribbeln in mir aus, das sich an allen Stellen ausdehnte, an denen er mich berührte, und das waren gerade sehr viele. Seine Brust drückte gegen meine, seine Beine hatte er um meine geschlungen, er hielt meine Arme mit den Händen leicht nach oben gedrückt, und sein Gesicht war sehr nahe über mir. So nahe, dass ich jedes Detail seiner schönen blauen Augen wahrnehmen konnte, die früh am Morgen einen Tick dunkler wirkten als sonst. So nahe, dass ich seinen Atem auf meiner Haut spürte, der schnell und abgehackt kam. So nahe, dass ich das Pulsieren seines Herzens spürte, oder vielleicht war das auch nur mein eigenes. Er brummte leise, und auch das setzte sich in meinem Körper fort und brachte selbst die letzten Zellen zum Schwingen. Sein Penis, der gegen meine Mitte drückte, schien noch ein wenig härter zu werden.

»Was machst du hier?«, fragte er rau.

Ich bebte, musste kurz die Augen schließen und mich sammeln, ehe ich ihm antworten konnte. »Ich wollte mich wegen gestern entschuldigen. Als du angerufen hast und ich einfach aufgelegt habe.«

»Mh.« Sein Blick wanderte über mein Gesicht, schien alles genau abzuscannen, bis er bei meinen Lippen hängen blieb. Ich wand mich erneut, gab mir aber nicht sonderlich Mühe, von ihm abzurücken. Ganz im Gegenteil. Ich hätte gerne mehr davon. Mehr Parker, mehr Nähe, mehr … Ich schluckte und zog meine Hände nun doch zurück. Er gab mich sofort frei.

Langsam richtete er sich auf und setzte sich auf den Boden. Er nahm den Schlafsack und legte ihn sich auf den Schoß. Ich räusperte mich und strich mir durch die Haare.

»Hab dir Kaffee mitgebracht.« Rasch deutete ich auf die beiden Becher, als wäre es wichtig, dass er sie wahrnahm.

»Danke.«

Ich nickte und griff mir meinen. Meine Hände brauchten etwas zu tun, und ich musste diese Trockenheit aus meiner Kehle spülen.

»Du hättest auch einfach anrufen können«, sagte er und nahm sich ebenfalls seinen Becher.

»Erstens hab ich deine Nummer nicht mehr, und zweitens dachte ich, dass es so besser ist. Ich … ich hatte gestern nicht viel Zeit, wir hatten einen Notfall in der Klinik, und du hast in einem unpassenden Moment angerufen.«

»Verstehe.« Er atmete aus, als wäre das eine große Erleichterung für ihn.

»Erzähl mir noch mal, was mit den Pferden und Sadie los ist.«

Parker trank einen Schluck und berichtete von seiner Schwester, der Ranch, wo sie vorgehabt hatte, die Pferde auszusuchen, und warum daraus nichts wurde. Ich nickte und trank meinen Kaffee. Meine Haut kribbelte noch immer von Parkers Berührung. Zu gern würde ich mich vorbeugen und ihn wieder so spüren wie eben. Am liebsten würde ich ihm auch dieses letzte Stück Stoff ausziehen und …

»Würdest du dennoch mitkommen?«, fragte er.

»Was?« Vielleicht brauchte eher ich das kalte Wasser.

»Mir ist klar, dass du viel zu tun hast, aber es wäre großartig, wenn ich jemanden dabeihätte, der sich mit Pferden auskennt. Ich habe es Sadie gegenüber zwar nicht zugegeben, aber ich traue mir das nicht wirklich alleine zu. Die Tiere sollen passen. Ich will weder ihnen noch unseren Gästen schaden. Lieber suchen wir länger, als überstürzt welche zu kaufen.«

»Ich …« Mein erster Impuls war es, Nein zu sagen. Ich wollte nicht unhöflich oder abweisend sein, aber ich konnte auch nicht so viel Zeit mit ihm verbringen. Parker wühlte mich zu sehr auf, er brachte meine Seele zu durcheinander, und er war schon jetzt zu tief in mein Leben vorgedrungen. Ich sollte ihn auf Abstand halten und … »Na gut«, hörte ich mich sagen. »Ich habe dieses Wochenende Zeit, wir können rüberfahren und sehen, was dieser Jordan im Angebot hat.«

Verflucht, Clay, was tust du denn da?

Parker stockte, blinzelte, sah mich verwirrt an. »Ich … Du hast eben zugesagt, oder? Mein Schädel brummt noch ein bisschen.«

Ich nickte und schmunzelte. Ein Lächeln breitete sich auf Parkers Lippen aus, und da war wieder dieser glückselige Ausdruck, den er schon gehabt hatte, als ich ihm das Einverständnis der Bürgermeisterin überbracht hatte. Dieses unschuldige Grinsen, das mir durch und durch ging.

»Wir müssen früh los, wenn wir bis nach Norfolk Valley acht Stunden brauchen«, sagte ich und stand auf. Ich musste hier raus.

»Wollen wir schon Freitagabend fahren?«

»Da hab ich Bereitschaft, lass uns am Samstag in der Früh starten. Ich weck dich auch wieder, wenn du magst.«

Er kniff die Augen zusammen. »Ich stelle mir einen Wecker, danke. Und wir nehmen mein Auto. Auf keinen Fall quälen wir Jackson mit einer achtstündigen Fahrt.«

»Das würde er wohl wirklich nicht durchhalten.«

»Ich hol dich ab. Sag mir einfach, wo du wohnst, und wenn du mir deine Nummer geben könntest, wäre das großartig.«

Ich zögerte. Noch war ich nicht bereit dafür, dass Parker sah, wie ich hauste. Ich schämte mich zwar nicht für Gustav, aber es war mein ganz privater Rückzugsort. Dort hatte niemand Zutritt, dem ich nicht vertraute.

»Wir treffen uns wieder hier, das ist einfacher, dann können wir gleich auf die Bundesstraße.« Ich zückte mein Handy und reichte es Parker, damit er seine Nummer eintippen konnte. Er tat es sofort und gab es mir zurück, ohne sich selbst anzurufen. Er wollte mir die Entscheidung überlassen, wann ich ihm meine Nummer gab.

Ich steckte das Gerät ohne ein weiteres Wort ein und lief zur Tür. »Dann sehen wir uns wohl übermorgen.«

»Ich freu mich.«

Ich nickte nur, prostete ihm mit dem Kaffee zu und trat hinaus. Hinter mir raschelte es. Anscheinend ließ sich Parker zurück auf seinen Schlafsack fallen. Er seufzte.

Ich biss mir auf die Lippen und schüttelte den Kopf. In meinen Fingern kribbelte es schon wieder, aber ich lief schnurstracks weiter und bemühte mich, von Golden Hill und vor allem Parker wegzukommen.

Wie sollte ich eine achtstündige Fahrt mit ihm nur überleben?

14.

Heute

Parker

Eine achtstündige Fahrt mit Clay.

Entweder würde sie mich die ganze Zeit über anschweigen oder sich mir gegenüber wieder etwas öffnen, wie sie es beim Picknick getan hatte. Mit dieser Frau war alles möglich, und genau das machte es so unglaublich aufregend. In mir prickelte es, seit ich vor einer halben Stunde aufgestanden war und mich fertig gemacht hatte. Die nächsten Stunden mit Clay zu verbringen erfüllte mich mit gespannter Vorfreude.

Ich trat nach draußen und lief zu meinem Range Rover. Es war erst kurz vor sechs. Die Sonne war aber bereits aufgegangen und wanderte gemächlich nach oben. Die Luft war angenehm frisch, und es stand ein leichter Frühnebel auf den Wiesen. Ich blieb stehen und sog diesen Anblick in mich auf.

Golden Hill war atemberaubend schön, still und friedlich. Die Vögel zwitscherten, der Wind rauschte leise in den Bäumen, die Luft duftete nach frischem Gras und einem friedvollen Morgen. Ich blickte über die Baustelle. Rechts von mir parkte der Bagger, daneben stand eine Rüttelmaschine, weiter vorne ein Betonmischgerät und der Baucontainer, der schon wieder voll mit Schutt war.

Dieser Teil von Golden Hill wirkte alles andere als idyllisch, aber das würde schon noch werden.

Die Worte dieser Lisette aus dem Laden kamen mir wieder in den Sinn. Dass Grandpa sich im Grabe umdrehen würde, wenn er das hier sehen könnte. Vielleicht sollte ich doch mit Granny darüber sprechen? Würde sie mir sagen, wenn sie Zweifel an meinen Plänen hegte? Bisher hatte sie sehr begeistert gewirkt, aber möglicherweise hatte sie das nur so gesagt, um endlich aus dem Altersheim herauszukommen, das sie so sehr hasste.

Ich hörte ein Stottern und Krachen und drehte mich um. Clay fuhr den Weg zur Ranch hoch. Eine Rauchwolke stieg aus dem Auspuff, der Wagen heulte kurz auf, aber er schaffte den Weg noch zu mir und kam neben meinem Rover zum Stehen.

»Tut mir leid, dass ich zu spät bin. Jackson ist nicht angesprungen«, sagte Clay und stieg aus. Sie machte sich nicht die Mühe abzuschließen oder das Fenster hochzukurbeln, schnappte einfach ihre Tasche und trat zu mir.

»Ich glaube, der alte Junge will in den Ruhestand. Quäl ihn nicht weiter.«

»Ja.« Sie sah zu ihrem Auto und verzog das Gesicht, als müsste sie sich von einem geliebten Menschen trennen, nicht von einem Blechteil auf vier Rädern. »Mal sehen.«

Ich öffnete den Kofferraum meines Wagens, damit Clay ihre Reisetasche und den Arztkoffer unterbringen konnte. Sie hatte mir bereits gesagt, dass sie ihre Ausrüstung mitnehmen würde, weil sie die Pferde gleich durchchecken wollte, die in die engere Wahl fielen.

»Hab leider kein Frühstück mehr besorgen können, sonst wäre es noch später geworden«, sagte sie und ging auf die andere Seite.

»Wir holen einfach unterwegs was.« Noch hatte ich keinen Hunger, aber der würde sicher bald kommen. Ich stieg auf der Fahrerseite ein und schloss die Tür hinter mir. »Oder willst du fahren?«

»Nein, ich bin ziemlich müde. Wir hatten heute früh um zwei noch einen Notfall. Ms. Rosenbergs Pudel hatte Ohrenschmerzen.«

»Dein Job klingt anstrengend.«

»Das ist er auch, aber er macht auch echt Spaß. Es ist schön, Tieren helfen zu können.«

Ich startete den Wagen, lächelte in mich hinein und rollte rückwärts aus dem Parkplatz.

»Wie kommst du denn hier voran?«, fragte sie und deutete auf Golden Hill, während ich wendete.

»Ganz okay. Leo muss als Erstes am Montag zu Stew in den Laden, um ein Messgerät zu holen, auf das wir dringend warten. Es kam schon vor ein paar Tagen, aber Stew will es mir nicht aushändigen.«

»Warum denn nicht?«

»Schikane? Keine Ahnung.«

»Dir weht noch immer ein heftiger Wind entgegen, oder?«

»Ja, und ich habe nicht das Gefühl, dass er sich legt.«

»Wie kommst du damit klar?«

»Es kratzt schon sehr an mir, das muss ich zugeben.«

»Ich schätze, du kannst es wirklich nur aussitzen. So schwer es auch ist.«

»Ich versuche es.«

Clay nickte nachdenklich, streifte die Schuhe ab und stellte ihre Füße auf das Armaturenbrett.

»Du darfst gerne Musik aussuchen«, sagte ich.

»Sicher?« Ihre Frage klang eher drohend.

»Ja. Warum? Stehst du mittlerweile auf Heavy Metal?« Ich sah zu ihr hinüber, aber sie grinste nur diabolisch, als wäre das die Gelegenheit, mir all den Schmerz heimzuzahlen, den ich ihr verursacht hatte.

»Ab jetzt bist du mir so was von ausgeliefert, Parker.« Sie nahm ihr Handy, koppelte es mit meiner Musikanlage und tippte auf dem Display herum. Ich umklammerte das Lenkrad fester und überlegte mir, was für Musik Clay heutzutage wohl hörte. Sie gab einen leisen Laut von sich, als sie fand, wonach sie suchte, und erhöhte vorab die Lautstärke.

Die ersten Töne erklangen, und ich stöhnte innerlich auf. *War das etwa ...* »Céline Dion?«

»Every Night ...«, fingen die Lyrics an, und Clay stimmte in den Gesang mit ein.

Bei einer Frau wie Clay hätte ich mit vielem gerechnet, aber mit einer Liebesschnulze, die nur so vor Gefühlskitsch triefte?

Clay hielt eine Hand aufs Herz, warf den Kopf in den Nacken und sang lauter.

Das war wirklich ihr Ernst, oder?

Das Lied erreichte seinen Höhepunkt, und Clay legte sich voll rein. Ich schüttelte den Kopf. Jetzt sang sie absichtlich schief, sodass ihre Interpretation eher dem Geheule eines Wolfes ähnelte. Ich biss mir auf die Unterlippe, bis mich der Schmerz leicht von dem Gegröle ablenkte.

Die letzten Töne verklangen, und Clay hielt sich noch mal theatralisch die Hand aufs Herz. Als der Song endlich vorüber war, seufzte sie zufrieden.

»Das schockiert mich gerade etwas«, sagte ich.

»Tja, du kennst mich wohl doch nicht so gut, wie du meinst.«

»Offensichtlich.«

»Warte, als Nächstes kommt eins meiner Lieblingslieder«, sagte sie und rutschte im Sitz nach vorne. Jetzt erklangen die ersten Töne von *I Will Always Love You*. Clay klatschte in die Hände und stimmte sich auf Whitney ein.

Das überleb ich nicht. Bis wir bei Jordan ankämen, wäre ich vermutlich übergeschnappt.

»Das ist die Rache, oder?«, rief ich über Clays Gesang hinweg.

»Mh?«

»Für alles, was ich getan habe.«

»Vielleicht.« Sie setzte im Refrain wieder ein.

Ich stöhnte, rieb mir über die Stirn und gab mich meinem Schicksal hin. Vermutlich hatte ich es verdient. Es war schließlich meine Idee gewesen, sie auf diesen Roadtrip mitzunehmen.

Clay lachte und versuchte, den hohen Ton am Ende des Songs zu treffen. Natürlich vergeblich.

»Bereit für mehr?«, fragte sie mit einem teuflischen Grinsen.

»Nein.«

Time of my Life aus »Dirty Dancing« erklang.

»Ich werf mich gleich aus dem Auto!«, rief ich über den Lärm hinweg, aber sie lachte vor Freude.

»Sag bloß, du stehst nicht auf Patrick Swayze?« Sie grölte wieder mit und warf die Hände in die Luft.

Ich stöhnte und schüttelte den Kopf. »Hätten wir 'ne Wassermelone kaufen sollen?«

»Was?«

Ich hob eine Augenbraue. »Ha! Du hast den Film gar nicht gesehen!«

»Natürlich nicht, du etwa?«

»Sadie hat mich gezwungen, als sie frisch aus der Therapie kam und weil ich ihr da keinen Wunsch abschlagen konnte ...«

Clay drehte die Lautstärke runter, das Lied war eh am Ende angekommen. Zu meiner Erleichterung startete als Nächstes *The Passenger* von Iggy Pop. Das war deutlich mehr nach meinem Geschmack. Ich sah sie fragend an.

»Du hast Glück«, sagte sie. »Ich brauch 'ne Pause. Es ist zu früh am Tag, um so viel rumzugrölen.«

Ich rutschte im Sitz nach hinten. Clay lachte und schien sich köstlich über mich zu amüsieren.

»Du hättest dir das wirklich acht Stunden lang mit mir angehört, oder?«

»Klar, ich sagte ja, dass du die Musik auswählen darfst. Außerdem war deine Wahl mit dem Titanic-Song nicht ganz so weit hergeholt.«

Sie zuckte zusammen, zog die Beine dichter an sich heran und sah wieder zum Fenster hinaus. Ob sie gerade an diesen einen Abend dachte? Als sie Jackson frisch gekauft hatte und mit mir eine Spritztour machen wollte. Wir waren zum Blackbone Point gefahren und hatten viel geredet. Dieser eine Abend hatte so viel für uns verändert.

15.

Vor elf Jahren

Clayanne

Ich parkte Jackson auf einer weitläufigen Plattform, die rechts von einer Felswand eingerahmt wurde und links im Abgrund mündete. Die Baumgrenze lag weit unter uns, und so hatten wir einen großartigen Blick über die rauen Bergformationen der Rockies. Die Sonne senkte sich gerade über die Welt und legte einen rot-orangefarbenen Teppich aus. Die ersten Sterne standen bereits am Himmel, heute würde es eine wundervolle klare Nacht werden. Perfekt, um hier oben zu sein. Es war eine recht spontane Idee gewesen, Parker mit auf einen Ausflug zu nehmen. Seit ein paar Tagen war ich stolze Besitzerin dieses Pick-ups, und Parker war der Erste, der mir für eine Spritztour eingefallen war. Also hatte ich ihn auf Golden Hill abgeholt und war mit ihm einfach losgefahren. Seit unserem Ausflug zum Wasserfall waren zwei Wochen vergangen, und irgendetwas hatte sich zwischen uns verändert. Ich konnte nicht genau greifen, was es war, aber in Parker schien sich etwas gelöst zu haben, genau wie in mir. Wir gingen auf einmal natürlicher miteinander um, ich hatte nicht ständig den Drang, ihn zu ermahnen oder zu verbessern, und er schien sich mehr Mühe bei der Rancharbeit zu geben. Zwar maulte er noch immer, wenn es ihm zu anstrengend wurde, aber alles in allem riss er sich zusammen. Parker war nun seit acht Wochen in Boulder Creek. Was recht rau und ruppig angefangen hatte, entwickelte sich langsam zu etwas Friedvollem.

»Wow«, sagte Parker und schnallte sich ab.

»Willkommen am Blackbone Point. Einer der wenigen Aussichtsplätze, an den keine Touris kommen.«

»Wundert mich nicht, das liegt ziemlich versteckt.«

Ich nickte und stieg aus. Die Luft war hier oben kühler als bei uns in Boulder Creek, aber ich liebte diese ganz besondere Mischung aus Gestein, Freiheit und Abenteuer. Hier oben hörte man nichts von der Welt, außer dem Rauschen des Windes und dem gelegentlichen Ruf eines Adlers.

Parker folgte mir und trat neben mich.

»Da drüben irgendwo ist der Yellowstone Park«, sagte ich und zeigte nach rechts. »Boulder Creek liegt in der Richtung, und weiter links ist das Wild River Indian Reservat.«

Er nickte und folgte meinem Finger mit dem Blick. »Der Wahnsinn«, sagte er und atmete tief ein.

»Freut mich, wenn es dir gefällt.«

»Sehr sogar.«

Er blickte mich an, und seine blauen Augen wirkten in diesem Licht viel dunkler. In meinem Magen kribbelte es. Ich versuchte, es zu ignorieren, aber Parker hatte schon seit einigen Tagen diesen Effekt auf mich. Auf einmal wurde mir warm, wenn er in meine Nähe kam, und ich ertappte mich dabei, wie ich öfter in den Spiegel sah, um mein Outfit und meine Haare zu checken, ehe ich zu ihm fuhr. Mein Bruder zog mich schon ständig damit auf und warnte mich, dass dieser Typ aus der Stadt den Aufwand gar nicht wert sei. Ich ignorierte sein Gerede – was wusste Ryan schon?

Ich schluckte, fuhr mir durch die Haare, aber meine Finger blieben in einer meiner verknoteten Strähnen hängen. Meine Haare waren eine einzige Katastrophe. Sie verfilzten superschnell, wenn ich nicht aufpasste. Parker grinste, befreite meinen Finger und schob die verirrte Strähne hinter mein Ohr.

»Ich sollte sie abschneiden, dann hätte ich Ruhe«, sagte ich.

»Oder du brütest doch Eier darin aus.«

Ich gab ihm einen Klaps gegen die Brust, aber er lachte nur. Mir wurde ein wenig schwindelig, als hätte ich zu viel frische Luft auf einmal eingeatmet.

Hör auf damit, Clay.

»Komm«, sagte ich.

»Wir können gerne noch hierbleiben, sind ja eben erst angekommen.«

»Das mein ich nicht.« Ich lief zu meinem Auto, öffnete die Heckklappe und deutete auf die Ladefläche. Parker verstand und kletterte hinauf, während ich eine Decke von der Rückbank holte. Ich warf sie Parker zu, der sie auf dem Blech ausbreitete. Ich kraxelte ebenfalls hoch und setzte mich zu ihm.

»Sehr cool«, sagte er und ließ sich nach hinten fallen, um in den Himmel schauen zu können.

Wir rückten beide dicht aneinander und sahen hoch in die Sterne, die auf dem langsam dunkler werdenden Nachthimmel erstrahlten.

»Schau dir das an«, sagte Parker und deutete auf einen grauweißen Streifen, der wie ein dickes Wolkenband aussah. »Das ist die Milchstraße, oder?«

»Ja, genau.«

»Es ist unglaublich«, flüsterte er.

Ich lächelte und versuchte, weiter die Wärme zu ignorieren, aber sie klopfte beharrlich an meinem Herzen an.

Für eine gefühlte Ewigkeit lagen wir einfach so da und sahen in den Himmel. Parkers Nähe kroch mir von Minute zu Minute mehr über die Haut. Es war, als würde uns ein Mantel einhüllen, unter den wir uns für immer verkriechen konnten. Ich drehte den Kopf ein Stück und musterte ihn von der Seite. Er hatte ein schönes

Profil mit einer geraden Nase und einem kantigen Kinn. Parker lächelte leicht, weil er wohl merkte, dass ich ihn beobachtete. Ich bekam Gänsehaut.

»Wird dir kalt?«, fragte er sofort.

»Ein bisschen, aber es geht schon.« Ich hatte noch einen Pulli im Wagen, aber ich war zu faul, jetzt aufzustehen. Parker hob einen Arm und zog mich an sich. Ich versteifte mich und wusste im ersten Moment gar nicht, wie ich reagieren sollte.

»Besser?«, fragte er und drückte mich an sich.

»Mh«, machte ich nur, weil ich nicht mehr über die Lippen bekam. So nah war ich ihm noch nie gewesen.

Parkers Hand ruhte auf meinem Oberarm, genau an der Stelle, wo mein Ärmel aufhörte. Er fuhr kleine Kreise auf dem Übergang von Stoff zu Haut, was mein inneres Erschaudern nur verstärkte.

»In vier Wochen kann ich so was nicht mehr erleben«, sagte er leise. »Dann bin ich wieder zu Hause.«

»Ich war noch nie in Denver«, sagte ich.

»Du solltest mal hinfahren. Unsere Natur ist nicht ganz so wild wie hier, aber wir können schon einiges bieten. Wir haben ein paar schöne Museen.«

»Als ob du in ein Museum gehen würdest.«

»Ständig! Meine liebste Sehenswürdigkeit ist das Haus von Molly Brown, der letzten Überlebenden von der Titanic.«

»Hör auf, mich zu verarschen! Gleich erzählst du mir noch, dass du den Film in- und auswendig kennst.«

»Ich fand es echt tragisch, als das Schiff gesunken ist.«

»Und Jacob ertrunken ist.«

»Ja, genau.«

Ich kniff ihn in die Seite, was er mit einem empörten Laut quittierte. »Du hast überhaupt keine Ahnung! Der hieß Jack!«

»Jacob, Jack, das ist doch alles das Gleiche. Er ist tot. Das war schlimm.«

Ich schüttelte den Kopf und schmiegte mich wieder an Parkers Seite.

»Wir haben aber auch viele schöne Parks in Denver. Das Amphitheater ist ganz nett.«

»Ich hab Yellowstone vor der Tür, hallo?«

»Ey, gib mir 'ne Chance, ich versuche, dir gerade Denver schmackhaft zu machen. Auch wir haben unsere Vorzüge.«

Einer lag neben mir und hielt mich fest. Ich schluckte bei dem Gedanken, und in mir gingen sämtliche Alarmglocken an.

»Du bist bestimmt froh, wenn du wieder daheim bist«, sagte ich leise. »Endlich wieder mehr Action.«

Er versteifte sich und presste die Lippen aufeinander.

»Nicht?«, hakte ich nach.

Lange hielt er die Luft an. Ich glaubte schon fast, ihn rütteln zu müssen, damit er wieder atmete. Aber schließlich sprach er weiter.

»Dieser eine Morgen, als du mich mit Wasser übergossen und mir gesagt hast, ich solle mich nicht ständig selbst bemitleiden.«

»Das war hart, das geb ich zu.«

»Ich hab das in dem Moment gebraucht. Es hat ... es hat geholfen.«

»Vielleicht hätte ich sensibler sein sollen. Ich ... ich kann nicht so gut mit Worten umgehen, fürchte ich.«

»Doch, du redest Klartext, das mag ich.«

Da war Parker eine Ausnahme. In der Schule eckte ich mit dieser Art meistens an.

»Danach hab ich auch viel mit Grandpa gesprochen. Wir haben über meinen Aussetzer in Stews Laden geredet, und er hat mich gefragt, wie er mir helfen kann. Das ... das hat mich noch nie jemand gefragt, weißt du? Bisher wurde ich für meine Taten nur angebrüllt, aber keiner hat sich je darum geschert, was ich eigentlich brauche.«

»Hast du ihm eine Antwort geben können? Was hilft dir denn?«

»Das alles hier.« Er zeigte auf den Himmel und um sich herum. »Ich weiß nicht, was es an diesem Ort ist, aber er hat sich langsam in mein Herz geschlichen. Genau wie einige seiner Bewohner.«

Ich schluckte und rutschte an seiner Seite etwas hin und her.

»In Denver ist es ... Ich bin nicht ...« Parker stöhnte und verlagerte sein Gewicht. Seine Muskeln fühlten sich auf einmal bretthart an, und er hatte auch aufgehört, diese angenehmen Kreise auf meinen Oberarm zu zeichnen. »Bei mir zu Hause ist es nicht schön. Seit Jahren schon nicht mehr. Meine Eltern streiten fast den ganzen Tag und ziehen meine kleine Schwester und mich mit rein.«

»Das stell ich mir heftig vor.«

»Es ist ein einziges Chaos. An dem Tag, als ich den Whiskey bei Stew geklaut habe, hat mir Dad Fotos von meinem neuen Büro in seiner Firma geschickt. Er hat mir stolz präsentiert, wo ich künftig arbeiten werde und dass ich gleich nach den Ferien anfangen kann. Ich soll nach der Schule am Nachmittag da aushelfen.«

»Aber das ... das klingt doch toll, oder nicht? Du brauchst dich schon mal nicht um einen Job zu kümmern.«

»Es wird die Hölle.«

»Warum? Was genau macht dein Vater denn?«

»Er leitet die KVPE Astra in Denver. Wir bauen Solarpanels.«

»Wow.«

»Klingt spannender, als es ist, glaub mir. Die Firma ist superkonservativ. Frauen werden nur als Assistentinnen angestellt und dürfen Kaffee servieren. Im Vorstand sitzen lauter Kumpels von ihm, mit denen er am Wochenende Golf spielt. Dad selbst ist der Leiter der ganzen Show und hält sich für den Größten. Dabei rennt er nur von einem Meeting zum nächsten, hält stundenlange Telefonkonferenzen ab, tippt irgendwelchen Kram in seinen Rechner und denkt nur an Gewinn, Prestige und Prozessoptimierungen. Von mir erwartet er, dass ich die Firma irgendwann übernehme und *seine Werte weitertrage*.« Bei den letzten Worten sprach er betont tief, als wollte er seinen Vater imitieren. »Ich hasse einfach alles an dieser Vorstellung.«

»Du könntest alles umkrempeln und die Firma moderner gestalten.«

»Aber erst, wenn mein Vater tot umfällt, das würde er vorher nie zulassen. Noch ist er topfit.«

Ich verlagerte mein Gewicht, weil mein rechter Arm, auf dem ich halb lag, ein wenig taub wurde. »Das klingt wirklich sehr … speziell. Du musst da raus.«

»Wem sagst du das.«

»Ich weiß allerdings nicht, ob es dir hilft, wenn du Whiskey klaust und hier randalierst.«

Er zuckte mit den Schultern. »Ich … ich wollte mich in dem Moment einfach mit irgendwas betäuben. Mir ist schon klar, dass das dämlich war, aber wann immer ich mit meiner Zukunft konfrontiert werde, kann ich nicht mehr klar denken. Es ist, als würde da ein großes schwarzes Loch auf mich warten, das mich einfach einsaugt.«

»Wenn es dir derart zuwider ist, lass es. Rede mit deinen Eltern und such dir einen anderen Job nach der Highschool.«

»Das geht auch nicht.«

»Warum nicht? Du bist ihnen doch zu nichts verpflichtet.«

Er brummte. »Es ist kompliziert. Seit ich denken kann, redet mein Dad davon, dass ich mal die Firma leiten soll. Ich habe schon oft versucht zu sagen, dass ich vielleicht lieber was anderes machen möchte. Dad flippt dann total aus und beschimpft mich als undankbar. Na ja, und vielleicht hat er damit ja auch recht. Ich bin ein richtiger Loser. Ich bau nur Mist, ob in Denver oder hier in Boulder Creek. Ich habe keinen Plan, was ich mit meiner Zukunft anstellen möchte, und schlage die einzige Chance auf einen guten Job aus, einfach weil ich keinen Bock habe, für meinen Vater zu arbeiten.«

»Du bist siebzehn, du musst dich jetzt noch nicht entscheiden. Und ich bin mir sicher, dass du dir auch ohne deinen Vater etwas aufbauen kannst.«

Parker lachte bitter. »Wenn es nur so leicht wäre.«

»Das ist es doch aber auch.« Ich stützte mich auf dem Ellbogen ab, damit ich ihn besser ansehen konnte. Parker mied meinen Blick und sah weiter in die Sterne.

»Ich hab noch ein Jahr Highschool vor mir, ich muss zurück nach Denver und meinem Vater gegenübertreten.«

»Mach doch die Schule hier fertig.«

»Was?«

Ich stockte, weil ich erst sortieren musste, was da eben aus meinem Mund gekommen war. »Ich ... na ja ... Vielleicht könntest du auch hierbleiben? Unsere Highschool ist nicht so hip und bestimmt auch nicht so groß wie in Denver, aber sie ist okay. Es werden doch immer mal wieder Schüler versetzt, und bald beginnt das neue Schuljahr ...«

»Und wo soll ich wohnen?«

»Bei deinen Großeltern natürlich. Du kannst deinem Grandpa weiter bei der Rancharbeit helfen. Er ist gesundheitlich sowieso nicht mehr fit, er würde sich bestimmt freuen.«

»Ich ... Keine Ahnung. Abgesehen davon weiß ich doch gar nicht, ob meine Großeltern das wirklich wollen.«

»Das ist ganz leicht herauszufinden.«

Parker brummte leise. Der Finger, der auf meinem Arm ruhte, drückte fester zu. Ich richtete mich etwas auf und legte eine Hand auf seine Brust. Sein Herz raste wie wild.

»Ich ... die Vorstellung würde mir schon gefallen.« Er drehte den Kopf zu mir, sodass wir uns direkt ansehen konnten. Parkers Atem strich über meine Haut und löste einen wohligen Schauer in mir aus. Ich schloss die Augen, aber ich sah trotzdem weiter sein Gesicht vor mir.

So war es für mich noch nie mit einem Jungen gewesen. Sven aus meiner Klasse hatte letztes Jahr versucht, mich zu küssen. Er hatte mich im Flur der Schule überrascht, mich in eine Ecke gezerrt und sich an mich gedrängt. Sven war wohl der Meinung, dass das Waldmädchen nur mal einen richtigen Kerl brauche. Ich hatte ihm gezeigt, wie gut ich zutreten konnte und seine Eier für ein paar Tage ruhiggestellt. Danach hatte er mich nicht mehr angefasst, aber überall rumerzählt, dass ich total durchgeknallt sei.

Gegen Parker würde ich mich nicht wehren. Das wurde mir in diesem Moment klar. Ich würde ihn küssen. Ich *wollte* ihn küssen.

Auch er hielt still. Als ich meine Augen wieder öffnete, sah ich, wie er mein Gesicht musterte, als könnte er dort alle Antworten auf die Fragen finden, die ihn so quälten. Ich presste die Lippen aufeinander, nur um kurz darauf drüberzulecken. Parker folgte der Bewegung und gab einen leisen brummenden Laut von sich. Das Geräusch ging mir durch und durch. Es kribbelte in meinem Nacken und setzte sich mein Rückgrat hinunter fort.

Was machte Parker nur mit mir? Warum fühlte ich mich so? Wie konnte ich das aufhalten?

Er hob eine Hand, legte sie ganz sanft hinter mein Ohr und verstärkte so das Kribbeln in meinem Körper.

Gar nicht. Ich konnte es gar nicht aufhalten.

Parker zog mich zu sich hinunter, und dann berührten sich unsere Lippen. Ich hielt die Luft an, ballte eine Hand zur Faust und ließ sie wieder locker. Parker saugte zaghaft an meiner Unterlippe und sandte damit einen Stromstoß nach dem anderen durch mich hindurch. Ich stöhnte auf, drückte meine Hand fester auf seine Brust. Sein Herzschlag hatte sich noch mal beschleunigt und hämmerte nun regelrecht gegen meine Fingerspitzen. Ich hatte keine Ahnung, was ich zu tun hatte, aber ich würde mich auf ihn einlassen. Er küsste mich erneut, drängte sanft meine Lippen auseinander und glitt vorsichtig mit der Zunge gegen meine Zähne. Ich öffnete meinen Mund für ihn, und dann tauchte er tiefer in mich. Es war komisch. Schön. Verwirrend. Betörend. Mir wurde heiß zwischen den Beinen. Parker keuchte leise. Die Hand, die eben noch auf meinem Arm lag, wanderte tiefer an meine Hüfte. Er strich sanft darüber, zog mich enger an sich, sodass ich die wachsende Beule in seiner Hose spüren konnte. Ich küsste ihn intensiver, versuchte, ihm zu zeigen, was ich von ihm wollte.

Mein erster richtiger Kuss.

Mir wurde leicht schwindelig. Parker auf diese Art zu spüren war ungewohnt, aber auch unglaublich schön. Mein Herz öffnete sich für ihn, zum ersten Mal überhaupt, sodass es sich in mir anfühlte, als müsste ich gleich platzen.

Parker küsste mich innig, während seine Finger über meinem Shirt an meiner Leiste entlangstrichen. Ich hatte keine Ahnung, was er von mir erwartete, ob er überhaupt damit rechnete, dass das hier weitergehen könnte. Ich zog ihn enger auf meinen Mund, legte ein Bein über seins und verwob mich mehr mit ihm. Er stöhnte und rollte sich halb auf mich. Seine Nähe machte mich benommen. Seine Finger brannten auf meiner Haut, obwohl noch Stoff zwischen uns war.

»Clay«, keuchte er, als er sich kurz von meinem Mund löste.

Meine Lippen fühlten sich geschwollen an, in meiner Mitte pochte dumpf die Erregung nach. Ich zog ihn wieder auf meinen Mund, und er ließ sich voll darauf ein. Jetzt wurde er mutiger, schob mit den Fingern den Saum meines Shirts ein Stück nach oben und strich über meinen nackten Bauch. Ich hielt die Luft an, weil es mir auf einmal doch zu viel wurde. Parker stoppte sofort und löste sich von mir.

»Zu schnell?«

»Ich glaube schon.« Allerdings konnte ich auch nicht aufhören.

Fragend sah er mich an und überließ mir die Entscheidung, wie es weiterging.

Küssen war eine gute Idee. Davon könnte ich mehr gebrauchen. Ich zog ihn wieder auf meinen Mund und verlor mich ein weiteres Mal in ihm. Die kühle Abendluft strich über meine Haut, ließ mich frösteln, während Parkers Nähe gleichzeitig dafür sorgte, dass mir glühend heiß wurde. Ich mochte noch nicht so weit sein, um mit ihm zu schlafen, aber das hier öffnete eine Tür, die vorher nicht da gewesen war.

Und Parker ging mit Freuden hindurch.

Heute

Seit Parker die Sache mit der Titanic erwähnt hatte, ging mir dieser eine Abend am Blackbone Point nicht mehr aus dem Kopf. Ich hatte versucht, diese Erinnerung zu verdrängen, aber sie kam ständig hoch, winkte mir zu und hielt mir vor Augen, wie prickelnd und aufregend es damals gewesen war. Da ich aber nicht ständig darüber nachdenken wollte, machte ich das, was ich in solchen Situationen immer tat: Ich versuchte, mich abzulenken.

Im Moment wippte ich zu *The Gunslinger* mit und biss in mein Sandwich, das wir eben bei einem Drive-in besorgt hatten. Die ersten zwei Stunden Fahrt hatten wir bereits hinter uns gebracht. Langsam verließen wir die Berge Montanas und tauchten in die karge Steppe Nevadas ein. Ich liebte diese Strecke, weil man so weit über das Land blicken konnte und die Welt endlos schien. Da es fast nur geradeaus ging, hatte Parker den Tempomat eingeschaltet und brauchte eigentlich nur das Steuer locker festzuhalten. Sein Kopf bewegte sich ebenfalls im Takt, während Shooter Jennings davon sang, dass Fremde keine Ahnung davon hatten, dass er in Wahrheit ein Revolverheld war.

So fühlte ich mich auch oft in meinem Leben. Nicht als Revolverheld, sondern so, als würde mich niemand wirklich kennen. Außer Ryan und Javier vielleicht, aber alle anderen sperrte ich geschickt aus.

Ich spähte zu Parker. Es gab mal eine Zeit, in der ich ihm wirklich vertraut hatte. Ich hatte geglaubt, er würde mich auffangen, sollte ich fallen.

Er bemerkte, wie ich ihn musterte, und sah zu mir herüber. »Alles klar? Willst du wieder zu Pop wechseln?«

»Nein, alles gut.« Die etwas härteren Töne waren genau das, was ich gerade brauchte.

»Du kannst auch schlafen, wenn du magst.«

Ich nickte und aß mein Sandwich weiter. Richtig müde war ich leider auch nicht. Die Nacht war zwar kurz gewesen und die Autofahrt unspektakulär, aber Parkers Nähe gepaart mit alten Erinnerungen wühlten mich noch zu sehr auf.

Sein Handy, das er am Armaturenbrett befestigt hatte, leuchtete auf, und ich erkannte Sadies Namen auf dem Display. Sie hatte ihm eine Nachricht geschickt.

»Wie geht es ihr eigentlich?«, fragte ich und deutete mit einem Kopfnicken auf das Handy.

»Sie hat den Schub im Griff, muss aber dennoch aufpassen.« Parker entriegelte den Bildschirm, überflog die Nachricht, antwortete aber nicht.

»Klingt wirklich zermürbend.«

»Meistens geht es ihr gut, aber die letzten Wochen waren aufregend. Sobald sie ihre Gewohnheiten bricht und nicht mehr zu ihren Übungen kommt, kann es passieren, dass ihr Körper auf diese Art reagiert. Im Alltag behindert es sie aber zum Glück selten.«

Ich nickte und fegte einen Krümel von meiner Hose.

»Es ist übrigens okay«, sagte Parker.

»Mh?«

»Du kannst gerne fragen, was auch immer du über sie wissen willst. Ich merke doch, dass es dich interessiert.«

»Ich …« Das stimmte. Ich hatte bislang nur nicht die richtigen Worte gefunden. Nun holte ich tief Luft. »Also gut. Was … Wie kam es zu dem Unfall?«

»Es passierte kurz nachdem Granny bei uns angerufen hat, um uns zu sagen, dass es Grandpa schlechter ging. Ich erinnere mich genau an den Tag. Es war der 5. Dezember, es hat zum ersten Mal geschneit und war arschkalt. Mom hat Sadie und mich von der Schule abgeholt, weil sie uns noch mit zum Einkaufen schleppen wollte. Ich hatte natürlich überhaupt keinen Bock drauf, aber ich musste mit, weil Mom jemanden zum Tragen brauchte. Sadie und ich hatten früher die Regel, dass wir uns abwechselten, wer vorne im Auto sitzen durfte. Eigentlich war sie dran, aber ich sah es nicht ein, hinten zu sitzen. Ich war fast achtzehn und viel zu cool dafür.«

»Natürlich warst du das.«

Er schmunzelte, aber die Traurigkeit war ihm anzusehen. »Ich war unausstehlich an jenem Tag. Das mit Grandpa saß mir in den Knochen, das mit … mit uns auch und ich … keine Ahnung. Ich bin wohl wieder in meine alten Muster gefallen. So von wegen dichtmachen und mich abschotten.«

Ich schloss die Augen und fragte mich, ob es wirklich klug gewesen war, Parker danach zu fragen, denn in mir kochte schon wieder der alte Schmerz hoch.

»Wie dem auch sei, ich hab mich einfach nach vorne gesetzt, und Sadie musste nach hinten. Sie hat die ganze Zeit über geschimpft. So ein richtig bockiger Teenie.«

»Ich kann es mir vorstellen.«

»Mich hat das nicht gekümmert, ich hab einfach auf Durchzug gestellt. An einer Ampel hat sie sich abgeschnallt und sich zu mir vorgebeugt. Als das Signal auf Grün sprang und Mom losfuhr, kam ein Lieferwagen von der Seite und hat uns voll gerammt. Die Straße war glatt, er konnte nicht mehr rechtzeitig bremsen. Wir wurden gegen ein anderes Auto gedrückt, und Sadie wurde regelrecht auf der Rückbank hin und her geschleudert. Sie prallte hart mit dem Rücken auf, und ihr Bein wurde eingeklemmt. Sie mussten sie später aus dem Wagen schneiden.«

»Mein Gott. Sie hatte unglaublich Glück, dass sie das überlebt hat.«

»Und wie! Danach ging es drunter und drüber. Sadie wurde sofort ins nächste Krankenhaus gebracht und operiert. Die Verletzungen am Bein und am Rücken waren verheerend. Die folgenden Wochen im Krankenhaus saß ich die ganze Zeit über an ihrem Bett und hab auf sie aufgepasst. Ich hab mich so elendig gefühlt. Hätte ich nicht darauf bestanden, vorne zu sitzen, wäre ihr vermutlich nicht so viel passiert.«

»Dann wärst du eingeklemmt worden.«

»Oder auch nicht, weil ich mich nicht losgeschnallt hätte.«

»Das kannst du nicht wissen.«

»Nein, aber das macht es nicht besser. Ich ... ich fühle mich verantwortlich, und ich mache mir bis heute oft Sorgen um sie.«

»Würde mir bei meinem Bruder genauso gehen.«

»Danach wurde in unserer Familie alles anders. Mom und Dad haben endlich ihren Rosenkrieg sein lassen. Sie kümmerten sich rund um die Uhr um Sadie und lenkten all ihre Energie auf sie. Wir machten alles gemeinsam durch. Die ersten Jahre waren richtig hart. Sadie hatte starke Schmerzen, musste mehrmals operiert werden und fand nicht mehr richtig in ihr Leben zurück. Irgendwann hörte Mom von dieser Reittherapie und schleppte sie dorthin. Ab da ging es bergauf mit ihr. Sadie hat danach auch angefangen, Betriebswirtschaft zu studieren, es aber abgebrochen, weil Pferde einfach ihre absolute Leidenschaft wurden. Eine eigene Ranch war Sadies Traum, noch ehe er zu meinem wurde. Als ich den Entschluss fasste, Golden Hill zu kaufen, war sie sofort Feuer und Flamme für diese Sache. Manchmal kann ich noch immer nicht glauben, dass wir das durchziehen, aber hier bin ich, fahre mit einer wunderschönen Frau neben mir zu einem Stall und suche meine eigenen Pferde aus.«

Eine wunderschöne Frau.

Ich räusperte mich und strich mir durch die Haare. Rasch blickte ich zum Fenster hinaus und sah die karge Landschaft an mir vorbeiziehen. Kakteen, Steppe, Sand, Wüste, so weit das Auge reichte.

»Bist du eigentlich verheiratet?«, fragte ich und überraschte mich selbst damit.

Er zuckte zusammen und sah zu mir. »Was? Wie kommst du denn darauf?«

Ich zuckte mit den Schultern. »Ist die Frage so abwegig? Kann doch sein, dass in Denver Frau und Kind auf dich warten, bis du sie auch nach Boulder Creek holen kannst. Oder ein Mann?«

»Wow, ich …« Er räusperte sich. »Nein, ich bin nicht verheiratet, habe keine Kinder – zumindest keine, von denen ich weiß – und bin ein freier heterosexueller Single.«

Bei dem letzten Wort wurde mir heiß. Es gab also niemanden in Parkers Leben, mit dem er all das teilen wollte.

»Und du?«, fragte er.

Ich schloss die Augen. »Ich bin auch allein.« Wie das klang. Als würde ich abends in mein Kissen weinen und nur darauf warten, dass jemand zur Tür reinkam und mich festhielt. »Also ich habe keine Beziehung. Im Moment brauch ich das nicht.«

»Verstehe.«

»Was nicht heißt, dass ich keinen Spaß im Leben habe.«

»So hab ich das auch nicht verstanden. Ich kenne die Art von Spaß sehr gut.«

Ich warf ihm einen kurzen Blick zu, und er lächelte mich an. *Oh ja.* Das glaubte ich ihm sofort.

Er tippte mit den Fingern leicht aufs Lenkrad und beschrieb einen kleinen Kreis damit. Ich hielt die Luft an und sah wieder nach vorne.

»Sind wir an dem Punkt angekommen, an dem ich fragen darf, was du die letzten Jahre gemacht hast?«, fragte er mich nun.

Ich brummte und sank tiefer in den Sitz. Früher oder später musste er ja nachhaken.

»Ist es denn so schlimm gewesen?«, fragte er, weil er mein Zögern bemerkte.

»Nein, es gibt nur nicht viel zu erzählen. Ich habe die Schule beendet, hab irgendwann bei Javier angefangen zu arbeiten und bin bis heute dort geblieben.«

»Und wo hast du Tiermedizin studiert?«

Nirgendwo.

Ich knüllte das Sandwichpapier zusammen, das ich noch immer in der Hand hielt. »Ist das wichtig?«

»Wie ich sehe, beantwortest du Fragen noch immer mit Gegenfragen.«

»Vielleicht.«

Er schmunzelte und trank einen Schluck von seinem Kaffee. »Schon gut, du musst es mir nicht erzählen.«

Ich nickte und beobachtete wieder die leere lang gezogene Straße vor uns. Es kam mir vor, als würden wir auf der Stelle fahren und die Landschaft neben uns würde wie eine Filmkulisse an uns vorbeigezogen werden. Der Horizont schien kein bisschen näher zu kommen, es sah alles gleich aus, und die einzigen Geräusche waren das leise Rauschen der Reifen auf dem Asphalt und die Musik aus den Lautsprechern.

Ich streckte meine Arme aus und gähnte herzhaft. »Ich glaube, ich werde langsam müde.«

»Kann ich mir vorstellen.«

Ich nickte und ließ den Sitz ein Stück nach hinten fahren. Dann drehte ich mich auf die Seite und schloss die Augen. Parker stellte die Musik etwas leiser, ich murmelte ein »Danke« und versuchte, zur Ruhe zu kommen. Es fiel mir nicht leicht.

16.

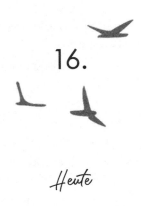

Heute

Parker

Kurz vor halb drei rollten wir endlich auf Jordans Hof ein. Clay hatte bis vor zehn Minuten noch geschlafen. Jetzt kletterte sie aus dem Rover und dehnte ihre Glieder. Es war hier viel heißer als in Montana, bestimmt über dreißig Grad. Die Luft war trocken, staubig und roch nach Salbei. Es stand kein Wölkchen am Himmel. In der Ferne erstreckte sich eine Gebirgskette. Von da drüben waren wir gekommen.

»Ging es mit dem Fahren?«, fragte Clay und zog ihre dünne Jacke aus. »Du hättest mich auch wecken können.«

»Schon gut.« Ich massierte meinen Nacken und ließ die Wirbel in meinem Rücken knacken. Hoffentlich lohnte sich der ganze Aufwand, aber die Ranch sah schon mal vielversprechend aus. Und sie war riesig, mit Koppeln, deren Ende ich nicht mal erahnen konnte. Im Zentrum stand ein stattliches Haupthaus. Drum herum waren weitere kleinere Gebäude. Zur Rechten waren Areale für die Pferde abgesteckt. Die Tiere standen entweder in Gruppen oder einzeln herum, fraßen Heu, dösten oder spielten miteinander. Ein leichter Dunst lag in der Luft, vermutlich vom aufgewirbelten Sand, als wir mit dem Rover die lange Einfahrtstraße heraufgefahren waren.

Wegweiser gaben den Gästen Orientierung. Die Ranch verfügte über einen großen Außenreitplatz und, wenn ich es richtig erkannte, auch eine Reithalle. Ich kam mir fast vor wie auf einer großen Pferdemesse.

»Woher hat Jordan nur all die Tiere?«, fragte ich Clay, während wir uns umblickten. Wir waren mit dem Ranchbesitzer auf dem Parkplatz verabredet, doch er war noch nicht zu sehen. Einzig ein paar Helfer wuselten herum, verteilten Heu für die Pferde, füllten Wasser auf und fuhren Mist weg.

»Das sind Mustangs, die wild gefangen und gezähmt werden. Hat Sadie dir das nicht gesagt?«

»Nein. Aber ist das nicht schlimm für die Tiere, wenn sie aus der Freiheit geholt und eingesperrt werden?«

»Manche Tierschützer sehen das so. Allerdings leben heutzutage viel zu viele Pferde in der freien Wildbahn. Durch den Klimawandel, immer heißere Sommer und die dadurch entstehende Wasserknappheit finden sie nicht mehr genug Nahrung und verenden oft qualvoll. Außerdem haben sie nicht genügend Lebensraum, weil der Mensch immer weiter vorrückt, und es fehlen die natürlichen Feinde, um die Bestände zu dezimieren. Die Pferde vermehren sich völlig unkontrolliert, und das wird in vielen Gegenden zum Problem. Das Bureau of Land Management kümmert sich um die Tiere, regelt, wie viele aus welchen Herden eingefangen werden dürfen. Das Leben da draußen ist sehr hart für die Pferde, und es wird von Jahr zu Jahr schlimmer. Sicher kann man darüber streiten, ob die Tiere in die freie Wildbahn gehören oder in einen Stall, aber wenn sie auf einer Ranch gute Pflege bekommen, sehe ich kein Problem darin.«

»Wir werden zumindest alles dafür tun, dass es ihnen auf Golden Hill gut geht.«

»Daran hab ich keinen Zweifel.« Clay deutete zum Haupthaus. »Wollen wir schauen, ob wir Jordan dort finden?«

»Ja, gleich.« Ich wollte mich erst mal ein wenig umsehen und ein Gefühl dafür bekommen, was mich hier erwartete. Wir überquerten den großen Parkplatz, auf den sicher an die hundert Autos passten. Ich konnte mir gut vorstellen, was für ein Gewusel hier bei Pferdeauktionen entstand.

Wir kamen an weiteren Paddocks vorbei und sahen einen großen Transporter, der gerade vor einem Zaun hielt. Die hintere Klappe wurde geöffnet, und zehn Pferde sprangen aus dem Wagen in ein neues Gehege. Ungestüm galoppierten sie davon. Ihre Mähnen waren verknotet, das Fell struppig und verdreckt.

»Nachschub«, sagte Clay und deutete auf die Herde.

»Fängt er sie direkt aus der Wildnis?«

»Ich weiß nicht, ob Jordan das macht, aber die Tiere hier hatten schon Kontakt zum Menschen. Siehst du die Bänder mit den Nummern um ihren Hals? Jeder Mustang bekommt eine und wird registriert.«

Wir traten näher und beobachteten die Männer, wie sie die Tiere so behutsam wie möglich auf die gewünschte Koppel lenkten. Die Pferde waren recht unruhig und schnaubten ungeduldig, aber sie ließen sich erstaunlicherweise dahin treiben, wo die Männer sie haben wollten.

Einer der Cowboys blickte auf und winkte uns zu.

»Das ist Jordan«, sagte ich und erwiderte die Geste. Sadie hatte mir ein Bild von ihm geschickt, damit ich ihn erkannte. Ich schätzte ihn auf Anfang dreißig. Er trug schwere Boots, einen Cowboyhut und dicke Arbeitshandschuhe. Dazu eine helle Jeans, ein kariertes Hemd und eine beigefarbene Wachsjacke. In seiner Hand hielt er ein Lasso, mit dem er die Tiere scheuchte und sie mit den anderen Helfern von Gatter zu Gatter trieb, bis sie dort waren, wo sie wohl hingehörten. Jordan winkte einen seiner Männer heran, redete kurz mit ihm und kam zu uns.

»Hey, du musst Parker sein. Tut mir leid. Die sollten eigentlich schon heute Morgen ankommen, aber der Transport hatte Verspätung.«

»Kein Problem«, sagte ich. »Freut mich. Das ist Clay.«

Jordan zog die Handschuhe aus und tippte zur Begrüßung an seinen Hut. »Schön, dass ihr da seid. Wie war die Fahrt?«

»Lang«, sagte ich.

Er nickte und sah sich um. »Jake!«, rief er einem der Rancharbeiter zu.

Ein dunkelhaariger Kerl mit Dreitagebart hob den Kopf. Er trug eine ähnliche Aufmachung wie Jordan, aber keine Jacke dazu. Die Hemdsärmel hatte er hochgekrempelt, und auf seinen Unterarmen prangten unzählige Tätowierungen.

»Schaut mal, ob ihr den Schwarzen rausfangen könnt. Der lahmt.«

»Geht klar«, antwortete Jake und suchte die Herde nach dem Tier ab.

»Lässt das Tier euch denn so nahe an sich ran?«, fragte Clay.

»Die hier sind seit einer Woche in Gefangenschaft und nicht mehr ganz so scheu. Wir haben zudem extra Auffanggatter gebaut, wo wir sie einsperren und untersuchen können. Mal sehen, wie weit wir bei dem kommen.«

»Von denen wird aber keins versteigert, oder?«, fragte ich, weil ich mir nicht sicher war, ob eins dieser Tiere für uns geeignet war.

»Nein. Die brauchen noch knapp zwölf Wochen und werden das übliche Programm bei uns durchlaufen. Wir geben die Pferde erst raus, wenn sie an den Menschen gewöhnt sind. Alles andere endet meistens in einer Katastrophe, es sei denn, der Käufer hat Ahnung von Pferden. An manche Trainer geben wir sie auch wild ab, aber für den normalen Freizeitreiter bereiten wir sie so gut es geht vor.« Jordan führte uns den Weg zurück, den wir gekommen waren. »Wollt ihr euch kurz ausruhen oder was essen? Bei uns gibt es immer erst gegen Abend eine richtige Mahlzeit, aber ich kann euch sicher jetzt schon eine Kleinigkeit aus der Küche besorgen.«

»Wir hatten vorhin schon Lunch, danke«, sagte ich. »Am liebsten würde ich gleich die Pferde anschauen, wenn das geht. Meine Schwester sitzt zu Hause auf glühenden Kohlen.«

»Klar. Da vorne sind ein paar Kandidaten, die vielleicht infrage kommen, und wenn es von denen keiner wird, haben wir noch mehr auf den Koppeln drüben.«

»Wie weit sind diese Tiere schon?«, fragte Clay, als wir zu den ersten Gattern kamen.

Noch nie im Leben hatte ich so viele Pferde auf einmal gesehen. Jedes stand separiert in einem kleinen Auslauf, wo es Heu und Wasser gab.

»Diese Mannschaft hier ist zum Teil angeritten«, sagte Jordan. »Sadie meinte, sie würde die Ausbildung der Pferde selbst übernehmen. Wenn ihr sie für Therapie einsetzen wollt, ist das sowieso besser. Je weniger an den Tieren herumgeschraubt wurde, umso unverdorbener sind sie.«

Herumgeschraubt. Das klang, als könnte man bei Pferden etwas verstellen.

»Manche Trainer haben sehr harte Methoden«, erklärte mir Clay. »Viele Pferde werden recht rabiat ausgebildet. Das hinterlässt oft ein Trauma, und sie werden dem Menschen gegenüber eher misstrauisch oder manchmal auch aggressiv.«

»Das kling furchtbar.«

»Ist es auch«, sagte Jordan. »Gerade im Hochleistungssport wird von den Tieren viel abverlangt. Sie werden in jungen Jahren verheizt und sind mit acht oder zehn schon so durch, dass man sie nur noch auf die Koppel stellen kann oder zum Schlachter bringen muss.«

Ich verzog betroffen das Gesicht. Das war ein Thema, mit dem ich mich noch nie auseinandergesetzt hatte.

»Es gibt wirklich viel kranken Scheiß«, sagte Clay und blieb beim ersten Gatter stehen, wo ein dunkelbraunes Pferd mit schwarzer Mähne stand. Es hob den Kopf und schnaubte leise. Um seinen Hals trug es ein blaues Band mit der Nummer 3569.

»Das ist ein sechsjähriger Wallach«, sagte Jordan. »Die ganze Reihe hier sind nur Jungs.«

»Alle schon gelegt?«, fragte Clay.

»Ja.«

»Gelegt?«, hakte ich nach.

Clay hob die Hand und ahmte mit ihren Fingern eine Schere nach. »Das heißt, dass die Eier ab sind.«

Ich zuckte zusammen und grinste. Mit einer Hand strich ich über meine Brust und den Bauch. »Verstehe.«

»Das exakte Alter können wir natürlich nie genau bestimmen, aber die ganze Gruppe hier liegt zwischen sechs und zwölf. Ich würde euch empfehlen, die Tiere ein wenig zu mischen und auch ein paar ältere mit reinzunehmen, die ruhiger sind.«

»Am liebsten hätten wir welche, die sich schon kennen«, sagte Clay. »Die Herde soll gut funktionieren.«

Es klang schön, dass sie *Wir* sagte.

»Ja«, meinte Jordan und ging weiter. »Die Jungs hier stehen seit zwölf Wochen zusammen und kommen recht gut miteinander klar. Die Stuten da hinten waren in einer Herde draußen. Wollt ihr mischen?«

»Mh«, machte Clay und sah zu mir, aber ich hatte längst den Faden verloren. »Hat Sadie was dazu gesagt, welches Geschlecht sie bevorzugt?«

»Nein. Spielt das eine Rolle?«

»Stuten sind oft etwas sanfter, aber auch manchmal zickig. Wallache spielen gerne, je nachdem wie lange sie Hengst waren und wie stark das bei ihnen ausgeprägt ist. In der Wildbahn hast du meistens einen Hengst als Chef und eine Leitstute, die die Gruppe führt. Der Hengst duldet die Jünglinge eine gewisse Zeit, dann gehen die Rangkämpfe los, in denen seine Position angefochten wird. Oft hält man Stuten und Wallache getrennt, weil das für mehr Ruhe sorgt, aber es gibt auch Ausnahmen«, erklärte mir Clay.

»4672«, sagte Jordan und blieb vor einem Gatter stehen, in dem ein hellbraunes Pferd mit dunkler Mähne stand. Es hob ebenfalls den Kopf. Jordan trat näher und streckte ihm die Hand hin, an der es sofort roch. »Ein recht schöner Buckskin, wie ich finde.«

»So nennt man die Farbe«, sagte Clay in meine Richtung.

»Der ist gut. Sehr sanft, sehr willig, lernt gerne und ist bemüht. Er ist außerdem sehr dicke mit 3569. Die beiden freuen sich bestimmt, wenn sie zusammenbleiben dürfen.«

»Dann wäre das ja vielleicht eine Möglichkeit«, sagte ich und zückte mein Handy, um Aufnahmen für Sadie zu machen.

»Können wir alle durchgehen, und du erklärst uns was zu jedem?«, fragte Clay.

Jordan sah auf seine Uhr und nickte verhalten. »Durch die Verzögerung mit dem Transport hänge ich etwas hinterher, aber wartet mal kurz.« Er zückte sein Handy. »Jake, wie sieht es drüben aus? ... Okay, und wie geht es dem Schwarzen? ... Verstehe. Kannst du Brad anrufen? ... Ach, Mist ... Ich ... ja, ich schau mal. Danke. Wir bräuchten hier auch deine Hilfe. Zwei Kunden wollen sich Mustangs aussuchen ... Ja, bis gleich.« Er legte auf und seufzte.

»Alles klar?«, fragte Clay.

»Der Schwarze hat sich einen Nagel eingetreten, und eine andere Stute hat einen Einschuss.«

»Jemand hat auf sie geschossen?«, fragte ich fassungslos.

Clay lachte, und auch Jordan grinste.

»Nein. Das ist eine Schwellung am Bein. Meistens passiert das, wenn sich eine Wunde entzündet. Man kann es aber gut behandeln.«

»Wenn man einen Tierarzt hat, schon«, sagte Jordan. »Unserer liegt mit Magen-Darm-Infekt flach.«

»Ist dieser Einschuss sehr schmerzhaft?«, fragte ich.

»Es ist nicht angenehm, aber sie wird es überstehen. Das mit dem Nagel ist schlimmer«, antwortete Clay ernst.

»Ja, wir müssen ihn rausziehen, was an sich schon schwierig wird«, sagte Jordan. »Wir müssen das Pferd erst mal sedieren.«

»Und eigentlich auch röntgen«, sagte Clay.

Jordan lachte auf und schüttelte den Kopf. »Das kannst du vergessen. Wir haben hier kein Röntgengerät, und die nächste Klinik ist viel zu weit entfernt.«

Ich atmete durch. Mir wurde klar, dass es hier draußen rauer zuging, als ich vermutet hatte. »Was passiert, wenn man nicht röntgt?«, fragte ich.

»Dann weiß man nicht, wie tief der Nagel steckt und ob er das Gelenk verletzt hat«, sagte Clay. »Wenn er tief eingedrungen ist, kann sich eine fiese Entzündung bilden. So etwas endet schnell mal tödlich. Wenn kein Tierarzt in der Nähe ist.«

»Das könntest du doch übernehmen, oder?« Ich blickte zu Clay.

»Du bist Tierärztin?«, fragte Jordan erstaunt.

»Ich ...« Sie fuhr sich über den Nacken und wirkte auf einmal sehr unsicher. »Ich arbeite in einer Tierklinik als Assistentin, aber ich ... ich habe keinen Abschluss oder so was.«

Verblüfft sah ich sie an, aber Clay mied meinen Blick. Hatte sie mir nicht erzählt, dass sie Tiermedizin studiert hatte? Oder hatte ich das einfach vorausgesetzt?

»Uns ist jede Hilfe willkommen«, erklärte nun Jordan. »Dann könntest du dir die Stute auch noch ansehen.«

»Ich ... ich darf das aber eigentlich nicht«, fügte sie an. »Wenn was passiert, steigt mir die Versicherung aufs Dach und ...«

Jordan runzelte die Stirn und zuckte mit den Schultern. »Was man hier darf oder nicht, bestimme noch immer ich. Es interessiert mich nicht, welche Scheine du hast, solange du dich auskennst und Wunden nähen kannst. Der Nagel muss raus, sonst müssen wir das Pferd erlösen.«

Sie seufzte und blickte kurz zu mir. »Na gut. Ich schaue es mir an. Meine Ausrüstung ist im Auto, ich hab auch ein Breitbandantibiotikum in der Tasche, das wir ihm geben können, und ein Beruhigungsmittel.«

»Wir haben auch noch was da und ... Ah, da kommt Jake.« Jordan winkte dem Mann zu, der quer über den Hof zu uns joggte.

»Kannst du mit Parker hier weitermachen und ihm alles zeigen?«, fragte er. »Ich kümmere mich mit Clay um den Schwarzen und die Stute.«

»Klar«, sagte Jake, blickte kurz zu Clay und mir und tippte sich an den Hut. Er war ein groß gewachsener Mann, dem man ansah, dass er hart arbeitete. Er könnte glatt in Werbefilmen als Cowboy auftreten. Er strahlte diese unnahbare Rauheit aus, die man wohl nur bekam, wenn man viel draußen war. Ajden hatte das auch manchmal an sich, aber bei Jake war es wesentlich ausgeprägter. Es war schwer einzuschätzen, wie alt er war. Seine Augen wirkten, als hätte er schon sehr viel erlebt, aber er strotzte nur so vor Kraft und Jugend. Vermutlich war er in meinem Alter.

»Sie suchen Therapie- und Reitpferde«, sagte Jordan und briefte Jake rasch. »4672 hab ich ihnen schon vorgeschlagen, geh die Reihen durch und zeig Parker ein paar Kandidaten.«

»Mach ich.«

Clay trat näher zu mir. »Du musst noch keine Entscheidung treffen«, sagte sie. »Sobald ihr eine engere Wahl habt, schau ich sie mir in Ruhe an, und wir reden über alles.«

»Okay.« Es behagte mir nicht ganz, das ohne sie weiterzuführen, aber ich würde schon klarkommen.

»Wir sehen uns später«, sagte sie und nickte Jordan zu.

»Viel Spaß noch«, sagte Jordan und wandte sich mit Clay ab.

Sie winkte mir zu, dann ließ sie mich mit Jake allein, der schweigsam neben mir wartete. Er schob die Hände in die Taschen und wirkte, als wäre er lieber bei den Pferden als bei mir.

»Lass uns loslegen«, sagte ich und nahm mein Handy, damit ich alles für Sadie festhalten konnte.

Jake nickte und führte mich durch die Reihe mit den unzähligen Pferden.

Mal gespannt, wer es von denen werden würde.

17.

Heute

Clayanne

»Das war es«, sagte ich und betrachtete meinen Hufverband. Der schwarze Hengst war noch sediert, aber er zuckte bereits mit den Ohren. Es würde nicht mehr lange dauern, bis die Betäubung nachließ.

»Danke«, sagte Jordan und tätschelte das Tier sanft. Es hatte etwas gedauert, bis Jordan und ich es hatten behandeln können. Wir hatten es in ein Gatter getrieben, das Beruhigungsmittel verabreicht und gewartet, bis es einigermaßen stillhielt. Mit zwei weiteren Männern, die mir den Huf gehalten hatten, konnte ich den Nagel entfernen. Jetzt konnten wir nur hoffen, dass sich keine Entzündung entwickelte. Im Normalfall hätten wir so eine Behandlung in der Klinik durchgeführt, wo wir das infizierte Gewebe abgeschabt und ordentlich desinfiziert hätten. Der Hengst wäre unter Beobachtung gestellt worden. Da hier nichts davon möglich war, hatte ich ihn, so gut es ging, versorgt, ihm einen Verband angelegt und Fieber gemessen. Er blieb auch erst mal von seiner Herde getrennt, was ihn zwar stressen würde, aber die paar Tage musste er aushalten.

»Du machst das, Kumpel, ja?«, sagte Jordan sanft zu dem Tier und räumte den Rest des Verbandsmaterials zusammen.

»Es liegt jetzt an ihm«, sagte ich und wischte mir die Hände an einem Tuch sauber. Die Stute mit dem Einschuss hatte ich auch schon behandelt, was wesentlich leichter gegangen war, denn sie hatte von sich aus gut mitgemacht. In ein paar Tagen wäre sie wieder fit.

»Ohne dich hätten wir das nicht geschafft«, sagte Jordan, aber ich winkte ab. Es war mein Job, den Tieren zu helfen, und ich liebte es, genau das zu tun.

Jordan nickte Allan zu, einem seiner anderen Helfer, der uns assistiert hatte, und wandte sich mit mir zum Gehen. Allan war deutlich älter als wir, er hatte bereits graue Haare und trug einen akkurat getrimmten Schnurrbart. Aber seine Kleidung war abgewetzt und rau. Man sah ihm an, dass er schon viel erlebt hatte. Das war mir bei den anderen Männern hier schon aufgefallen. Sie wirkten alle recht harsch. Außerdem war mir auf dem gesamten Gelände bislang keine Frau begegnet.

Ich nahm meine Behandlungstasche und lief mit Jordan wieder hinüber zu den Gattern. Parker und Jake hatten nun genug Zeit gehabt, um einige Tiere aussuchen zu können. Nach wie vor war es brütend heiß. Ich rieb mir über die Stirn und zog an meinem Shirt, das mir am Rücken klebte. Die Dusche nachher würde ein Segen werden.

Als wir zum Parkplatz kamen, fuhr gerade ein Transporter vor. Er trug das Logo eines Gefängnisses auf der Seite. Die Fenster waren vergittert. Zwei Polizisten stiegen aus und nickten Jordan zu.

»Ist alles in Ordnung?«, fragte ich ihn verwundert.

»Ja, sie holen die Insassen wieder ab.«

»Die was?«

Ehe Jordan antworten konnte, kam Allan zu uns gejoggt. Er begrüßte die Polizisten, als hätte er auf sie gewartet.

»Ich kooperiere mit dem Rehabilitationsprogramm des Staates Nevada«, erklärte mir Jordan. »Wir arbeiten eng mit dem örtlichen Gefängnis zusammen und helfen einigen Insassen dabei, zurück ins Leben zu finden. Oder eher: Die Mustangs helfen ihnen dabei. Die Männer müssen sich hierfür bewerben und werden vorab von uns ausgewählt. Dann lernen sie hier, Wildpferde auszubilden. Die Tiere, die heute angekommen sind, werden von den nächsten Insassen trainiert. Ab Montag startet die Rotation. Die Jungs bleiben zwölf Wochen hier, und am Ende des Programms sind sie und auch die Pferde so weit, in die Zivilisation entlassen zu werden.«

»Wow.« Ich hatte schon von solchen Programmen gehört, kannte aber niemanden, der daran teilnahm. »Klingt spannend.«

»Es ist großartig. Wir helfen Mensch und Tier, und ich bin sehr stolz darauf. Das ist das fünfte Jahr, in dem wir das durchziehen. Die Rückfallquote der Männer liegt bei fast null, im Gegensatz zu den üblichen fünfundvierzig Prozent, wenn sie aus dem Knast entlassen werden.«

»Sind Allan und Jake auch ehemalige Häftlinge?«

»Allan kam im ersten Jahr zu mir. Er saß wegen ein paar Drogendelikten ein. Jake ist erst seit zwei Jahren dabei, wobei er eher zufällig reingerutscht ist. Er tauchte einfach eines Tages mit einem Transport auf und hat mitgearbeitet. Jake ist sehr ... verschlossen. Bis heute weiß ich nicht, was er vorher gemacht hat oder woher er kommt.«

»Interessiert es dich nicht?«

»Ich halte es wie mit den Pferden. Sie öffnen sich, wenn sie so weit sind, und bis dahin können sie einfach hier sein. Jake ist ein anständiger Mann. Er lügt nicht, er klaut nicht, er arbeitet für zwei. Solange er sich benimmt, kann er bleiben. Mir ist es egal, wer er vorher war oder was er getan hat.«

Ich runzelte die Stirn und fragte mich, ob er das nicht etwas blauäugig anging, aber Jordan schien zu wissen, was er tat.

Er nickte den beiden Beamten zu, überließ sie aber Allan, der sich bereits um sie kümmerte. Ich blickte wieder nach vorne und suchte die Gatter nach Parker ab.

»Die Paddocks gehen hinterm Haus weiter«, sagte Jordan. »Vermutlich sind sie dort.«

»Okay.«

»Kommst du alleine klar? Ich werde mal drin Bescheid geben, dass wir zwei Leute mehr zum Essen dahaben.«

»Was?«

»Du und Parker sind natürlich eingeladen. Ohne deine Hilfe wären wir aufgeschmissen gewesen.«

»Aber das war doch selbstverständlich.«

»Trotzdem. Ihr könnt auch gerne hier übernachten.«

»Wir haben uns bereits im Wetherill Inn eingemietet.«

Jordan winkte ab. »Die haben viel zu weiche Betten. Bitte seid meine Gäste. Ich regle das mit dem Wetherill, damit ihr nichts zahlen müsst.«

Ich seufzte leise und nickte. Tatsächlich fand ich es angenehmer, hierzubleiben, als mich noch mal ins Auto zu setzen und ins Hotel zu fahren. Außerdem konnte ich so das Pferd im Blick behalten, falls es doch zu Komplikationen käme. »Ich rede mit Parker.«

»Sehr gut. Essen gibt es um sieben.«

Ich blickte rasch auf meine Uhr. Es war nur noch eine Stunde bis dahin, und mein Magen knurrte bereits.

Jordan verabschiedete sich von mir und lief ins Haus, während ich meinen Weg fortsetzte und nach Parker suchte.

Er stand an einem der Paddocks und streichelte gerade einem sehr schönen dunkelbraunen Mustang die Nase. Jake wartete geduldig neben ihm, hatte die Hände in die Hosentaschen geschoben und blickte zu Boden.

»Hey«, sagte ich und beschleunigte meine Schritte.

Parker wandte sich mir zu, und ich kam kurz ins Stocken. Er strahlte von einem Ohr zum anderen und sah aus, als hätte er heute den Spaß seines Lebens gehabt. Mir war vorher schon klar gewesen, dass diese Sache viel für Parker bedeutete, aber es überraschte mich dennoch, ihn so zu sehen.

»Die Tiere sind unglaublich«, rief er mir zu. »Ich habe schon mit Sadie geschrieben, sie ist auch begeistert.«

»Habt ihr passende Pferde gefunden?«

»Ich denke schon, wir haben fünfzehn in der engeren Auswahl. Wie war es denn bei dir?«

»Alle sind wohlauf«, sagte ich und blickte zu Jake. »Der schwarze Hengst muss beaufsichtigt werden. Wenn er bis morgen fieberfrei bleibt und sich normal verhält, ist er überm Berg.«

»Wir haben ein Auge auf ihn. Danke.«

Ich nickte und fragte mich, was wohl Jakes Geschichte war.

»Braucht ihr mich noch?«, fragte er.

»Ich denke nicht, danke, Jake«, sagte Parker. »Ich geh mit Clay noch mal unsere Auswahl durch.«

»Gut. Bis dann.« Er tippte sich wieder an den Hut und wandte sich ab.

Ich legte die Hände auf meine Schultern und massierte meine Muskeln.

»Harter Job?«, fragte Parker.

»Es war anstrengend, weil die Tiere superscheu sind und wir viel Geduld brauchten, aber es hat sich gelohnt. Der schwarze Hengst wäre wohl erschossen worden, wenn wir den Nagel nicht entfernt hätten.«

»Ganz schön krasse Methoden.«

»So ist das hier draußen. Er hätte sonst nur unnötig gelitten.«

»Gott sei Dank warst du da.«

»Ja. Jordan hat uns übrigens zum Essen und zum Übernachten eingeladen. Ist das in Ordnung für dich?«

»Natürlich. Ich freu mich, wenn ich heute nicht mehr Auto fahren muss.«

Ich nickte. »Dann zeig mir mal die Tiere, die du ausgewählt hast, ich bin sehr gespannt drauf.«

Parker lächelte mich an, und in meinem Bauch tanzten die Schmetterlinge. Er griff nach meiner Hand, seine warmen Finger schlossen sich um meine, und das Kribbeln wurde fast unerträglich. Ich schluckte trocken, versuchte zu überspielen, was in mir vorging, und ließ mir von ihm alles zeigen. Falls er bemerkte, wie sehr mich seine Nähe aus dem Takt brachte, war er so anständig, es nicht weiter zu erwähnen.

18.

Heute

Clayanne

»… und dann landete Gavin volle Kanne im Kaktus. Er hat geschrien wie ein Kleinkind«, sagte Allan und wedelte dabei mit den Händen. »Wir haben ihm die Stacheln sogar aus dem Arsch ziehen müssen. Die waren mindestens zehn Zentimeter lang, und wir hatten noch fünfzehn Meilen an dem Tag im Sattel vor uns. Hab noch nie einen erwachsenen Mann derart jammern hören. Er musste sich am Ende in die Steigbügel stellen, weil er nicht mehr sitzen konnte.«

»Aber ihr habt den Ritt geschafft?«, fragte Parker.

»Ja. Es war die beste Zeit meines Lebens. Fünfhundert Meilen quer durch die Wildnis mit den Mustangs. Ich hab mich danach so gereinigt und geerdet gefühlt wie nie zuvor.«

Ich verstand genau, was er damit meinte. Draußen in der Natur zu sein war mit nichts anderem vergleichbar. Sie lehrte uns Demut und Geduld, Stille und Vertrauen. Wenn man sich auf sie einließ, konnte man Momente erleben, die mit keinem Geld der Welt aufzuwiegen waren. Momente, die das Herz öffnen und die Seele zum Schwingen brachten. Genauso schnell konnten diese aber ins Grauen umschwenken, wenn man die Gesetze der Natur nicht beachtete. Ein falscher Schritt, eine riskante Bewegung und es konnte das Leben kosten.

Ich streckte die Arme und musste ein Gähnen unterdrücken. Nicht weil mich die Geschichte gelangweilt hätte, sondern weil ich pappsatt und zufrieden war. Das Essen war simpel, aber großartig gewesen. Selbst gemachter Kartoffelbrei, Braten mit einer dunklen Soße, dazu frische Bohnen und gebutterte Maiskolben.

Jordan beschäftigte eine Köchin aus Deutschland, die vor über dreißig Jahren in die USA gezogen war und alle auf der Anlage versorgte. Je mehr Leute zum Essen kamen, umso besser, war ihr Motto, und so saßen wir mit fünfzehn anderen im Speisesaal an einer langen Tafel. Von innen war die Ranch genauso schön wie von außen. Die Wände waren mit Holz vertäfelt, es duftete nach Heu und Wildblumen. Von der Eingangstür aus trat man in einen kleinen Vorraum, von dem Wohn- und Esszimmer abgingen. Die Küche befand sich hinten, und es gab ein weiteres Stockwerk mit Gästeräumen und Jordans Schlafzimmer. Er hatte alles vor zehn Jahren von seinem Onkel übernommen und von Grund auf renoviert. Es war beeindruckend, was für ein Leben er sich hier geschaffen hatte.

Die Köchin Rosemarie kam rein und begann, den Tisch abzuräumen. Sofort sprangen fünf Leute auf, um ihr zu helfen. Allen voran Allan. Er nickte Rosemarie zu, stapelte so viele Teller aufeinander, wie es nur ging, und balancierte sie in die Küche. Parker wollte ebenfalls helfen, aber Jordan winkte ab.

»Lass das die Jungs machen, die kennen sich aus.«

Er nickte und ließ sich wieder in den Stuhl sinken. »Danke noch mal für das Essen und die Einladung.«

»Sehr gerne. Ich richte mal eure Zimmer.« Jordan stand auf und verließ das Wohnzimmer. »Wollt ihr in einem schlafen oder getrennt?«

»Getrennt«, antwortete ich sofort.

»Von mir aus in einem«, sagte Parker gleichzeitig mit mir.

Ich zuckte zusammen. Bei dem Gedanken daran, mich heute Nacht an ihn zu schmiegen, kribbelte es in meiner Mitte. Jordan lachte nur leise. »Ich mache beide fertig, dann könnt ihr es euch überlegen.«

Ich räusperte mich und fuhr mit dem Finger über den Holztisch. »Danke.«

Parker lehnte sich zu mir. »Hättest du Lust auf einen kleinen Verdauungsspaziergang?«, fragte er, ohne die peinliche Situation ausdiskutieren zu wollen. »Es ist traumhaft schön draußen.«

Ich wollte sowieso gerne noch mal nach dem Pferd sehen, dem ich den Nagel gezogen hatte, also nickte ich und stand auf.

Wir verabschiedeten uns von den anderen und traten in die herrlich frische Abendluft, die jetzt wesentlich angenehmer als heute Mittag war. Es wehte sogar eine frische Brise von der Wüste her. Ich trug noch immer mein Shirt von heute Mittag und fröstelte leicht.

»Soll ich dir eine Jacke holen?«, fragte Parker.

»Nein, musst du nicht.«

»Dann vielleicht so?«

Er trat näher, legte den Arm um meine Schultern und zog mich an seinen warmen Körper.

Ich gab einen leisen Laut von mir und war kurz versucht, ihn wegzuschieben, aber es fühlte sich einfach zu gut an. Sein Körper war stark und muskulös, sein Arm bot mir Halt und Wärme. Es war ewig her, dass ich mich von einem Mann so hatte festhalten lassen. Eigentlich konnte ich mich gar nicht mehr richtig daran erinnern, wann das zum letzten Mal vorgekommen war. Bei den One-Night-Stands in den letzten Jahren hatte ich mich immer direkt nach dem Sex aus dem Staub gemacht, anstatt zu kuscheln.

Mit Parker war aber selbst eine einfache Umarmung etwas ganz Besonderes. Die kleinste Geste ging mir unter die Haut und zog mich in eine Geborgenheit hinein, nach der ich schnell süchtig werden würde, wenn ich nicht aufpasste.

Sein Handy vibrierte. »Das ist bestimmt Sadie, sie schreibt mir schon zum dritten Mal heute Abend.«

»Hat sie sich schon entschieden, welche Pferde sie nehmen will?«

»Sie will alle, aber das kommt nicht infrage. Wir haben uns auf vorerst vier geeinigt, und dabei bleibt es.«

Er textete ihr einhändig zurück, während sein Arm nach wie vor um meine Schultern gelegt war. So schlenderten wir ums Haupthaus herum. Wir gelangten an die große Halle, in der einzelne Gatter für die Tiere aufgestellt waren. Jake war da und kontrollierte das Wasser. Erst jetzt fiel mir auf, dass ich ihn gar nicht beim Abendessen gesehen hatte.

»Wir wollen noch nach dem schwarzen Hengst sehen«, sagte ich.

»Vor zehn Minuten war er okay, aber guck gern selbst«, gab er zurück und machte mit seiner Arbeit weiter.

Ich nickte ihm zu und führte Parker zu dem Gatter, in dem das Pferd stand. Es wieherte, als es uns kommen hörte, vermutlich weil es hoffte, jemand würde es endlich rauslassen.

»Wenn er so rumschreien kann, geht es ihm gut«, sagte ich und näherte mich ihm. Parker ließ mich los.

»Schicker Kerl«, stellte er fest.

»Ja, und wild. Der hat ziemlich Pfeffer und wird bestimmt nicht ganz leicht im Training sein. Vorausgesetzt, er erholt sich.« Ich sah ihn mir von allen Seiten an. Er war etwas aufgeregt, lief im Gatter immer hin und her, obwohl er besser seinen Fuß schonen sollte. Der Verband hielt immerhin, aber morgen wäre er vermutlich durchgescheuert.

»Ich glaube nicht, dass er Fieber hat, so wie er sich benimmt«, sagte ich.

»Er frisst und säuft auch«, sagte Jake, der gerade einen frischen Heuballen brachte und ihn aufschnitt.

»Das ist sehr gut. Ich geb ihm morgen noch mal Antibiotika, ehe wir fahren.«

»Danke.« Jake schüttelte das Heu auf und warf es ins Gatter. Das Pferd stürzte sich sofort darauf und mampfte zufrieden.

»Er hat Appetit, ein gutes Zeichen«, sagte ich.

»Alles deinetwegen«, stellte Parker anerkennend fest, und ich spürte seine Hand in meinem Nacken, was mich sofort erschaudern ließ. »Manchmal muss man nur zur richtigen Zeit am richtigen Ort sein.«

Ich nickte, verabschiedete mich von Jake und dem Pferd und deutete nach draußen. Parker und ich verließen die Halle und gingen nach links. Da noch Flutlicht auf der Anlage brannte, konnten wir den Weg gut erkennen, aber je weiter wir uns entfernten, desto dunkler wurde es.

Die Nacht war wundervoll. Der Sternenhimmel war ähnlich intensiv wie an jenem Abend, als ich mit Parker am Blackbone Point gewesen war. Auch hier konnte man die Milchstraße erkennen, die sich als bleicher Streifen quer über unsere Köpfe hinwegzog.

Parker atmete tief ein und seufzte zufrieden. »Sieh dir das an.«

»Ja.« Ich spürte, dass er sich ebenso an jenen Abend erinnerte und an all die Versprechen, die unsere Küsse damals beinhaltet hatten. Danach hatte ich in meiner jugendlichen Naivität fest geglaubt, dass wir zusammen waren. Dass er genauso tief für mich empfinden würde wie ich für ihn.

Wir kamen an den Rand der Koppeln, wo eine alte ausrangierte Holzkutsche stand. Eines der Räder war gebrochen, das Gefährt hatte dadurch leicht Schräglage, was es aber nur charmanter machte. Es passte perfekt in diese wilde Kulisse aus Staub, Freiheit und Pferden. Parker steuerte die Kutsche an, testete, ob das Holz stabil war, und ließ sich auf der Ladefläche nieder. Ich setzte mich neben ihn und ließ die Beine von der Kante baumeln.

»Was du heute gemacht hast, war wirklich beeindruckend«, sagte er.

Ich zuckte mit den Schultern. »Mein tägliches Brot.«

»Aber nicht als Tierärztin.«

Ich schüttelte den Kopf. Es war gut, dass es so dunkel war, denn auf die Art brauchte ich ihm nicht direkt ins Gesicht zu blicken. Niemand wurde gerne mit seinem eigenen Versagen konfrontiert.

»Nicht studiert zu haben ist keine Schande.«

»Das weiß ich.«

»Warum fuchst es dich dann so?«

»Gott, Parker, du kannst echt nerven, weißt du das? Die Nacht ist schön, der Tag war anstrengend. Ich bin müde und möchte einfach hier sitzen und den Moment genießen.«

»Du tust es schon wieder.«

»Was denn?«

»Fragen ausweichen.«

»Na und? Es spielt doch gar keine Rolle, was ich gemacht habe, während du weg warst.«

»Clay ...«

»Na fein, wenn du keine Ruhe geben willst ...« Ich stand wieder auf, weil ich keine Lust hatte, mich von ihm ausfragen zu lassen.

Er sprang ebenfalls auf und packte mich am Handgelenk. Ich knurrte leise, doch er ließ mich nicht los. »Hau jetzt nicht wieder ab.«

»Warum? Hab ich nicht auch das Recht dazu? Steht das nur dir zu?«

Er schnaubte, und sein Griff verstärkte sich. Es war fies von mir, ihm das ständig vorzuhalten, aber es war auch leichter, als über mich zu reden. Außerdem verwirrten mich diese Nacht und seine Nähe und diese verdammten Sterne.

»Ich will einfach mehr über dich erfahren«, sagte er. »Ich wäre gerne wieder ein Teil deines Lebens.« Parker trat näher an mich heran, und seine Wärme hüllte mich nun vollends ein. Er roch nach der Wildheit des Landes, nach der Sonne, die er heute tagsüber getankt hatte, nach Liebe, Stärke und Halt. Ich atmete all das ein und lauschte dem Gefühl nach, das es in mir auslöste. *Viel zu intensiv.*

Ich sollte gehen. Jetzt. Es wäre ein Leichtes für mich. Parker würde mich nicht aufhalten, wenn ich es wirklich darauf anlegte, aber wie würde es zwischen uns weiterlaufen? Wie lange konnte ich dieses Hin und Her aufrecht halten? Ihn erst aussperren und wieder an mich heranlassen?

»Ich habe nicht studiert, weil ich ... Ich bin ... Ach, verdammt.« Ich senkte den Kopf und schüttelte mich.

»Wegen deiner Lernschwierigkeiten?«, fragte er vorsichtig.

Ich nickte. »Und weil es teuer ist und ... anstrengend und ... keine Ahnung.« Das mit dem Geld war nur eine der vielen Ausreden, die ich mir über die Jahre zurechtgelegt hatte. Das Studium hätte zwar rund hundertfünfzigtausend Dollar verschlungen, aber meine Eltern hätten mich unterstützt, und auch Javier hatte angeboten, einen Teil beizusteuern. Den Rest hätte ich irgendwie geschafft. Man musste ja nicht alles auf einmal zahlen.

»Ich wollte auf die UCD gehen, das ist eine der besten Unis für Veterinärmedizin. Ich habe auch einen Platz bekommen, bin hingefahren, habe mich für Kurse eingeschrieben, im Wohnheim gelebt und ...« In mir zog sich alles zusammen. »Ich fand es ganz schrecklich. Jede einzelne Minute davon. Zum einen wegen des Lernstoffs. Ich musste so viel stupide auswendig lernen. Zum anderen, weil ich ... Ich kam vom Land, die anderen nicht. Ich fühlte mich ausgeschlossen und ... verloren. An meinem ersten Wochenende hatten mich die Mädels aus meinem Wohnheim mit auf eine fürchterliche Party genommen. Zu laute Musik, zu viele betrunkene Studenten, zu viel von allem. Ich hatte versucht, mich darauf einzulassen, aber ich kam mir völlig fehl am Platz vor. Zum ersten Mal hatte ich mich wirklich wie ein Waldmädchen gefühlt.«

»Clay ...«

»Zur Krönung des Abends waren die Mädels, die mit mir gekommen waren, ohne mich gegangen. Sie meinten am nächsten Tag, ich könne ja bestimmt Fährten lesen und hätte den Nachhauseweg schon allein finden können. Das hat mir gereicht. Es war schon schwer genug für mich, mit dem Lernstoff mitzukommen, aber mich noch mit solchen Weibern rumzuschlagen? In dieser Nacht hab ich mir auch die Haare abgeschnitten.«

»Das tut mir so leid.«

»Muss es nicht. Ich hab nach einem Semester abgebrochen und alles von Javier gelernt. Er konnte mir sein Wissen auf eine Art beibringen, die ich verstand. Nun übe ich jeden Tag den Job einer Tierärztin aus, habe aber nicht den erforderlichen Abschluss dafür. Ich bin nichts Halbes und nichts Ganzes.«

»Sag das bitte nicht. Du bist großartig, klug, stark und unglaublich mutig.« Seine Finger strichen sanft über mein Handgelenk. Ich schauderte bei der Berührung. »Was auch immer auf dieser Uni passiert ist, ändert daran überhaupt nichts.«

»Ja, das weiß ich heute auch.«

»Dann geh es an. Du kannst doch jetzt noch studieren.«

»Ach, Parker.« Ich fuhr mir durch die Haare. In meinem Magen rumorte es schmerzhaft. »Können wir bitte das Thema wechseln? Hast du genug von mir erfahren?«

»Ich hab noch lange nicht genug, außerdem sprechen Freunde nun mal über solche Dinge.«

»Freunde, mh?«

»Nicht?«

Doch. Nein. Vielleicht?

Ich wusste es einfach nicht. Parker war so viel für mich. Manchmal zu viel und auch gleichzeitig nicht genug. Ich war verwirrt, wenn ich in seiner Nähe war. Er brachte so viel in mir zum Schwingen und ließ so viel in mir brodeln.

»Ich wäre gerne wieder mit dir befreundet«, sagte er und trat näher an mich heran. Ich spürte seinen Atem auf meiner Haut. »Und ich will dir helfen.«

Seine Hand glitt wieder meinen Arm nach oben, seine Finger berührten nur ganz sanft meine nackte Haut und ließen mich frösteln. Vielleicht lag es aber auch an der Kälte, die von der Wüste zu uns zog.

»Sag mir, was ich tun kann«, meinte er.

»Ich weiß es nicht.« Das war die Wahrheit. Was brauchte ich von Parker? Alles. Nichts. Irgendwas dazwischen?

Ich blickte zu ihm auf. Das wenige Licht, das von der Anlage zu uns drang, reichte nicht aus, um seinen Gesichtsausdruck erkennen zu können, aber ich spürte dennoch die Zuneigung in seinem Blick. Und das Verlangen. Es brodelte unter der Oberfläche, aber es war da.

Parker und ich sind nie nur Freunde gewesen. Wir waren mehr. Ihm hat mein Herz gehört.

»Ich will wirklich gerne für dich da sein.« Er beugte sich zu mir, bis seine Nasenspitze meine berührte. »Es tut mir einfach alles so unglaublich leid.«

Ich schloss die Augen, atmete tief ein und hielt die Luft an. »Was machen wir jetzt mit all diesen Erkenntnissen?«, fragte ich.

Parker legte eine Hand in meinen Nacken und lächelte. »Vielleicht das hier?«

Ehe ich mich versah, senkte er seine Lippen auf meine. Ich schnappte nach Luft, war völlig überrumpelt. Parker hielt mich sachte und sandte einen heftigen Schauer durch meinen Körper. Meine Welt kippte, ich sah mich wieder als Sechzehnjährige auf der Ladefläche meines Pick-ups liegen, während Parker mich zum ersten Mal küsste. Seine Wärme, seine Vertrautheit, seine unglaubliche Ruhe sickerten in mich und lösten ein regelrechtes Beben in mir aus. Parkers Hand glitt meinen Arm hinauf. Mir wurde schwindelig, ich hatte das Gefühl zu fallen und dabei in seinen Armen zu landen.

Sein Mund fühlte sich so vertraut an. Als würden uns nicht die letzten Jahre trennen, als würden wir das jeden Tag tun, als wäre es das Natürlichste auf der Welt. Er teilte meine Lippen mit seiner Zunge und stöhnte, als ich ihn einließ.

Es war zu viel. Parker war einfach zu viel für mich, und dennoch reichte es nicht aus. Sein Geschmack, seine Nähe, seine Seele.

Mein Herz zog sich zusammen und dehnte sich wieder aus. Der alte Schmerz kehrte zurück und schnürte mir die Kehle zu. Tränen stiegen in meine Augen, wirre Bilder von damals zogen durch meinen Geist.

Was tat ich hier? Was stimmte nicht mit mir? Wie konnte ich einen Mann derart begehren und gleichzeitig von mir wegstoßen wollen? Wie konnte das alles nur so unendlich wehtun?

Hör auf, hör auf, hör auf!

Abrupt löste ich mich von ihm, und ehe ich mich versah, verpasste ich ihm eine Ohrfeige. Er schwankte, wich zurück und blickte mich irritiert an.

»Ich ...« Parker rieb sich über die Wange. »Tut ... tut mir leid. Ich wollte nicht zu weit gehen.«

Aber das war er nicht. Ich hatte ihn zurückgeküsst, ich hatte es zugelassen.

Ich öffnete den Mund, brachte aber kein Wort heraus. Der Schmerz von damals hielt mich gefangen und bebte in meinem Herzen nach.

Er blickte mich an, aber ich erkannte keinen Zorn in seinem Blick. Er wusste, dass diese Ohrfeige nicht für diesen Kuss heute Abend war, sondern für den Schmerz, den er meinem sechzehnjährigen Ich angetan hatte.

Meine Hand brannte, und in mir rumorten so viele Emotionen.

»Das ...«, stammelte ich und presste die Lippen aufeinander. Ohne ein weiteres Wort drehte ich auf den Hacken um und stiefelte zurück zur Anlage. In meiner Seele brannte die Sehnsucht und in meinem Körper das Verlangen, aber ich konnte weder dem einen noch dem anderen nachgeben. Ich musste das erst für mich sortieren, und das ging nicht, wenn ich Parker gegenüberstand.

19.

Heute

Parker

In dieser Nacht hatte ich wenig Schlaf gefunden. Nachdem mich Clay draußen hatte stehen lassen, war ich noch eine Weile geblieben, hatte in den Sternenhimmel geblickt und die Kühle der Wüste in mich aufgesogen.

Mir waren tausend Gedanken durch den Kopf geschossen – von früher, von heute, von der Zukunft. Von dem Kuss.

Meine Lippen hatten danach mehr gebrannt als meine Wange. Ich hatte es nicht geplant, Clay zu küssen, es war einfach passiert. In dem Moment, als sich unsere Lippen trafen, hatte bei mir jedes Denken ausgesetzt. Ihr Mund hatte sich so vertraut angefühlt. Wie hatte ich es nur all die Jahre ohne sie aushalten können? Jede Zelle hatte sich auf Clay ausgerichtet, bis meine Haut gebrannt hatte und mein Herz gerast war.

Und dann hatte sie aus voller Fahrt die Handbremse gezogen.

Die Ohrfeige hatte ich nicht kommen sehen. Wie auch? Seltsamerweise hatte ich mich daraufhin fast ein wenig erleichtert gefühlt. Eine brennende Wange schien mir ein geringer Preis für das, was ich damals Clay angetan hatte.

Ich sah mich ein letztes Mal in Jordans Gästezimmer um und

machte mich auf den Weg nach unten. Es war bereits neun Uhr, und wir sollten langsam los. Kaffeeduft stieg mir in die Nase, als ich unten ankam, aber die Essenstafel, an der wir am Abend gesessen hatten, war bereits abgeräumt. Jake wischte gerade ein paar Flecken weg. Dann würden Clay und ich uns wohl unterwegs etwas zu essen besorgen.

»Guten Morgen«, murmelte Jake so leise, dass ich ihn kaum verstand.

»Morgen.«

»Rosie hat euch Frühstück zusammengepackt«, sagte Jake und griff nach einer festen Papiertüte auf einem der Stühle.

»Oh, das ist ja nett von ihr.«

Er nickte nur. »Kaffee füll ich euch in Pappbecher ab«, sagte er.

»Danke. Hast du zufällig auch Clay gesehen?«

»Sie wollte noch mal nach dem schwarzen Hengst sehen, ehe ihr losfahrt.«

»Wie hat er denn die Nacht überstanden?«

»Sehr gut. Der wird wieder.«

»Gut«, sagte ich, und ehe ich ein längeres Gespräch mit ihm anfangen konnte, trollte er sich auch schon wieder in die Küche.

Ich klemmte die Papiertüte unter den Arm und lief hinaus. Die Sonne strahlte bereits mit voller Kraft und verbreitete Hitze und Trockenheit. Ein typischer Tag in der Wüste.

Ich verstaute Gepäck und Proviant im Wagen. Ein Blick in den Kofferraum verriet mir, dass Clay ihre Sachen schon dort abgestellt hatte. Im Grunde waren wir abreisebereit.

Ich lief weiter zur Halle, in der das Pferd untergebracht war. Dort entdeckte ich Clay und Jordan.

»… wenn ihr könnt, kühlt das Bein. Es ist etwas geschwollen, aber ansonsten wirkt alles gut«, sagte Clay gerade. »Ich lass euch mein Antibiotikum da. Gebt ihm nachher noch mal 'ne Ladung.«

»Danke«, sagte Jordan, und dann entdeckte er mich. »Guten Morgen, Parker. Gut geschlafen?«

»Ja, danke.« Das stimmte zwar nicht, aber ich hatte keine Lust, Jordan zu erklären, was mich wach gehalten hatte.

Clay zuckte zusammen und drehte sich zu mir um. Ich rechnete damit, dass sie mich gleich wütend anfunkelte, aber sie wirkte erstaunlich entspannt.

»Habt ihr euch für Pferde entschieden?«, fragte Jordan.

»Ja, Sadie hat ihre Auswahl getroffen.« Sie hatte mir heute früh eine Nachricht mit ihren vier Favoriten geschickt. Zwei Stuten, zwei Wallache.« Sie wird sich direkt mit dir in Verbindung setzen.«

»Alles klar.«

»Wir treiben den Stallbau voran, damit wir die Pferde bald abholen können.«

»Das wäre gut. Ich bekomme die nächste Ladung Mustangs in zwei Monaten und brauche den Platz.«

»Bekommen wir schon hin.«

»Sehr gut. Ich freue mich, wenn wir uns mal wiedersehen«, sagte Jordan. »Ihr seid jederzeit willkommen.«

Wir bedankten uns bei ihm, verabschiedeten uns auch noch von Allan und liefen zurück zum Wagen.

»Was macht dein Gesicht?«, fragte Clay, als wir beim Auto ankamen.

»Dem geht es prächtig, den lächerlichen Klaps verkraftet es locker.«

»Früher warst du der Ansicht, ich hätte ein Aggressionsproblem.«

»Das war nur ein dummer Spruch, in Wirklichkeit hat es mich angetörnt.«

»Ach, stehst du auf solche Sachen?«

»Wer weiß.« Ich grinste sie an und war dankbar, dass wieder diese besondere Leichtigkeit zwischen uns möglich war.

»Ich werde mir von Judie ein paar Peitschen leihen, damit wir das mal austesten können. Aber ich muss dich warnen, in Boulder Creek bleibt nichts verborgen. Wenn du also mit Striemen auftauchst, brauchst du eine gute Erklärung.«

»Such dir am besten eine verdeckte Stelle. Mein Hintern steht dir zur Verfügung.«

Clay blieb auf der Fahrerseite des Autos stehen und sah mich an. Ihre Haare waren leicht zerzaust, als hätte sie heute Morgen noch keine Zeit gehabt, sie zu kämmen. »Das mit gestern Abend ...«, setzte sie an.

»Es hat gutgetan.«

»Der Kuss oder die Ohrfeige?«

»Beides. Ist das sehr komisch?« Ich schmunzelte, und auch sie zog die Mundwinkel nach oben. Bei dieser Geste löste sich ein Knoten in meiner Brust, der die ganze Zeit alles abgeschnürt hatte.

»Es ist total komisch. Aber auch schön.« Sie lächelte und kniff die Augen zusammen, weil die Sonne sie blendete. Wie immer machte mein Herz einen Sprung bei ihrem Anblick. Clay war so unglaublich schön. Egal, ob früh am Morgen, am Abend, neben mir auf dem Autositz, beim Schafe-Entwurmen, beim Pferdebehandeln und meinetwegen auch, wenn sie mich morgens mit einer Kopfnuss weckte. Ich begehrte sie, seit wir vor elf Jahren gemeinsam Marmelade ausgeliefert hatten. Damals hatte ich mein Verlangen auf meine viel zu überschwänglichen Hormone geschoben, aber heute wusste ich es besser.

Sie holte tief Luft und blickte über Jordans Ranch. »Dieser Abend, der Ausflug, das hier ...« Sie zeigte um sich. »Es hat Spaß gemacht.«

»Fand ich auch.« Meine Finger kribbelten, und ich hätte sie zu gerne an mich gezogen und umarmt, aber ich tat es nicht. Beim nächsten Mal müsste sie auf mich zukommen, nicht umgekehrt.

Sie rieb sich über die Stirn, sah zu Boden und schüttelte sich. »Lass mir einfach etwas Zeit, ja?«

»So viel du willst.«

Clay straffte die Schultern, setzte wieder ihre übliche verschlossene Miene auf und öffnete die Fahrertür.

»Schätze, damit ist die Frage geklärt, wer heute fährt«, sagte ich.

»Jep.«

»Darf ich dann auch die Musik aussuchen?« Ich umrundete das Auto und öffnete die andere Tür.

»Natürlich nicht.« Sie stieg ein und richtete den Sitz, sodass er auf ihre Größe passte. Ich ließ mich auf dem Beifahrersitz nieder und rutschte ein Stück nach hinten. Clay tätschelte das Lenkrad, strich zärtlich über das Leder und drückte den Startknopf.

»Hat der Wagen einen Namen?«

»Nein.«

»Das müssen wir ändern.«

»Tob dich aus.«

»Wir nennen ihn Bill.«

»Was? Wie kommst du denn darauf?«

»Er sieht aus wie ein Bill. Ich wähle die Namen immer nach Gefühl.«

»Okay. Meinetwegen Bill.«

Sie ließ den Motor an und nickte zufrieden, als sie kurz aufs Gas tippte. »Könnte Jackson Konkurrenz machen.«

»Du kannst ihn dir jederzeit leihen.«

»Mach mir solche Angebote erst, wenn du weißt, wie ich fahre.«

»Ich weiß, wie du fährst.« Sie hatte mich schließlich auf ihre erste Spritztour mit Jackson mitgenommen.

»Da war ich sechzehn und hatte erst wenige Tage meinen Führerschein.« Sie grinste mich schon wieder so diabolisch an wie bei der Herfahrt, als sie die Musik ausgewählt hatte. »Seitdem hat sich einiges verändert.«

Clay ließ den Motor ein weiteres Mal aufheulen und schoss schneller als nötig rückwärts aus der Parklücke. Ich schluckte und richtete mich auf. Sie lachte, legte den Vorwärtsgang ein und gab Gas. Ich hielt mich am Griff über der Tür fest, sank tiefer in den Sitz und fragte mich, ob es wohl ein Fehler gewesen war, sie ans Steuer zu lassen …

20.

Heute

Clayanne

Als ich am nächsten Tag zur Arbeit zurückkehrte, ging es mir erstaunlich gut. Die Rückfahrt mit Parker war recht entspannt gewesen, nachdem er endlich aufgehört hatte, sich am Haltegriff festzuklammern, weil ich so manche Kurve viel zu schnell genommen hatte. Sobald wir Norfolk Valley hinter uns gelassen hatten, hatte ich ihn erlöst und den Tempomaten reingehauen.

Als wir gegen Abend auf Golden Hill ankamen, war ich zwar hundemüde, aber auch fast ein wenig traurig gewesen, dass unser Ausflug vorüber war.

Heute Morgen war ich dann tatsächlich das erste Mal seit Parkers Rückkehr ohne Druck im Bauch aufgewacht. Meine Gedanken waren sofort zu ihm geschweift, aber sie hatten nicht zu bösen Erinnerungen geführt. Ob es an dem Kuss lag? Oder der Ohrfeige? Oder doch an beidem? So merkwürdig es auch war, seit gestern war es zwischen mir und Parker anders. Noch wusste ich nicht, wohin das führen sollte, aber ich musste es wohl auf mich zukommen lassen.

Ich parkte Jackson vor der Tierklinik und nahm meinen Arztkoffer. Heute war der alte Junge sofort angesprungen und hatte die ganze Fahrt über zufrieden geschnurrt. Als wollte er mir zeigen, dass ich mich auf ihn verlassen konnte, nachdem ich das ganze Wochenende mit Bill verbracht hatte.

»So schnell ersetze ich dich nicht, keine Sorge.« Ich tätschelte wie immer sein Lenkrad und stieg aus. Direkt vor der Klinik parkte ein weiterer SUV. Er gehörte Everett. Der hatte mir heute gerade noch gefehlt.

Javiers Vater stattete uns manchmal einen unangekündigten Besuch ab, um zu überprüfen, wie wir mit dem Tagesbetrieb klarkamen. Eigentlich hatte er die Leitung der Klinik an Javier abgegeben, aber auf dem Papier war er noch immer als Chef eingetragen, und das ließ er sehr gerne raushängen.

Ich betrat den Empfangsbereich und nickte Martha zu, die hinter dem Tresen saß und Ausdrucke sortierte.

»Guten Morgen«, sagte ich. »Alles klar?«

»Der große Boss ist da, wie sollte es da schon sein?«

»Ist er sehr schlecht drauf?«

»Er will die Inventurliste aller Medikamente von mir und eine Kostenaufstellung über die Ausgaben und Einnahmen. Ist ja nicht so, als hätte ich die ihm nicht letzten Monat erst geschickt.«

»Wir schaffen das.« Ich klopfte auf ihren Tresen und lief nach hinten durch zu den Behandlungsräumen. Im Wartezimmer saß bereits Mr. Doogle mit seiner Katze, die heute geimpft werden sollte. Ich nickte dem alten Mann zu und bat ihn, noch einen Moment geduldig zu sein.

Impfungen übernahm in der Regel ich. Ich konnte eine Spritze im Schlaf setzen, aber heute würde ich es wohl dennoch nicht tun. Rein rechtlich gesehen durfte ich das nämlich nicht.

»… es war ein Fehler, Neils Stute nicht aufzunehmen. Wir hätten mit der Behandlung locker zweitausend Dollar verdienen können«, hörte ich Everetts Stimme aus Behandlungsraum eins. Das war Javiers Reich.

»Geld, das wir nicht nötig haben und Neil sich mühsam vom Munde absparen muss«, erwiderte Javier mit seiner ruhigen

Stimme. »Außerdem geht es der Stute schon besser. Die Entzündung geht zurück, und Neil ist glücklich.«

»Wir behandeln nach schulmedizinischem Standard, nicht nach diesem Naturfirlefanz.«

»Worüber regst du dich denn so auf?«, fragte Javier, und ich bewunderte ihn, wie er so gelassen klingen konnte. »Dieser Firlefanz wurde schon von deinem Großvater praktiziert.«

»Das macht es doch nicht besser! Nur weil ich ein Cheyenne bin, muss ich nicht an solchen Hausmittelchen festhalten.«

»Dad, die Klinik kann es sich leisten, Neil nicht das Geld aus der Tasche zu ziehen. Wir haben in den letzten sechs Monaten mehr verdient als im gesamten Jahr davor.«

»Das heißt nicht, dass du alles zum Fenster rauswerfen kannst! Du musste mehr Verantwortung zeigen, Junge. Die Ställe müssen bald renoviert werden, außerdem braucht die Fassade einen neuen Anstrich.«

»Die Farbe ist gut, so wie sie ist, und die Ställe sind bestens in Schuss. Sie erfüllen ihren Zweck.«

Everett brummte ungehalten. Dann entdeckte er mich durch die offene Tür. »Ah, Clay, komm doch mal zu uns«, sagte er, und ich schnaubte.

Einmal durchatmen, Luft anhalten und lächeln. Dauert nicht lange.

Ich betrat das Zimmer. Javier lehnte am Schrank, die Füße gekreuzt, die Hände in den Taschen seines Kittels. Er wirkte recht gelassen, aber vermutlich brodelte es in seinem Inneren.

»Everett, wie schön, dass du vorbeikommst«, rang ich mir ab und umklammerte die Riemen meiner Tasche fester.

»Die kannst du gleich dalassen«, sagte er.

»Was?«

»Die Tasche. Martha macht Inventur, dazu zählen auch die Behandlungskoffer.«

»Ist das nicht ein wenig kleinlich?«

Er zischte nur. Ich schluckte einen weiteren Kommentar hinunter und stellte die Tasche zu meinen Füßen ab. Sollte er halt drin rumwühlen, was kümmerte es mich.

»Wie war das Wochenende?«, fragte Javier. Ich hatte ihm erzählt, dass ich mit Parker Pferde aussuchen würde.

»Richtig gut. Die Ranch in Nevada war sehr beeindruckend. Parker hat vier vielversprechende Pferde ausgewählt.«

Everett schnaubte und schüttelte den Kopf. »Du solltest dir überlegen, mit wem du dich rumtreibst, Clay. Schlimm genug, dass Tara dem Quatsch auf Golden Hill zugestimmt hat, du musst ihm nicht auch noch helfen.«

Ich stöhnte, weil ich überhaupt keine Nerven hatte, mich auf so ein Gespräch einzulassen.

»Wäre ich noch im Stadtrat, wäre das nie genehmigt worden«, brabbelte er weiter. »Ihr lasst euch alle von diesem neumodischen Geschwafel beeindrucken.«

Javier seufzte leise, und ich verlagerte mein Gewicht von einem Fuß auf den anderen. Ich wollte hier raus und mit meiner Arbeit anfangen.

»Können wir sonst noch was für dich tun?«, fragte Javier seinen Vater.

»Ja, in der Tat. Ich habe vor einer Woche mit einem guten Freund von mir telefoniert. Sein Sohn ist mit dem Veterinärmedizinstudium fertig und sucht nun einen Arbeitsplatz.«

Mir wurde schlagartig heiß. Ich blickte zu Javier, doch der kniff nur die Augen zusammen. »Wir sind hier voll besetzt«, sagte er.

»Das seid ihr nicht, oder hat Clay mittlerweile ihren Abschluss in der Tasche?«

»Ich …«, setzte ich an, aber was hatte ich schon zu entgegnen.

»Dachte ich mir«, sagte Everett. »Connor hat als Jahrgangsbester abgeschlossen und wird die Klinik hervorragend unterstützen.«

»Ich habe Clay als Unterstützung«, sagte Javier.

»Sie kann ja meinetwegen bleiben, aber als Assistentin. Ihr

Gehalt wird gekürzt, und sie wird wieder ihre eigentlichen Aufgaben übernehmen. Wir haben viel zu lange mit angesehen, wie sie hier als Tierärztin rumspringt, obwohl sie keine ist. Zum Glück ist noch kein Tier durch ihre Behandlung gestorben. Das könnte die Klinik ruinieren, sollte jemand klagen. Damit ist ab jetzt Schluss. Das sollte dir eine Lehre sein, Clay, auch was deine restlichen Entscheidungen angeht.«

»Was? Welche Entscheidungen denn?«, fragte ich.

»Ob du jemanden wie Parker Huntington unterstützt oder nicht.«

»Bitte? Du willst mir doch hoffentlich nicht sagen, dass meine Freundschaft zu Parker Auswirkungen auf meinen Job hat.«

Meine Freundschaft zu Parker. Das war das erste Mal, dass ich dieses Wort in den Mund nahm, seit er wieder da war.

»Ich will nur sagen, dass du besser nachdenken solltest.« Er nahm meine Arzttasche und nickte uns zu. »Wir sehen uns. Ich melde mich, wenn wir mit der Inventur durch sind, danach kann ich auch sagen, wie viel Gehalt wir dir zahlen können, Clay.«

»Ich ...«

Everett verließ den Raum und ließ Javier und mich zurück.

»Das kann doch nicht sein verdammter Ernst sein?«, polterte ich los und spürte schon, wie in mir die Wut hochschwelte. »Kommt hier rein, führt sich auf, als wäre er der Gott der Tierklinik, und will mir auch noch vorschreiben, mit wem ich meine Freizeit verbringe? Der hat sie doch nicht mehr alle!« Die letzten Worte rief ich in Richtung Tür. Es war mir egal, ob Everett mich hörte oder nicht.

»Clay, ganz ruhig«, sagte Javier und trat auf mich zu.

»Ich verbringe so viel Zeit mit Parker, wie ich will. Boulder Creek muss ganz dringend aufhören, sich ständig in die Angelegenheiten seiner Bewohner einzumischen. Und was soll das Gerede mit meiner Arbeit? Ich leiste hier so viel, und ich ...«

»Atmen«, sagte Javier und packte mich an der Schulter. Ich blinzelte, weil mir auf einmal erst klar wurde, was da eben passiert war.

Sie kann ja meinetwegen bleiben, aber als Assistentin.
»Ich bin keine … ich bin keine richtige Tierärztin.« Der Tag war tatsächlich gekommen, an dem mir das zum Verhängnis wurde. Mir war schon immer klar gewesen, dass es nicht ewig so weitergehen konnte. Javier hatte mich bei sich aufgenommen, weil er an mich glaubte und wusste, dass ich die Arbeit erledigen konnte, aber er war mit mir auch ein Wagnis eingegangen.

»Das letzte Wort ist noch nicht gesprochen, mach dir keine Sorgen«, sagte er nun ruhig.

»Dein Vater … er will mich rauswerfen.«

»Nein, das glaub ich nicht. Er will sich nur aufspielen und mir zeigen, dass er die Kontrolle über den Betrieb hat. Das ist eher ein Machtkampf zwischen ihm und mir.«

Und ich stand mittendrin, weil ich das perfekte Kanonenfutter war.

»Everett braucht das manchmal. Er plustert sich auf, denkt, er sei der Boss, und dann verliert er das Interesse. Gib mir ein paar Tage Zeit, ich werde das mit ihm klären.«

»Wirst du diesen Connor denn einstellen?«

»Das wird sich noch zeigen, aber wir könnten wirklich ein wenig Unterstützung gebrauchen.«

Das stimmte allerdings. Die Klinik hatte viel mehr Zulauf bekommen.

Javier drückte meine Schultern fester. Die Geste hatte etwas Väterliches, Vertrautes. »Es wird alles gut.«

Ich biss mir auf die Unterlippe und nickte. Es war schön, dass Javier so zuversichtlich war, aber ich war mir nicht so sicher. Irgendwie war Boulder Creek durcheinandergewirbelt worden in den letzten Wochen.

Auch wenn wir nicht alles auf Parker schieben konnten, so schien es doch, als hätte sein Auftauchen einen Stein ins Rollen gebracht, der schon eine Weile wackelig auf dem Hügel gelegen hatte. Mal sehen, wie schnell er den Abhang hinunterraste.

21.

Heute

Parker

Seit ich mit Clay aus Norfolk Valley zurück war, waren erst fünf Tage vergangen, doch die hatten es in sich gehabt. Gestern hatten wir die erste Fuhre Fenster bekommen, von denen drei Scheiben kaputt gewesen waren und vier weitere erst gar nicht gepasst hatten. Irgendjemand hatte bei der Bestellung gepatzt. Außerdem hatte uns der Dachdecker versetzt, der eigentlich am Montag hatte kommen wollen. Er hatte nun erst in eineinhalb Wochen Zeit, was alle Anschlussarbeiten ebenso verzögerte. Und es regnete noch immer ins Obergeschoss. Ehe nicht alles dicht war, brauchten wir gar nicht erst daran zu denken, mit den Elektronikarbeiten zu beginnen.

»Es wäre mir lieber, wenn du erst nächste Woche kommst, Sadie.« Ich stand vor Grannys Anbau. Jessie hatte gerade das Fundament fertig gegossen und zog nun eine Plane über den Beton, damit dieser trocknen konnte. Für die nächsten Tage war noch mehr Regen gemeldet.

»Ich würde mir aber auch echt gerne mal langsam die Baustelle ansehen.«

»Ich weiß, aber ich … Ach, keine Ahnung. Komm, wann du willst, aber ich werde vermutlich nicht viel Zeit für dich haben.«

»Du klingst genervt.«

»Ein wenig gestresst, aber das wird auch wieder. Ich leg jetzt auf.«

»Wenn ich was tun kann, sag Bescheid.«

»Mach ich. Bis dann.« Ich steckte das Handy weg und atmete durch. Auf einmal erklang ein Motorengeräusch. Als ich mich umdrehte, sah ich ein Polizeiauto aufs Gelände fahren. Mir lief es kalt den Rücken hinunter. Wollte mich Russell etwa erneut auseinandernehmen so wie damals im Diner? Zu meiner Erleichterung stellte ich fest, dass Ryan aus dem Wagen stieg.

»Hey«, sagte ich vorsichtig und trat näher.

Ryan grüßte mich knapp und zückte ein Notizbuch. »Ich muss mich hier umsehen. Jemand hat bei uns angerufen und bemängelt, dass du dich nicht an deinen Bebauungsplan hältst.«

»Bitte was?«

Ryan deutete auf den Anbau. »Dieser Bereich zum Beispiel.«

»Da kommt der Anbau hin, der ist natürlich genehmigt.«

Ryan lief ums Haus herum und öffnete sein Notizbuch. Ich folgte ihm.

»Wer hat sich denn beschwert?«, fragte ich.

»Dazu darf ich keine Auskunft geben.« Er las kurz nach, blieb stehen und blickte sich um. »Also, wir haben hier einen fünfzig Quadratmeter großen Anbau.« Ryan griff in seine Hosentasche, holte ein elektronisches Messgerät heraus und schaltete es an. Wollte er jetzt allen Ernstes kontrollieren, ob der Anbau die richtige Größe hatte?

»Die Wand hier darf laut Plan acht Meter fünfzig lang werden.« Er schritt sie mit seinem Gerät ab, und ich folgte ihm.

»Ryan«, setzte ich an, aber er ignorierte mich. Das war doch der pure Wahnsinn. Welcher Polizist fuhr auf eine Baustelle und kontrollierte, ob auf einem gigantischen Grundstück mitten im Nirgendwo eine Wand die richtige Länge hatte?

»Sie ist aber neun Meter lang«, sagte Ryan und wandte sich der anderen Seite zu. »Ich nehme an, die ist auch länger?«

»Was? Ich … Nein, eigentlich nicht. Wir werden alles so bauen, wie es im Plan steht.«

»Offenbar nicht.«

»Wenn wir die hintere Wand ein Stück rausziehen, schließt es später schöner mit dem Dach ab«, schaltete sich Jessie ein.

Ryan runzelte die Stirn und maß unbeirrt auch die kurze Seite aus, die ebenfalls um einen halben Meter abwich. Er machte sich sofort eine Notiz. »Das müsst ihr wieder ändern.«

Ich stöhnte, und auch Jessie gab ein Brummen von sich.

»Wir haben aber schon das Fundament gegossen, wie du siehst«, sagte ich.

»Tja, dann hättet ihr richtig messen sollen. Tut mir leid, aber das muss rückgängig gemacht werden.«

»Wir können es nicht rückgängig machen.«

»In dem Fall wirst du eine Strafe zahlen müssen.«

Ich trat nach vorne und wollte Ryan zur Seite ziehen, aber er funkelte mich warnend an. Sein Blick war nicht ganz so tödlich wie der von Clay, flößte mir aber dennoch genug Respekt ein.

»Ist das wirklich dein Ernst? Wir sind hier mitten in der Natur, und das Grundstück gehört mir. Wen kümmert es, wenn dieser Anbau länger ist? Das ist doch völlig egal«, sagte ich so ruhig wie möglich.

»Leider ist es das nicht.«

»Das ist Russells Werk, oder? Ist er derjenige, der sich beschwert hat?« Und wie kam er überhaupt auf diese Idee? War er über Nacht hier rausgefahren und hatte nachgemessen, oder was?

»Ändert es«, sagte Ryan und wandte sich ab. Im Gehen musterte er das Haupthaus, als wollte er checken, ob es auch hier etwas zu bemängeln gab.

»Ryan.« Ich schloss zu ihm auf und heftete mich an seine Seite. Er war fast genauso groß wie ich und ähnelte mir auch vom Körperbau. »Lass uns bitte vernünftig darüber reden.«

»Wir reden vernünftig.«

Er gelangte zu seinem Wagen und öffnete die Tür.

»Hey, warte«, sagte ich und baute mich neben ihm auf. Ryan straffte ebenfalls die Schultern und kniff die Augen zusammen. »Die Strafe wird im vierstelligen Bereich liegen, das kann ich dir schon mal sagen.«

»Bitte, was?«

»Nicht genehmigte Bauten durchzuführen ist teuer.«

»Der verdammte Anbau ist genehmigt.«

»Ja, aber du hast ihn nicht so gebaut, also ...«

Ich biss den Kiefer hart aufeinander, bis ich das Gefühl hatte, mir platzte gleich der Schädel. Das konnte doch unmöglich sein Ernst sein! Wäre er wenigstens zwei Tage früher gekommen, da hätten wir die Maße leicht noch ändern können.

»Bis dann, Parker.« Ryan stieg ein. »Du wirst von uns hören.«

Ich trat vom Wagen zurück und sah zu, wie er die Baustelle wieder verließ. War das nun die Schiene, die Russell mit mir fahren wollte? Mich mit derlei dummen Vorschriften zum Wahnsinn treiben?

»So ein Arsch.« Ich zückte mein Handy und rief Leos Kontakt auf. Er war irgendwo hinten auf dem Gelände und kümmerte sich schon mal um den Offenstall für die Pferde.

»Parker, alles klar?«, meldete er sich.

»Nein, ganz und gar nicht ...« Während ich Leo auf Stand brachte, lief ich zurück zum Haus.

Der Rest des Tages verlief im angespannten Schweigen. Ryans Besuch hatte mir die Stimmung ziemlich verhagelt, und ich musste erst überlegen, wie ich damit umgehen sollte. Erst mal würde ich eine Nacht darüber schlafen und mich abregen. Das war eines meiner Probleme, an denen ich seit Jahren arbeitete: mein Temperament zu zügeln. Durch Ajdens Hilfe war ich darin schon einen guten Schritt weitergekommen, auch wenn ich in diesem Moment am liebsten etwas an die Wand werfen wollte!

Nachdem sich der Arbeitertrupp am Abend verabschiedet hatte, ging ich gedanklich noch mal alle Bauarbeiten durch und überlegte, wo wir noch von den Plänen abgewichen waren. Die Reithalle war mittlerweile mündlich genehmigt, aber wir warteten noch auf das offizielle Schreiben. Vielleicht sollte ich hier noch mal bei Tara nachhaken.

Ich blieb vor der großen Fläche stehen, die wir schon planiert und drainiert hatten, und fragte mich, ob mir das auch zum Verhängnis werden würde.

Nach meinem kurzen Rundgang über die Ranch kehrte ich zum Haus zurück und überlegte, ob ich heute hier oder in Cybils Gästezimmer schlafen sollte. Eigentlich hatte ich keine Lust, jemandem aus der Stadt zu begegnen, denn Ryans Besuch hatte sich bestimmt schon wieder rumgesprochen. Ich könnte mir eine Dosensuppe aufmachen, mich auf meine noch nicht fertige Veranda setzen und darüber nachdenken, wie ich mich jemals in Boulder Creek zu Hause fühlen sollte.

Gerade als ich das Haus erreichte, blitzten zwei Scheinwerfer auf. Ein Auto kam so schnell den Schotterweg hochgefahren, dass Dreck und Steine hinter den Reifen wegspritzten.

Ich hielt inne und stockte, als ich erkannte, dass es Jackson war. Clay bremste neben meinem Auto, stellte den Motor ab und sprang aus dem Wagen.

»Hey, schön, dich zu sehen«, sagte ich.

»So ein Arschloch!«, gab sie zurück und knallte die Tür zu, woraufhin der Außenspiegel bedrohlich wackelte.

Ich runzelte die Stirn. Was hatte ich denn jetzt wieder angestellt?

»Dieser elende, selbstgefällige, eingebildete Bastard!« Sie lief um Jackson herum, öffnete die Beifahrertür und holte einen Rucksack heraus. Erleichtert stellte ich fest, dass sie diesmal nicht Maggie dabeihatte. »Kommt her und führt sich auf, als wäre er der Chef, der alles unter Kontrolle hat. Dabei weiß er nichts! Gar nichts! Er hat keine Ahnung vom Tagesgeschäft oder mit was Javier und ich uns abmühen. Er weiß nicht, wie vielen Patienten wir helfen, wie effektiv wir arbeiten.«

Okay, es ging also nicht um mich. »Von wem sprichst du?«

»Everett! Javiers Vater. Er denkt, er kann mich absägen, aber ich ...« Sie umschloss den Riemen des Rucksacks fester und rang sichtbar um Fassung und Luft.

Ich schob meinen eigenen Ärger zurück und lief zu ihr. »Langsam. Was ist denn passiert?«

»Bist du allein?«

»Ja.«

»Gut.« Sie schüttelte sich und lief aufs Haus zu. »Hast du Strom?«

»Nur vom Generator.«

»Egal. Ich hab auch Kerzen dabei.«

Ich folgte ihr ins Innere. Clay lief in den künftigen Wohnbereich und ließ sich auf dem Boden vor dem Kamin nieder, wo noch immer mein Schlafsack lag. Sie öffnete ihre Tasche, zog ein paar Kerzen heraus und stellte sie auf.

»Warte«, sagte ich und eilte rasch nach oben, wo noch ein paar Decken und Kissen lagen. Ich schnappte sie mir und kehrte zurück zu Clay. Sie hatte bereits einige Kerzen angezündet, die genügend Licht spendeten. Ich rollte die Decken und Kissen so zusammen, dass wir uns daranlehnen konnten. Clay half mir, bis wir es uns einigermaßen gemütlich gemacht hatten. Dann griff sie noch mal in ihren Rucksack und holte eine Flasche Whiskey heraus.

»Oh, es ist also Zeit für den harten Stoff«, sagte ich.

Sie brummte nur, nahm zwei Gläser, die sie ebenfalls eingepackt hatte, und goss uns ein. Ehe sie die Flasche abgestellt hatte, hatte sie ihr Glas bereits runtergekippt und goss sich nach.

»Du willst hoffentlich nicht noch fahren.«

»Darüber habe ich mir noch keine Gedanken gemacht.« Sie trank erneut, aber dieses Mal nicht so hastig wie zuvor. Clay schüttelte sich, zog die Beine an und blickte in die Kerzenflammen. Ein kühler Luftzug wehte durch die offenen Fenster herein. Es roch bereits nach Regen und würde sicher nicht mehr lange dauern, bis es losging.

»Soll ich den Kamin anwerfen?«, fragte ich.

»Funktioniert er denn?«

»Mittlerweile schon.«

»Dann sehr gerne.«

Ich stand auf und verließ das Haus durch die Hintertür. Schnell raffte ich etwas Feuermaterial zusammen. Jessie hatte die letzte Woche so viel Gestrüpp und alte Äste weggeschnitten, dass ich wochenlang damit heizen könnte. Zum Glück hatten sie im Trockenen gelegen. Als ich zurückkehrte, saß Clay unverwandt auf dem Fußboden und trank ihren Whiskey. Ich beeilte mich mit dem Holz, und kurz darauf brannte tatsächlich das erste Feuer in meinem Kamin.

»Nicht schlecht«, sagte sie und prostete mir zu. Ich ließ mich wieder neben ihr nieder und stieß mit ihr an.

Für eine Weile lauschten wir dem Knistern des Feuers, das uns angenehm wärmte. Draußen prasselten bereits die ersten Regentropfen nieder, und die Temperaturen sanken weiter.

»Willst du mir erzählen, was passiert ist?«, fragte ich schließlich.

Sie seufzte tief. »Ich bin gefeuert.«

»Was?«

Sie gab ein frustriertes Stöhnen von sich und trank erneut. »Na ja, Everett hat es anders formuliert. Er meinte, ich sei bis auf Weiteres freigestellt, bis er sich darüber Gedanken machen könnte, wie es mit mir weitergehen soll.«

»Aber das ist doch ... Wie kann er dich rauswerfen?«

»Weil er der Boss ist.«

»Ja, aber was ist denn passiert?«

»Es ging mal wieder um meinen fehlenden Abschluss. Es war

klar, dass es mal so weit kommen würde. Everett möchte den Sohn eines Freundes einstellen, Connor.«

»Wird Javier das denn tun?«

»Muss er jetzt wohl, wenn er nicht alles alleine machen will, denn ich bin weg vom Fenster. Ich kann nicht mal mehr als Assistentin dort arbeiten.«

»Aber warum denn? Du hast doch nichts getan.«

»Doch, hab ich.« Sie trank erneut. »Everett hat bei uns Inventur gemacht und auch alle Arztkoffer kontrollieren lassen. Inklusive dem, den ich bei Jordan dabeihatte.« Sie versteifte sich und schloss die Augen. Mir kribbelte es in den Fingern, sie an mich zu ziehen und festzuhalten. »Da ist ihm aufgefallen, dass einige verschreibungspflichtige Medikamente fehlen, unter anderem die Antibiotika, die ich dem Mustang gegeben habe.«

»Ist das schlimm?«

»Ja. Ich habe an dem Wochenende nicht nur rezeptpflichtige Arzneien verabreicht, die nur ein Arzt verschreiben darf, sondern im Grunde auch die Klinik beklaut.«

»Du hast doch nicht geklaut! Du hast einem Tier geholfen, das ist dein Job.«

»Nein, streng genommen ist es mein Job, die Käfige in der Klinik sauber zu halten, Geräte zu desinfizieren, Ställe zu misten, ein Auge auf die Patienten zu werfen und dafür zu sorgen, dass der Tagesbetrieb läuft. Ich bin als Tierarztassistentin bei Javier eingestellt, und die haben bei Weitem nicht die gleichen Befugnisse wie Ärzte. Ich bin eigentlich nur eine bessere Aushilfe, die aufpasst, dass alles läuft.«

»Das ist doch Haarspalterei.«

»Für Javier war das nie ein Problem, und er hätte mir auch keinen Strick aus dieser Sache gedreht, aber Everett hat genau nach so etwas gesucht. Er hat Javier das Messer auf die Brust gesetzt und ihm gesagt, dass er nur auf eine Anzeige gegen mich verzichtet, wenn er mich unverzüglich freistellt und dafür diesen Connor mit ins Boot holt. Das war es für mich.«

»Das ist doch aber …« Clay hatte ihren Job verloren, weil sie mir geholfen hatte. »Fuck.« Ich schnappte nach Luft und musste das erst mal sacken lassen. »Ich hätte dich nicht fragen sollen, ob du mitkommst, dann wäre das nie passiert.«

»Ich hätte das Pferd nicht behandeln sollen.«

»Und stattdessen zusehen, wie es eingeht? Was hätte es denn für Chancen gehabt?«

»Keine. Es wäre einfach ein weiterer Mustang gewesen, der es nicht geschafft hätte. In der Wildnis wäre er mit so einer Verletzung auch gestorben.«

Ich blickte sie an und zog die Augenbrauen zusammen. »Hättest du das wirklich gekonnt?«

Sie presste die Lippen fest aufeinander und schüttelte den Kopf. »Ich würde wieder und wieder so entscheiden, egal, ob ich es rein rechtlich darf oder nicht. Ich kann nicht danebenstehen und einem Tier Hilfe verwehren.«

Ich stellte mein Glas ab, streckte die Beine aus und zog Clay an mich heran. Zu meiner Überraschung wehrte sie sich nicht, sondern rückte enger in meine Umarmung und sank mit mir in die Kissen. Ich legte den Arm um sie, und sie kuschelte sich an meine Brust. »Das tut mir so leid, Clay. Irgendwie bringe ich alles durcheinander.«

»Das liegt nicht an dir. Es war schließlich meine freie Entscheidung, so zu handeln. Letztlich war es sowieso nur eine Frage der Zeit. Ich habe die vergangenen Jahre gut mit Javier zusammengearbeitet, und es hat alles funktioniert. Aber ich saß vor einer geladenen Pistole, die jeden Moment losgehen konnte. Jetzt hat Everett halt den Abzug betätigt und mir mitten ins Gesicht geschossen.«

Ich brummte. »Aber wir müssen doch irgendetwas dagegen tun können.«

Sie griff nach ihrem leeren Glas und hob es an. »Du kannst mir gerne nachfüllen.«

Ich richtete mich auf, nahm die Flasche und schenkte uns beiden ein. Wir stießen an und tranken. Langsam stieg mir der Alkohol zu Kopf oder Clay oder beides.

Der Regen prasselte heftig aufs Dach, und der Wind trieb diese ganz spezielle Duftmischung aus nasser Erde und Natur durch die Fensteröffnung ohne Glasscheibe. Gepaart mit dem Geruch des Feuers, dem Alkohol, Clays Nähe überforderte es meine Sinne gerade maßlos.

»So ein Scheiß«, sagte Clay und schwenkte die honigfarbene Flüssigkeit in ihrem Glas. Das Feuer zeichnete ein stetiges Flackern auf ihr Gesicht.

Ich beugte mich vor und warf Holz nach.

»Das hier ist übrigens ziemlich kitschig«, stellte sie fest.

»Mh?«

»Der Kamin, das Feuer. Der Schlafsack. Draußen regnet es. Romantischer Firlefanz.«

»Na ja, es sind knapp fünfzehn Grad, wir haben keine Fensterscheiben, hocken auf einer Baustelle, auf der nichts fertig ist, und wenn wir Pech haben, regnet es gerade oben durchs Loch im Dach, das wir nur notdürftig mit einer Plane abgedeckt haben. Klingt das besser?«

»Ein wenig.«

»Schön.« Ich ließ mich wieder neben ihr nieder und rieb die Holzspäne von meinen Fingern.

»Tut mir leid, dass ich so anstrengend bin«, sagte sie leise.

»Du bist nicht anstrengend.«

Sie knuffte mich in die Seite, aber ich hielt ihre Hand fest und umschloss sie mit den Fingern.

»Du bist wundervoll, lebenslustig, einfühlsam, bemüht, ein wenig stur, und du gehst deinen Weg. Den mögen nicht alle verstehen, aber das macht nichts. Ich habe diese Seite an dir schon immer bewundert. Du bist so stark, Clay.«

Sie hielt die Luft an und blickte mir fest in die Augen.

Fuck, das halt ich nicht aus.
Clay machte mich benommener, als der Whiskey es je könnte. Sie erreichte meine Seele, hüllte sie ein und ließ sie gleichzeitig schwingen. Ich begehrte diese Frau mit meinem Herzen und meinem Körper. Ich wollte ihr so nahe wie nur möglich sein, ich wollte sie festhalten und sie spüren, ich wollte, dass sie mir alles von sich erzählte, mich ein Teil ihres Lebens werden ließ. Ich wollte sie beschützen, dabei war sie so ziemlich die Letzte, die Schutz brauchte.

Sie lehnte sich näher zu mir, sah auf meinen Mund und leckte sich über die Lippen. Ich hielt still. Was auch immer sie tun wollte, lag ganz allein bei ihr. Anscheinend spürte sie genau das, denn sie schloss die Augen und gab einen leisen Seufzer von sich. Clay hielt inne, schien über etwas nachzudenken, und auf einmal ging alles sehr schnell.

Sie packte mich am Hemdkragen und zog mich auf ihren Mund. Ich stockte, gab ihr aber nach und öffnete meine Lippen. Sie entließ ein tiefes Brummen, als bereitete ihr dieser Kuss Schmerz und Wonne zugleich. Ehe ich es weiter deuten konnte, küsste sie mich energischer, rückte näher zu mir heran und ließ alles andere in den Hintergrund treten. Den Regen, das Feuer, das Gespräch eben. Ich strich mit dem Finger über ihr Ohr nach hinten, bis ich ihren Nacken erreichte. Sie stöhnte in meinen Mund, kletterte auf meinen Schoß und rieb sich an mir. Mir wurde heiß und kalt zugleich, und ich konnte nicht sagen, ob wir saßen oder lagen. Clay legte ein derartiges Tempo an den Tag, dass es mich verunsicherte, ob sie mit dieser Aktion nur etwas übertünchen wollte. Das fühlte sich so anders an als damals unsere Küsse als Teenager. Ihr Körper schmiegte sich an meinen. Die Rundungen ihrer Hüfte passten genau in meine Handflächen. Ich packte zu, drückte mich ihr entgegen, bis sie noch mal dieses wundervolle kehlige Geräusch von sich gab, das mir direkt in den Schwanz schoss.

Sie rieb sich weiter an mir, während sie mich leidenschaftlich küsste. Wir verschmolzen in unserem gegenseitigen Verlangen, in all dem Schmerz, den wir uns selbst zugefügt hatten. Ich wanderte mit der Hand höher. Schob dabei das Shirt nach oben und glitt über ihre nackte Haut. Clay schauderte, versteifte sich, und ich hielt sofort inne. Ihr Atem kam schwer und streifte meine Haut.

»Alles klar?«, fragte ich leise.

»Glaub schon.«

Glauben ist nicht wissen, Clay.

Ich drückte sie ein Stück von mir, um sie besser anzusehen. Ich musste wissen, was in ihr vorging, sie musste mir zeigen, ob sie das hier überhaupt wollte, denn auf keinen Fall wollte ich eine Grenze überschreiten, für die sie nicht bereit war. Wenn das hier nur eine Übersprungshandlung war, mussten wir es stoppen.

Clay hatte ihre Hände auf meine Schultern gelegt, jetzt spannten sich ihre Finger und gruben sich in meine Muskeln. Sie presste die Lippen zusammen, rang sichtlich mit Worten oder ihren Gefühlen, so genau konnte ich es nicht deuten.

»Hey«, sagte ich und strich ihr eine Strähne aus der Stirn. »Was geht in dir vor?«

»Alles. Nichts. Ich ...« Sie schluckte, schloss die Augen und schüttelte den Kopf. »Es ist so viel, seit du wieder da bist. Ich will einfach nur ...« Sie küsste mich ein weiteres Mal, aber jetzt war ich mir sicher, dass etwas nicht stimmte. Clay wollte das nicht. Sie versuchte, etwas in sich zu betäuben, indem sie sich Schmerzen einer anderen Art zufügte. Sie presste sich an mich, warf mich beinahe um und umklammerte mich mit ihren Beinen. Sämtliches Blut sackte in meine Körpermitte. Gott, ich würde nichts lieber tun, als sie auf den Schlafsack zu werfen und ihr genau das zu geben, was sie gerade wollte. Aber das würde uns beiden nicht guttun.

»Clay, warte.«

»Ich hab Gummis dabei.«

»Das mein ich nicht.«

Sie küsste sich meinen Hals hinunter, biss sanft in meine Haut, und ich stöhnte auf. Ein Schauer nach dem anderen schoss durch meinen Körper, der mehr als bereit für Clay war. Wenn ich es nicht gleich beendete, würde ich wirklich alle Beherrschung verlieren.

»Warte, warte ...«, sagte ich erneut und drückte sie wieder von mir.

Sie sah mich an. In ihren Augen glänzten die Tränen, aber sie blinzelte sie sofort wieder weg.

»Nicht so«, flüsterte ich.

Sie verzog das Gesicht, schüttelte den Kopf und löste sich von mir. Kälte streifte meinen Oberkörper, wo sie mir eben noch so nah gewesen war. Clay richtete sich auf, torkelte, fasste sich an die Stirn.

»Ich ... ich sollte gehen.«

»Auf keinen Fall lass ich dich so fahren.«

»Ich kann nicht hier ... Tut mir leid ... Es war ein Fehler. Ich hätte nicht ...«

»Hey.« Ich sprang auf und schloss einfach die Arme um sie. Clay keuchte, aber sie wehrte sich nicht gegen mich. Sanft strich ich über ihren Rücken, küsste sie zaghaft auf die Schläfe und gab ihr zu verstehen, dass sie nicht alleine war. Sie bebte. Das war das erste Mal, dass sie mir diese verletzliche Seite von sich zeigte. »Komm her«, sagte ich leise und zog sie zurück auf die Decken. Kurz sperrte sie sich dagegen, aber dann ließ sie mich gewähren und sank mit mir auf die weiche Unterlage.

»Ich bin ...«

»Alles gut.« Ich zog den Schlafsack über uns und schloss die Arme fester um sie. Das Feuer knisterte und spendete nach wie vor eine wohlige Wärme, aber mit Clay in meinen Armen würde mir sowieso nicht kalt werden. Sie seufzte, ihre Muskeln entspannten sich ein wenig. Die Erschöpfung, die Wut und der Alkohol forderten ihren Tribut. Ich küsste sie ein weiteres Mal auf die Haare und war erfüllt von sehr viel Dankbarkeit. Sie hätte ihren Bruder oder jeden anderen in Boulder Creek aufsuchen können. Aber sie hatte

Golden Hill und vielleicht ja auch mich gewählt. Ich atmete tief ein, sog diesen Moment auf und schloss ihn tief in mein Herz ein. Ich würde ihn voll und ganz auskosten.

In meinem künftigen Heim, mit einer wundervollen Frau, die mir ziemlich wichtig war.

22.

Heute

Clayanne

Der Morgen danach war noch nie meine Stärke gewesen. Nachdem ich mit Kerlen in die Kiste gestiegen war, hatte ich stets so schnell wie möglich das Weite gesucht. Ich war heimgefahren, hatte geduscht und mich in mein Bett gekuschelt, um befriedigt einzuschlafen. Bei Parker machte ich nun keine Ausnahme, auch wenn wir nicht miteinander geschlafen hatten. Aber das, was wir getan hatten, fühlte sich viel schlimmer an. Nicht nur mein Schädel brummte, auch mein Körper schmerzte von der Nacht auf den harten Holzdielen. Parker hatte mich die ganze Zeit über festgehalten. Als ich heute Morgen aufgewacht war, lagen wir halb ineinander verknotet in seinem Schlafsack. Er hatte zum Glück noch friedlich geschlafen, sodass ich mich mit dem ersten Vogelgezwitscher aus dem Haus schleichen konnte. Jetzt kam ich mir vor, als wäre ich auf der Flucht.

Vor meinen eigenen Gefühlen, vor zu viel Nähe, vor diesem unglaublichen Mann, der mir gestern so viel gegeben hatte. Mich von ihm festhalten zu lassen hatte sich in dem Moment richtig und vertraut angefühlt, aber im Nachhinein war es ein Fehler. Eigentlich wollte ich ihm nicht erneut die Tür öffnen, sondern ihn draußen lassen, doch Parker stahl sich Stück für Stück zurück in mein Herz, und das machte mir eine Heidenangst. Ich wollte nicht mehr so von ihm verletzt werden wie damals, ich wollte ihm nicht wieder so viel Macht über mich geben.

Ich schüttelte mich und schaute auf die menschenleere Straße vor mir. Ich legte den Arm auf die offene Fensterscheibe, massierte mir den Nasenrücken und drehte meinen Kopf ein Stück in den Fahrtwind. Die Luft war sehr frisch und klar nach dem Regen letzte Nacht, aber am Tag würde es warm werden. Die Sonne zeigte sich bereits und zauberte glitzernde Punkte auf den Asphalt. Ich gelangte an die Kreuzung, die auf die 89 führte, und bremste ab. Wenn ich links abbog, würde ich zur Klinik kommen. Beim Gedanken daran zuckte ich zusammen. Der Schmerz, den ich gestern so verzweifelt versucht hatte zu bekämpfen, trat wieder in den Vordergrund.

Heute war Samstag, laut Dienstplan hätte ich eigentlich die Frühschicht gehabt. Ich umklammerte mein Lenkrad fester und sah auf die Abzweigung vor mir. Vor einer Woche noch war ich einfach abgebogen, hatte die Klinik betreten, mir meinen Kittel übergezogen und mit der Arbeit angefangen.

Und jetzt?

Würde bald jemand anderes meinen Behandlungsraum nutzen, meine Patienten versorgen. Dieser Connor würde von nun an auf meinem Stuhl an meinem Computer sitzen, meine Akten durchgehen, die ich akribisch angelegt hatte. Meine Kehle wurde eng, und meine Augen wurden glasig, doch ich wischte rasch darüber und bemühte mich um Fassung. Meinen Job hatte ich genauso wenig im Griff wie meine Gefühle für Parker. Ich hatte all die Jahre eine Notlösung gelebt, war zu feige gewesen, meine Zukunft in die Hand zu nehmen, und nun erhielt ich die Quittung dafür.

»Du bist so dumm, Clay.« Ich schüttelte den Kopf, bog nach rechts statt nach links ab und fuhr weiter in Richtung meines Zuhauses. Als Erstes musste ich mich sortieren. Welche Möglichkeiten blieben mir?

Doch studieren? Es noch mal versuchen und für acht elende Jahre die Schulbank drücken? Könnte ich das überhaupt noch? Ich war jetzt siebenundzwanzig. Allein beim Gedanken daran, einen Unicampus zu betreten, zog sich alles in mir zusammen.

Nach einer kurzen Fahrt bog ich auf meine Zufahrtstraße ein und drosselte das Tempo. Der Weg war unbefestigt und durch den vielen Regen ziemlich aufgeweicht. Ich blickte nach rechts hinunter ins Tal, wo Boulder Creek in der aufgehenden Sonne lag. Ein feiner Dunst hatte sich über der Stadt ausgebreitet. Von hier oben sah immer alles so friedlich aus. Als könnte nie etwas Schlimmes über diese kleine Stadt hereinbrechen, die so geschützt und abgeschieden lag.

Ich parkte Jackson auf seinem Stammplatz und stellte den Motor ab. Rasch suchte ich meine Sachen zusammen, stieg aus und lief auf meinen Wohnwagen zu.

Da entdeckte ich Ryans Motorrad schräg hinter Gustav. Und die Wohnwagentür war nur angelehnt.

Was wollte denn mein Bruder hier?

»Ryan?« Ich öffnete die Tür und blickte mich in meinem bescheidenen Heim um. Es war niemand da. Ich drehte mich um und wollte noch mal raus, als ich mit Ryan zusammenstieß, der gerade eintreten wollte. Er fasste sich ans Herz.

»Hast du mich erschreckt.«

»Ich dich? Das ist mein Zuhause, schon vergessen?«

»Als ob.«

»Was machst du denn hier?«

»Hab deinen Stromgenerator repariert. Ich wollte mir die Hände waschen, aber es kam nur kaltes Wasser. Am Generator läuft unten Benzin aus.«

»Ich weiß, deshalb nutze ich ihn nur selten.« Ich hatte vor zwei Jahren einen kleinen Generator hinter Gustav angebracht, der mein Wasser in der Therme erhitzte. Für den Strom nutzte ich ein Solarpanel auf dem Dach.

Ryan hob die Augenbrauen.

»Es ist Sommer. Ich brauche kein warmes Wasser«, beharrte ich auf meinem Standpunkt.

»Gott, Clay, ich frage mich echt, wie du so hausen kannst.«

»Und ich frage mich, warum du dich jedes Mal darüber aufregst.«

»Ist ja auch egal, deshalb bin ich nicht hier.« Er ließ sich in der Sitzecke der Küche nieder. Ich streifte meine Schuhe ab und setzte mich ihm gegenüber.

»Du hast deinen Job verloren«, sagte Ryan.

»Im Ernst jetzt? Hat der Buschfunk das auch schon wieder getrommelt?« Das konnte doch nicht wahr sein! Es war erst gestern passiert. »Everett hat es rausposaunt, oder?«

»Hat er, aber verflucht, Clay ... Wie bist du denn auf die Idee gekommen, ohne ärztliche Anweisung ein Pferd zu behandeln?«

»Was hätte ich sonst tun sollen? Es vor meinen Augen sterben lassen?«

Ryan schüttelte den Kopf und murmelte irgendwas, das wie »So ein Mist« klang. Dann sagte er: »Hast du Kaffee da?«

Ich atmete durch, nickte und stand wieder auf, um die Maschine anzuwerfen, die mir Ryan mal zum Geburtstag geschenkt hatte.

»Wo warst du eigentlich so früh am Morgen?«, fragte er.

Ich drückte auf den Knopf, um die Bohnen zu mahlen, sodass das durchdringende Dröhnen mir die Antwort ersparte.

Nachdem sein Kaffee durchgelaufen war, reichte ich ihm wortlos die Tasse und holte mir ebenfalls eine aus dem Schrank.

»Clay?«, hakte er nach.

Ich machte mir ebenfalls einen Kaffee, nippte daran und setzte mich wieder Ryan gegenüber. »Bei Parker«, brachte ich schließlich heraus. Falls mich doch irgendwer gesehen hatte, wie ich heute Morgen von Golden Hill weggefahren war, würde es sowieso bald wieder jeder wissen.

Ryan verschluckte sich und hustete. »Was? Die ganze Nacht?«

»Ja. Und es lief nichts zwischen uns, also beruhig dich.«

»Das ist trotzdem nicht dein Ernst. Du hast ihn vor ein paar Wochen noch mit Maggie bedroht und wolltest ihn den Wildschweinen zum Fraß vorwerfen!«

»Ich weiß.«

»Clay ... bitte nicht.«

»Was denn?«

»Mach das nicht noch einmal!«

»Ich ...« Ich schloss die Augen und nickte. Parker war nicht gut für mich, aber ich konnte dennoch nicht von ihm lassen.

Ryan lehnte sich vor und sah mich eindringlich an. »Er hat dich wieder gekriegt, oder?«

»Was?«

»Ich seh es dir an, du bist noch immer in ihn verknallt.«

»Bin ich nicht.« Ich wollte aufstehen, aber Ryan packte mich am Handgelenk und hielt mich zurück. Ich funkelte ihn an, doch er ließ nicht los.

»Clay ...«

Ich legte den Kopf in den Nacken, atmete durch. Mein Herz schmerzte. Die letzte Woche hatte mich emotional einfach zu sehr aufgewühlt. »Ich bin nicht ... Ich kann auf mich aufpassen.«

»Scheiße.« Ryan ließ mich los, lehnte sich wieder zurück und trank einen weiteren Schluck. »Ich hätte ihm doch die Eier rausreißen und auf meinem Autodach brutzeln sollen.«

»Was?«

Er schüttelte den Kopf. »Er bringt alles durcheinander.«

»Er rüttelt zumindest die Stadt gehörig auf.«

»Und wie. Russell dreht auch am Rad.«

»Inwiefern?«

»Ach, er ist ... Stew ruft ständig bei uns an und macht Stress. Er hat so einen Hass auf Parker.«

»Parker ist mittlerweile erwachsen. Er wird nichts mehr anstellen.« Zumindest in der Sache war ich mir zu neunundneunzig Prozent sicher. Parker war kein rücksichtsloser Teenager mehr.

»Viele in der Stadt wollen ihn hier einfach nicht sehen. Sie sind verletzt, was ich verstehen kann nach dem Abgang damals. Außerdem tragen es ihm viele nach, dass er nicht auf Darrens Beerdigung war. Sie meinen, er habe kein Recht, jetzt hier zu sein. Russell will, dass ich Parker genau kontrolliere und hat mich gestern auf die Baustelle geschickt.«

»Ach?« Das hatte Parker gar nicht erzählt, aber ich hatte ihm auch nicht viel Gelegenheit gelassen, selbst zu Wort zu kommen.

»Ich muss genau überprüfen, ob er sich an die Baupläne hält. Den Anbau hat er zu lang gebaut und muss jetzt 'ne Strafe zahlen.«

»Wen juckt es denn bitte, wie groß Parkers Anbau wird?«

»Die Stadt offenbar, und sieh mich nicht so an. Ich mach nur das, was ich aufgetragen bekomme.«

»Das ist doch totaler Blödsinn.«

»Ja, wie so vieles zurzeit.« Er sah mich eindringlich an, und ich rutschte tiefer in meinen Sitz.

»Wie dem auch sei.« Ryan trank seinen Kaffee aus, stand auf und stellte die Tasse auf den Tisch. »Ich bitte dich wirklich von Herzen, vorsichtig zu sein und auf dich aufzupassen. Lass nicht zu, dass er dich wieder in den Abgrund wirft.«

»Das hab ich nicht vor.«

»Gut.«

Ich sah auf die Kaffeetasse und kniff die Augen zusammen.

Ryan grinste nur, wandte sich ab und verließ Gustav, ohne sein Geschirr wegzuräumen.

»Das werde ich dir wieder heimzahlen.«

»Jaja.«

Ich schüttelte den Kopf, lauschte, wie er seine Maschine startete und davonfuhr. Auf einmal fröstelte es mich, obwohl es nicht kalt war. Eine Weile saß ich einfach nur da, trank meinen Kaffee und starrte ins Leere.

Lass nicht zu, dass er dich wieder in den Abgrund wirft.

Ich wusste das. Ganz tief in mir drin spürte ich die Gefahr, und dennoch trat ich nicht auf die Bremse.

Dumm. Dumm. Dumm.

Mein Handy vibrierte, und ich zuckte zusammen. Rasch fischte ich es aus der Tasche. Eine Nachricht von Parker war eingegangen.

Alles klar bei dir? Du warst weg, als ich aufgewacht bin.

Ich biss mir auf die Unterlippe und drückte widerwillig auf Antworten:

Ja. Ich muss etwas für mich sein. Danke für den schönen Abend. Er hat gutgetan. Trotz allem.

Mir auch. Du bist hier jederzeit willkommen.

Und du kannst mir gerne auch von deinen Problemen erzählen. Ryan war gerade da …

Tut mir leid, dass er dich schikaniert.

Schon gut, mit dem komm ich klar.

Ich sah aufs Display und überlegte, was es noch zu schreiben gab. Mein Herz war leer und voll gleichermaßen.

Bis dann,
tippte ich also nur.

Bis hoffentlich bald.

Ich gähnte, legte das Handy weg und ließ meine Schultern rotieren, bis es knackte. Dann stand ich auf, zog mich aus und stellte die Dusche an.

Vielleicht war es doch nicht so schlecht, dass Ryan für warmes Wasser gesorgt hatte.

23.

Heute

Parker

»Parker!«, rief Sadie und sprang aus dem Mietwagen.

Ich trat aus dem Haus und lief meiner Schwester entgegen. Wie immer wirkte ihr Gang ein wenig schleppend, was an ihrer Verletzung lag. An manchen Tagen war es so schlimm, dass sie sogar stark hinkte. Sadie hatte die dunkelbraunen Haare zum Pferdeschwanz gebunden und einen Cowboyhut aufgesetzt. Sie trug ein luftiges rotes Hemd, das sie offen gelassen hatte, und ein weißes Top darunter. Die Jeans steckten in braunen Boots, ganz ähnliche wie meine. Sadie und ich hatten die Schuhe letzten Sommer gemeinsam gekauft, als unser Golden-Hill-Projekt seinen Anfang nahm. Es war unser symbolischer Spatenstich gewesen.

Ich breitete die Arme aus und zog sie an meine Brust. Sadie hatte etwas abgenommen in den letzten Wochen, was öfter passierte, wenn sie Schübe bekam. Am liebsten würde ich sie dann auf die Couch legen, sie in eine Decke wickeln und ihr den Fernseher anstellen. Sadie war ein absoluter Streamingjunkie geworden, seit sie so lange in der Reha hatte ausharren müssen.

»Ich bin auf Golden Hill!«, rief sie und ließ mich los. Mit einem breiten Lächeln im Gesicht blickte sie sich um. Es hatte eine Zeit gegeben, in der ich gefürchtet hatte, sie nie wieder lachen zu sehen. Sadie hatte lange mit sich und der Welt gehadert, bis sie ihren Weg gefunden hatte. Golden Hill hatte ihr einen weiteren Push in die richtige Richtung gegeben.

»Ich kann es nicht fassen«, sagte sie, hielt ihren Hut fest und legte den Kopf in den Nacken. Mit offenem Mund betrachtete sie das Haupthaus.

»Noch ist es eine einzige Baustelle«, sagte ich und deutete um mich herum. »Wir hängen schon zwei Wochen hinter dem Zeitplan.«

»Aber ihr bekommt alles hin?«

»Klar.« Ich gab mir Mühe, zuversichtlich zu klingen, auch wenn ich nicht ganz sicher war.

»Ich will alles sehen«, sagte sie und lief ums Haus herum. »Wie weit ist der neue Stall? Und die Gästehäuser? Wie sieht es drinnen aus?«

Ich hakte sie bei mir unter und ging mit ihr den Weg ums Haus herum.

»Mit dem neuen Stall kommen wir eher schleppend voran. Bevor wir den alten abreißen konnten, mussten wir eine ganze Ladung vergammelten Mist abtragen. Anscheinend hat Ryland immer einfach seinen Dreck in den Auslauf gekippt.«

»Dämlich. Er wollte das Gelände doch auch selbst nutzen.«

»Das Haus ist ebenfalls noch nicht bezugsfertig. Leider. Wir warten gerade auf eine neue Fensterlieferung, aber immerhin war gestern endlich der Dachdecker da und hat das Loch repariert. Jetzt regnet es nicht mehr rein, und wir konnten sogar die alte Eiche erhalten.« Ich erklärte ihr weiter, was noch zu tun war, während wir das Gelände abschritten. Sadie blieb immer wieder stehen, sah sich um und schüttelte fassungslos den Kopf.

»Ich kann mich an kaum etwas erinnern, dabei war ich zwölf, als ich das letzte Mal hier war.«

»Es ist ja auch viel passiert seither.«

Hinter dem Haus wurde fleißig gearbeitet. Terence fuhr mit dem Bagger Schutt und Dreck weg, während Jessie auf der Planierraupe saß und den Boden vom künftigen Reitplatz abzog.

»Da vorne kommt der Waschplatz für die Pferde hin«, erklärte ich Sadie und zeigte nach links. »Hintendran der Misthaufen. Wir betonieren alles und legen die Abflüsse so, dass das Wasser gut abfließt.« Für den Mist brauchten wir einen speziellen Tank, der die Gülle auffing. Wir würden alles doppelt absichern, weil ich keine Lust hatte, dass Ryan bald wieder auf der Matte stand und mir Stress machte.

»Mh«, machte Sadie und sah zum Stall.

»Nicht so, wie du erwartet hast?«

»Doch schon, aber es ist echt noch viel zu tun.«

»Ach? Gut, dass du es sagst, hätte ich sonst nicht bemerkt.«

»Sorry, das sollte nicht zickig klingen, es ist einfach überwältigend. Du machst das großartig.« Sie legte mir eine Hand auf die Schulter. »Kann ich denn irgendwie helfen?«

»Glaube nicht.«

»Aber es gibt doch bestimmt noch was, das ich dir abnehmen kann? Botengänge, irgendetwas Organisatorisches?«

»Mal sehen, ich werde dir ...«

»Parker?«, hörte ich Leos Stimme hinter mir.

Ich drehte mich zu ihm um und zuckte zusammen. Mittlerweile konnte ich Leos Blicke ganz gut deuten und wusste, wann wir auf Probleme stießen. »Was Schlimmes?«

»Müssen wir noch rausfinden.« Er sah zu Sadie und nickte ihr zu.

»Leo, das ist meine Schwester Sadie, sie wollte sich endlich alles ansehen und wird für ein paar Tage bleiben.«

»Hi, freut mich«, sagte Sadie.

»Mich auch. Können wir kurz, Parker?« Leo deutete hinter sich zum Haus.

»Geh ruhig, ich schau mich noch ein wenig um«, sagte Sadie.

»Bin gleich wieder da.« *Hoffentlich.*

Leo führte mich zurück ins Haus und die Treppe in den Keller hinunter.

»Sickert doch noch irgendwo Wasser rein?«, fragte ich und malte mir schon das Schlimmste aus. Wir hatten die feuchten Wände im Keller eigentlich trockenlegen können. »Haben wir Schimmel? Oder ist eine Wand brüchig?« Am Durchgang musste ich den Kopf einziehen, während ich die schmalen Stufen hinunterstieg.

»Nein, das Haus hat ein gutes Fundament.« Leo schaltete unten das Licht an und enthüllte den Dreck, der seit Jahrzehnten hier lag. Es roch nach Staub und feuchter Erde. Er lief zur hinteren Wand, wo ein großer Holzbalken aus der Erde ragte und einen Teil der Decke stützte. »Siehst du das hier?« Er zeigte mir gelbliche Verfärbungen im Holz, daneben waren ein paar Löcher.

»Haben wir Holzwürmer?«

»Nein, Termiten.«

»Was können wir dagegen tun?«

»Es gibt verschiedene Methoden, sie loszuwerden, aber wenn du es richtig machen willst, brauchst du einen Kammerjäger.«

»Kennst du einen?«

»Ja, aber George ist in dieser Jahreszeit sehr eingespannt.«

Ich trat näher an den Balken und inspizierte die kleinen Löcher, die mir bei der ersten Begehung nicht aufgefallen waren. »Wie lange hält uns das auf?«

»Kommt drauf an, wie schlimm der Befall ist.«

Ich hörte Schritte auf der Treppe. Es war Terence. »Ah, hier bist du, Parker. Ich fürchte, wir haben ein kleines Problem.«

Ich wimmerte leise. »Schieß los.«

»Der Bagger springt nicht mehr an. Der hat letzte Woche schon gemuckt, und jetzt geht er nicht mehr. Kann alles Mögliche sein. Getriebe. Steuergerät. Batterie.«

»Kannst du es reparieren?«

Er schüttelte den Kopf. »An diese Maschinen müssen Experten ran, da können wir gar nichts tun. Ist der geliehen?«

»Nein, den hab ich gebraucht gekauft.« Es war ein günstiges Angebot gewesen. Nun wurde mir klar, warum.

»Ich kann 'nen Kollegen anrufen«, sagte Leo. »Roger leitet eine Firma für Traktoren und Baugeräte in Darby. Vielleicht kann der herkommen und ihn sich ansehen. Könnte aber unter Umständen teuer werden.«

»Wisst ihr was«, sagte ich und sah zwischen den beiden hin und her. »Ihr zwei macht das schon. Regelt es so, dass wir weiterarbeiten können. Wir müssen vorankommen.«

Leo nickte und tippte sich eine Notiz ins Handy.

»Ist denn hier unten alles klar?«, fragte Terence und deutete zur Wand.

»Nur ein paar Termiten«, erwiderte Leo.

»Die Viecher sind eine Plage«, sagte Terence. »Hab auch welche vor zwei Jahren im Haus gehabt. Bis wir alle Nester gefunden haben, hat es echt gedauert. Ich hoffe für dich, dass es hier schneller geht.«

Ich seufzte leise und blickte mich um. »Ich glaube, bei der Gelegenheit fegen wir auch endlich mal durch.«

»Kann ich machen«, sagte Terence. »Komm eh nicht weiter ohne den Bagger, und wenn ich mich so umsehe, ist doch einiges zu tun.« Er schob mit seinem Stiefel Dreck zur Seite und beförderte dabei eine tote Maus zutage. »Igh.«

Überfordert starrte ich auf das vertrocknete Tier.

Leo klopfte mir auf die Schulter. »Wir bekommen das alles schon hin, mach dir keinen Kopf, ja?«

»Klar doch.« Ich nickte den beiden zu und lief wieder nach oben. Immer schön eins nach dem anderen. Irgendwann wären wir fertig und würden bei einem Bier am Lagerfeuer sitzen und auf die Zeit zurückblicken, als es hier ein einziges Chaos war.

An diesem Gedanken hielt ich mich fest und machte mich wieder an die Arbeit.

24.

Heute

Clayanne

Ich umklammerte meinen Kaffeebecher fester und lauschte Javiers ruhigen Worten. Wir hatten uns heute Morgen bei Cybil getroffen, weil er mit mir noch mal über die Freistellung sprechen wollte.

»Es tut mir wirklich leid, Clay. Ich setze mich natürlich für dich ein, aber mein Vater ist recht stur.«

Ich nickte und starrte auf den Tisch. Der rote Lack hatte schon einige Kratzer von den vielen Tellern, die serviert worden waren, und den unzähligen Leuten, die an diesem Platz gegessen hatten.

»Was ist mit diesem Connor? Hast du ihn schon kennengelernt?«

Javier holte tief Luft und nickte. »Er war letzte Woche zum Probearbeiten da. Er ist gut.«

»Also wirst du ihn einstellen?«

»Ich muss. Allein kann ich die Klinik nicht stemmen.«

»Klar.«

»Ich kann meinen Vater aber sicher davon überzeugen, deine Freistellung aufzuheben. Du könntest wieder zurückkommen.«

»Um was genau zu tun?«

»Du würdest als Assistentin für mich arbeiten. So leid es mir tut, aber ich fürchte, ich kann dir nicht mehr so viel Autonomie in der Praxisarbeit gewähren.«

Ich schloss die Augen und versuchte, mir das vorzustellen. Würde das wirklich funktionieren? Könnte ich nach all den Jahren, in denen ich so viel Verantwortung getragen hatte, einen Schritt zurückgehen? Ich scheute mich nicht davor, mir die Hände schmutzig zu machen. Ich reinigte auch jetzt Käfige und schaufelte Mist weg, wenn es sein musste, aber ich war zu viel mehr fähig. Wäre ich wieder in der Klinik, müsste ich jeden Tag zusehen, wie Connor meinen Job machte.

Javier rührte in seinem Tee. Seit ich ihn kannte, hatte ich ihn noch nie Kaffee trinken sehen.

»Was würdest du an meiner Stelle tun?«, fragte ich ihn.

Er lächelte sanft. »Das kann ich dir nicht sagen, weil ich nicht an deiner Stelle bin.«

Ich verdrehte die Augen, aber er grinste nur.

»Ich lebe nicht dein Leben, Clay. Die Entscheidung liegt ganz allein bei dir. Der Geist muss hören, was das Herz fühlt.«

»Eine alte Weisheit der Cheyenne?«

»Nein, das hab ich mal in einem dieser Ratgeber gelesen. Ich fand den Spruch ganz gut, was meinst du?«

»Klingt wie jeder andere.«

»Würdest du das auch so sehen, wenn er von den Cheyenne stammte?«

Ich schmunzelte. »Vielleicht. Aber letztlich ist es auch egal. Mein Herz und mein Geist wissen ja, was ich will: als Tierärztin bei dir arbeiten. Ich liebe diesen Job.«

»Tust du das wirklich?«

»Ja! Natürlich!«

Javier legte den Kopf schräg und blickte mich lange an. »Wenn es dir so wichtig ist, wie du sagst, hättest du dann nicht schon längst dein Studium durchgezogen?«

Ich zuckte zusammen und fühlte mich auf einmal, als hätte er mir eine Ohrfeige verpasst. »Ich ... Du ... Das ist ... Ich hab es doch versucht.«

»Ja, das stimmt. Ein Mal.«

»Es war eben ... es war schwer, das weißt du doch.«

»Das Leben stellt uns vor Herausforderungen, die wir entweder meistern oder umgehen. Es ist unsere Entscheidung. Beides kann richtig sein. Wir müssen nicht jeden Kampf kämpfen, nicht in jede Schlacht ziehen. Doch am Ende müssen wir mit diesen Entscheidungen leben. Du bist unglaublich talentiert, Clay. Ich schätze dich als Kollegin und als Freundin, dennoch frage ich dich, ob du wirklich von ganzem Herzen diesen Beruf ausüben möchtest. Ich will dich nicht mit dieser Frage provozieren, ich will einfach nur, dass du den Tatsachen ins Auge blickst.«

Ich zog die Augenbrauen zusammen und dachte über seine Worte nach. »Ich ... ich möchte wirklich gerne zurück in meinen Job.« Und dennoch hatte ich all die Jahre über nichts dafür getan. Tief in mir drinnen hatte ich schließlich gewusst, dass es nicht ewig so weitergehen konnte.

»Du musst dich nicht jetzt entscheiden, Clay.« Er griff über den Tisch nach meiner Hand und verwob seine warmen Finger mit meinen. Javier hatte immer warme Hände, egal zu welcher Jahreszeit. »Manchmal braucht der Verstand eine ganze Weile, um mit dem Herzen mitzukommen. Nutze deine freie Zeit und horche in dich. Ich bin mir sicher, dass du eine Antwort finden wirst, und wenn du sie hast und meine Klinik ein Teil davon ist, komm zu mir, und wir finden einen Weg.«

Ich nickte und sah auf seine rauen Finger, mit denen er schon so vielen Tieren geholfen hatte. Javier war ein Heiler, genau wie sein Vater – auch wenn Everett ein Arsch war –, sein Großvater und dessen Vater. Es lag in seiner Familie, und auch ich spürte diesen alten Ruf in mir. Ich wollte helfen. Ich konnte helfen, aber bisher war ich nicht bereit gewesen, den vollen Preis dafür zu bezahlen.

Javier nickte, ließ mich los und trank seinen Tee aus. »Ich muss leider los.« Er legte einen Zehndollarschein auf den Tisch, winkte Cybil zu, die gerade den Tresen wischte, und verließ das Diner.

Ich blieb noch sitzen und sah mich im Restaurant um. Viel war nicht los. Es war mitten in der Woche, die meisten Touristen waren auf Wanderungen unterwegs und kehrten erst abends nach Boulder Creek zurück. Wenn alle Stricke rissen und ich gar nicht mehr wusste, was ich tun sollte, könnte ich bestimmt wieder anfangen zu kellnern. Das hatte ich mit sechzehn schon getan, um mir das Geld für Jackson zu verdienen. Mein Blick blieb an einem Tisch in der gegenüberliegenden Ecke hängen. Eine junge Frau saß dort und telefonierte. Sie wirkte recht aufgewühlt von dem Gespräch. An sich war das nichts Ungewöhnliches, aber sie kam mir unglaublich bekannt vor. Wo hatte ich sie denn schon mal gesehen?

Ich beobachtete sie noch einen Moment, löste mich schließlich von ihr, nahm Javiers Geld und lief zu Cybil an den Tresen, um unsere Rechnung zu begleichen.

»Danke, Clay«, sagte sie und packte die Scheine weg.

»Weißt du zufällig, wer das ist?«, hakte ich jetzt doch nach und zeigte auf die junge Frau.

»Du musst mehr am Buschfunk teilnehmen, Liebes. Das ist Sadie Huntington. Parkers Schwester. Sie kam vorgestern hier an.«

Oh mein Gott, ja! Deshalb kam sie mir so bekannt vor. Sie war ihrem Bruder zwar nicht direkt aus dem Gesicht geschnitten, aber sie gestikulierte genauso wie er, und beide kräuselten ihre Lippen, wenn sie über etwas nachdachten.

»Danke«, sagte ich zu Cybil, klopfte auf den Tresen und lief zu Sadie hinüber. Sie hatte mittlerweile aufgelegt und tippte nun auf dem Handy herum. Als sie mich bemerkte, hielt sie inne.

»Hi«, sagte ich.

»Hallo?«, erwiderte sie unsicher. In ihrem Gesicht las ich die gleiche Verwunderung, wie ich sie eben empfunden hatte. Ich kam ihr bekannt vor, aber sie konnte mich noch nicht zuordnen.

»Ich bin Clay.«

»Oh … OH! Natürlich! Das ist … Ich hab dich nicht erkannt, tut mir so leid.«

»Ist überhaupt nicht schlimm.«

Sie sprang vom Stuhl auf, und ehe ich michs versah, lag ich auf einmal in ihren Armen. Okay, sie war definitiv kontaktfreudiger als ihr Bruder. Der hätte sich das nie getraut.

»Danke, dass du mit Parker die Pferde ausgesucht hast! Das war uns eine riesige Hilfe.«

»Hab ich gern gemacht.«

»Setz dich, bitte.«

Sie räumte ihre Tasche vom Stuhl, und ich nahm Platz. Mir fiel auf, dass sie sich etwas umständlich hinsetzte, als könnte sie ihre Hüfte nicht richtig bewegen. Auf dem Tisch lagen Unterlagen, und ich konnte nicht anders, als einen kurzen Blick draufzuwerfen. Auf einem Blatt Papier war ein Logo abgebildet mit dem Schriftzug *Free Soul*. Darunter ein Pferd, das den Kopf auf die Schulter einer Frau gelegt hatte.

»Ist das euer Therapiekonzept?«, fragte ich und deutete auf das Blatt.

»Ja, genau. Die Therapeutin Rhonda Standen hat es entwickelt. Ich mache die Ausbildung bei ihr.«

»Musst du dafür Psychologie studieren?«

»Nein. Auf Golden Hill werden wir keine schwerwiegenden Traumapatienten aufnehmen. Ich möchte mich eher auf die Bildung von Selbstvertrauen und -bewusstsein konzentrieren. Aber erst mal müssen wir das alles ins Laufen bringen. Parker hat ordentlich auf der Baustelle zu tun, und ich bin auch schon mit den ersten Problemen konfrontiert worden.«

»Was ist denn los?«

»Hab eben mit Jordan telefoniert. Er meinte ja, dass wir die Pferde noch zwei Monate bei ihm stehen lassen können, aber jetzt müssen wir sie früher holen. Er hat unerwartet eine weitere Fuhre

Mustangs bekommen und muss die anderen rausschaffen. Er hat zwar genug Platz, aber nicht genug Futter für alle. Es wäre ihm am liebsten, wenn wir die Pferde in der nächsten Woche zu uns nehmen, aber unser Stall ist noch lange nicht fertig.«

»Das sollte doch aber machbar sein. Ihr habt so viele Koppeln.«

»Die wir erst neu einzäunen müssen. Außerdem muss ich sie in Ruhe abgehen, bevor wir ein Tier daraufstellen können. Hab gehört, dass auf manchen Wiesen in der Gegend Jakobskreuzkraut wächst.«

»Das stimmt, damit hatten wir im letzten Jahr Probleme.« Das Kraut war giftig für Rinder und Pferde. Normalerweise fraßen sie es nicht, aber Ausnahmen gab es immer. Javier und ich hatten im letzten Sommer einige Tiere deswegen behandelt.

»Am liebsten wäre es mir, wenn wir einen Unterstand zusammenzimmern und einen Auslauf für sie abstecken würden. Das muss erst mal nichts Großes sein, aber es sollte nah am Haus sein. So können wir sie am leichtesten versorgen. Aber wir brauchen auch Heu, der Mist muss gefahren werden, wir müssen alles jeden Tag sauber machen, und das, während wir noch mit den anderen Umbaumaßnahmen beschäftigt sind. Parker weiß noch nichts davon. Wenn ich ihm das sage, flippt er aus. Er hat jetzt schon so viel um die Ohren.«

»Warte mal.« Ich kramte mein Handy heraus und wählte Judies Nummer von der Eastwood Ranch. Sie hob bereits nach dem zweiten Klingeln ab.

»Hey, Clay, alles klar?«

»Ach, geht so. Ich bräuchte vielleicht deine Hilfe.«

»Was kann ich für dich tun?«

Ich blickte zu Sadie und lächelte. »Hast du zufälligerweise Heu übrig, das du uns verkaufen könntest?«

»Bestimmt. Wie viel brauchst du?«

»Für vier Pferde, und ich würde erst mal genug für zwei Wochen nehmen. Weiß noch nicht, wie viel Platz wir zum Lagern haben.«

»Okay, und wo soll es hin?«

»Auf die Golden Hill Ranch. Wir benötigen es aber schon nächste Woche, und ich bräuchte noch zwei deiner Jungs, um uns zu helfen, einen provisorischen Stall zu bauen. Kriegen wir das hin?«

»Klar, gib mir zehn Minuten, ich kläre das mit meinen Leuten, dann sag ich dir Bescheid, wann wir es liefern können und wer dir zur Hand gehen kann.«

»Alles klar, ich bin erreichbar.«

»Bis gleich.«

Sadie sah mich erwartungsvoll an und rutschte auf dem Stuhl nach vorne.

»Ruf noch mal Jordan an«, sagte ich zu ihr. »Wenn er schon darauf besteht, dass die Pferde früher kommen, soll er sie auch herbringen. So brauchst du dich nicht um einen Transport zu kümmern.«

»Im Ernst jetzt?«

»Ja, mach einen Termin für das nächste Wochenende mit ihm aus. Ich organisiere noch das Holz für den Stall, danach können wir loslegen.«

»Oh mein Gott, du bist unglaublich.«

Ich schmunzelte und war sehr dankbar, dass ich auf einmal wieder eine Aufgabe hatte, die mich von meinem eigenen Leben ablenkte. Mal sehen, wie lange.

25.

Heute

Clayanne

Die nächsten Tage arbeitete ich mit Sadie Hand in Hand auf Golden Hill und setzte alles daran, dass der neue Stall rechtzeitig fertig wurde. Parker war zwar nicht begeistert davon, dass die Pferde früher als geplant eintrafen, aber er hatte es hingenommen. Blieb ihm ja auch keine andere Wahl.

Judies Leute waren wie versprochen eingetroffen und hatten uns tatkräftig unterstützt. Wir hatten einen neuen Auslauf eingezäunt, Tränken aufgestellt, Heuständer gebaut und einen Unterstand hochgezogen. Außerdem hatte Judie uns einen ihrer Mistcontainer zur Verfügung gestellt. Den brauchten wir so lange, bis Parker einen eigenen gebaut hatte. Ich kaufte mit Sadie noch die Ausrüstung, die wir benötigten, angefangen von Mistgabeln bis hin zu Halftern, Stricken und Longierleinen.

Gerade stand ich hinten am neuen Stall und zog das letzte Stromband fest. Beim richtigen Auslauf würden wir den Zaun aus Holzlatten bauen.

»Alles klar, dann bring uns die Pferde morgen früh«, hörte ich Sadie in ihr Handy sprechen. Wahrscheinlich war Jordan am anderen Ende. Er war tatsächlich damit einverstanden gewesen, uns die Tiere zu bringen. Ich richtete mich auf und strich mir über den Nacken.

»Gut, wir werden da sein. Jake kann ja auch noch mal anrufen, wenn er weiß, wann er ankommt ... Danke.« Sie legte auf und lächelte erleichtert. »Okay, das wäre geklärt. Morgen früh steigt die Show, und wir bekommen unsere neuen Familienmitglieder.«

»Sehr gut. Wir müssen nur noch die Tränken testen, ob alles dicht ist, und das Heu mit der Plane abdecken, ansonsten sind wir vorbereitet.«

»Das kann ich machen.«

Ich nickte. Sadie musste bei körperlicher Arbeit auf ihren Rücken achten und konnte nicht schwer heben, aber alle anderen Aufgaben erledigte sie gewissenhaft und gründlich. Je näher die Ankunft der Pferde rückte, umso aufgeregter wurde sie. Ein wenig hatte sie mich mit ihrer Euphorie schon angesteckt, und nun blickte ich dem morgigen Tag genauso freudig entgegen wie sie.

»Wo ist denn Parker?«, fragte ich.

»Vorm Haus. Redet mit einem Mechaniker, der den Bagger repariert hat.«

»Ich sag ihm Bescheid, dass wir fertig sind, dann mach ich den Abflug.«

»Was? Ich dachte, wir essen noch was zusammen. Wir könnten den Grill anwerfen, den ich vorgestern gekauft habe.«

Ich biss mir auf die Unterlippe und dachte darüber nach. Die letzten Tage auf der Golden Hill Ranch hatten mir gutgetan, aber Parker war ich weitestgehend aus dem Weg gegangen. Wie sollte ich einen romantischen Grillabend in seiner Nähe überstehen?

»Mal sehen, ja?«

Sadie rümpfte die Nase, sagte aber nichts weiter dazu. Ich war mir nicht sicher, ob sie von Parkers und meiner gemeinsamen Geschichte wusste.

Ich umrundete das Haus und sah gerade noch, wie sich der Mechaniker von Parker verabschiedete und in sein Auto stieg. Er blickte dem Wagen nach, legte die Hände in den Nacken und massierte die Stelle.

»Hey, alles klar?«, fragte ich.

Parker fuhr herum und lächelte müde. »Ja, er konnte endlich den Bagger reparieren, sich aber nicht genau erklären, warum das Steuergerät kaputtgegangen ist. Er meinte, dass der Bagger in gutem Zustand sei, aber manchmal ist halt der Wurm drin. Ein sehr teurer Wurm in dem Fall.«

In den letzten Tagen hatte ich schon gemerkt, dass Parker recht angespannt war.

»Hinten alles in Ordnung?«, fragte er.

»Ja, wir sind bereit.«

»Gut. Wenigstens das läuft. Danke noch mal für deine Hilfe. Wir wären ohne dich ziemlich aufgeschmissen gewesen.«

»Hab ich gern gemacht. Wie geht es dir denn?«

Parker seufzte und ließ sich auf den Stufen der Veranda nieder. Ich setzte mich neben ihn, nahm mir eine der Wasserflaschen, die dort gelagert waren, und reichte ihm auch eine.

»Danke.«

Es war mal wieder sehr warm geworden, und in den nächsten Tagen waren Temperaturen um die dreißig Grad gemeldet.

»Mir geht es ganz okay, nur mein Schädel platzt heute.« Er trank einen kräftigen Schluck und wischte sich ein paar Wassertropfen vom Kinn. Ein Kribbeln durchfuhr mich bei dem Anblick.

Seit dem Abend, an dem ich mit der Whiskeyflasche hier aufgetaucht war, war nichts mehr zwischen uns passiert. Parker machte keine Annäherungsversuche, genauso wenig wie ich. Dabei hatte ich das Gefühl, dass es ihm auch manchmal unter den Nägeln brannte, mir näher zu kommen.

Aus einem Impuls heraus legte ich eine Hand in seinen Nacken und massierte die Stelle. Seine Muskeln waren bretthart. »Wie fühlt sich das an?«

»Schmerzhaft, aber irgendwie gut. Ich steh halt doch drauf.«

Ich schmunzelte und drückte fester zu, was ihm ein qualvolles Keuchen entlockte. »Ah, genauso, Baby. Gib's mir!«

»Spinner.« Ich drückte noch mal zu, wuschelte ihm durch die Haare und ließ von ihm ab.

Parker trank erneut von seinem Wasser und blickte über das Land. Der Bach, der um Golden Hill herumfloss, plätscherte friedlich vor sich hin. Die Grillen zirpten, ein paar Vögel sangen, es würde ein wundervoller lauer Juniabend werden. »Es ist so wunderschön hier.«

»Ja. Ich hoffe, ich kann es irgendwann auch richtig genießen.«

»Bestimmt.«

Er lachte gequält, und ich spürte, wie die gesamte Last dieser Baustelle ihn niederdrückte. In Parker brodelte es.

»Was beschäftigt dich?«, fragte ich.

Er sog die Luft ein und seufzte. »Ach, der übliche Baustellenkram.«

»Erzähl es mir.«

Parker sah mich an, kniff die Augen leicht zusammen und schien zu überlegen, ob er mich damit belasten sollte.

»Ich hör dir gerne zu«, fügte ich an. Es stimmte. Er war für mich da gewesen, als ich mich wegen meines Jobs aufregen musste, ich wollte das Gleiche für ihn tun.

»Die Reparatur des Baggers reißt ein großes Loch in die Kasse«, sagte er schließlich. »Außerdem kommen wir nicht so schnell voran, wie wir sollten. Nach dem Dachdecker gab es nun auch ein Missverständnis mit der Terminplanung des Kammerjägers. Dann kam wieder eine falsche Lieferung Fenster, und der Elektriker hat uns versetzt. Ich hab noch immer das Gefühl, als würde alles gegen uns arbeiten, und ich … jetzt kommen auch noch die Pferde an. Es ist gerade viel.« Er schüttelte den Kopf und sah zu Boden. »Sorry. Ich … ich sollte mich nicht beschweren. Das hier ist schließlich unser Traum.«

»Auch Träume können anstrengend sein.«

Er drehte sich zu mir und blickte mich an. Seine blauen Augen wirkten heute dunkler, was sicher an seiner Müdigkeit und den Kopfschmerzen lag. Auf seine dunkelblonden Haare hatte sich eine feine Staubschicht gelegt, und ein Fussel klebte über seinem Ohr.

»Es ist okay, mal nicht weiterzuwollen.« Ich hob die Hand und zupfte ihn fort. Parker schloss die Augen, als meine Finger ihn berührten, und hielt ganz still.

»Du machst das großartig, Parker. Du gibt so viel. Hier. Für Sadie.« *Für mich.* Er hatte sich diese letzten Wochen zurückgehalten, wenn ich es gebraucht hatte, und war gleichzeitig da gewesen, sobald ich danach verlangte. Parker jonglierte alles und gab sich selbst dabei am wenigsten. Ich strich weiter über seinen Nacken und umspielte seine Haare.

»Die kräuseln sich ja«, sagte ich und zog sanft an einer Strähne.

Er lächelte und öffnete die Augen wieder. »Ja, wenn sie zu lang werden, kommen meine Locken raus.«

»Süß.«

»Total.« Er rollte mit den Augen und gab einen gequälten Laut von sich. »Ich sollte mal wieder zum Friseur, aber ich trau mich nicht, in Boulder Creek zu gehen. Nachher schneidet mir jemand das Ohr ab.«

»Du kannst zu Frankie gehen. Er ist cool, und ich glaube nicht, dass es ihn kümmert, was du als Teenager mal angestellt hast. Sag ihm, ich schick dich, dann benimmt er sich.«

Parker schmunzelte. »Meine Beschützerin.«

»Du brauchst keinen Schutz, Parker. Du schlägst dich ganz großartig hier draußen.«

»Kommt mir gerade nicht so vor, aber danke.«

Ich rückte näher an ihn heran und legte meine Finger an seine Schläfe. Dann nahm ich die andere Hand dazu und massierte die Stelle neben seinen Augen.

»Gott, ja«, stöhnte Parker. »Darauf steh ich definitiv mehr als auf Schmerzen.«

Ich brummte und massierte weiter. Parker seufzte und sah mich unter halb geöffneten Lidern an. Ich hielt inne, nahm meine Finger aber nicht weg. Seine Haut fühlte sich warm an, und ich spürte ein sanftes Pochen unter seinen Schläfen. Seine Lippen öffneten sich leicht, und er lehnte sich ein Stück näher zu mir. Ich wich nicht zurück, obwohl ich das vermutlich sollte. Es fühlte sich zu gut an, so vor ihm zu sitzen, ihn zu berühren, seinen Atem auf meiner Haut zu spüren und ihm in die Augen zu blicken, die voller Emotionen waren. Meine Schulter streifte seine. Obwohl uns der Stoff unserer Shirts trennte, bekam ich davon Gänsehaut. Alles war für mich intensiv, wenn es um Parker ging. Meine Zuneigung zu ihm, meine Wut auf ihn. Meine Finger glitten zunächst zu seinen Ohren und fanden sich wieder in seinem Nacken. Ich strich nach oben und zog ihn schließlich auf meinen Mund.

Parker seufzte erneut, als würde es ihn unglaublich erleichtern, mich auf diese Art zu spüren. Als käme er nach einer langen Reise an einen Ort, an dem er sich erholen konnte. Ich öffnete meine Lippen für ihn, und er kam meiner Bitte sofort nach. Sanft strich er mit der Zunge über meine, küsste mich langsam und bedächtig. Er legte eine Hand auf meine Hüfte, zog mich an sich und intensivierte den Kuss. Ich schlang meine Hände fester um ihn, verlor mich in seiner Stärke und seinem wundervollen Duft.

Auf einmal hörte ich ein Geräusch hinter mir. Ich drehte mich um und blickte in Sadies Gesicht. Sie lächelte uns verträumt an, als würde sie gerade eine Kitschszene im Fernsehen beobachten.

»Oh, bitte! Lasst euch nicht stören! Ich ... ich sollte wieder ...« Sie deutete nach hinten, dann nach vorne, als wäre sie unsicher, wohin sie jetzt gehen sollte.

»Was ist denn los?«, fragte ihr Bruder.

»Ich ... also ich wollte die Tränke ein Stück nach vorne rücken, sonst reicht der Schlauch nicht zum Befüllen. Aber ich schaff es nicht allein.«

Parker seufzte und rückte von mir ab. »Ich komm gleich, Sadie.«

»Na, ich hoffe doch nicht!«
»Boah, der war flach.«
Sie kicherte und lief wieder davon.
Parker hielt die Luft an, schüttelte den Kopf und stöhnte. »Tut mir leid. Manchmal ist sie etwas schräg.«
»Ich find sie eigentlich ganz lustig.« Ich sah auf Parkers Schritt und lächelte ebenfalls. Er gab mir einen Klaps gegen die Schulter, erhob sich und ließ mich allein auf der Veranda zurück.

Ich seufzte, zog die Knie an und legte das Kinn darauf ab. Wie konnte ich mich bei einem Menschen gleichzeitig so wohl und so verletzlich fühlen?

26.

Heute

Parker

Ich stand vor dem Haupthaus und winkte dem dunkelblauen Pferdetransporter zu, der gerade auf mich zurollte. Es war ein großes Gefährt mit dem Logo von Jordans Ranch vornedrauf. An der Seite waren Lüftungsschlitze angebracht, sodass die Tiere im Inneren genügend Sauerstoff bekamen. Jake saß hinter dem Steuer und nickte mir zu. Clay war noch mit Sadie im Stall. Leider hatten wir unseren gestrigen Kuss nicht mehr wiederholt. Sie hatte noch mit uns zu Abend gegessen und war danach gefahren.

Ich trat zur Seite, und Jake parkte routiniert an der angewiesenen Stelle ein. Kaum stand er, polterten drinnen die Pferde los und wieherten lautstark. Jake kletterte aus dem Fahrerhäuschen.

»Hey, Jake, schön, dich wiederzusehen. Wie war die Fahrt?«

»Gut.«

Jake setzte seinen Hut auf und strich sich die Klamotten glatt. Er hatte verwaschene Jeans an, Boots, einen Gürtel mit einer silbernen Schnalle und ein dunkelblaues Hemd. Die Ärmel hatte er wieder nach oben gekrempelt, sodass seine Tattoos auf den Unterarmen zum Vorschein kamen. Er kratzte sich am stoppeligen Kinn und trat an die Seitentür des Transporters. Drinnen polterte es erneut.

»Sie werden aufgeregt, wenn der Wagen hält, sind schon seit vier Uhr unterwegs.«

Er schob einen Riegel zur Seite und öffnete die Tür. Der Geruch von Heu, Mist und Pferd wehte mir entgegen. Ich spähte ins Innere. Die Tiere standen quer im Hänger und schräg zur Fahrtrichtung, auf die Art sparte man recht viel Platz.

»Endlich seid ihr da!«, hörte ich meine Schwester rufen. Sadie kam mit Clay zu uns geeilt.. »Wie lief es?«, fragte sie und spähte sofort ins Innere des Wagens. Sie quiekte leise, als sie das erste Pferd sah.

»Gut«, wiederholte Jake stoisch und drehte sich um. Als er Sadie sah, hielt er auf einmal inne, und für einen Moment wirkte er leicht aus dem Konzept geworfen.

»Jake, das ist meine Schwester Sadie«, durchbrach ich das entstandene Schweigen.

»Hi, freut mich!«, gab Sadie sofort von sich und kletterte in den Transporter. Heute wirkten ihre Bewegungen sehr geschmeidig und fließend. Die Vorfreude auf die Pferde gab ihr offensichtlich Auftrieb. Hoffentlich übernahm sie sich nicht.

Jake nickte, aber er schien nicht mehr richtig bei der Sache zu sein. Sein Blick glitt an Sadie auf und ab, dann schüttelte er sich und trat näher an den Wagen.

»Wie bekommen wir die Tiere am besten da raus?«, fragte ich etwas unsicher.

»Eines nach dem anderen«, sagte er. »Das erste ist 4672.«

»Es ist ganz schrecklich, dass sie noch keine Namen haben«, rief Sadie.

»Das kannst du jederzeit ändern«, antwortete ich.

»Und ob.« Sie trat näher an das Pferd und streichelte ihm die Nase. »Hallo, Hübscher. Du wirst Okijen heißen.«

»Okijen?«, fragte Clay. »Wie kommst du denn darauf?«

»Das ist aus *Neon Birds*. Hast du die Serie noch nicht gesehen? Der Anime, läuft gerade auf Netflix.«

»Nein.«

»Frag nicht«, sagte ich zu Clay. »Sonst bekommst du einen Vortrag über alle angesagten Serien, die du unbedingt sehen musst.«

Sadie band den frisch getauften Okijen los und redete beruhigend auf ihn ein, während sie ihn vom Hänger führte. Der Wallach folgte ihr problemlos und trat schließlich ins Freie. Draußen riss er den Kopf hoch und blickte sich um.

»Gib ihnen etwas Zeit«, sagte Jake. »Am Anfang sind sie meistens aufgedreht.«

»Wir schaffen das schon«, erwiderte Clay und kletterte hinein, um das zweite Pferd zu holen.

»Das ist 3569«, sagte Jake.

Clay band auch ihn ab und führte den Wallach ebenfalls hinaus. Sadie musterte ihn kurz und nickte dann.

»Wir nennen ihn Wayne.«

»Auch aus *Neon Birds*?«

»Nein, das ist aus *Midnight Chronicles*. Sag bloß, das kennst du auch nicht?«

Clay schüttelte den Kopf, sah zu Jake und mir, doch wir zuckten beide mit den Achseln.

»Leute! Diese Serien sind die absoluten Renner. Wayne wird von James Webster gespielt!«

»Wow.« Clay nickte, aber ich sah ihr an, dass sie nicht mal wusste, wer das war.

»Wir werden euer Serienwissen so schnell wie möglich auffrischen«, sagte Sadie. »Aber erst mal kümmern wir uns um unsere Neuankömmlinge.«

Jake kletterte ebenfalls in den Hänger und beförderte das nächste Pferd nach draußen. Dieses Mal war es eine dunkelbraune Stute.

»Ella«, bestimmte Sadie den Namen, und Jake reichte mir den Strick.

»Sie ist friedlich, keine Sorge.«

»Hab ich nicht.« Ich streichelte Ella die Nase, die ein wenig ruhiger wirkte als die beiden Jungs, während Jake wieder in den Hänger stieg.

»Habt ihr noch einen Helfer hier?«, fragte er, als er mit der nächsten Stute rauskam, die Sadie Andra nannte. Damit sie zu Okijen passte, oder so. Ich hatte mich gedanklich längst aus der Namensfindung ausgeklinkt.

»Nein, warum?«, fragte ich.

»Hier wäre noch ein fünftes Pferd für euch.«

»Was?«

»Hat Jordan es dir nicht gesagt?«, fragte Jake und deutete nach drinnen.

Ich spähte ins Wageninnere. Tatsächlich stand noch ein schwarzes Pferd ganz hinten an der Wand. Clay kam neben mich und musterte es ebenso.

»Ist das ...«

»Der Hengst, den du behandelt hast«, sagte Jake. »Jordan wollte ihn dir gerne schenken. Er ist aber kein Hengst mehr, keine Angst.«

»Aber das ist ... Ich hab ... Was?«

»Er meinte, er würde dir Bescheid geben.«

»Hat er nicht.« Sie sah mich fragend an, und ich zuckte mit den Schultern.

»Mir hat er auch nichts gesagt«, meinte Sadie.

Jake seufzte und schüttelte den Kopf. »Er hatte echt viel um die Ohren, tut mir leid. Ich kann ihn auch wieder mitnehmen. Ihr sollt euch nicht genötigt fühlen, ihn anzunehmen.«

»Nein, warte«, gab ich zurück. »Wir ... wir behalten ihn hier.«

Sadie gab einen entzückten Laut von sich, und Clay sah mich unsicher an.

»Ist das wirklich okay?«

»Ja, klar. Ein Tier mehr oder weniger macht jetzt wohl auch keinen Unterschied.«

»Wir bringen Wayne und Okijen in den Unterstand«, sagte Sadie. »Danach kommen wir wieder und holen die restlichen. Der Schwarze wird übrigens Flover heißen.«

Und so schnell hatte man ein Pferd mehr, was man eigentlich nicht bestellt hatte. Ich sah Clay und Sadie hinterher, wie sie die ersten Pferde auf die Golden Hill Ranch führten.

Dankbarkeit schlich in mein Herz. Die letzten Wochen waren sehr anstrengend gewesen. In all dem Trubel hatte ich völlig vergessen, warum ich das alles eigentlich tat, aber genau das hier führte es mir wieder vor Augen.

Es passierte tatsächlich.

Zwar etwas zu früh und ein wenig zu hektisch, aber ein weiterer Schritt war gegangen, und langsam kehrte das Leben auf die Ranch zurück. Ich strich Ella noch mal über die Nase. Sie schnupperte an meiner Hand, leckte kurz daran und suchte dann am Boden nach etwas Essbarem.

»Na, komm. Ich zeig dir dein neues Heim.«

Problemlos ließ sie sich mitführen und blickte sich neugierig um. Ich spähte hoch in den Himmel und fragte mich, ob Grandpa das wohl gerade sah und wie es ihm gefallen würde, dass auf seiner Ranch wieder Pferde einzogen.

Ich wünschte, er könnte diesen Moment miterleben …

Eine Stunde später waren alle Tiere versorgt. Sadie und Clay hatten Hand in Hand mit Jake gearbeitet, während ich ihre Anweisungen befolgt hatte. Wir hatten ihnen frisches Wasser und genügend Heu gegeben, sie hatten ihren Auslauf inspiziert, sich im Dreck gewälzt und schienen gut miteinander auszukommen. Im Moment knabberten alle zufrieden an ihrem Heu. Clay, Sadie und ich standen am Zaun und sahen ihnen dabei zu.

»Das wird toll«, sagte Sadie.

»Glaub ich auch«, gab Clay zurück. »Das ist eine gute Herde.«

Mich freute es, dass die beiden das so sahen, und noch mehr, dass Clay diese Tiere mit mir ausgewählt hatte. Ohne sie hätte ich das alles nicht geschafft.

»Hier sind noch ihre Papiere«, sagte Jake und kam noch mal zu uns zurück. Er hatte seinen Transporter bereits gereinigt und abfahrbereit gemacht. »Sie sind alle geimpft und entwurmt. Der Schmied war vor zwei Wochen da, außer bei ...« Er sah Sadie fragend an. »Flover?«

»Ja, genau.«

»Bei ihm müsste das noch erledigt werden.«

»Das mach ich, sobald er sich etwas eingewöhnt hat«, sagte Clay, während Sadie alle Unterlagen entgegennahm. »Die Tiere scheinen in einem tollen Zustand zu sein.«

»Das sind sie«, gab Jake zurück und blickte auf unsere kleine Herde. »Hab schon mit vielen Mustangs gearbeitet, und ich erkenne die guten. Die da haben es drauf. Behandelt sie fair, dann werden sie für immer an eurer Seite stehen.«

»Das haben wir vor«, sagte Sadie. Jake reichte ihr die letzten Papiere, und mir fiel auf, dass sich ihre Finger dabei streiften und meine Schwester länger als nötig in der Position verharrte.

Jake räusperte sich, zog die Hand weg und trat einen Schritt zurück. »Ich sollte weiter.«

»Fährst du heute noch zurück nach Norfolk Valley?«, fragte Clay.

»Nein, ich mach noch 'ne Stunde oder so, hol mir was zu essen und schlaf im Transporter.«

»Das stell ich mir ungemütlich vor«, sagte Sadie.

»Geht schon.«

Ich verlagerte mein Gewicht von einem Fuß auf den anderen, denn ich kannte diesen Tonfall an ihr.

»Du könntest einfach hier übernachten«, sagte sie auch schon, und ich unterdrückte ein leises Stöhnen. Mir war klar, dass ich unhöflich war, aber ich wünschte mir einen ruhigen Abend allein unter uns. Zudem gefiel mir Jakes offenkundiges Interesse an meiner Schwester nicht. Jordan mochte ihn ja für einen coolen und aufrichtigen Typen halten, aber ich kannte ihn nicht besonders gut.

»Is' okay. Ich bin es gewohnt«, sagte Jake.

»So ein Unsinn. Bleib einfach, lass den Transporter vorne stehen und übernachte im Haus. Es ist noch nicht komfortabel, aber besser als in einem engen Fahrerhäuschen ist es allemal.« Jake blickte zu mir, weil er wohl genau wusste, dass ich das letzte Wort hatte.

»Du kannst gerne hier schlafen«, bot ich natürlich an. »Wir haben allerdings kein warmes Wasser.«

»Das ist nicht schlimm. Ich komme klar.«

»Großartig!«, sagte Sadie. »Wir können ein Feuer machen, etwas grillen und noch eine Weile draußen bleiben. Es ist so ein schöner Abend.«

»Du solltest aber in Cybils Gästezimmer übernachten«, sagte ich zu ihr. »Wenn du hier auf dem harten Boden schläfst, kannst du dich morgen nicht mehr rühren.«

Sadie winkte ab. »Das ist der perfekte Abend, um die erste Nacht auf Golden Hill zu verbringen. So haben wir auch gleich die Pferde im Blick, falls doch noch etwas sein sollte.«

Ich sah zu Clay, die allerdings nur schmunzelte und mit den Schultern zuckte. »Ich fahre in die Stadt und hole was zu essen. Bring auch gleich ein paar Getränke mit.«

»Meinetwegen«, gab ich mich schließlich geschlagen und deutete auf Jake. »Du kannst mir helfen, eine Feuerstelle einzurichten. Wir haben genügend Holz da vorne aufgestapelt.«

»Natürlich.« Er trollte sich bereits, und ich grummelte leise vor mich hin. Sollte er es wagen, meiner Schwester heute Nacht näher zu kommen, würde ich ihn mir zur Brust nehmen.

27.

Heute

Clayanne

Als ich mit dem Essen auf die Ranch zurückkehrte, brannte ein gemütliches Lagerfeuer zwischen Haus und Stall, und der Grill war bereit. Sie hatten einen guten windgeschützten Platz gewählt, weit genug weg von den Pferden und dem brennbaren Material, und die Feuerstelle mit kleinen Steinen eingegrenzt. Parker hatte die Whiskeyflasche aus dem Haus geholt, die wir beide neulich zur Hälfte geleert hatten, und ich hatte noch zwei Sixpack Bier mitgebracht. Sadie hielt eine kleine Wasserflasche in der Hand und wiegelte ab, als ich ihr Bier anbot.

»Ich trinke nichts, danke.«

»Magst du?«, fragte ich Jake.

Er nickte mir dankend zu und nahm mir eine Dose ab.

Ich hatte neben Steaks und Würstchen auch Schafskäse mitgebracht, außerdem frischen Karpfen, der bei uns gefangen wurde, Paprika, Maiskolben und Avocado. Alles so geschnitten und vorbereitet, dass wir es nur noch in Schalen auf den Grill legen mussten. Während unser Essen röstete, ließ ich mich neben Parker auf einem dicken Baumstamm nieder, den er als Sitzmöglichkeit rangeschafft hatte, und öffnete eine Dose Light-Bier. Mit dem leisen

Zischen legte sich eine tiefe Zufriedenheit über mich, wie ich sie schon lange nicht mehr gespürt hatte. Das Knistern des Feuers, der Duft der Steaks, das leise Schnauben der Pferde und das Zirpen der Grillen vermengten sich miteinander und schufen diese ganz spezielle Stimmung aus Ruhe, Geborgenheit und der unendlichen Kraft der Natur.

»Fehlt nur, dass jemand Gitarre spielt«, sagte Sadie irgendwann.

»Hab eine zu Hause, das nächste Mal bring ich sie mit«, antwortete ich. »Ich hab ein großes Repertoire an vielen unterschiedlichen Liedern.«

Parker gab ein gequältes Stöhnen von sich. »Wir werden alle untergehen«, sagte er. »Genau wie diese elende Titanic.«

Ich stupste ihn an und lachte leise.

»Verpass ich gerade etwas?«, fragte Sadie.

»Nur viel Schnulz und Herzschmerz, vergiss es einfach.« Er checkte das Grillgut und fing an, die ersten Steaks zu verteilen.

Jake bedankte sich, nahm sich noch einen Maiskolben und ließ sich wieder nieder.

»Wie lange arbeitest du schon für Jordan?«, fragte Sadie ihn, die sich ihren Teller ebenfalls vollgeladen hatte.

»Zwei Jahre.«

»Und hattest du vorher was mit Pferden zu tun? Du gehst sehr souverän mit ihnen um.«

»Nicht wirklich.«

Mir war das auch aufgefallen. Jake war ein Pferdemensch, er zählte zu jenen, die diese natürliche Ruhe verströmten, auf die die Tiere reagierten.

Sadie sah ihn erwartungsvoll an, aber Jake machte keine Anstalten, mehr von sich zu erzählen. Sie seufzte und gabelte ein Stück von ihrem Schafskäse auf. »Ich freu mich schon, wenn wir im Sommer öfter hier draußen sitzen werden. Ich finde, wir sollten eine feste Feuerstelle bauen und noch einen offenen Grill mauern.

So könnten wir den Pferden zuschauen und der Nacht lauschen. Was meinst du, Parker?«

»Klar, ich setz es auf die Liste aller zu erledigenden Dinge, die niemals fertig werden.«

»Es eilt ja nicht«, ruderte sie sofort zurück.

Ohne darüber nachzudenken, griff ich nach seiner Hand und verwob meine Finger mit seinen. Er zuckte kurz zusammen, doch dann erwiderte er den Druck und lächelte mir sanft zu. Hitze schoss durch meinen Körper, was definitiv nicht nur am Feuer lag.

»Ich sehe noch mal nach den Pferden«, sagte Sadie schließlich, als sie ihren Teller leer gegessen hatte, und stand auf.

»Tu das«, gab Parker von sich und stellte sein Geschirr weg.

»Kommst du mit?« Die Frage richtete sie an Jake. Der straffte seine Schultern, genau wie Parker.

»Ich denke nicht, dass das nötig ist«, gab Jake von sich.

»Es würde mich beruhigen, wenn du sie noch mal anschaust. Du kennst die Tiere am besten«, beharrte Sadie.

Jake schluckte, strich sich übers Hemd und warf Parker einen raschen Blick zu. Der ballte eine Hand zur Faust, ließ aber sofort wieder locker, ehe Jake es merken konnte.

»Na, gut«, sagte Jake leise, nickte uns beiden zu und trollte sich dann mit Sadie Richtung Stall. Parker sah ihnen hinterher und zog die Augenbrauen zusammen.

Ich rückte näher an ihn heran und stupste ihn mit dem Ellbogen an. »Brauchst du Maggie? Sie liegt im Pick-up, ich leih sie dir gerne.«

»Was?« Er schüttelte sich und blickte zu mir.

»Grab ihn tief genug ein, sonst kann es passieren, dass ein Wildschwein ihn wieder ausbuddelt, und das willst du nicht sehen.«

»Was redest du denn da?«

»Du benimmst dich wie ein Höhlenmensch, der sein Revier verteidigen muss.«

»Ich tu *was*?«

Ich schmunzelte und rollte mit den Augen. »Mal ehrlich: Hast du Jake nicht während des Essens die ganze Zeit angestarrt und dir überlegt, wie du ihn am schnellsten wieder loswirst?«

»Ich ...«

»Ich weiß, ich weiß. Sadie ist deine kleine Schwester und hatte einen Unfall und so, aber sie ist erwachsen und kann hervorragend auf sich selbst aufpassen.«

»Das ist ...«

»... was anderes?«

»Ja.«

Ich verzog das Gesicht.

»Sie ist ... zerbrechlich!«, verteidigte er sich.

»Auf mich wirkt sie recht stark und eigensinnig.«

Er hielt die Luft an und presste die Lippen aufeinander.

»Lass sie los, Parker, es ist in Ordnung.«

Mit einem tiefen Brummen sah er zu Boden. Die Sorge um seine Schwester zermürbte ihn, das war deutlich, aber er musste wirklich damit aufhören, Sadie derart zu umkreisen.

Parker stand auf und fing an, unsere Essensreste und die leeren Bierdosen einzusammeln.

»Machst du das eigentlich immer, wenn sie sich für einen Kerl interessiert?«, fragte ich und half ihm.

»Bisher kam es nicht sehr häufig vor. Sadie war lange in der Reha und hatte nicht wirklich ... Sie hatte andere Probleme als Jungs.«

»Verstehe.« Wir packten alles in eine große Tüte, die Parker rasch ins Haus brachte, damit die Essensreste heute Nacht keine Tiere anlockten.

»Ich denke nicht, dass sie mit jemandem wie Jake etwas anfangen sollte«, nahm er unser Gespräch wieder auf. Er prüfte das Feuer, das schon ziemlich heruntergebrannt war. Ab jetzt konnte nichts mehr passieren.

»Warum nicht? Er ist ein anständiger Kerl, oder hast du Bedenken, weil er möglicherweise mal im Knast saß?«

»Vielleicht.«

»Also doch Höhlenmensch. Du passt schon ganz gut nach Boulder Creek.«

»Was soll das denn jetzt heißen?«

»Na ja, du bist genauso vorurteilsbeladen wie die Leute hier, also beschwer dich nicht, wenn sie nachtragend und misstrauisch dir gegenüber sind.«

»Ich bin überhaupt nicht wie ... Ich tue doch gar nichts.«

Ich stemmte die Hände in die Hüften und deutete mit einem Kopfnicken in Richtung Stall. »Das da ist nichts anderes. Lerne Jake erst mal kennen, ehe du dir ein Urteil erlaubst.«

»Du kennst ihn auch nicht.«

»Nein, aber ich verurteile ihn auch nicht.«

Parker schnaubte. »Schließ dich gerne meiner Schwester an und finde heraus, was für ein feiner Kerl er ist.«

»Das wird ja immer besser, jetzt bist du auch noch eifersüchtig.«

»Ich bin doch nicht eifersüchtig!«

Ich grinste, weil ich es irgendwie niedlich fand, wie Parker sich aufführte. In gewissem Maße konnte ich es verstehen. Hätte Ryan eine Vorgeschichte wie Sadie würde ich auch jeden wegbeißen, der ihm möglicherweise wehtun könnte.

Parker knurrte leise, packte mich an der Hüfte und zog mich zu sich. »Höhlenmensch, ja?«

»Total.«

»Na gut.« Er ging in die Knie, umschlang mich fester und warf mich über seine Schulter. Ich schrie auf und trommelte gegen seinen Rücken.

Brummend trug er mich zum Haus, betrat über die Hintertür die Küche und schleppte mich weiter ins Wohnzimmer.

»Parker!«, schrie ich, konnte aber das Lachen kaum unterdrücken. »Lass mich runter.«

»Sobald wir dort sind, wo ich dich haben will.«

Er blieb kurz stehen, dann kippte meine Welt von Neuem, und

Parker legte mich auf dem Boden ab. Mitten auf dem Schlafsack, auf dem wir schon mal übernachtet hatten. Er rollte sich auf mich und hielt meine Hände über meinem Kopf fest.

»Jetzt gehörst du mir, Weib!«

Er hielt mich mit seinem Körpergewicht am Boden, sodass ich kaum noch Luft bekam. Ein wenig wand ich mich unter ihm, aber ich gab mir auch nicht wirklich Mühe, um freizukommen. Zu erregend war das Prickeln, das seine unerwartete Nähe in mir auslöste. Er kniff die Augen zusammen, beugte sich dichter über mich. Er roch nach der lauen Nacht, dem Feuer, der Freiheit. Ich sog seinen Duft tief in meine Lungen, hielt ihn dort fest und wartete darauf, dass Parker mich gleich küsste. Mein Herz schlug augenblicklich schneller, und das Prickeln breitete sich weiter in meinem Unterleib aus. Parker leckte sich über die Lippen, schien diesen Moment viel zu lange auszudehnen. Er kam noch näher, glitt mit der freien Hand an meiner Seite entlang und ... kitzelte mich.

Ich schrie auf, kickte mit den Beinen, aber Parker ließ sich nicht beirren. Er kitzelte mich so heftig durch, dass mir die Tränen in die Augen schossen und ich kaum noch Luft bekam.

»Ich kenn all deine empfindlichen Stellen«, feixte er und machte weiter. Ich trat nach ihm, befreite schließlich meine Hände und packte ihn an der Schulter. Wir verknoteten uns miteinander, bis ich das Gefühl dafür verlor, wo ich anfing und er aufhörte. Mein Lachen erfüllte das Wohnzimmer und vermischte sich mit seinem.

Auf einmal klopfte es lautstark gegen die Tür. Sadie war zurück. Parker hielt inne, wischte sich über die Augen und rollte von mir herunter. Ich schnappte nach Luft.

»Also den Pferden geht es großartig«, sagte sie.

»Schön«, erwiderte Parker lachend und richtete sich auf den Ellbogen auf. »Wo ist denn Jake?«

»Draußen. Er meinte, er würde gerne im Freien schlafen.«

»Sehr gut«, sagte Parker. »Er kann auf einer der Koppeln am Wald schlafen. Da ist es schön ruhig.«

Ich trat ihn gegen sein Schienbein, aber er ächzte nicht mal.

»Ich geh mal hoch«, meinte Sadie.

»Ich helfe dir, ein Bett zu richten. Hab noch ein paar Decken da, damit sollte es etwas gemütlicher werden.«

»Das schaff ich alleine, aber danke.«

Sie sah zwischen uns hin und her. Mittlerweile hatte ich mich auch wieder gefangen und mich aufgerichtet.

»Ich wünsche euch eine gute Nacht«, sagte sie mit einem spitzbübischen Funkeln in den Augen. »Ich mach meine Tür zu und hole noch mein iPad aus dem Auto, damit ich Musik hören kann.«

»Sadie …«, setzte Parker an, doch sie winkte ab und lief bereits hinaus. »Viel Spaß, aber ich denke, den werdet ihr sowieso haben.«

Das Schloss klickte, als sie das Haus verließ.

»Ich sollte langsam los«, sagte ich.

Parker zuckte zusammen und griff nach meinem Handgelenk. »Bleib. Du hast getrunken, und es ist spät.«

»Das war nur ein Light-Bier vor zwei Stunden. Außerdem hab ich gut gegessen.«

Sein Daumen strich über meine Haut und ließ mich schaudern.

»Willst du wirklich nach Hause?«

Nein. Ja. Ich wollte alles und nichts hiervon. Ich biss mir auf die Unterlippe und zog die Beine näher an mich heran.

»Was Sadie eben gesagt hat, ist Unsinn. Wir werden nicht … also wir können einfach hier zusammen einschlafen, wie beim letzten Mal.« Jetzt strich er mit den anderen Fingern über meine Haut. Sanft glitt er meinen Arm nach oben und wieder hinab.

Gott, Parker, was machst du mit mir?

Allein diese kleine Berührung löste so viel in mir aus. Ich wollte mehr davon und auch weniger. Ich wollte mich ihm zuwenden, obwohl ich wusste, dass es mich verletzte. Parker kannte wirklich jede meiner Schwachstellen, wie er eben so treffend erkannt hatte.

Nun nahm er seine Finger weg, und in mir bebte alles nach. Mein Körper schrie mich an, mich ihm endlich zuzuwenden und mehr von ihm zu fordern. Diese Barriere niederzureißen, die ich all die Jahre aufrecht gehalten hatte.

»Na gut«, hörte ich mich sagen. »Ich bleibe bei dir.«

Er ließ die Luft aus der Lunge und nickte erleichtert. Sanft legte er einen Arm um mich und zog mich zurück auf den Schlafsack. Ich kuschelte mich an ihn, nahm seine Stärke und seine unglaubliche Wärme an und seufzte.

Das hier war gut, aber ich fürchtete, dass es auch mein Untergang sein könnte.

28.

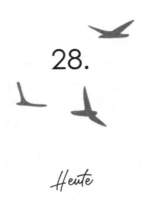

Heute

Clayanne

Wärme und Geborgenheit.
Das waren die beiden Dinge, die mir als Erstes in den Sinn kamen, als ich die Augen aufschlug. Die Sonne schien herein, Vögel zwitscherten, die Luft roch nach Sommer und einem wundervollen neuen, warmen Tag.
Ich drehte mich um und rutschte näher an Parkers Körper. Er lag auf der Seite, hatte ein Bein über meins geschlungen und den Arm quer über meiner Mitte liegen. Noch atmete er in ruhigen gleichmäßigen Zügen.
Zu meiner Überraschung hatte ich heute Morgen nicht das Bedürfnis, abzuhauen. Entweder war das ein Fortschritt oder das erste Notsignal, dass ich ihm voll und ganz verfallen war und nicht mehr klar denken konnte.
Ich betrachtete ihn genauer und suchte nach dem Jungen, den ich damals kennengelernt hatte. Heute war er viel kantiger, hatte leichte Falten um die Augen und auf der Stirn, als würde er zu viel und zu oft grübeln. Der stoppelige Bart spross unkontrolliert, aber selbst das stand ihm gut. Es passte zu dem rauen Leben hier draußen und ließ ihn verwegener wirken. Ich hob eine Hand und

fuhr sanft die Konturen seines Kinns entlang, über seine Wange, die Schläfen und hoch zu seiner Stirn. Er zuckte im Schlaf.

»Parker?«, flüsterte ich.

»Mh.«

Ich rückte näher an ihn heran. »Nicht wieder erschrecken, ja?«

Er blinzelte, sog die Luft ein. »Clay«, brabbelte er mit schlaftrunkener Stimme.

»Guten Morgen.«

»Morgen.«

Ich streifte mit meinen Lippen nur ganz kurz seinen Mund und hauchte einen sehr zarten Kuss darauf.

»Diese Art, mich zu wecken, gefällt mir eindeutig besser als die mit den aufeinanderprallenden Schädeln. Komm einfach jeden Morgen her und mach es genau so.«

»Ich muss irgendwann aber wieder ...« *arbeiten.* Nein, musste ich nicht.

Die letzten Tage hatte ich alle Gedanken an meine Freistellung erfolgreich verdrängen können, aber ich musste und sollte mir wirklich Gedanken darüber machen, wie es weiterging.

Parker strich über meine Wange nach hinten an mein Ohr. »Hey, alles klar?«

»Ja, hab nur gerade darüber nachgedacht, dass ich keinen Job mehr habe.«

»Verstehe.«

»Ziemlicher Stimmungskiller, oder?«

»Überhaupt nicht. Du kannst über alles mit mir reden. Ich hör dir nämlich auch gerne zu.« Er zog mich an seine Brust und schlang die Arme um mich. »Arbeite einfach hier«, murmelte er.

»Was?«

Er zuckte zusammen, als wäre ihm eben erst klar geworden, was er mir angeboten hatte. »Ich ... Das ... Also, ich meine, du ...«

Ich richtete mich auf den Ellbogen auf und sah ihn an. »Als was sollte ich hier denn arbeiten?«

»Ich … ich weiß nicht. Das ist mir jetzt einfach nur in den Sinn gekommen. Sorry. Ich … ich wüsste nicht mal, wie ich dich bezahlen soll. Die Renovierung frisst gerade all meine Ersparnisse.«
Ich kniff die Augen zusammen und schüttelte den Kopf.
»Aber abgesehen davon werden wir früher oder später wirklich Leute brauchen, die hier arbeiten. Sadie und ich können nicht alles alleine stemmen, wenn irgendwann die Gäste kommen.«
»Ich weiß nicht«, sagte ich. Könnte ich das überhaupt? Jeden Tag mit Parker zusammenarbeiten? Ihm helfen, seine Vision zu verwirklichen? Bei ihm angestellt sein? Wäre das nicht wieder nur eine Art Abkürzung für mich? Eine bequeme Möglichkeit, um unliebsame Herausforderungen zu meiden? Würde ich so jemals meinen eigenen Weg finden?
»Ich bin als Chef nicht so höhlenmenschartig wie als Bruder, keine Sorge«, sagte er.
»Ich würde dir auch in den Fuß schießen, solltest du mich je rumkommandieren.«
Er lachte kehlig. »Daran hab ich keinen Zweifel.«
»Das war kein wirklich ernst gemeinter Vorschlag, oder?«
»Wir können gerne in Ruhe darüber reden, wenn ich mir dich überhaupt leisten kann.«
»Darüber muss ich nachdenken.«
»Ja, klar. Solange du magst.« Er hob eine Hand und strich mir über die Wange. Er könnte genauso gut über mein Herz streichen, so intensiv fühlte es sich an.
Ich richtete mich auf und sah ihm in die Augen. »Parker«, flüsterte ich.
»Es ist alles gut.«
Vielleicht war es das ja wirklich. Vielleicht machte ich mir noch immer zu viele Gedanken, vielleicht sollte ich sie endlich wegschieben, meinem Herzen und meinem Körper das geben, was sie wollten. Ich lehnte mich zu ihm und strich mit meinen Lippen über seine.

Er brummte tief und kehlig und überließ mir die Führung. Ich senkte meinen Mund auf seinen und spürte, wie er die Luft anhielt. In mir kribbelte es, und von meinem Nacken aus verbreitete sich eine Gänsehaut. Parker auf diese Art zu berühren war jedes Mal ein Erlebnis. Es hallte in mir nach wie ein lauter Gongschlag. Ich rollte mich auf ihn und küsste ihn intensiver. Parkers Hände glitten an meine Pobacken, drückten mich gegen seine Hüften. Gestern hatte er noch Jeans angehabt, als er mit mir unter den Schlafsack gekrochen war, er musste sie sich irgendwann in der Nacht abgestreift haben. Ich winkelte die Beine an, um mich auf ihn zu setzen. Unser Kuss war noch schlaftrunken, aber er fachte das Feuer in uns beiden mit jeder Sekunde mehr an. Ein wohliges Ziehen breitete sich in meiner Mitte aus. Ich rieb mich an seiner wachsenden Härte und entlockte ihm ein tiefes wundervolles Stöhnen.

Parker massierte sanft meinen Hintern, während wir uns gegenseitig wach küssten. Es war berauschend und prickelnd. Ich strich mit meinen Fingern unter sein Shirt und berührte seinen festen Bauch. Mit den Fingernägeln kratzte ich über seine Muskeln, fuhr die Erhebungen und Vertiefungen ab, bis er wieder stöhnte und seine Hüften anhob, damit ich ihn noch besser spüren konnte. Ich unterbrach den Kuss, richtete mich auf und lächelte ihn an. Parker musterte mich intensiv und brennend. Ich erkannte sein Verlangen und die Zuneigung nach mir.

Gerade als ich mich wieder über ihn beugen wollte, ließ mich ein Geräusch innehalten. Ich horchte auf und blickte zum Fenster.

»Das ist Jake.«

»Was?«

»Er ist bei seinem Transporter. Ich denke, er will los.«

Parker stöhnte und ließ meinen Hintern los. »Warum werden wir eigentlich dauernd beim Küssen unterbrochen?«

»Vielleicht will das Leben nicht, dass wir uns küssen.«

»Das Leben kann mich mal.«

Ich lachte, kletterte von ihm hinunter und strich mein Shirt glatt. Parker stand auf und schnappte sich seine Hose. Kaum hatten wir uns einigermaßen sortiert, hörte ich die Hintertür auf- und zugehen. Schritte kamen auf uns zu.

»Guten Morgen, ihr Schlafmützen«, rief Sadie vergnügt und blieb im Türrahmen stehen. »Na? Wie war eure Nacht?«

»Gut«, sagte Parker. »Und bei dir? Ging es auf dem harten Boden?«

»Ja, es war großartig.« Sie blickte zwischen Parker und mir hin und her und schien darauf zu warten, dass wir ihr mehr Details verrieten, aber viel gab es nicht zu erzählen. Ich trat an die Fensteröffnung und pfiff leise, damit Jake mich bemerkte.

Er wandte sich zu mir um und grüßte mich mit einem Tippen an seinen Hut. »Guten Morgen.«

»Brauchst du Hilfe?«

»Nein, hab alles. Wollte jetzt losfahren.«

»Den Pferden geht es übrigens großartig«, sagte Sadie. »Ich war eben noch mal bei ihnen, es ist alles ruhig.«

»Sehr gut«, antwortete Parker, der sichtlich Mühe hatte, von dem Geknutsche eben wieder zurückzufinden und sich auf die alltäglichen Dinge zu konzentrieren. »Ich, äh ... ich muss mal kurz ins Bad, bin gleich wieder da.«

Ich sah ihm nach, nickte Sadie zu und ging mit ihr hinaus, um Jake zu verabschieden.

»Danke, dass du uns die Pferde gebracht hast«, sagte ich.

»Service des Hauses. Passt gut auf sie auf.«

»Selbstverständlich«, erwiderte Sadie. »Wir werden im nächsten Jahr bestimmt die Herde aufstocken. Vielleicht kann ich ja mitkommen und die Pferde direkt bei euch vor Ort auswählen.«

»Klar. Jordan steht euch zur Verfügung.«

Sadie lächelte, und ich konnte förmlich die Gedanken spüren, die ihr durchs Hirn spukten. Sie hoffte, dass Jake ihr auch zur Verfügung stehen würde.

»Also, bis dann«, sagte Jake, sah noch mal kurz zu Sadie und kletterte hinters Steuer. Wir traten einen Schritt zur Seite und sahen ihm zu, wie er den Schotterweg Richtung Straße hinabfuhr.

Sadie stöhnte, rieb sich über ihren unteren Rücken und drückte den Brustkorb heraus.

»Hast du Schmerzen?«, fragte ich sie.

»Parker hatte leider recht. Die Nacht auf dem harten Boden hat mir nicht gutgetan, aber sag ihm das bitte nicht.«

»Werd ich nicht. Was kannst du dagegen tun?«

»Meine Übungen machen, Wärme, Entspannung. Ich habe alles bei Cybil, was ich brauche. Bis auf meine spezielle medizinische Matratze, die genau auf meinen Rücken konzipiert ist. Aber es geht auch mal ohne.«

»Dann fahr zu Cybil und erhol dich.«

»Aber was ist mit den Pferden?«

»Um die kümmere ich mich.«

»Ich werde nicht die Arbeit auf dich abwälzen.«

»Tust du nicht. Es ist echt okay.«

Sie blickte zurück zum Haus und rang sichtlich mit sich. »Es ist noch so viel zu tun.«

»Ja, aber du hilfst deinem Bruder am besten, wenn du auf dich aufpasst, glaub mir.«

Sie nickte und sah wieder mich an. »Du und er ...«

»Es lief nichts heute Nacht.«

»Bedauerlich. Ihr passt so gut zusammen. Fand ich schon immer.«

»Ich ... Du ... du hast uns doch nie zusammen gesehen.«

»Nein, aber ich habe meinen Bruder gesehen, nachdem er aus Boulder Creek in jenem Sommer zurückgekommen ist.«

Ich hielt die Luft an und verlagerte mein Gewicht von einem Fuß auf den anderen. Diese Worte aus Sadies Mund zu hören war seltsam.

Sie schloss die Augen, und ein trauriger Zug huschte über ihre Miene. »Es hat ihn so zerrissen damals.«

»Davon hab ich nicht viel bemerkt.«

»Ich weiß. Er hat ja auch niemanden an sich herangelassen. Als er nach jenem Sommer auf einmal wieder bei unseren Eltern auf der Matte stand, hat er sich in seinem Zimmer verbarrikadiert und mit niemandem geredet.«

Mir wurde heiß, und ich strich mir über den Nacken. Wollte ich das wirklich hören?

»Parker konnte nie gut mit seiner Wut umgehen«, fuhr Sadie fort. »Wenn ihm etwas zu viel wurde, explodierte er, dann zog er sich zurück, bis er irgendwann wieder klar denken konnte. Wir waren beide total überfordert mit der Situation bei uns zu Hause. Parker wurde von Dad quasi in die Firma gezwungen, und ich war immer nur der Punchingball für meine Mom. Das hat sich erst nach meinem Unfall geändert. Auf einmal stand das Leben der gesamten Familie still, und sie sahen zum ersten Mal auf mich. Ich ...« Sie hielt die Luft an und blickte in die Ferne. Eine laue Brise strich an uns vorbei. »Ich hab mich manchmal sogar gefreut, dass mir das passiert ist, weil sie dadurch alle auf einmal für mich da waren. Verrückt, oder? Ich lag in diesem Krankenbett mit den höllischsten Schmerzen und freute mich, weil meine Familie endlich bei mir war.«

»Das klingt gar nicht verrückt.«

»Parker kam auch aus seinem Schneckenhaus heraus und verbrachte fast jede freie Minute bei mir.«

»Er hat mir erzählt, wie es zum Unfall kam. Ich hab das Gefühl, dass er sich einen Teil der Schuld gibt.«

Sadie winkte ab. »Ich hab ihm schon tausendmal gesagt, dass es nicht seine Schuld war. Es war eine Verstrickung vieler unglücklicher Umstände, und letztlich sollte wohl alles so kommen, sonst wären wir gar nicht hier.« Sie drehte sich zum Haus um.

»Das würde ich sehr bedauern«, sagte ich leise.

»Ich auch.«

Ich schloss die Augen und horchte in mich. Diese Worte meinte ich ernst. Parkers und Sadies Vision von Golden Hill waren fantastisch, und vielleicht könnte ich einen Platz hier finden.

Sadie stöhnte leise und rieb sich über den unteren Rücken. »Ich muss mich leider bewegen, ehe meine Muskeln ganz verspannen.«

»Tu das.«

Sie lief zurück zum Haus, während ich stehen blieb und das Bild von Parker und mir ganz alleine hier draußen auf mich wirken ließ. Es lag wohl an mir, was ich daraus machen wollte.

Die nächsten Stunden vergingen wie im Flug. Parker hatte uns Frühstück besorgt, während ich nach den Pferden gesehen hatte. Ich hatte ihnen frisches Futter gegeben, bei der Gelegenheit auch gleich die Hufe und Zähne kontrolliert und ihre Lungen abgehört. Zum Glück hatte ich noch ein paar medizinische Instrumente und Verbandszeug im Wagen, alles, was man so brauchte, um erste Hilfe zu leisten. Wie zu erwarten, war mit den Pferden aber alles in Ordnung.

Kurz vor Mittag waren wir mit allem fertig. Ich wusch mir gerade die Hände unter dem alten verrosteten Wasserhahn hinterm Haus und trat in die Küche, wo Parker unter der Spüle lag und herumhantierte.

»Was machst du?«, fragte ich ihn.

»Ich will den Anschluss reparieren, damit wir hier endlich Wasser haben. Es nervt, ständig rauszugehen.«

Ich zog mich auf die alte Arbeitsfläche und ließ die Beine baumeln. Parker hatte das Shirt von vorhin gegen ein Hemd getauscht, das ihm nun ein Stück nach oben gerutscht war und seinen durchtrainierten Bauch freigab. Seit er hier draußen arbeitete, hatte er sich körperlich verändert. Er hatte etwas abgenommen, war dadurch aber auch definierter geworden. Seine Oberarme spannten sich an, und ich konnte deutlich die Muskelstränge erkennen.

Er fluchte leise, weil es wohl nicht so klappte, wie es sollte. »Da müssen wir die Tage noch mal ran«, sagte er schließlich. »Wir brauchen neue Rohre, die machen es nicht mehr.«

»Du solltest dir für heute freinehmen.«

Er rutschte unter der Spüle hervor und sah zu mir auf. Sein Blick glitt über meine Beine nach oben und blieb kurz in meinem Schritt hängen. »Schade, dass du nie Röcke trägst.«

»Nur über meine Leiche.«

Er legte die Zange weg und wischte sich die Hände an einem Lappen sauber. »Ich hab eigentlich zu viel zu tun, um freizumachen.«

»Heute ist Sonntag, gönn dir 'ne Pause.«

Parker seufzte, richtete sich auf und lehnte sich an den Schrank neben der Spüle. Er wirkte müde, wie so oft in den letzten Tagen. *Vielleicht sollte ich ihm helfen, sich zu entspannen.*

Ich holte tief Luft, rutschte von der Arbeitsplatte und stellte mich breitbeinig über ihn. Er blickte fragend zu mir hoch, doch ehe ich zu viel darüber nachdenken konnte, ließ ich mich auf seinen Schoß nieder, verschränkte die Hände hinter seinem Nacken und küsste ihn. Parker spannte sich unter mir an, aber er legte sofort die Arme um mich und zog mich fester auf seinen Schoß, als wollte er so verhindern, dass ich aufhörte.

Ich hatte allerdings nicht vor, aufzuhören. Wir verschmolzen miteinander und küssten uns ruhig und sinnlich. Es war wie ein Vorantasten, ein Ausloten der eigenen Grenzen, ein Kennenlernen auf einer neuen Ebene. Auf einmal fühlte es sich an, als würden wir Neues erschaffen, statt etwas Altes wiederzubeleben.

Parker keuchte in meinen Mund und erforschte mich voller Hingabe. Ich rieb mich an seiner Erregung. Es fühlte sich gut und verheißungsvoll an.

Schwer atmend löste ich mich schließlich von ihm, strich mit einem Finger über seine Stirn, seine Wange, hinab zu seinem Kinn. Er sah mich unter halb gesenkten Lidern erwartungsvoll an.

Mit ihm zusammen zu sein war auf so vielen Ebenen richtig und auf genauso vielen falsch. Wieder und wieder kam ich an diesen Punkt, ohne einen Schritt vor- oder zurückzugehen. Wie lange würde ich das noch ertragen?

Ich sah ihm tief in die Augen und suchte nach Antworten, die er mir jedoch nicht geben konnte. Parker konnte nicht in mein Innerstes blicken, er konnte mir nicht sagen, was richtig oder falsch für mich war.

Das konnte nur ich, und im Moment fühlte sich das hier richtig an. Auf ihm zu sitzen, ihn zu spüren, zu riechen, zu halten. Ich hatte mich so lange zurückgehalten, mich so lange gegen all das gewehrt, dass ich langsam müde davon wurde.

»Alles klar?«, fragte er leise.

Ich umschloss sein Gesicht mit beiden Händen, holte tief Luft und küsste ihn wieder. Dieses Mal war es kein zärtlicher Kuss, sondern ein hungriger. Er war erfüllt von all der Leidenschaft und der Zurückhaltung der letzten Jahre. Ich glühte innerlich, und der Einzige, der das Feuer nun löschen konnte, war Parker. Er ließ sich auf mein Tempo ein, verstärkte seinen Griff um meine Hüften und drängte mich auf seine Härte. Ich stöhnte mit ihm auf, rieb mich an ihm, zerrte an ihm. Ich brauchte mehr. Hier. Jetzt. Sofort.

Ungeduldig riss ich an seinem Hemd und ließ einen Knopf dabei springen.

»Clay ...« Er stockte, vermutlich weil er Angst hatte, dass ich wieder so unkontrolliert handelte wie in jener whiskeyverhangenen Nacht. Aber mein Kopf war heute glasklar.

»Es ist gut«, flüsterte ich, schob das Hemd weiter hoch, um seine nackte Haut zu streicheln. Er lehnte sich vor und wollte es sich von den Armen streifen, während ich mich am Bund seiner Hose zu schaffen machte. Parker verheddderte sich im Stoff, bis seine Arme umständlich nach hinten gebogen wurden und er feststeckte. Er lachte und zerrte, aber er kam nicht weiter.

»Das nächste Mal bring ich mein Messer mit«, sagte ich und beugte mich über ihn, um ihm zu helfen.

»Schrotflinte, Peitschen und Messer. Sollte ich mir langsam Sorgen machen?«

Endlich war er aus dem Hemd befreit; ich warf es weg, damit er mich wieder umarmen konnte. Ich glitt mit meinen Fingern über seine definierten Brustmuskeln und entlockte ihm ein weiteres tiefes Keuchen.

»Machst du dir denn Sorgen?«, fragte ich atemlos.

»Kein bisschen.«

Ich lehnte mich über ihn, küsste die freigelegte Haut und biss sanft zu, als ich seine Brust erreichte. Parker zuckte, schob mich aber nicht von sich. Seine Hand vergrub sich in meinen Haaren, und er zwirbelte ein paar Strähnen um seine Finger. Ich kam wieder nach oben, umschloss sein Gesicht mit den Händen und küsste ihn erneut. Parker umfasste meinen Hintern, knetete ihn und drückte mich wieder an seine Härte. Ich bebte innerlich und bekam Gänsehaut.

»Zieh mich schon aus«, sagte ich heiser, während ich mich an ihm rieb und unsere Hitze erneut anfachte.

»Wirklich?«

»Ja, verflucht.«

Er lächelte, zerrte mein Shirt endlich aus der Hose und stellte sich wesentlich geschickter an als bei seinem Hemd eben. Er schob es mir über den Kopf und schleuderte es von sich. Ich richtete mich auf und genoss es, von ihm betrachtet zu werden. Währenddessen rieb ich mit meinen gespreizten Schenkeln fester und fester an seiner Härte. Selbst durch den Stoff jagte diese Berührung heiße Stromstöße durch mich, und ich bezweifle nicht, dass ich sogar so kommen könnte, sollte ich es darauf anlegen. Parkers Blick blieb an meinem BH hängen.

»Darf ich?«, fragte er und hakte einen Finger in den Verschluss.

Ich fasste nach hinten und öffnete das Ding selbst, dann streifte ich die Träger von meinen Schultern und warf auch ihn von mir.

Durch die plötzliche Kälte richteten sich meine Brustwarzen auf. Parker schnappte nach Luft.

»Du bist atemberaubend schön, Clay«, flüsterte er und ließ eine Hand zwischen meinen Brüsten hindurchgleiten. Ich legte den Kopf in den Nacken und gab mich seiner Berührung hin. Parker lehnte sich nach vorne, folgte mit seinen Lippen der gleichen Spur, die seine Finger gerade hinterlassen hatten. Ich stöhnte und presste mich ihm entgegen. Parker gab mir genau das, was ich im Moment brauchte, und ich nahm es an.

Ein paar Augenblicke genoss ich seine Berührungen, ehe ich mich von ihm löste und aufstand. Er blickte fragend zu mir hoch, aber ich reichte ihm schon meine Hand und gab ihm zu verstehen, dass er mitkommen sollte. Der Küchenboden war mir zu ungemütlich. Außerdem brauchte ich meine Tasche, die irgendwo im Wohnzimmer lag.

Parker folgte mir, zog mich auf halbem Wege noch mal an sich und presste mich gegen die nächste Wand. Er küsste mich von Neuem und rief in mir die Vorfreude auf das wach, was noch kommen konnte. Ich vergrub meine Finger in seinen Haaren und drückte meine nackte Brust an seine. Nach einem weiteren innigen Kuss hob er mich an und trug mich ins Wohnzimmer. Unser Schlaflager war noch immer so unordentlich, wie wir es heute Morgen verlassen hatten. Parker legte mich auf die weiche Unterlage, verschmolz wieder mit meinen Lippen und küsste mich wie ein Verdurstender. Ich umschlang ihn mit den Beinen, konnte gar nicht genug von ihm berühren, weil nichts mehr zu genügen schien.

»Zieh mich aus!«, keuchte ich zwischen den Küssen. Er öffnete meine Jeans, doch anstatt sie mir von den Hüften zu schieben, glitt er mit der Hand hinein und berührte mich über meinem Slip zwischen den Beinen. Ich stöhnte, als seine Finger mich umschlossen.

»Unglaublich«, keuchte er und rieb über den Stoff, bis er feucht von mir war. »Weißt du eigentlich, wie oft ich hiervon früher fantasiert habe?«

Heiser stöhnte ich auf. Parker wusste genau, was er zu tun hatte. »Seit dem Tag, als wir das erste Mal zum Creek hochgewandert sind. Bei dem Wettrennen.«

»Was?«

Seine Finger beschrieben kleine Kreise auf meiner empfindsamsten Stelle. Obwohl ich noch den Slip trug, schoss es wie Strom durch mich.

»Ich hatte fast die ganze Zeit über einen Ständer.«

Ich grub meine Fingernägel in seine Schultern, als er endlich die Hand unter den Stoff schob und mich direkt berührte. Gott, war das intensiv. Ich wölbte mich ihm entgegen, bis er den Druck intensivierte und mich fast schon zum Höhepunkt trieb. Parker küsste mich voller Leidenschaft und ließ mich spüren, dass er genauso scharf auf mich war wie ich auf ihn. Ich schob ihn sanft von mir, aber nur um seinen Reißverschluss zu öffnen und ihm die Hose über die Hüften zu schieben. Dieses Mal ging es schneller als mit seinem Hemd. Während er sich von seiner Jeans befreite, schlüpfte ich ebenfalls aus meiner.

»Meine Tasche«, sagte ich atemlos. »Da sind Gummis drin.«

Er nickte, angelte danach und reichte sie mir. Ich öffnete sie und kippte den Inhalt einfach auf den Boden. Mein Handy, die Autoschlüssel, eine Bürste und ein Tampon verteilten sich auf den Dielen, und schließlich kamen auch zwei Kondompäckchen zum Vorschein.

Parker richtete sich auf und sah auf mich hinab. Unter seinen Boxershorts wölbte sich eine ziemlich beeindruckende Latte. Ich zog die Beine unter ihm hervor, griff nach dem Stoff und streifte ihn herunter. Er hielt die Luft an, als ich ihn rücklings auf den Boden drückte, um mich über ihn zu beugen. Ohne Zögern umschloss ich seinen Schaft mit den Fingern.

»Clay, fuck«, keuchte Parker, als ich den Druck verstärkte. Parker war gut gebaut, und er war steinhart. Ich stimulierte ihn, rieb auf und ab, bis er kehlig stöhnte und den Kopf in den Nacken fallen ließ. Mit einer Hand stützte er sich hinter sich ab, die andere packte auf einmal meine.

»Langsamer«, brachte er heraus.

Ich lächelte, ließ ihn los und lehnte mich über ihn. Parker zog mich mit sich auf den Boden. Seine Finger fanden den Weg über meinen Bauch unter meinen Slip, strichen über die Seite nach hinten und stoppten auf meinem Hintern. Er drückte fester zu, bis ich seine Fingernägel spürte, was einen angenehmen prickelnden Impuls durch mich hindurchjagte. Langsam konnte ich es nicht mehr abwarten, endlich die letzte Stoffbarriere zwischen uns zu beseitigen. Ich kratzte mit den Fingernägeln über seine Brust, den Bauch, die Taille und wanderte mit meinen Lippen den gleichen Weg hinunter. Ich küsste ihn knapp über seinen Hüftknochen, dann ein Stück tiefer und tiefer und ... nahm schließlich seinen Schwanz in den Mund. Er spannte sich an, krallte die Finger in den Schlafsack und stöhnte tief.

»Oh, verflucht, das überleb ich nicht lange.«

Ich nahm ihn tiefer in mich auf, saugte an seiner Härte und lauschte seinem schneller kommenden Atem, bis er mich ein weiteres Mal aufhielt. Fragend blickte ich zu ihm hoch. Ich sah ihm an, dass er es lieber anders wollte. Dass er mir genauso viel geben wollte wie ich ihm. Ich küsste ihn ein letztes Mal, griff nach dem Kondompäckchen und reichte es ihm. Während er es öffnete, stieg ich aus meinem Slip. Parker hielt inne, sah mich an und rollte sich das Kondom dabei über. Ich wollte mich wieder auf ihn setzen, aber er griff mich an den Hüften und warf mich auf den Rücken. Er rollte sich auf mich, küsste mich stürmisch und rieb seine Härte an mir, ohne in mich einzudringen. Für eine endlos wirkende Zeit verharrte er so, ohne mir mehr zu geben.

»Du musst nicht so zurückhaltend sein.« Ich war bereit für ihn, ich brauchte kein weiteres Vorspiel.

»Bist du immer so ungeduldig?«

Er glitt mit den Fingern zwischen meine Beine, fuhr durch meine feuchte Mitte und fand meine Klitoris. Ich stöhnte auf, als er den Daumen darum kreisen ließ und in mir weitere Wellen der Lust auslöste.

»Willst du echt hierauf verzichten?«, fragte er und wiederholte die kreisende Bewegung.

Ich packte ihn an den Schultern, hob meine Hüften an, damit er mehr von mir fühlen konnte. Parker glitt tiefer, schob Zeige- und Mittelfinger in mich und entlockte mir ein weiteres Stöhnen.

»Oder hierauf?«

Er küsste sich meinen Hals nach unten, und mir war klar, dass er das Gleiche mit seinen Lippen und seiner Zunge machen wollte, was er eben mit seinen Fingern getan hatte. Mir wurde heiß. Ich war mir nicht ganz sicher, ob ich dafür bereit war. Es war eine Sache, mit einem Mann Sex zu haben, eine andere, ihm wirklich alles von mir zu zeigen. Ich hielt Parker auf halbem Weg auf, zog meine Beine unter ihm heraus und rollte mit ihm herum.

»Ein anderes Mal«, sagte ich und richtete mich auf, sodass ich wieder auf ihm saß. Parkers Hände ruhten auf meinen Oberschenkeln, ich fasste zwischen uns und nahm mir endlich, was ich von ihm wollte.

Er schloss die Augen, als er in mich eindrang, und mich durchlief ein einziger wohliger Schauer, während ich mich auf ihm niederließ.

Parker sah mich an, sein Atem kam schwer, sein Blick verriet mir, wie sehr er mich begehrte. Ich bewegte mich sanft auf ihm, nahm ihn noch tiefer in mich auf, bis ich auf eine wohlige Art von ihm erfüllt wurde. Er passte sich meinem Rhythmus an, unser Keuchen vermischte sich miteinander. In meiner Mitte zogen sich die Empfindungen zusammen, und ich wusste, dass ich nicht lange brauchen würde, um zu kommen. In dieser Position ging es für mich immer sehr schnell. Parker keuchte, seine Hände glitten wieder nach oben, und er zog mich an den Armen zurück auf seinen Mund. Wir vereinten auch unsere Zungen, und das Gefühl der Verbundenheit wurde stärker. Ich klammerte mich an ihn, ritt ihn schneller, weil all diese Empfindungen so intensiv und berauschend waren, dass ich sie kaum aushielt. Parker in mir zu spüren, ihn nach all den Jahren der Fragen und Fantasien wirklich so zu fühlen war fast zu viel für mich.

Ich biss ihm in die Unterlippe, bewegte mich schneller auf ihm, und er überließ mir die Führung. Wir steigerten unseren Rhythmus, Parker gab mir genau das, was ich brauchte. Ich stöhnte, spürte, wie ich mich auf meinen Höhepunkt zubewegte, und auch er schien es nicht mehr lange auszuhalten. Er packte mich fester, schob sich drängender in mich und erlöste mich endlich von all dem Druck, der mich gefangen hielt.

Ich kam intensiv und scheinbar endlos, vergaß alles um mich herum und hielt mich an Parker fest, während er mir folgte. Unser Atem vermischte sich mit unserem Stöhnen, bis irgendwann der Rausch abebbte und ich auf ihm zusammensackte. Er schlang die Arme um mich, drückte mich an sich, und ich ließ es zu.

Unsere Herzen hämmerten gegeneinander, zwischen meinen Beinen pulsierten die letzten Wellen des Höhepunkts. Parker zog sich vorsichtig aus mir zurück, entfernte das Kondom und legte es zur Seite. Ich ließ mich neben ihn sinken, schmiegte mich an ihn und versuchte zu sortieren, was gerade passiert war.

Ich hatte es getan. Ich hatte mit Parker geschlafen.

Mein Herz pochte heftig und dehnte sich fast spürbar in meinem Brustkorb aus. In mir tanzten die unterschiedlichsten Gefühle von Befriedigung, Verlangen, Zuneigung und vielleicht auch Liebe. Ich biss mir auf die Unterlippe, rückte näher an ihn heran und vergrub mein Gesicht an seiner Brust.

»Alles klar bei dir?«, fragte er leise. Ich nickte, aber ich wusste nicht genau, ob es das wirklich war.

Ich hatte eine Grenze überschritten, hinter der es für mich sehr gefährlich werden könnte, denn Parker drang in Bereiche vor, die ich normalerweise vor Männern abriegelte.

»Clay?«

Ich hielt die Luft an. Natürlich merkte er, dass ich grübelte. Natürlich kannte er mich so gut, dass er jede noch so kleine Nuance in mir wahrnahm.

Er strich mit den Händen über meine Schulter und drehte sich so, dass er mich besser ansehen konnte, aber ich rollte mich auf den Rücken.

»Es ist alles gut«, gab ich von mir.

»Wirklich?«

»Ja, du Nervensäge.«

»Ich will dich nicht nerven, ich will nur sichergehen, dass du es nicht bereust.«

Ich schloss die Augen und holte tief Luft. »Tu ich nicht.« Das war die Wahrheit. Der Sex mit Parker war prickelnd, heiß, intensiv und wunderschön gewesen. Genau so, wie ich es mir immer ausgemalt hatte, aber ich spürte auch, wie die Sorgen in mir rumorten. Sie wollten mich schützen, doch dazu war es längst zu spät.

Parker schob mich sanft von sich. Er strich mir mit dem Finger über die Wange, musterte mich ganz genau und so intensiv, als wollte er jeden kleinen Gedanken von mir einfangen. Sein Blick war zärtlich, aufmerksam, lustvoll und voller Liebe. Ich erkannte sie hinter diesem tiefgründigen Blau, in dem ich mich so gut verlieren konnte.

»Clay, ich bin in …«

»Nicht …«, stammelte ich und küsste ihn wieder. Was auch immer er sagen wollte, ich konnte es jetzt nicht hören.

Er stöhnte, respektierte aber meinen Wunsch.

Parker und ich. In vielerlei Hinsicht waren wir keine gute Idee, aber jetzt gerade fühlte sich alles richtig an.

Heute

Parker

Als ich aufwachte, war die Seite neben mir leer. Ich tastete den Schlafsack ab, aber er war nicht mehr warm, das hieß, dass Clay schon vor einer Weile aufgestanden sein musste. Ich rieb mir übers Gesicht, rollte mich auf den Rücken und sah zum Fenster hinaus. Die Sonne ging gerade unter, ich hatte eigentlich nicht vorgehabt einzuschlafen, aber dann war es doch passiert.
    Es war so verflucht viel passiert.
    Clay und ich. Wir hatten es getan. Sie war endlich diesen letzten Schritt auf mich zugekommen, nach dem ich mich so gesehnt hatte. Ich hatte sie spüren lassen, wie sehr ich sie begehrte und wie sehr ich sie liebte.
    Ich schloss die Augen und ließ den letzten Gedanken auf mich wirken.
    Wie sehr ich sie liebte …
    So war es. Ich hätte es ihr vorhin gesagt, wenn sie mich nicht unterbrochen hätte, aber vielleicht war es auch besser so. Clay musste die Dinge in ihrem eigenen Tempo angehen. Sie würde mir zeigen, wenn sie bereit war, diese Worte von mir zu hören. Vorausgesetzt natürlich, sie hatte sich nicht schon wieder vom Acker gemacht.

Ich stand auf, zog mich an und lief zur Küche. Ich trat durch die Hintertür hinaus und wollte gerade nach ihrem Auto schauen, als sie mir schon entgegenkam. Sie schob eine volle Mistkarre vor sich her, und wieder stockte mir das Herz.

Genau wie früher.

Auf einmal war ich wieder siebzehn. Ich traf mich morgens mit Clay, um den Stall auszumisten. Grandpa lebte noch, Granny baute ihr Gemüse an und sang ihre Lieder. Es duftete nach Apfelkuchen und Geborgenheit.

»Hörst du mal auf, mich anzuglotzen?«, sagte Clay.

Ich schüttelte mich und löste mich aus meiner Starre.

»Mach dich lieber nützlich.«

»Okay, warte.« Ohne weiter darüber nachzudenken, trat ich vor sie, legte eine Hand in ihren Nacken und küsste sie. Clay erwiderte den Kuss nur verhalten, ehe sie sich von mir löste.

»So meinte ich das eigentlich nicht. Außerdem stinke ich nach Pferd und Arbeit.«

»Du duftest wundervoll.«

Sie zog die Augenbrauen zusammen und musterte mich kurz.

»Ich hatte Schiss, dass du abgehauen bist«, sagte ich.

»Tatsächlich hab ich auch kurz darüber nachgedacht.«

»Was hat dich aufgehalten?«

»Zum einen das hier.« Sie stellte den Schubkarren ab und deutete auf den Mist. »Ich hab dir versprochen zu helfen, und das tue ich. Die Pferde wollen versorgt sein, egal, was mit uns ist.«

»Punkt zwei?«

Sie hielt die Luft an und blickte an meiner Schulter vorbei Richtung untergehender Sonne. »Ich weiß nicht. Es hat sich ... richtig angefühlt zu bleiben.«

»Das ist schön.«

Sie lächelte sanft, und mir fiel auf, wie viel weicher Clay wirkte, wenn sie entspannt war. Auf der einen Seite war sie so unglaublich

tough und zäh, auf der anderen war da eine zarte Frau, die sehr leicht verletzt werden konnte.
»Was kann ich tun?«, fragte ich.
Sie deutete auf den Schubkarren. »Den hier auf den Mistcontainer fahren und danach wieder in den Stall kommen. Fünf Pferde machen viel mehr Dreck als gedacht.«
»Dann lass ihn uns wegschaffen.«

Es erstaunte mich immer wieder, wie gut Clay und ich zusammenarbeiteten. Ob beim Entwurmen von Schafen, beim Aussuchen von Pferden, bei der Vorbereitung für den neuen Stall oder jetzt beim Aufräumen. Unsere Bewegungen gingen Hand in Hand. Wir mussten uns kaum absprechen, erledigten eine Sache nach der anderen und verfielen in den gleichen produktiven Trott, den wir früher bereits gehabt hatten. Alles fühlte sich vertraut an. Jeder Handgriff saß, wir bewegten uns wie eine Einheit und brachten in kurzer Zeit den gesamten Stall auf Vordermann.

Ich fegte gerade die letzten Heureste weg, die Clay mit einer Gabel aufsammelte und in die Schubkarre warf. Als wir fertig waren, berührte die Sonne den Wald und tauchte den Himmel in ein glutrotes Licht. Es war ein perfekter Moment, mit der perfekten Frau, am perfekten Ort.

Ich atmete tief ein und empfand auf einmal so einen tiefen Frieden, dass es fast nicht auszuhalten war. In meinem Herzen tobten so viele Gefühle, die ich nicht mal selbst begriff.
»Es wird wirklich wahr«, sagte ich leise.
»Ja.«
Ich sog ihre Antwort und diesen Moment noch tiefer in mich ein. Das, was ich mir als Siebzehnjähriger so sehr gewünscht hatte, rückte nun in greifbare Nähe. Mein Leben auf Golden Hill. Damals hatte ich mir erhofft, hier meinen Frieden zu finden. Weg von zu Hause, von meinen Eltern, von den Streitereien und all dem Mist. Die Idee, die Clay in mich gepflanzt hatte, war gewachsen und ge-

reift. Ich hatte unbedingt hier leben wollen, hatte schon bald an fast nichts anderes mehr denken können, und als ich endlich so weit gewesen war, es meinen Großeltern zu sagen, war es zu spät gewesen.

Ich blickte zu Clay, die ebenfalls innegehalten hatte. Langsam stellte ich den Besen weg, legte eine Hand um ihre Hüften und zog sie näher an mich heran. Sie schlang die Arme um meinen Hals und ließ zu, dass ich sie küsste. Lang. Innig. Ruhig. Ich versuchte, ihr mit diesem Kuss all das zu vermitteln, was ich nicht in Worten ausdrücken konnte. Ich versuchte, alles wiedergutzumachen, die Kluft, die ich aufgerissen hatte, wieder zu füllen und ihr zu zeigen, wie unendlich dankbar ich für diesen Moment war.

Auf einmal löste sie sich von mir und räusperte sich.

»Wieder zu kitschig?«, fragte ich sie und deutete auf den Sonnenuntergang.

»Total, aber das ist okay. Ich hab 'ne Idee.« Sie grinste, griff in meine hintere Hosentasche und holte mein Handy heraus. »Mach ein Foto hiervon und schick es deiner Großmutter.«

Ich stockte, nahm ihr aber das Telefon ab. »Das ... das ist ... Gerne!«

»Könnte sie freuen, oder?«

»Ja. Sehr.« Mit Granny hatte ich in den letzten Tagen weniger geschrieben, weil ich so viel zu tun hatte. Ich rief den Chat mit ihr auf und musste grinsen.

Ich sitze aufn Medikamente gedrungenen küssest, lautete ihre letzte Nachricht.

Clay spähte über meine Schulter und las ebenfalls mit. »Was tut sie?«

»Das habe ich mich auch gefragt und sie daraufhin angerufen. Das soll heißen: *Ich sitze auf meinen gepackten Koffern.* Granny tut sich manchmal schwer mit ihrem Smartphone.«

»Süß.«

»Ja.« Ich schoss das erste Bild vom Sonnenuntergang und den

Pferden, die friedlich fraßen. Es war etwas schwer, nicht das Chaos zu zeigen, das drum herum noch herrschte, aber ich gab mir Mühe, Granny einen guten Einblick zu schenken. Clay beobachtete mich dabei, nahm mir auf einmal das Handy ab und drehte die Kamera um. Sie stellte sich näher zu mir, hob das Handy hoch und schoss ein Selfie von uns beiden vor dieser Kulisse.

»Schreib ihr schöne Grüße von mir. Ich freu mich, wenn sie wieder auf Golden Hill ist.«

»Das mach ich. Sie wird ausflippen.«

»Ich nehme an, du hast ihr nicht erzählt, wie dich Boulder Creek empfangen hat?«

»Nein. Ich hoffe noch immer, dass sich die Wogen glätten, bis Granny einzieht. Mal sehen.«

Ich tippte ihr eine Nachricht, erklärte, dass wir auf Hochdruck arbeiteten und gut vorankamen. Kaum hatte ich die Bilder und den Text abgeschickt, kam auch schon eine Antwort zurück. Es war ein verwackeltes unscharfes Foto von ihr. Offenbar hatte sie sich auch an einem Selfie versucht. Das Einzige, was wirklich gut zu erkennen war, war ihr strahlendes Lächeln.

FREUDE! schrieb sie darunter.

Ich schluckte. Auf einmal stiegen mir Tränen in die Augen, ohne dass ich es verhindern konnte. Rasch wischte ich mir übers Gesicht, steckte das Handy weg und atmete tief durch. Dieser Moment, Granny, Sadie, Clay, das alles. Es war so unglaublich viel für mich. Mein Verstand konnte diese Eindrücke nicht verarbeiten und mein Herz noch viel weniger.

Clay griff nach meiner Hand und ließ ihre Finger sanft über meine gleiten. Ich schüttelte mich, schluckte noch mal gegen die Enge an und blickte ihr in die Augen. Sie lächelte, strich mir über die Wange und hauchte mir einen sanften Kuss auf die Lippen.

»Wollen wir wieder reingehen?«, fragte sie.

»Nichts lieber als das. Du hast bestimmt auch Hunger, oder?«

»Ja.« Clay küsste mich erneut und zeigte mir damit sehr deutlich, was sie von mir wollte. Ich schlang die Arme um sie, griff unter ihre Beine, die sie sofort um meine Hüfte schlang, und trug sie zurück ins Haus.

Dieser Tag war durch und durch perfekt.

30.

Heute

Clayanne

»Okijen reagiert schon auf dich«, sagte ich zu Sadie. Die Pferde waren jetzt seit fast zwei Wochen auf der Ranch, und wir hatten uns dazu entschlossen, mit ihrer Ausbildung zu beginnen. Dazu hatten wir mit Gattern, die ich von Judie geliehen hatte, einen fünfzehn Meter großen Round-Pen abgesteckt. Sadie hatte sich für heute Okijen herausgenommen und trieb ihn nun vor sich her. Ich stand außerhalb des eingezäunten runden Platzes und sah den beiden zu. Sadie hatte ein extrem gutes Gespür für Pferde.

»Das ist so unfassbar«, sagte sie und nahm sich gleichzeitig zurück. »Die reagieren viel schneller als unsere Pferde im Stall.«

»Ja, weil sie noch nicht durch den Menschen verdorben sind. Mustangs können sehr sensibel sein, sie brauchen weniger Signale. Er ist schon auf deiner Seite, siehst du?«

Okijen drehte den Kopf leicht zu Sadie und hielt sie genau im Blick. Sie ließ den Strick sinken und sah zu Boden. Sofort bremste er ab und trabte zu ihr in die Mitte. Sie lachte leise, als er vor ihr stehen blieb und sie erwartungsvoll anblickte.

»Hey, Schöner«, sagte sie und streichelte ihm die Nase.

Ich lächelte, stellte einen Fuß auf die untere Strebe des Zauns und blickte mich um. Die Pferde lebten noch in dem zusammengezimmerten Stall, der zwar ganz nett war, aber etwas klein für die fünf. Parker hatte in den letzten Wochen die Arbeiten weiter vorangetrieben, aber dennoch zog es sich hin. Langsam fiel auch mir auf, wie viel hier immer wieder schiefging. Ich hatte noch nie erlebt, dass jemand derart das Pech anzog. Nicht nur, dass der Bagger schon zum zweiten Mal kaputtgegangen war und Parker Ersatzteile sowie einen Mechaniker brauchte, es kamen auch ständig Lieferungen zu spät. Ich hatte Stew im Verdacht gehabt und war zu ihm in den Laden gefahren, um ihn damit zu konfrontieren, aber er hatte mir versichert, dass er nichts damit zu tun hatte. Und ich glaubte ihm. Stew mochte Parker nicht sonderlich, aber er würde ihn nicht monatelang drangsalieren.

»Ich denke, es reicht für heute, was meinst du?«, fragte Sadie.

»Ja, gönn ihm seinen Feierabend.«

Sie lief zum Ausgang, und der Wallach trottete ihr brav hinterher, ohne dass sie einen Strick benötigte. Sadie grinste über den Fortschritt, den sie beide heute gemacht hatten. Es würde nicht lange dauern, bis ihr alle Pferde folgen würden. Einzig Flover hielt sich ihr gegenüber zurück, aber mit der Zeit würde er bestimmt auch noch auftauen. Jordan hatte ihn zwar mir geschenkt, aber ich wollte ihn erst mal hierlassen. Wo sollte ich ihn auch sonst unterbringen? Ich besaß ja nur meinen Wohnwagen.

Außerdem hatte ich die letzten zwei Wochen fast ausschließlich auf Golden Hill verbracht. Ich fühlte mich wohl auf der Ranch und auch in Parkers Armen. Der Sex mit ihm war gleichermaßen prickelnd wie innig. Manchmal etwas zu intim für meinen Geschmack. Immer wenn ich merkte, dass Parker kurz davor war, mir seine Gefühle zu gestehen, entzog ich mich. Es war eine Sache, mit ihm zu schlafen, eine andere, von ihm zu hören, was er für mich empfand oder es mir selbst einzugestehen. Als gäbe es gar kein Zurück mehr, wenn er die drei magischen Worte sagte, die so deutlich zwischen uns hingen, dass sie wohl jeder im Umkreis von zehn Meilen hören konnte. Aber ich wollte sie nicht hören. Ich konnte sie nicht hören, sonst wäre mein Herz vollkommen verloren. Ich lachte über mich und schüttelte den Kopf, denn mein Herz war schon längst hinüber. Parker hatte mich voll und ganz in Beschlag genommen, und ich hatte es einfach so zugelassen. Es war so viel leichter, hier auf Golden Hill zu sein, mit Parker und Sadie zu arbeiten und alles andere außen vor zu lassen.

Daher war ich auch keinen Schritt weitergekommen, was meine berufliche Laufbahn anging. Javier hatte mich letzte Woche noch mal angerufen und gefragt, wie es mir gehe. Ich konnte es ihm nicht sagen. Ich hatte Angst. Vor der Zukunft, vor der Gegenwart, davor, dass mich die Vergangenheit einholte. Ich lebte zwischen Glücksgefühlen, der Leidenschaft, die ich mit Parker teilte, Verpflichtungen gegenüber den Pferden und dem Drängen in meinem Nacken, dass es so auf Dauer nicht weitergehen konnte.

Zum Glück ging mir das Geld noch nicht aus. Die letzten Jahre hatte ich einiges ansparen können. Schließlich brauchte ich nicht viel. Im Moment gab es also keinen wirklichen Grund, irgendwas zu ändern. Ich hatte mich auf Golden Hill eingerichtet, so wie ich es auch mit der Klinik getan hatte. Das Damoklesschwert hing wieder über mir, und ich ignorierte es aus Bequemlichkeit.

»Ich seh mal nach Parker«, sagte ich zu Sadie und schloss das Gatter hinter ihr, als sie im Auslauf war.

»Mach das, ich füll noch Wasser auf und verteile Heu.«

Ich nickte und ließ sie allein. Die schweren Arbeiten übernahmen ich oder Parker. Sadie wollte zwar gerne helfen, konnte aber nicht alles tun, weil ihr Körper nicht mitspielte. Langsam bekam ich auch einen besseren Eindruck davon, wie sehr sie der Unfall aus dem Leben gerissen hatte. Viele Dinge, die ich locker im Alltag erledigte, waren für Sadie eine Herausforderung, und danach bekam sie häufig Schmerzen.

Ich lief über die Ranch und hielt weiter nach Parker Ausschau, der sich hier eigentlich irgendwo herumtreiben sollte, aber er war nirgends zu sehen. Nur Jessie kam mir mit einem schwarzen Werkzeugkoffer in der Hand entgegen.

»Hey, hast du Parker gesehen?«, fragte ich ihn.

Jessie zuckte erschrocken zusammen und blinzelte irritiert. Wir liefen uns nun fast täglich über den Weg, und mir fiel schon seit einiger Zeit auf, wie reserviert er war. Das passte gar nicht zu ihm. Ob er mitbekommen hatte, dass zwischen Parker und mir etwas lief? Hoffentlich war er nicht eifersüchtig. Auf so ein Drama hatte ich überhaupt keine Lust.

»Ja, der ist drin. Mit deinem Bruder.«

»Was? Ryan ist auch da?« Er hatte kein Wort zu mir gesagt, dass er vorbeikommen wollte.

Jessie umklammerte seinen Werkzeugkoffer fester. »Muss weiter.«

»Klar, ich will dich nicht aufhalten.«

Er nickte, räusperte sich und zog davon. Ich blickte ihm kurz hinterher, dann lief ich aufs Haus zu und trat durch die Hintertür ein.

»… das ist doch bitte nicht dein Ernst, Ryan«, sagte Parker. Er lehnte an der Küchenzeile zur Linken und hatte die Arme vor der Brust verschränkt.

Ryan stand im Türrahmen. Er trug seine Uniform, hatte eine Hand am Gürtel, in der anderen hielt er ein kleines Notizheft. Das hatte er immer im Dienst dabei.

»Bedauerlicherweise ist es das«, gab er zurück. Ryan straffte die Schultern, als er mich sah, und auch Parker wandte sich mir zu. Er sah blass aus. Um seine Augen hatten sich dunkle Ringe gebildet. Vielleicht sollte ich mal ein paar Nächte zu Hause schlafen, Parker brauchte auch mal wieder etwas Ruhe und vor allen Dingen ein ordentliches Bett statt nur den Schlafsack im Wohnzimmer.

»Was ist denn los?«, fragte ich.

»Wir müssen eine Strafe zahlen, weil wir den Unterstand gebaut haben, ohne ihn genehmigen zu lassen.«

Ich hielt die Luft an und sah zu Ryan, der nur nickte. Das hatten wir schon befürchtet. Parker hatte letzte Woche erst gesagt, dass das Ding so schnell wie möglich wieder wegmusste, ehe Ryan hier aufschlagen und es herausfinden würde.

»Wer steckt dir diese Sachen eigentlich immer?«, fragte ich. »Es ist niemand außer uns auf der Baustelle, oder fährst du nachts raus und schaust dir alles an?«

»Nein, tue ich nicht.«

»Also kommt Russell vorbei?«

»Keine Ahnung, ich hab nicht gefragt.«

Ich stellte mich neben Parker. »Wie hoch ist denn die Strafe?«

»Fünftausend Dollar für nicht genehmigte Bauten auf dem Grundstück«, sagte Ryan, und Parker zuckte zusammen.

»Bitte *was*? Seid ihr irre?«

»So sind nun mal die Vorschriften. Ich mache nicht die Gesetze, ich führ sie nur aus.«

Ich rollte mit den Augen. »Hörst du dich eigentlich reden? Das steht doch in keinem Verhältnis!«

Ryan holte tief Luft, biss dann aber die Zähne aufeinander. Er wirkte zermürbt und angespannt; diese ganze Sache schien ihm auch gegen den Strich zu gehen. »Tja, was soll ich sagen ...«

»Ryan.« Ich trat auf meinen Bruder zu. Er zog die Augenbrauen zusammen und musterte mich. »Lasst es doch einfach gut sein. Dieser Unterstand ist nur vorübergehend da, bis der andere Stall fertig ist. Du siehst doch, dass wir hier auf Hochtouren arbeiten.«

»Ja. Ich mache dennoch ...«

»... nur deinen Job, ich weiß. Aber das ist völlig überzogen.«

Ryans Blick wanderte zwischen mir und Parker hin und her. Ich sah meinem Bruder genau an, was er dachte und fühlte. Er wusste, dass ich Parker wieder verfallen war. Er sah, was sich zwischen uns entwickelte, und er fürchtete sich genauso davor wie ich.

»Gib uns zwei Wochen Zeit«, sagte ich. »Wir bauen in der Zeit den neuen Stall auf und reißen den Unterstand sofort ab.«

»Clay«, setzte Parker an, aber ich griff nach seiner Hand und drückte sie, um ihn zum Schweigen zu bringen.

»Wie wäre das?«, fragte ich Ryan.

»Ich ... ich weiß es nicht. Das hab ich nicht zu bestimmen.«

»Soll ich mit Russell reden?«

»Nein, das bringt nichts.« Ryan rieb sich übers Gesicht und stöhnte frustriert. »Ihr macht mich echt fertig.«

Parker lachte auf. »Frag mich mal.«

»Also gut. Ich werde aufs Revier fahren und das klären, aber macht euch bitte keine großen Hoffnungen. Russell ist da sehr festgefahren.« Ryan drückte sich vom Türrahmen ab und nickte uns zu. »Passt auf euch auf.« Er sah mich bei diesen Worten direkt an, und ich wusste, dass sie nur an mich gerichtet waren. Der Abgrund und so ... Dann rang er sich ein halbherziges Lächeln ab und wandte sich zum Gehen. »Wir sehen uns.«

»Bis bald«, sagte Parker.

»Die Ranch wird übrigens sehr schön«, murmelte Ryan noch über die Schulter, als er schon halb draußen war.

»Danke«, rief Parker ihm nach. »Nutzt mir nur nicht viel«, kam es als Flüstern hinterher.

Kaum klickte die Vordertür, wandte ich mich Parker zu, schlang die Arme um seinen Hals und drückte ihn an mich.

Er legte eine Hand auf meinen unteren Rücken, seufzte und vergrub die Nase an meinem Hals.

»Ich dreh bald durch, Clay.«

»Wirst du nicht.« Ich glitt mit den Fingern über seinen Haaransatz.

»Jeden Tag geht irgendetwas anderes schief. Heute Morgen hätte eigentlich George kommen sollen, um nach den Termiten im Haus zu sehen, aber als ich ihn vorhin angerufen habe, um zu fragen, ob wir uns auch am Nachmittag treffen können, meinte er, er wisse von nichts.«

»Wie kann das sein?«

»Was weiß ich. Leo wollte sich darum kümmern. Oder Terence, keine Ahnung. Einer von beiden hat den Termin mit George ausgemacht. Jetzt ist er aber erst mal für zwei Wochen weg, und wir müssen warten. Wie kann ständig so ein Scheiß passieren? Ich hab das Gefühl, als hätte sich Golden Hill gegen mich verschworen.«

Ich umarmte ihn fester. Er vergrub seine Nase an meinem Hals und löste wieder diese wohligen Schauer in mir aus. Ich schloss die Augen und merkte, wie ich innerlich bebte, weil er mich derart aus der Fassung brachte.

»Wir bekommen das hin.« Sogar meine Stimme verriet mich. Ich klang kratzig und rau und viel zu verletzlich.

Parker atmete tief ein. »Danke.«

Ich nickte und löste mich von ihm. Eine Gänsehaut überzog meine Arme, dabei war es nicht sonderlich kalt heute Morgen. »Ich schau mal, was wir gegen die Termiten machen können.«

»Wirklich? Ich will keine Arbeit auf dich abwälzen.«

»Tust du nicht.«

Parker beugte sich vor und hauchte mir einen Kuss auf die Lippen. Ich nahm ihn an, wartete auf das warme Gefühl, das von der Stelle aus in mich floss. Er ließ von mir ab und rieb seine Nase über meine.

»Das, was du eben Ryan versprochen hast. Dass wir den neuen Stall in zwei Wochen bauen werden … Wir sind bereits am Rande unserer Kapazitäten, ich weiß nicht, ob wir das schaffen.«

»Kannst du mir die Baupläne dazu zeigen?«

»Ja, klar.«

»Dann werde ich mich darum kümmern.«

»Ach, und wie?«

»Ich organisiere noch Helfer. Es kann doch nicht so schwer sein, dieses Gebäude hochzuziehen.«

»Wir haben noch immer nicht den Boden drainiert.«

»Ich weiß, aber das können wir schlimmstenfalls auch nachholen. So wie ich es verstanden habe, geht es erst mal nur darum, dass hier alles so gebaut wird, wie es im Plan steht, richtig?«

»Ja.«

»Gut. Das bekommen wir hin.«

Er legte den Kopf schräg und musterte mich intensiv. »Das ziehst du echt durch, oder?«

»Klar. Du bist mit dieser Sache hier nicht mehr allein, Parker. Wir schaffen das. Zusammen.« Beim letzten Wort verengte sich mein Herz.

»Clay, ich ...« Er hielt inne, sah auf meine Lippen, und mir schoss die Hitze in die Wange. Ich wusste, was ihm auf der Zunge lag. Ich spürte es. Seine Liebe zu mir. Sein Verlangen, seine Leidenschaft.

Ich schloss die Augen, und ehe er es aussprechen konnte, küsste ich ihn wieder. Er seufzte in meinen Mund, aber das Geräusch verriet mir, dass er genau wusste, wie sehr ich mich vor der Wahrheit drückte.

Nicht heute, Parker. Nicht heute.

31.

Heute

Parker

Das Leben war ein interessantes Konstrukt. Es verlief in Wellen, die uns mal in die Höhe hoben, uns aber genauso schnell in die Tiefe reißen konnten. Was heute noch funktionierte, konnte morgen schon nicht mehr klappen, und man musste eine andere Lösung dafür finden.

Eine Baustelle zu leiten kam dieser Definition von Leben sehr nahe. Freud und Leid lagen eng beieinander, wie ich jeden Tag aufs Neue feststellen durfte.

Wenn ich morgens aufwachte, konnte ich nie wissen, was mich bis zum Abend erwartete. Mal schwamm ich oben und alles lief wie am Schnürchen, andere Male wurde ich unter Wasser gedrückt. Wie dieser Tag werden würde, musste sich erst noch zeigen. Im Moment soff ich eher ab.

»Können Sie wirklich nichts mehr machen?«, fragte ich meinen Bankberater Mr. Sherman, während ich mit dem Telefon am Ohr durch die Küche lief. Ich blieb an der offenen Küchentür stehen und sah hinaus auf die Baustelle. Jessie hängte gerade den Schuttcontainer an einen Laster, um ihn wegzufahren und auszuleeren. Ein neuer stand schon bereit. Terence war irgendwo auf dem

Grundstück unterwegs, Leo telefonierte ebenfalls und gestikulierte dabei wild herum. Ich vermutete, dass die nächsten Probleme bereits anrollten, und dann waren da noch Clay und ihre Pläne für den neuen Stall. Sie hatte Wort gehalten und noch mal Judies Helfer organisiert, die nun seit zwei Tagen mit Hochdruck arbeiteten. Das Grundkonstrukt des Gebäudes stand auch schon, aber es war noch viel zu tun. Ich war so dankbar für ihre Hilfe und hoffte inständig, dass wir es tatsächlich innerhalb von zwei Wochen schafften. Ryan hatte gestern angerufen und gemeint, dass die Frist in Ordnung ging. Er hatte Russell irgendwie davon überzeugen können, mir Aufschub zu gewähren.

»Es tut mir sehr leid, Mr. Huntington, Ihr Kredit ist bis zur Obergrenze ausgeschöpft«, sagte Mr. Sherman.

Fuck. Verzweifelt rieb ich mir übers Gesicht. Durch die vielen Verzögerungen klaffte eine ziemlich große Lücke in den Finanzen.

»Bitte haben Sie Verständnis. In der letzten Zeit ging so vieles schief. Außerdem sind die Pferde bereits bei uns eingezogen, und wir brauchen ...«

»Ich weiß das, Mr. Huntington, das haben Sie mir schon erzählt, aber das ändert nichts an Ihrer Lage. Ich wünschte, ich könnte Ihnen helfen, aber bedauerlicherweise sind mir die Hände gebunden.«

»Also muss ich wohl zu einer anderen Bank wechseln.«

»Vielleicht müssen Sie das, wobei ich Ihnen dringend davon abraten möchte, sich noch mehr zu verschulden. Ich habe schon viele Unternehmer gesehen, die auf diese Art pleitegegangen sind.«

Ich auch, du Arsch. Schließlich hatte ich Betriebswirtschaft studiert, aber das half mir jetzt auch nicht weiter.

»Wenn ich sonst noch etwas für Sie tun kann, geben Sie Bescheid.«

»Ich glaube eher nicht, aber danke.« Ich legte auf, warf das Handy auf die Arbeitsplatte und stemmte mich darauf ab. Mein

Schädel pochte schon wieder vor Schmerzen. Mein gesamter Körper tat weh. Meine Muskeln brannten, gestern hatte ich mir die Schulter gezerrt, als ich einen Balken hochheben wollte, und seither konnte ich den Arm nicht mehr richtig bewegen. Ich drehte den Wasserhahn auf, trank ein paar Schlucke und wusch mir das Gesicht. Woher konnte ich jetzt noch Geld nehmen?

Vielleicht sollte ich Dad anhauen?

Mir zog sich der Magen zusammen, denn er war der letzte Mensch, den ich um irgendetwas bitten wollte. Er würde die Gelegenheit nutzen und mir mit Freuden ins Gesicht sagen, was für ein Versager ich sei. Zudem bezweifelte ich, dass er mir etwas geben würde, dafür war er viel zu geizig.

Mein Handy vibrierte, es war eine Nachricht von Sadie. Sie war gerade wieder in Bozeman angekommen, wo sie einiges mit Rhonda zu besprechen hatte.

Wollte nur hören, ob alles klar ist bei euch.

Ja, alles bestens. Danke.

Das stimmte zwar nicht, aber ich wollte Sadie nicht mit diesem Mist belasten.

Die Küchentür ging auf, und Leo trat ein. Ich steckte das Handy weg und sah ihn an. »Schlimme Neuigkeiten?«

»Könnte sein. Hast du 'ne Minute?«

»Wenn ich jetzt Nein sage, geht das Problem dann weg?«

Er lachte auf. »Ich wünschte, es wäre so.«

Ich stemmte mich vom Waschbecken ab und folgte Leo nach draußen. Er führte mich rechts am Haus vorbei zu dem Bereich, wo später die Gästehäuser hinsollten. Noch war es ein einziges Chaos. Wir mussten das zugewucherte Land erst freilegen und einige Bäume fällen, ehe wir bauen konnten.

»Wir haben hier schon ein bisschen angefangen«, sagte Leo und deutete auf einen Bereich, der freigelegt worden war. Einer der kleineren Bagger parkte dort. In seiner Schaufel lagen Äste und Gestrüpp. »Leider sind wir dabei auf etwas gestoßen.«

Leo trat näher, und erst da entdeckte ich Terence hinter dem Bagger. Er hockte in der Nähe eines Busches und stocherte mit einem Ast in der Erde herum.

»Was gibt's denn für Probleme?«, fragte ich und ging auf ihn zu.

Zu Terence' Füßen lagen vier tote Mäuse.

»Die hier«, meinte er und deutete auf die Kadaver.

»Tote Mäuse? Was kümmern die uns?«

»Das sind nicht irgendwelche Mäuse«, sagte Leo. »Es sind Preble's Wiesenspringmäuse. Ich habe mich gerade beim Landwirtschaftsamt erkundigt.«

»Beim ... was?«

»Diese Art steht unter Naturschutz.«

Ich schluckte trocken. Leo wirkte ernsthaft besorgt.

»Hier in der Gegend gibt es noch eine geringe Population. Oben am Southwest Creek zum Beispiel.«

»Schön, aber was haben die auf Golden Hill zu suchen?«

»Na ja, hier hat die letzten Jahre niemand gelebt, und du erschließt gerade erst dieses Gelände. Kann schon sein, dass die sich hier niedergelassen haben. Hast du vor dem Kauf untersuchen lassen, ob es hier geschützte Tierarten gibt?«

»Ja, unser Architekt hat das gecheckt und grünes Licht gegeben.« Aber er hatte auch die Reithalle falsch geplant und die alten Minenschächte nicht beachtet.

»Wir müssen die Arbeiten stilllegen«, sagte Terence.

»Bitte *was*?« Mir schoss das Blut in den Kopf.

»Du meintest, wir sollen uns an alle Vorschriften halten und keinen Millimeter davon abweichen«, fuhr Terence fort. »Wenn wir weitermachen, könntest du dafür verklagt werden.«

»Ich ... Das darf doch nicht wahr sein.«

»Leider hat Terence recht«, sagte Leo. »Falls sich hier wirklich Preble's Wiesenspringmäuse niedergelassen haben, bekommen wir ein echtes Problem. Ich muss Russell kontaktieren. Er regelt solche Belange und wird das auch dem Umweltamt melden.«

Russell. Klar doch. Der würde sich mit Freuden hierauf stürzen und mir den nächsten Strick daraus drehen.

»Okay, nur damit ich das richtig verstehe«, sagte ich, weil mir das alles gerade zu schnell ging. »Wir können hier nicht weiterbauen …« Ich zeigte auf die Erde. »Aber die Mäuse haben nichts mit dem da drüben zu tun.« Ich zeigte auf das Haus.

Leo verzog das Gesicht.

»Scheiße, Leo.«

»Wenn du wirklich auf der sicheren Seite sein willst, musst du alles stoppen. Jemand muss herkommen und das gesamte Gelände nach den Mäusen absuchen.«

»Ich …« Ich stemmte die Hände in die Hüften und atmete tief ein und aus. Dieses elende Pochen in meinem Schädel wurde noch heftiger, und mir wurde zudem noch übel. »Scheiße!«, schrie ich plötzlich rasend vor Wut und kickte einen Stein weg.

Leo und Terence zuckten zusammen.

»Es tut mir echt leid, Parker«, sagte Leo.

Oben schwimmen. Untergehen. Oben schwimmen … Jetzt wusste ich, in welche Kategorie dieser Tag fallen würde.

Ich bin erledigt.

32.

Heute

Clayanne

Das war eine absolute Katastrophe.

Vor zwei Stunden hatte Parker die Bauarbeiten gestoppt und Russell angerufen. Erst hatte ich nicht begriffen, was los war, bis Parker es mir mit zittriger Stimme erklärt hatte. Er war total aufgelöst gewesen, hatte sich weder von mir noch von Leo beruhigen lassen. Die ganze Zeit über hatte er mit seiner Fassung gekämpft und tat es auch jetzt noch, wo Russell mit Ryan im Schlepptau endlich eingetroffen war.

Preble's Wiesenspringmäuse auf Parkers Grundstück.

Ich hatte mir in den letzten Wochen einige Schreckensszenarien ausgemalt, was bei den Bauarbeiten noch alles schiefgehen könnte, aber das hier hatte ich nicht kommen sehen.

»Das sieht nicht gut aus, Clay«, sagte mein Bruder, während Russell die toten Mäuse begutachtete. Parker war im Haus und telefonierte mit der Bank oder so. Ich hatte es nicht ganz verstanden, weil er nur unzusammenhängendes Zeug von sich gegeben hatte und meinte, dass ihn das noch mehr Geld kosten würde.

»Ach! Darauf wäre ich jetzt nicht gekommen.«

»Zick mich nicht an, ich kann nichts dafür.«

Ich schnaubte frustriert. Den Bau am Stall hatten wir natürlich auch eingestellt, es würde gleich von Russell abhängen, wie es weiterging. »Wie kann das denn passieren?«, fragte ich.

»Das letzte Mal sind Preble's Mäuse am Southern Spring Creek aufgetaucht«, sagte Ryan.

Der lag drei Meilen entfernt, aber die Mäuse gingen auch gern mal auf Wanderschaft, wenn ihnen die Nahrung fehlte, und dieser Winter war sehr zäh gewesen. Ich schloss die Augen und ließ mir das alles durch den Kopf gehen. Falls sich hier wirklich eine Mauspopulation niedergelassen hatte, könnte man sie zwar umsiedeln, aber das würde einiges an Zeit kosten. Und Geld natürlich.

»Was hat das hierfür zu bedeuten?« Ich zeigte auf den provisorischen Unterstand für die Pferde, den wir zusammengezimmert hatten und der Parker eine Strafe kostete, wenn er ihn nicht innerhalb von zwei Wochen entfernte. Die Frist konnte er jetzt nie und nimmer halten.

»Keine Ahnung, das soll Russell entscheiden.«

Hoffentlich ließ er wenigstens in dieser Sache von Parker ab. Russell war nicht der sympathischste Mensch der Welt, aber auch er musste doch ein Herz haben und sehen, dass es so nicht weiterging. Als hätte er mich gehört, richtete er sich auf. Er notierte sich etwas in seinem Notizheft, dann kam er zu uns.

»Und?«, fragte Ryan.

»Es sind definitiv Preble's Wiesenspringmäuse, wie vermutet. Wir werden alles absperren. Tommi soll Helfer organisieren, und wir suchen den Rest des Geländes ab.«

»Alles klar«, sagte Ryan und zückte bereits das Telefon, um auf dem Revier Bescheid zu geben.

»Tut mir leid für euch«, wandte sich Russell an mich.

»Wirklich?«, fragte ich.

»Ja, natürlich.«

»Eigentlich kommt es dir doch super gelegen, oder nicht?«

Russell straffte die Schultern. »Ich streite natürlich nicht ab, dass ich gegen dieses Bauvorhaben bin und nicht gut finde, was Parker mit der Ranch vorhat. Aber meine Arbeit wird davon nicht beeinflusst. Ich wünschte, es wären keine Preble's, denn wir haben schon genug damit zu tun, den jetzigen Bestand zu schützen. Vier tote Mäuse mögen nicht viel erscheinen, aber sie fallen dennoch ins Gewicht, und falls wir noch mehr finden, wäre das fatal.«

Ich schnaubte und schüttelte den Kopf. »Nichtsdestotrotz ist es ein sehr günstiger Zufall.«

»Manchmal passiert das.«

»Ich glaube nicht, dass das einfach so passiert.«

Ryan warf mir einen skeptischen Blick zu.

»Sondern?«, fragte Russell.

Ich kniff die Augen zusammen und sah mich auf der Baustelle um. All die Dinge, die schiefgegangen waren, die falschen Lieferungen, die kaputten Geräte, jetzt das mit den Mäusen ... Woran waren die Tiere gestorben? Das ergab doch überhaupt keinen Sinn. Wir lagerten hier keine giftigen Materialien oder Ähnliches. Mein Blick fiel auf Terence und Jessie, die an einem der Bagger lehnten und das Geschehen stumm beobachteten.

Ich hielt die Luft an. »Bin gleich wieder da.«

»Clay ...«, versuchte Ryan mich aufzuhalten, aber ich winkte ab und stapfte direkt auf die beiden Jungs zu.

Jessie richtete sich als Erster auf, als er mich kommen sah, und auch Terence verlagerte sein Gewicht unruhig von einem Fuß auf den anderen.

»Du!«, sagte ich zu Jessie. »Mitkommen.«

»Was?« Jessie warf Terence einen Blick zu, der nur mit den Schultern zuckte.

»Jetzt!«

Jessie zuckte zusammen, doch er kam tatsächlich mit und folgte mir, bis wir außer Hörweite der anderen waren. In der Nähe des Stalls blieben wir stehen.

»Warst du das?«

»Bitte?«

»Der ganze Scheiß, der hier auf der Baustelle schiefgeht! Hast du damit was zu tun?«

»Wie kommst du denn darauf?«

»Weil es langsam wirklich sehr auffällig wird. Du hast doch den Bagger benutzt, bevor er kaputtgegangen ist.«

»Ja, genau wie Terence und Leo.«

»Ich kenne solche Fahrzeuge nur zu gut. Die sind doch normalerweise unverwüstlich.«

»Ich …«

»Oder das mit den Fehllieferungen?«

»Die Bestellungen hab ich nicht gemacht.«

»Aber eure Firma, oder etwa nicht?«

»Ja, schon …«

»Jetzt liegen hier zufällig noch vier tote Mäuse herum.«

»Clay, hol mal Luft! Willst du mir gerade vorwerfen, ich würde den Bau sabotieren?«

»Ja, verdammt!«

Er starrte mich an. »Wow … echt jetzt?« Er fuhr sich durch die Haare, trat einen Schritt zurück und schüttelte sich. »Warum zum Henker sollte ich denn so was tun?«

»Vielleicht bist du genauso gegen dieses Bauvorhaben wie der Rest von Boulder Creek.« Oder er war eifersüchtig auf Parker und mich, aber das wollte ich ungern laut aussprechen.

Jessie schnaubte ungläubig. »Es ist mir scheißegal, was Parker hier draußen macht. Das ist mein Job, hier zu sein, und ich liebe, was ich tue, mal ganz nebenbei gesagt. Mir ist es auch egal, ob du ihn vögelst oder nicht, falls das dein zweiter Verdacht ist.«

»Ich … Du …«

»Ja, ich glotze dich die ganze Zeit an, aber nur weil ich … weil ich mir unsicher bin.«

»Unsicher?«

»Na ja, das mit uns war … es war cool und so.«
»Aber?«
»Weiß nicht. Bin ein wenig nervös, was Frauen angeht.«
Ich schluckte und sah zu Boden. Auf einmal kam ich mir etwas dumm vor, weil ich gerade so ein Theater machte, nur weil Jessie mir ein paarmal tiefere Blicke zugeworfen hatte.
»Denkst du echt, jemand möchte Parkers Golden-Hill-Pläne durchkreuzen?«, fragte Jessie nun ernst.
»Ja. Findest du es nicht etwas auffällig, was in letzter Zeit alles schiefgegangen ist?«
»Keine Ahnung. Ich meine, man könnte wohl schon am Bagger rumschrauben oder ein paar tote Mäuse hier platzieren, aber warum denn?«
»In der Stadt sind viele gegen Parker.«
»Ja, aber glaubst du, in Boulder Creek würde jemand deshalb kriminell werden? Die Leute sind mitunter speziell, aber das geht doch echt etwas zu weit.«
Trotzdem passte hier etwas nicht zusammen. Ich sah zurück zum Haus. Parker war nun auch wieder draußen und diskutierte mit Russell und Ryan. Ich verstand nicht, was er sagte, aber er klang sehr angespannt.
»Ich glaube, du solltest ihn beruhigen«, sagte Jessie. »So wie er aussieht, flippt er gleich aus, und wir wissen ja, wo das hinführt.«
Mir lief es eiskalt den Rücken hinunter, weil ich genau wusste, worauf Jessie anspielte. Als Parker damals erfahren hatte, dass sein Großvater Golden Hill verkaufen würde, war er völlig durchgedreht und hatte in Cybils Diner jeden zusammengeschrien und randaliert.
Dann ist er gegangen und hat sich für die nächsten elf Jahre verschanzt.
Ich schluckte gegen die Enge in meiner Kehle an und lief hinüber zu den dreien.

»Das kann nicht euer scheiß Ernst sein!«, brüllte Parker.
Dieser Tonfall. Diese Worte ...
Mir wurde schwindelig. Auf einmal kehrten die Bilder von damals zurück. Ich war an jenem Tag auch im Diner gewesen, weil ich bedient hatte.

Ich trat näher an die Truppe. Ryan bemerkte mich als Erster und warf mir einen sorgenvollen Blick zu. Anscheinend war ich nicht die Einzige, die ein Déjà-vu hatte.

»Ihr ruiniert mich!«, rief Parker, ohne auf mich zu achten. Seine Finger zitterten, und er war ganz blass geworden.

»Wir warten erst mal ab«, sagte Russell. »Aber für die nächsten Wochen musst du hier aussetzen.«

»Ein paar Wochen sind mein verdammtes Ende!«, schrie Parker außer sich.

Ich zuckte zusammen. Sein Tonfall ging mir durch und durch. Mein Magen krampfte, und ich konnte das Beben nicht ganz unterdrücken.

»Hey«, sprach mich Ryan neben mir an und wollte nach meiner Hand greifen, aber ich ignorierte ihn.

»Parker«, sagte ich stattdessen und trat auf ihn zu.

Er sah mich an, und ich zuckte zusammen. Dieser Blick. So viel Verzweiflung, so viel Wut. *Er sieht genauso aus wie damals.*

»Wie zum Teufel stellt ihr euch das vor?«, fuhr Parker wie von Sinnen fort. »Ich muss diesen verdammten Stall fertig bekommen, damit ich den Unterstand wieder abreißen kann, weil ihr mir damit auch auf den Füßen steht.«

»Dafür finden wir eine Lösung«, sagte Russell nun beschwichtigend.

»Ach? Jetzt auf einmal?«, schrie Parker. »Und was mach ich mit all meinen anderen Problemen?«

»Durchatmen könnte helfen«, erwiderte Russell. Auch er wirkte angespannt, weil er sich wohl genauso an Parkers damaligen Ausbruch erinnerte.

»Fuck.« Parker fuhr sich durch die Haare, die bereits wild von seinem Kopf abstanden. »Ihr ... ihr habt es wirklich geschafft.«

Mein Herz zog sich weiter zusammen. Parker würde gleich die Fassung verlieren, ich sah ihm an, dass er kurz davor war zu kippen. Ich trat einen weiteren Schritt auf ihn zu, aber er wandte sich von mir ab, ehe ich ihn erreichte.

Mir wurde schwindelig, weil es damals im Diner genauso ablief.

Parker lachte gequält und gab einen Laut von sich, der mir durch und durch ging. Er barg so viel Schmerz in sich. So viel Kummer.

»Bist du jetzt eigentlich zufrieden?«, fragte er Ryan.

»Was?«

»Werdet ihr das heute noch feiern? Du, Russell und der Rest von Boulder Creek, der mich hasst?«

»Wir hassen dich nicht.«

»Warum benehmt ihr euch dann so?«

»Ganz ruhig, okay?«, sagte Ryan. »Keiner hat ein Interesse daran, dich zu ruinieren.«

Parker schnaubte. »Klar doch. Auch nicht die Leute, die von Anfang an nicht wollten, dass ich Golden Hill wieder aufbaue. Ihr tut alles dafür, mich mürbe zu machen – und hey: herzlichen Glückwunsch! Es ist euch gelungen.« Er breitete die Arme aus und funkelte Ryan an.

Ich bebte innerlich. »Wir finden einen Weg da raus«, setzte ich an, aber Parker schüttelte den Kopf.

»Ich ... ich kann das nicht«, stammelte er und wich zurück. »Ich bin nicht ... Das geht so nicht.« Die pure Verzweiflung lag in seinem Gesicht. Parker wirkte verloren, zerstört und gebrochen. Dieser Ausdruck in seinen Augen ... diese Enttäuschung und die Wut. Er schüttelte sich, fuhr sich durch die Haare und trat einen weiteren Schritt zurück. »Ich muss hier weg.«

Ich erstarrte. Auf einmal konnte ich nicht mehr richtig atmen, nicht mehr denken, nur noch fühlen.

Ich muss hier weg.

Das war das Letzte, was ich damals von ihm gehört hatte. Die Worte, mit denen er sich von mir verabschiedet hatte, und nicht mehr zurückgekehrt war. Bis heute.

Ich muss hier weg.

Parker schnaubte, drehte auf dem Hacken um und lief davon. Ich erstarrte, bekam gar nicht richtig mit, wie Ryan mir eine Hand auf den Rücken legte und etwas sagte. Das Blut rauschte in meinen Ohren, mir war schwindelig und so übel, dass ich mich am liebsten übergeben hätte.

Ich muss hier weg.

Mit offenem Mund stand ich da und starrte Parker hinterher, der in sein Auto stieg, den Motor anließ und davonfuhr.

Er verließ Golden Hill.

Einfach so.

Genau wie damals.

Vor elf Jahren

»Parker, ich kann nicht, ich bin bei der Arbeit«, sagte ich und versuchte, ihn von mir zu schieben, aber Parker gab keine Ruhe. Er packte mich an den Hüften und drückte mich gegen die Wand nahe den Toiletten. Unserer Münder verschmolzen miteinander, und ich konnte nicht anders, als ihm genau das zu geben, was er von mir wollte. Seit diesem Abend am Blackbone Point ging das jetzt so zwischen uns. Mein Herz setzte jedes Mal fast aus vor Freude, wenn wir zusammen waren. Noch nie hatte mich ein Junge derart aus der Fassung gebracht wie er. Die Zeit mit Parker war wundervoll, und ich war ihm mittlerweile Hals über Kopf verfallen. Das Schlimme daran war, dass es mich nicht mal störte. Mit Parker war alles so anders, so innig. Wir lachten viel, wir knutschten viel, wir redeten. Über sein Zuhause in Denver, das er so sehr hasste, über unsere Pläne, wenn er hierbleiben und auf Golden Hill wohnen würde. Wie der restliche Sommer für uns werden würde, wie wir gemeinsam sein letztes Highschooljahr verbrachten, wie ich ihm Boulder Creek und seine fantastische Umgebung zeigen würde und wie er sich hier eine Zukunft aufbaute. Weit weg von seinem Vater und den Zwängen, die Firma zu übernehmen. Parker musste raus aus Denver. Seit wir darüber sprachen, dass er auch hierbleiben könnte, war er ein ganz neuer Mensch. Lebensfroh, lustig, intensiv und absolut begehrenswert.

Er drückte mich enger an sich, und mein Körper reagierte sofort auf ihn. Bis auf sehr viele Küsse und Berührungen lief noch nicht viel, aber ich war mehr als bereit dafür, mit Parker mein erstes Mal zu erleben. Vielleicht sogar noch an diesem Wochenende ...

»Clay?«, hörte ich Cybil aus der Küche rufen.

Ich stöhnte, drückte Parker wieder von mir und drehte den Kopf. »Ja, bin gleich da.«

»Mh«, machte Parker und küsste sich nun meinen Hals nach unten, was einen Strom aus Leidenschaft und Verlangen in mir entfachte.

»Parker, hör auf.«

Er gelangte an mein Schlüsselbein, strich mit den Lippen über die Kuhle darüber und brachte mich ein weiteres Mal zum Stöhnen.

»Schluss!«, sagte ich energischer und schob ihn erneut weg.

Er lachte, aber er ließ endlich von mir ab.

»Ich muss arbeiten, sonst krieg ich Ärger.«

Parker sah mich an, und schon allein dieser Blick genügte, dass meine Knie weich wurden. Keine Ahnung, wie er das schaffte, aber es brachte mich ziemlich durcheinander.

»Okay, ich komm auch gleich wieder nach vorne. Brauch nur einen Moment.« Er zeigte auf seine ausgebeulte Hose, und ich seufzte.

Dieses Wochenende.
Da sollte es passieren. Ich wollte wissen, was sich unter dem Shirt und der Jeans verbarg, ich wollte alles von ihm spüren und genauso viel zurückgeben. Ich lächelte ihn an, widerstand dem Drang, ihn noch mal zu küssen, weil wir sonst gar nicht mehr auseinanderkämen, und lief zurück an die Theke. Im Gehen strich ich mein Shirt glatt, kontrollierte rasch meine Frisur, wobei das wie immer ein hoffnungsloser Fall war, und rieb mir über die glühenden Wangen. Cybil würde sofort erkennen, was ich eben getan hatte. Vermutlich würde es das ganze Restaurant erkennen. Die Bude war heute gerappelt voll, weil Pancake-Tag war und so ziemlich jeder in Boulder Creek einen haben wollte. Cybil backte sie nach einem alten Rezept ihrer Großmutter und dachte sich jeden Monat eine neue Spezialkreation aus. Heute war es der Double-Chocolate-Banana-Dream. Sehr süß, sehr schokoladig.

Ich lächelte Cybil an, die hinter der Theke stand und mich verschmitzt angrinste.

»Tisch drei will zahlen, Tisch vier wartet auf diese Bestellung, und Tisch zwei hat nach Kaffee verlangt.« Sie stellte mir ein Tablett mit vier Pancake-Türmen hin. An den Seiten tropfte der Sirup hinunter, und obendrauf war jeweils ein Klecks Sahne verteilt. Ich nickte, schnappte mir das Tablett und brachte es rasch rüber zu Tisch vier. Auf dem Weg bemerkte ich Darren, Cynthia und einen fremden Mann an Tisch fünf. Das war an sich nichts Ungewöhnliches, sie kamen öfter ins Diner, aber eigentlich nie am Pancake-Tag, weil es so voll war, und wer war dieser Typ da bei ihnen?

Ich erreichte Tisch vier und servierte die Pancakes. Mein Blick schweifte wieder hinüber zu Cynthia und Darren. Irgendetwas stimmte nicht. Cynthia wirkte so ... verzweifelt. Ich stellte den letzten Teller hin, einer der Gäste sagte etwas, aber ich nickte nur.

Weinte Cynthia? Sie hatte die Hände im Schoß verschränkt, knetete ein Taschentuch in den Händen und zitterte.

»Hallo?«, fragte mich der Gast an Tisch vier ungeduldig.

Ich zuckte zusammen und richtete meine Aufmerksamkeit auf ihn.

»Ich hätte gerne noch extra Sirup.«

»Ja, klar, bring ich gleich.«

Ich wandte mich ab und lief weiter zu Tisch drei, der zahlen wollte, aber ich konnte mich nicht richtig konzentrieren.

Irgendwas war da ganz gehörig faul.

Parker

Oh Mann. Mein Körper explodierte gleich. Ich konnte nicht fassen, was Clay mit mir anstellte, wie sehr sie mich einnahm und ich mich nach ihr sehnte. Kaum war sie fort, schon wollte ich zurück zu ihr. So hatte es sich für mich noch nie angefühlt. Die paar Mädels, die ich bisher in Denver gedatet hatte, waren lustig gewesen, und wir hatten viel Spaß miteinander gehabt, aber es war kein Vergleich zu Clay. Ich wollte ihr nicht nur an die Wäsche, ich wollte ihr vor allem zuhören, ihrer Stimme lauschen, sie wirklich kennenlernen, einfach nur mit ihr zusammen sein. Es störte mich nicht mal, dass wir noch keinen Sex hatten, auch wenn mein Körper anderer Ansicht war.

Sie war ein ganz besonderer Mensch, und ich wollte jeden einzelnen Moment mit ihr voll auskosten.

Bald hätte ich ganz viele davon.

Wenn alles glattlief, könnte ich für immer in Boulder Creek wohnen, Clay jeden Tag sehen, mit ihr gemeinsam zur Schule gehen und eine gemeinsame Zukunft planen. Allein beim Gedanken daran, von meinen Eltern wegzukommen, könnte ich vor Freude ausrasten. Seit Clay und ich darüber gesprochen hatten, konnte ich an fast nichts anderes mehr denken. Nachts lag ich stundenlang wach und malte mir mein Leben auf der Golden Hill Ranch aus. Die Vorstellung war sowohl schön als auch Furcht einflößend, denn ich wusste genau, dass Dad mich nicht einfach so gehen lassen würde. Es würde einen riesigen Streit darüber geben, dass er fest mit mir als Nachfolger seiner Firma rechnete. Je öfter ich es mir durch den Kopf gehen ließ, umso klarer wurde es. Ich konnte nicht in diesem Scheißbüro sitzen und für meinen Vater arbeiten. Ich wollte hier sein. Auf Golden Hill. Ich wollte Grandpa und Granny helfen, ich wollte mit Clay zusammen sein und mir hier ein Leben aufbauen. Der nächste Schritt war nun, es meinen Großeltern zu sagen. Davor hatte ich mich bisher erfolgreich gedrückt, aber irgendwann musste ich ins kalte Wasser springen. Auch wenn ich ganz genau wusste, was ich wollte, hatte ich dennoch große Angst davor, es auszusprechen. Was wäre, wenn sie Nein sagten? Jedes Mal, wenn mir dieser Gedanke kam, packte mich das nackte Entsetzen. Sie durften nicht Nein sagen, sonst würde ich durchdrehen. Dann wäre alles verloren, dann müsste ich doch zurück nach Denver zu meinen Eltern und all den Vorwürfen und den ständigen Streitereien und dem Erwartungsdruck und könnte nicht … *Okay, ganz ruhig, Parker. Sie werden nicht Nein sagen.*

Ich straffte die Schultern, zupfte an meiner Hose herum und lief zurück ins Restaurant.

Ich stockte. Der Laden war rappelvoll, aber sie fielen mir sofort ins Auge. Meine Großeltern und ein fremder Mann saßen drüben an einem Tisch in der Ecke und unterhielten sich. Was machten die denn hier? Ich blickte mich nach Clay um, konnte sie aber nirgends entdecken. Langsam ging ich auf den Tisch zu. Der Mann trug einen schicken Anzug, hatte seine dunklen Haare zurückgekämmt und wirkte irgendwie fehl am Platz. Auch meine Großeltern waren nicht ganz bei der Sache. Granny umklammerte sorgenvoll die Handtasche auf ihrem Schoß. Grandpa ließ die Schultern hängen, während er leise mit dem Fremden redete.

Ich räusperte mich und trat näher. Granny bemerkte mich als Erste. Sie riss die Augen auf. Verwunderung trat in ihren Blick, dann Sorge, dann Zuneigung. Nun sah auch Grandpa auf und zuckte zusammen. Der Mann musterte mich nur kurz.

»Parker«, sagte mein Großvater. »Was machst du denn hier?«

»Ich ... ich hab Clay besucht und wollte gerade wieder raus auf die Ranch. Ich ... ich wollte eigentlich etwas Wichtiges mit euch besprechen.«

»Ist etwas passiert?«, hakte er sofort nach.

»Nein, alles in Ordnung, aber es ist ... es ist sehr wichtig für mich.«

Der fremde Mann räusperte sich, um die Aufmerksamkeit auf sich zu lenken.

Grandpa schüttelte sich. »Parker, das ist Marco Ryland. Wir sind ... wir ... müssen ein paar Dinge klären.«

Marco Ryland nickte mir zu. »Wie ich höre, hilfst du dabei, Golden Hill gut in Schuss zu halten, das freut mich.«

»Ja, ich gebe mir Mühe.« Ich wandte mich wieder meinem Grandpa zu. »Kommt ihr gleich nach Hause?«

Mein Großvater seufzte und fuhr sich durch die Haare.

»Im Grunde sind wir ja auch fertig, oder?«, sagte Ryland. »Sie können sich alle Zeit für Ihren Enkel nehmen und ihm die frohe Kunde überbringen.«

Meine Großmutter zuckte bei den Worten zusammen.

»Ja, eigentlich schon«, sagte mein Großvater. »Wir ... wir leiten alles Weitere in die Wege. Sobald der Gutachter da war, können wir einen Notartermin ausmachen.«

»Sehr gut. Dann noch einen schönen Tag«, sagte Ryland und erhob sich. Im Hinausgehen nickte er mir zu, aber ich beachtete ihn nicht weiter, sondern schlüpfte auf den frei gewordenen Platz gegenüber meinen Großeltern.

»Ist alles in Ordnung?«

»Ja, natürlich, Junge.«

»Ich ...«, setzte ich an, doch da fiel mein Blick auf die Papiere auf dem Tisch. Sie sahen aus wie ein Exposé. Auf dem Titelblatt stand groß *Golden Hill Ranch* und darunter: *Angebot zum Kauf.*

Mir lief es eiskalt den Rücken hinunter, und ich fühlte mich, als hätte ich eben eine Ohrfeige verpasst bekommen.

»Was ... was ist das denn?«

Ich blickte Ryland hinterher, der gerade durch die Tür hinaustrat, und wieder zu meinen Großeltern. Granny wischte sich eine Träne weg, schüttelte den Kopf und stand auf.

»Ich kann das nicht«, sagte sie und lief ebenfalls Richtung Ausgang.

»Cynthia ...«, setzte mein Großvater an, aber sie winkte ab und verließ das Diner.

»Was passiert hier?«, fragte ich. Grandpa blickte seiner Frau hinterher, rutschte auf dem Stuhl herum und war ebenfalls kurz davor aufzuspringen, aber ich griff über den Tisch nach seinem Arm.

»Was passiert hier?«, fragte ich nachdrücklicher.

Grandpa sah mich an, und in mir gefror etwas zu Eis. Seine Augen waren glasig. Sie schimmerten dunkel und voller Leid. Er wirkte, als bekäme er nicht mehr genug Luft, als würde ihn auf einmal alles erdrücken. Ich bebte innerlich, weil mir dieser Anblick Angst machte. Grandpa war so stark, ließ sich von nichts und niemandem aus der Ruhe bringen.

»Grandpa?«

»Ich ... Wir ...« Er schloss die Augen, gab einen leisen Schluchzer von sich und kniff sich in den Nasenrücken. »Wir müssen Golden Hill verkaufen.«

»Was?«

Das ... das war ein Missverständnis, oder? Er konnte unmöglich gesagt haben, dass er die Ranch verkaufen will!

»Es tut mir leid, mein Sohn.«

Mein Sohn. So hatte er mich noch nie genannt.

»Aber ihr könnt doch nicht ... Warum?«

»Weil ich krank bin. Ich ... ich habe Krebs.« Er tippte sich gegen die Brust. »Er sitzt in der Lunge.«

»Du hast bitte was?« Davon hatte er kein Wort gesagt! Ich war seit zehn verdammten Wochen bei meinen Großeltern, und er hatte es nicht ein Mal erwähnt?

»Es ist gerade erst entdeckt worden. Noch können wir ihn in den Griff bekommen, aber ich muss eine Chemotherapie machen. Dazu muss ich nach Helena in eine Klinik und dort für eine Weile bleiben. Cynthia wird in der Zeit auf die Eastwood Ranch ziehen. Sie kann Golden Hill allein nicht in Schuss halten. Sobald ich mit meiner Behandlung durch bin, komme ich nach.«

»Das ... das ... das geht nicht.«

»Es ist leider der einzige Weg. Marco Ryland wird Golden Hill kaufen. Wir haben alles geregelt, es muss nur noch der Gutacht...«

»NEIN!«, brüllte ich, und um uns herum verstummten die Gespräche. Ich sprang vom Stuhl auf, der nach hinten umkippte und laut krachend auf dem Boden landete. »Nein! Nein! Das ... Ihr könnt die Ranch nicht verkaufen.«

»Es gib leider keine andere Möglichkeit. Wir müssen den Tatsachen ins Auge sehen.«

»Aber ich kann euch doch helfen ... Ich schaff das schon ...«

Grandpa schüttelte den Kopf. »Du musst zurück nach Denver und deinen Schulabschluss machen.«

Ich fasste mir an die Stirn. Mir wurde schwindelig, und ich hatte das Gefühl, dass sich der Boden auftat.

»Parker, bitte setz dich wieder. Wir können in Ruhe darüber reden.« Grandpa griff nach mir, und ich starrte auf seine Hand. Seine krummen alten Glieder schlossen sich um meinen Unterarm. Verrunzelte, von Altersflecken gezeichnete Haut. Grandpa bebte. Ich spürte es durch seine Berührung bis tief in mein Herz.

»Du ... du hast dir das alles aufgebaut. Dein Leben lang dafür geschuftet. Was ist mit Gin, Ginger und Charlie?«

»Sie werden ebenfalls umziehen.«

Was ist mit mir?

Ich schüttelte den Kopf, biss mir so hart auf die Unterlippe, bis ich Blut schmeckte.

Neugierige Blicke richteten sich auf mich. Ich hatte das Gefühl, als würde mich jeder im Diner anstarren. Ich sah mich um, in all die namenlosen Gesichter. Manche hatte ich über den Sommer kennengelernt, wie Stew, der drüben in der Ecke mit seinem Sohn saß, oder Russell, der an seinem Kaffee nippte und mich kritisch musterte. Andere waren mir fremd.

Aber sie kannten mich. Diese Leute hier wussten genau, wer ich war, und vermutlich wussten sie auch seit Langem, was mit meinem Großvater passierte. Jeder in Boulder Creek hat es gewusst, außer mir. Ich war der Fremde hier. Der Außenseiter, der nicht hierhergehörte und es auch niemals würde. Dafür hatte ich mir zu wenig Mühe gegeben, ganz im Gegenteil. Ich hatte mich rar gemacht, Stew beklaut, hatte gesoffen und randaliert. Die Einzige, die mich wirklich kannte, war Clay.

Clay.

Ich blickte mich um und entdeckte sie hinter dem Tresen. Sie sah mich genauso fassungslos an wie alle anderen. Mir zerriss es das Herz. Ich konnte nicht mehr atmen, nicht mehr denken. *Hier läuft alles falsch!*

»Parker?«, sprach mich mein Großvater sanft an. »Es wird alles wieder gut, wir ...«

»Nicht. Sei still.« Nichts würde gut werden! Ich musste zurück nach Denver, ich musste in der Firma meines Vaters arbeiten, am Schreibtisch sitzen, mich von meinem Leben zerquetschen lassen. Es gab keinen Ausweg für mich. Es gab einfach nie einen verdammten Ausweg! Und der einzige Mensch, der mir jemals ein Vorbild war und mich so viel gelehrt hat, war krank. Sterbenskrank.

Ich schluckte trocken, blickte mich noch mal im Diner um und hätte am liebsten um Hilfe geschrien. Jemand musste das verhindern. Jemand musste Grandpa davon überzeugen, dass er Golden Hill nicht hergeben durfte!

»Du kannst uns weiterhin jederzeit besuchen. Cynthia würde sich freuen, wenn du …«

»Sei still!«, zischte ich.

Grandpa ließ mich endlich los. Ich bekam kaum noch Luft. In mir zog sich alles zusammen.

Ich griff nach einer der Kaffeetassen auf dem Tisch, holte aus und donnerte sie an die nächste Wand. Jetzt hatte ich wirklich alle Aufmerksamkeit, aber selbst das war mir egal. Es brach aus mir heraus. Ich konnte nichts mehr dagegen tun. All die Wut und der Frust, sich über die letzten Jahre in mir aufgebaut hatte, suchte sich einen Weg nach draußen. Alles, was ich in den letzten Wochen erlebt und gespürt habe, tobte in meinem Inneren. Auf Golden Hill hatte ich das erste Mal Frieden erfahren. Das erste Mal gespürt, was Familie wirklich bedeutete. Ohne Geschrei, ohne Vorwürfe, und das löste sich binnen eines Wimpernschlages auf und verpuffte im Nichts.

Es war vorbei. Golden Hill würde es nicht mehr geben. Mein Grandpa war schwer krank, vielleicht würde er sterben.

»Wir finden eine Lösung, ich verspreche es«, sagte er, noch immer darum bemüht, mich zu beruhigen.

Ich sah nur wirre Sterne vor mir tanzen. Und ich fühlte nur Schmerz. Sehr tief sitzenden, durch nichts zu stillenden Schmerz. Plötzlich war ich nicht mehr ich selbst.

»Parker?«

»Halt deine verdammte Klappe!«, schrie ich.

»Parker!« Grandpas Ton wurde strenger, doch ich war nicht mehr zu bremsen.

Ich schnappte mir die nächste Kaffeetasse und schleuderte sie gegen die Fensterscheibe zur Straße. Sie zerklirrte und hinterließ einen Riss im Glas. Dann trat ich gegen den Stuhl, den ich umgeworfen hatte. Alles in mir schrie und tobte. Ich fühlte nur diesen elenden Schmerz, Dunkelheit und Enge.

»Halt deine dumme Klappe!«, brüllte ich meinen Großvater an, der sich erhoben hatte. »Ich bin fertig mit dir. Mit dir und allen anderen Kleinstadtidioten hier! Ich hab es die ganze Zeit gewusst. Boulder Creek ist das letzte Kaff! Ihr seid nur ein Haufen nichtsnutziger Vollidioten, die keine Ahnung haben, wie es in der Welt läuft! Wer will schon hier wohnen!«

Ich fuhr mir durch die Haare und hätte sie mir am liebsten vom Kopf gerissen. Russell war mittlerweile aufgestanden und griff bereits an seinen Gürtel mit den Handschellen. Doch ein ernster Blick meines Großvaters hielt ihn davon ab, auf mich zuzutreten.

Ich schnaubte, schwankte, musste ganz dringend hier raus.

Taumelnd lief ich zum Ausgang, kickte dabei noch ein paar Stühle um, schleuderte diese dämlichen Pancake-Teller von den Tischen und raste durchs Diner wie ein Orkan, der durch nichts mehr zu stoppen war.

Clay kam hinter mir her, rief meinen Namen, aber ich hielt nicht inne. Meine Welt brach entzwei. Hatte ich bis vorhin wirklich geglaubt, ein Teil von Boulder Creek werden zu können? Hatte ich gedacht, ich könnte hier glücklich werden, mir ein anderes Leben aufbauen als zu Hause in Denver?

Ich war ein Narr. Ich war ein dummer, einfältiger und undankbarer Narr. Niemand wollte mich haben. Nicht einmal meine Großeltern, die ich so sehr liebte.

»Parker, warte!« Clay erreichte mich, packte mich am Arm. Ich wirbelte herum, funkelte sie an und lud all den Zorn und die Verzweiflung auf ihr ab. Sie zuckte zusammen und ließ mich sofort wieder los.

»Ich … ich muss hier weg.«

Ich schwankte, erreichte irgendwie die Tür, riss sie auf und stürmte hinaus.

Dies war mein letzter Tag in Boulder Creek. Der letzte, an dem ich Großvater gesehen hatte.

33.

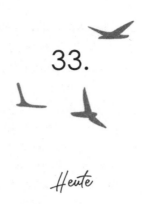

Heute

Parker

Ich verließ die Baustelle und fuhr einfach drauflos, ohne genau zu wissen, wohin ich überhaupt sollte oder wie es nun weitergehen könnte. Meine Gedanken rasten, und ich schaffte es nicht, sie zu stoppen. In mir stand alles kopf. Ich fühlte mich so hilflos wie damals mit siebzehn, als Grandpa mir sagte, dass er Golden Hill verkaufen musste. Sein Gesicht flackerte vor mir auf. Seine traurigen Augen, die Sorge in seinem Blick, das Bedürfnis, es mir recht zu machen. Es war das letzte Mal, dass ich ihn lebendig gesehen hatte. Ein letztes Gespräch, das in einem schrecklichen Streit geendet hatte. Dieser Moment hing mir noch heute nach, und ich schämte mich zutiefst dafür.

Damals war mir alles entglitten, ich hatte das Gefühl, die Kontrolle zu verlieren, genau wie jetzt. Die Vergangenheit wiederholte sich, und ich stand kurz vor dem Nichts.

Ich umklammerte das Lenkrad fester, überholte einen Laster und gab Gas.

Grandpa.
Golden Hill.
Granny.

Sadie.
Träume. Hoffnungen. Zukunftsvisionen ...
Clay.
Ich hatte gewusst, dass es schwer werden würde. Ich hatte gewusst, dass sich mir Hürden in den Weg stellen würden und ich kämpfen musste, aber ich hatte nicht damit gerechnet, dass es derart hart werden könnte.

»... für die nächsten Wochen musst du hier aussetzen«, hatte Russell gesagt.

Ein paar Wochen!

Wie stellte er sich das vor? Woher sollte ich das Geld nehmen? Die Bank saß mir im Nacken. Ich hatte es mit Mühe geschafft, alles aufzufangen, was in der letzten Zeit schiefgegangen war, griff schon auf meine Reserven zurück und hatte mich bis über beide Ohren verschuldet. Wir konnten uns keinen verdammten Baustopp von ein paar Wochen leisten!

»Fuck.« Ich hämmerte auf das Lenkrad ein und überholte auch einen Motorradfahrer, der mir nicht schnell genug fuhr. Im Rückspiegel sah ich, wie er den Arm hob und mir die Faust zeigte. Vermutlich hatte ich ihn geschnitten.

Ich schüttelte den Kopf und richtete meine Aufmerksamkeit wieder nach vorne. Mir war übel, ich hatte das Gefühl, als hätte sich eine gigantische Eisenschlinge um meine Eingeweide gelegt, die sich jetzt Stück um Stück zusammenzog und mir alle Luft herausquetschte. Wer war ich eigentlich, dass ich gedacht hatte, ich könnte so ein Projekt stemmen? Dad hatte mir immer und immer wieder gesagt, wie hirnrissig dieser Plan war, und ich hatte es nicht hören wollen.

Ich schoss um eine Kurve und zuckte zusammen, als mir ein Lastwagen entgegenkam. Er hupte, weil ich auf seine Seite abgedriftet war. Sofort ging ich vom Gas, riss das Steuer herum und konnte nach einem Moment des Schlingerns die Gefahr abwenden.

Verflucht, Parker, pass doch auf!

Mein Herz wummerte, und meine Zunge klebte trocken am Gaumen. Ich fuhr mir durch die Haare und bog nach rechts in eine Seitenstraße ab. Es war mir egal, wohin sie führte, Hauptsache, ich blieb in Bewegung. Die Straße wurde zunehmend enger und kurviger und führte einen steilen Anstieg hinauf, was mich dazu zwang, mich mehr zu konzentrieren.

Ungefähr vierzig Minuten später endete sie, und ich kam irgendwo weit oben an einem Aussichtspunkt an. Er erinnerte mich an den Blackbone Point, den ich mit Clay damals besucht hatte, aber das hier war eine andere Stelle. Ich parkte den Wagen und stieg aus. Es stand noch ein anderes Auto da, doch es war niemand weit und breit zu sehen. Vermutlich waren die Leute wandern.

Ich atmete tief die klare und frische Luft ein und erinnerte mich an jenen Abend, als Clay und ich uns das erste Mal geküsst hatten. In jener Nacht war mir bewusst geworden, dass ich auf Golden Hill bleiben wollte. In jener Nacht hatte ich mich gegen mein Elternhaus in Denver und für Boulder Creek entschieden. In jener Nacht hatte ich mich in Clay verliebt oder es mir zumindest eingestanden. Vielleicht war ich schon verknallt in sie gewesen, als sie mir damals fast die Mistgabel in den Fuß gerammt hatte.

Ich trat an den Aussichtspunkt und ließ meinen Blick über die endlos wirkenden Wälder Montanas unter mir schweifen. Neben mir stand eins dieser Ferngläser, in die man Münzen einwerfen musste, um sie zu aktivieren. Ich tippte es an, sodass es sich kurz drehte und in Richtung Boulder Creek zeigte. Von hier aus sah ich die Stadt nicht, aber ich spürte ihre Präsenz. Ich spürte alles, was dieses Land zu bieten hatte. Das war mir damals schon so gegangen, als ich mit Clay oben am Blackbone Point gestanden hatte. Die Welt hatte uns zu Füßen gelegen, und mir war klar geworden, wie klein wir eigentlich alle waren.

Ich atmete ein weiteres Mal ein. Es duftete nach Kiefern, feuchtem Moos und dieser ganz speziellen Nuance, die man nur in den Bergen fand. Es war diese Klarheit, die einen fast schwindlig werden ließ. Diese sanfte Erkenntnis, dass die Probleme, mit denen man sich rumschlug, gar nicht so wichtig waren.

Ich schloss die Augen, ließ die Arme locker an meinem Körper hängen und lauschte diesem Gefühl nach. Nach und nach überkam mich Ruhe. Hier oben war ich fernab vom Trubel der Stadt, ich hörte weder Autos noch andere Menschen. Nur die Vögel, die zwitscherten. Ich blickte hoch in den blauen Himmel. Die Sonne stand weit über mir und wärmte meine Haut. Irgendwo da oben waren die Sterne, die Clay und ich an jenem Abend bewundert hatten. Sie waren vor elf Jahren dort gewesen, und sie würden lange nach uns noch am Himmel stehen und andere Menschen anleuchten. Wir waren so vergänglich, hatten so eine kurze Lebensdauer im Vergleich zu allem anderen.

Ich versuchte, einen Sinn in diesem Leben zu finden. Ich versuchte, meinem Herzen zu folgen. Doch warum schienen alle gegen mich zu sein? Warum hatte sich das Schicksal verschworen und stellte mir all diese Hürden in den Weg?

»Ich versuche, das Richtige zu tun«, sagte ich zum Himmel. »Wenn du mich hörst, Grandpa, wäre es echt toll, wenn du mir ein bisschen helfen könntest. Ich geb mir hier Mühe, aber ich kann nicht das Unmögliche möglich machen.«

Eine Windböe strich mir über die Haut und ließ mich frösteln. Ich atmete ein weiteres Mal tief ein und seufzte leise.

Keine Ahnung, wie es jetzt weitergehen sollte.

34.

Heute

Clayanne

Ich starrte Parkers Staubwolke hinterher, die sich langsam verzog. Mein Herz raste, mir war schwindelig, und ich konnte kaum einen klaren Gedanken fassen.

Ich muss hier weg.

Diese Worte ...

Sie hämmerten hart in meinem Herzen nach, genau auf die Narben, die so viele Jahre so geschmerzt hatten. Ein heftiges Déjà-vu-Gefühl kochte in mir hoch, weil ich ihm schon mal so hinterhergeblickt hatte. Kurz nachdem er aus Cybils Diner gestürmt war, hatte ich auch nur auf der Straße stehen und ihm nachschauen können. Parker war noch am selben Tag abgehauen. Er hatte sich in den nächsten Bus gesetzt und war zum Flughafen gefahren. Mein Verstand hatte das erst gar nicht begreifen können, aber mein Herz schon. Es hatte sich angefühlt, als würde es aus meiner Brust gerissen werden und in tausend Scherben zerbersten.

»Clay?«, hörte ich meinen Bruder sagen, aber er klang ewig weit entfernt. So wie sich alles gerade ewig weit entfernt anfühlte.

Ich muss hier weg. Parkers Abschiedsworte waren mir so oft und so lange im Hirn herumgespukt, bis mir davon übel wurde und ich sie mir am liebsten irgendwie herausgeschnitten hätte.

»Clay«, wiederholte mein Bruder.

Ich zuckte zusammen, blickte mich um und bemerkte, wie mich alle anstarrten. Russell, Ryan, Terence, Jessie und Leo.

»Ich …« Ich fasste mir an die Stirn. »Ich kann gerade nicht.«

»Hey, warte«, rief Ryan, aber ich schüttelte den Kopf. Tränen stiegen mir in die Augen, und mein Herz zog sich mit jedem Atemzug mehr zusammen.

Ich hab's gewusst! Ich hab's gewusst! Ich habe es verdammt noch mal gewusst!

Ich stieg in mein Auto und riss Jacksons Tür zu, woraufhin der Außenspiegel gefährlich wackelte. Rasch drehte ich mich um, legte eine Hand aufs Armaturenbrett und sog hart die Luft ein.

»Es tut mir leid«, stammelte ich und tätschelte sachte mein Auto. Meine Augen brannten, und in meinem Kopf tanzten die Eindrücke. Vergangenheit vermischte sich mit der Gegenwart und brachte alles in mir zum Taumeln. Ich wusste nicht, was ich denken oder fühlen sollte. Was richtig und was falsch war.

Er ist weg. Parker ist verdammt noch mal weg!

Und ich war schon wieder in diesem Abgrund gelandet.

Mein Bruder hatte mich gewarnt, ich hatte selbst sogar gesehen, dass ich auf die Schlucht zufuhr, und was hatte ich getan?

Nichts.

Ich hatte weiter aufs Gas gedrückt, alle Warnzeichen ignoriert und prallte nun mit voller Wucht auf.

Selbst dran schuld, Clay. Selbst dran schuld.

»Clay, warte«, rief Ryan, doch ich winkte ab und startete den Motor. Er ruckelte, stotterte und drohte wieder auszugehen.

»Komm schon, lass du mich nicht auch noch hängen.«

»Clay, verflucht«, sagte mein Bruder, erreichte mein Auto und öffnete die Tür wieder.

»Lass mich in Ruhe.« Ich starrte stur geradeaus, kämpfte gegen die Tränen an und betete, dass Jackson endlich ansprang. Ich wollte und konnte gerade mit niemandem sprechen. Ich musste mich erst sortieren, zu mir kommen. Zum Glück verstand Ryan mich. Er trat einen Schritt zurück, schloss die Autotür, und in dem Moment sprang Jackson an.

Ich atmete aus, tätschelte sein Lenkrad und fuhr davon.

Wie konnte ich nur so dämlich sein? Ich hatte es die ganze Zeit über gewusst. Ich hatte es gespürt. Parker würde mich verletzen! Warum hatte ich es nicht verhindert? Warum hatte ich mit ihm geschlafen? Mich auf ihn eingelassen, mich wieder in ihn verliebt?

Warum?

Parker ging. Schon wieder. Er ließ alles hinter sich, was er sich aufgebaut hatte. Er zog den verdammten Schwanz ein, weil es ihm zu viel wurde. Wie konnte ich glauben, dass er sich geändert hatte? Wie konnte ich glauben, dass ich mich geändert und von ihm frei gemacht hatte? Noch immer hoffte mein Herz darauf, dass ich meinen Platz an Parkers Seite finden würde. Ich war noch immer so dumm und einfältig wie mit sechzehn, als er meine Welt zum ersten Mal auf den Kopf gestellt hatte.

Energisch rieb ich mir über die Augen, kämpfte die Trauer und die Wut mit aller Macht zurück, aber es gelang mir kaum. Es schmerzte zu sehr.

In den letzten Wochen hatte ich mich hier auf Golden Hill zu Hause gefühlt. Genau wie früher schon, wenn ich Darren und Cynthia bei der Arbeit geholfen hatte. Dieser Ort war so besonders für mich und so schmerzhaft.

Ich starrte auf die Landschaft, die an mir vorbeizog und mir so vertraut war. Die Wälder, die Berge, das Grün überall. Hier war meine Heimat, hier gehörte ich hin, aber nicht mal das hatte ich richtig auf die Reihe bekommen. Ich hatte mein Leben nicht im Griff, die ganze Zeit über nur so getan, als ob. Jetzt hatte ich keinen Job mehr, Parker war weg, ich war … verloren. Nicht erst seit heute, sondern schon seit vielen Jahren. Ich war einfach irgendwann stehen geblieben, während sich die Welt weitergedreht hatte.

35.

Heute

Parker

Als ich gegen Abend zurück zur Golden Hill Ranch kam, war die Baustelle verlassen. Ich fuhr die lang gezogene Schotterstraße entlang, die mich bis zur Haustür führte, und dachte an die letzten verrückten Monate zurück, die so viel verändert hatten. Vor dem Haupthaus hielt ich an und atmete noch mal durch. Die Sonne ging gerade unter und sandte ihre letzten Strahlen über das Grundstück. Mein Grundstück. Mein Heim. Meine Vergangenheit und meine Zukunft. Dessen war ich mir nun wieder sicher.

Ich stieg aus und sah mich nach Clays Auto um, das aber leider nicht mehr da war. Mein Herz zog sich zusammen, und mir schoss der Schwindel in den Kopf. Sofort zückte ich mein Handy und wählte ihre Nummer. Es klingelte eine Weile, ehe die Mailbox ansprang.

»Ich … ich bin's. Tut mir leid, dass ich einfach abgehauen bin, aber ich brauchte einen Moment für mich zum Nachdenken. Ich bin wieder auf der Ranch, und ich … ich hoffe, bei dir ist alles klar. Wollt mich nur mal melden, vielleicht magst du zurückrufen?« Scheiße, das klang echt flehentlich, aber jetzt konnte ich es nicht mehr zurücknehmen. »Ich denk an dich.«

Ich legte auf und schüttelte den Kopf. Ich dachte nicht nur an Clay, ich verzehrte mich nach ihr. Ich brauchte sie an meiner Seite und in meinem Leben, aber ob sie das auch so sah?

Ich blickte mich ein weiteres Mal um, sog den Moment in mich auf und ging zum Stall. Okijen und Andra knabberten an ihrem Heu, Wayne döste, Ella blickte mich an, spitzte die Ohren und brummelte, und Flover stand leicht abseits.

»Hier ist es ganz schön turbulent, Freunde.« Ich bückte mich unter dem Stromzaun durch und trat in den Auslauf. Ella kam sofort zu mir und schnupperte an meiner Hand. Ich legte meine Finger auf ihre Stirn und versuchte, zur Ruhe zu finden. Pferde waren für mich früher ein Graus gewesen, aber durch Sadie hatte ich sie besser kennengelernt. Es waren faszinierende Tiere, die so viel mehr über uns wussten als wir über sie. Ich strich über Ellas Hals, kraulte ihre Mähne und prüfte das Wasser in der Tränke. Es war fast leer, und Heureste schwammen darin herum. Ich leerte den Behälter aus, atmete tief durch und machte mich an die Arbeit.

Etwa zwei Stunden später hatte ich alles erledigt. Ich hatte den Auslauf gründlich sauber gemacht, alte Heureste entfernt, den Behälter fürs Wasser geschrubbt, neues Futter verteilt und jedes Pferd gekrault, außer Flover, der sich zurückhielt.

Danach zückte ich wieder mein Handy, aber Clay hatte sich noch immer nicht gemeldet. Wenn ich nur wüsste, wo sie wohnte. Sie hatte es mir nie gesagt, als würde sie sich für ihr Zuhause schämen.

Ich öffnete erneut meine Kontakte und blieb schließlich bei einem hängen, der ganz sicher wusste, wo ich sie finden konnte. Die Frage war, ob er es mir erzählen würde. Ich atmete tief durch und drückte auf Anrufen.

Er nahm nach dem dritten Klingeln ab. »Parker.«

»Ryan, hi. Ich … ich versuche, Clay zu erreichen, aber sie geht nicht ran. Weißt du, wo sie steckt?«

»Ja.«

»Und kannst du es mir auch sagen?«

Es raschelte in der Leitung, und ich hörte Stimmen im Hintergrund. Klang, als wäre er beim Einkaufen.

»Ryan?«

»Warte kurz.« Die Geräusche wurden dumpfer, Ryan redete mit jemandem. Ich hörte Schritte, und kurz darauf war er wieder da. »Du bist ein ziemliches Arschloch, weißt du das?«

»Ich …«

»Was sollte das vorhin?«

»Ich musste kurz weg. Tut mir leid, falls das zu dramatisch war, aber ich bin eben … Mir wurde es zu viel.«

»Und hast du dir mal überlegt, wie das auf Clay gewirkt hat?«

»Ich …«

»So einen Scheiß kannst du echt nicht abziehen, Mann.«

»Ich … ich weiß, und es tut mir leid. Ich wollte sie nicht vor den Kopf stoßen.«

»Tja, zu spät.«

Ich fluchte und atmete durch. »Ich muss mit ihr sprechen und das klären. Wo ist sie?«

»Wenn ich dir das sage, macht sie mich einen Kopf kürzer.«

»Verflucht noch mal, Ryan! Sag es mir einfach! Ich kann das doch nicht so zwischen uns stehen lassen.«

Ryan stöhnte.

»Wie soll ich etwas besser machen, wenn ihr mir keine Chance gebt? Ich weiß, dass ich ein Arsch war, und es tut mir verdammt noch mal leid!«

»Du hättest einfach in Denver bleiben sollen, Mann.«

»Das wäre wohl wirklich einfacher gewesen, als mich mit allem hier draußen rumzuschlagen. Aber ich bin nicht in Denver. Ich will hier sein, und ich will das durchziehen. Bitte sag mir, wo sie ist, oder muss ich dich die ganze Nacht belabern?«

»Wenn sie dich erschießt, bin nicht ich dafür verantwortlich!«

»Alles klar. Ich … ich setze noch schnell mein Testament auf.«
Nicht, dass es viel zu vererben gibt, außer einem Berg voll Schulden.

Ryan stöhnte erneut, und dann erzählte er mir, was ich wissen wollte.

36.

Heute

Clayanne

Kaum war ich zu Hause, hatte ich mir eine Flasche Wein geöffnet und mich auf mein Bett geworfen. Nachdem ich sie zur Hälfte geleert hatte, ließ ich all das Chaos zu, das in meiner Seele tobte. Meine Muskeln waren bleischwer, als hätte ich sämtliche Kraft verloren. In meinem Brustkorb saß eine ekelhafte schmerzhafte Enge, von der ich eigentlich gehofft hatte, sie nie wieder spüren zu müssen. Ich fühlte mich wie eine alte Frau, die ihr Leben lang Steine herumgeschleppt hatte und jetzt von ihnen erdrückt wurde.

Was tat ich hier eigentlich? Wie hatte es so weit kommen können, dass ich wieder meine Zukunftsträume auf Parker ausgerichtet hatte und nun von ihm im Stich gelassen wurde?

Scheinwerferlicht streifte meine Wand, jemand war draußen vorgefahren. Bestimmt Ryan, der sich Sorgen um mich machte. Vermutlich hatte er auch Nervennahrung geholt, so wie er das immer tat, wenn es mir schlecht ging. Eine Autotür ging auf und zu, und Schritte kamen auf Gustav zu. Es klopfte an meiner Tür, und ich murmelte ein leises »Herein«.

Ein kühler Windhauch streifte mich, als die Tür geöffnet wurde.
»Clay?«

Ich zuckte zusammen. Das war nicht mein Bruder. Mit einem Ruck richtete ich mich auf und sah mich Parker gegenüber, der die Tür offen hielt und mich erwartungsvoll anblickte.

»Was ... was machst du denn hier? Woher weißt du überhaupt, wo ich wohne?«

»Dein Bruder hat es mir gesagt, darf ich reinkommen?«

»Ich bring Ryan um! Dieser Mistkerl!«

»Ich hab ihm keine Wahl gelassen, also lass ihn leben. Und mich bitte auch.«

Rasch blickte ich mich um. Eigentlich schämte ich mich nicht für Gustav, aber es war auch nicht so, dass ich gerne Leute hierher einlud. »Ich ...«

»Das von vorhin tut mir leid. Mein Abgang muss ziemlich dämlich ausgesehen haben.«

»Hat er.« Ich presste die Lippen zusammen und bemühte mich um Fassung.

»Ich wollte keine alten Wunden aufreißen.« Parker machte einen ersten vorsichtigen Schritt auf mich zu und sah mich fragend an. Ich nickte kaum merklich, sodass er ganz eintrat und die Tür hinter sich schloss. Auf einmal war mir der Raum viel zu eng. Parkers Präsenz schien sich überall in Gustav auszubreiten und sich in jeder Ritze zu verteilen.

»Das hier ist schön«, sagte er und deutete um sich.

Ich schnaubte. »Bitte. Du musst mir nichts vormachen. Es ist simpel.«

»Ich hab nichts gegen simpel.«

»Sagt der Großgrundbesitzer und Ranchbetreiber.«

»Das eine hat doch mit dem anderen nichts zu tun. Ich würde sofort in einem Wohnwagen leben, wenn es sein müsste. Ich brauche nicht viel Land, um mich wohlzufühlen. Wichtiger sind die Menschen, mit denen ich umgeben bin.«

Er sah sich um. Ich wich zur Seite auf mein Bett aus, und Parker begnügte sich mit dem Stuhl am Küchentisch. Er setzte sich, beugte sich vor und stemmte die Ellbogen auf den Knien ab. Seine Fingerkuppen rieb er aneinander. Es war noch gar nicht lange her, dass er diese Finger über meinen Körper hatte wandern lassen. Wieder spürte ich diesen tiefen Schmerz in meinem Herzen und das unglaubliche Verlangen meines Körpers.

»Was kann ich tun?«, fragte er.

»Wie meinst du das?«

»Wie kann ich dir beweisen, dass ich nicht mehr der bin, der damals aus Boulder Creek abgehauen ist? Ich will dir nicht wehtun, Clay. Das wollte ich nie, aber es passiert anscheinend immer wieder.«

Ich nickte, zog die Beine an und schlang die Arme darum, als bräuchte ich eine Art Schutz vor Parker.

»Ich will dich nicht noch mal verlieren«, sagte er. »Ich liebe dich.«

Da.

Jetzt hatte er es einfach gesagt, und ich hatte ihn nicht mal aufhalten können. Mir wurde heiß, ich rieb mir über den Nacken und wusste nicht, was ich mit diesen Worten anfangen sollte.

Parker holte tief Luft, lächelte gequält und verzog das Gesicht. »Bitte gib uns eine Chance. Ich möchte dich mit mir auf Golden Hill haben, ich möchte mit dir gemeinsam dieses Projekt aufziehen. Ich brauche dich. Als Freundin und als Partnerin.«

»Also gibst du Golden Hill nicht auf?«

»Was? Nein, wie kommst du darauf?«

»Es hat sich vorhin so angehört.«

Sein Mund klappte auf und wieder zu. Er nickte und blickte zu Boden. »Es hat mich einfach hart getroffen, weil so viel schiefgeht im Moment. Der Kredit bei der Bank ist bis zum letzten Penny ausgeschöpft, und ich weiß nicht, woher ich das Geld nehmen soll, aber mir wird was einfallen. Mir muss was einfallen, doch wichtiger sind wir beide. Ich will wirklich, dass es funktioniert. Du und ich, Clay.«

Ich seufzte, ließ meine Beine los und lehnte mich nach hinten an die Wand. Ich war so unglaublich müde und erschöpft. Die letzten Wochen hatten mich emotional mehr ausgelaugt, als mir klar war. Ich hatte mich auf einen Mann eingelassen, der mir nichts als Kummer gebracht hatte. Ich hatte mein Herz für ihn geöffnet, obwohl ich es hätte schließen sollen. »Ich weiß nicht, ob ich das kann, ehrlich gesagt.«

»Was meinst du?«

»Das mit uns. Du. Ich. Es … es tut so weh.«

Er beugte sich nach vorne, aber ich rutschte zeitgleich ein Stück zurück, also hielt er wieder inne.

»Ich will dir nicht wehtun.«

»Das glaube ich dir.« Das tat ich wirklich. Parker war kein schlechter Mann, sonst würde ich ihm gegenüber nicht so fühlen, wie ich es tat. Es änderte nur leider nichts daran, dass er viel zu viel Macht über mich besaß und mich das völlig umhaute.

»Aber …?«, hakte er zögerlich nach.

»Ich weiß nicht, ob das reicht. Ich bin so … verwirrt. Das mit meinem Job hat mich aus der Bahn geworfen, du wirfst mich aus der Bahn, mein Leben überrollt mich. Vielleicht nicht so intensiv wie bei dir, aber ich bin einfach … ich weiß nicht, was ich tun soll.«

»Vielleicht können wir es gemeinsam herausfinden. Wir sind ein verdammt gutes Team.«

»Das sind wir tatsächlich.« Ich schloss die Augen, lauschte dem dumpfen Pochen in meinen Ohren. »Aber es reicht gerade nicht aus. Nicht für das, was du von mir haben willst.«

»Ich will …«

Ich hob die Hand, weil ich keine Kraft mehr hatte, mir das anzuhören. »Ich bin überfordert, genau wie du. Du stemmst ein gigantisches Bauprojekt, das alles von dir abverlangt und deine volle Aufmerksamkeit braucht.«

»Ich hab immer Platz für dich, falls das deine Sorge ist.«

»Nein. Ich ... ich weiß nicht, ob ich Platz für dich habe.« Ich blickte zu ihm und zuckte zusammen. In seinem Blick lag ein Ausdruck tiefen Entsetzens und vielleicht auch Angst. Es schnürte mir das Herz zu, aber ich konnte auch nichts dagegen tun.

»Ich brauche etwas Zeit für mich«, sagte ich.

»Ich ... Okay ... aber ... ich bin ... Das mit uns ...«

»Du bedeutest mir viel, Parker. Sehr viel. Du hast vor elf Jahren mein Herz erobert und dir einen Platz darin gesichert. Ich habe dich damals geliebt, und ich ... ich tue es auch heute.«

Er brummte und richtete sich auf, doch ich schüttelte den Kopf.

»Aber ich weiß nicht, ob das reicht. Dein Weggang vorhin hat mir gezeigt, wie fragil mein Leben ist und dass ich damit aufhören muss, mich von anderen abhängig zu machen. Ich hatte mich darauf verlassen, für Javier arbeiten zu dürfen, obwohl ich keinen Abschluss als Veterinärin habe. Das war ein Fehler. Gerade hatte ich begonnen, mich mit dem Gedanken anzufreunden, mit dir gemeinsam auf Golden Hill zu leben und zu arbeiten. Dann rennst du auf einmal blind vor Wut davon und drohst, alles hinzuschmeißen, ohne mich auch nur eines Blickes zu würdigen. Genau wie damals, als ich dachte, wir beide würden uns eine gemeinsame Zukunft hier in Boulder Creek aufbauen. Auch da bist du einfach gegangen, ohne an mich und meine Wünsche zu denken. Ich dachte, ich hätte diesen Schmerz verarbeitet, aber dem ist nicht so.«

»Es tut mir so ...«

»Nicht. Bitte entschuldige dich nicht.«

»Aber was kann ich sonst tun?«

»Mir Zeit lassen. Ich liebe dich, aber ich brauche auch Vertrauen, und genau das hab ich nicht. Ich kann nicht ständig auf der Hut sein und mir überlegen, ob du bei jedem Gegenwind womöglich wieder alles hinschmeißt und gehst.«

»Das werde ich nicht.«

»Was, wenn doch? Was, wenn du keinen Kredit mehr bekommst? Golden Hill nicht finanzieren kannst? Was willst du dann tun?«

»Ich weiß es nicht. Zur Not verkaufe ich etwas vom Land. Ich will Granny zurückholen. So wie ich es versprochen habe. Und ich will auch dich zurückhaben.«

Ich nickte und spürte, wie mir schon wieder die Augen brannten. Rasch wandte ich den Kopf ab, damit Parker es nicht sah. Mein Innerstes schmerzte so sehr. Ich wollte mich in Parkers Arme werfen, weil ich wusste, dass es mir dort besser ging, aber ich konnte nicht. Es war einfach zu viel gerade. »Kannst du … kannst du bitte gehen?«

»Ich …«

Gott, ich war so müde. Normalerweise würde ich ihn nicht bitten, sondern ihn einfach rauswerfen, aber mir fehlte die Kraft. Ich wischte mir über die Augen, wandte mich ihm wieder zu und blickte ihn eindringlich an. Hoffentlich verstand er, dass ich meine Ruhe brauchte. Hoffentlich respektierte er meinen Wunsch nach Abstand.

Bitte geh!

»Natürlich«, sagte er schließlich und stand auf. »Ich werde auf Golden Hill sein und versuchen, alles zu regeln. Gib mir Bescheid, wenn ich etwas tun kann.«

Ich nickte und sah ihm zu, wie er Gustav verließ. Die Tür schloss hinter ihm, ich lauschte seinen Schritten und wie die Autotür ein weiteres Mal auf- und zuging.

Dann fuhr er davon.

Ich schluckte gegen die Trockenheit und rollte mich auf die Seite. Mit dem Blick auf Boulder Creek gerichtet und dieser Kälte in meinem Inneren lag ich einfach nur da und starrte nach draußen in die dunkler werdende Nacht.

37.

Heute

Parker

Als ich am nächsten Morgen in meinem Schlafsack aufwachte, fühlte ich mich wie vom Bus überfahren. Mir taten sämtliche Knochen weh, was aber nicht daran lag, dass ich mal wieder auf dem harten Boden geschlafen hatte. Ich war schlichtweg emotional ausgebrannt. Das Gespräch mit Clay gestern hatte mir noch lange nachgehangen, und ich hatte ewig nicht einschlafen können.

Stöhnend richtete ich mich auf, rieb mir übers Gesicht und versuchte, mich zu sammeln. Die Sonne ging gerade auf, und die ersten Vögel zwitscherten. Heute würde es wieder einer dieser friedvollen und schönen Tage werden, die ich früher so gehasst hatte. Mir war es stets wie Hohn vorgekommen, wenn sich die Natur so viel Mühe gab, während in meinem Inneren ein Sturm toste.

Es fiel mir schwer, mich zu erheben und auch nur einen Fuß vor den anderen zu setzen, aber ich musste aufstehen. Draußen warteten fünf hungrige Pferde auf ihr Frühstück, und ich musste ... keine Ahnung. Schadensbegrenzung betreiben oder so. Ich würde mich heute in meine Unterlagen vertiefen, noch mal mit Russell sprechen und die weiteren Schritte mit Leo klären.

Ich dehnte meinen Rücken, räumte rasch auf, zog mich an und suchte nach meinem Handy. Granny hatte mir am Abend noch eine Nachricht gesendet, die ich aber gar nicht bemerkt hatte. Ein bitterer Schmerz schoss mir durchs Herz. Ich kam mir vor wie ein Versager. Genau, wie mein Vater es mir immer vorgehalten hatte. Ich enttäuschte Clay, Granny, irgendwann auch Sadie. Ich atmete tief ein und bemühte mich, all diese elenden Gedanken nach hinten zu drängen und mich wieder auf meine Arbeit zu konzentrieren.

Granny würde ich nachher schreiben oder ihr ein Bild von Golden Hill schicken, so wäre sie wieder eine Weile beruhigt. Sobald ich hier wegkonnte, würde ich nach Denver fliegen und ihr persönlich sagen, was gerade passierte.

Ich steckte das Handy wieder ein, trollte mich ins Bad und machte mich kurz darauf an die Arbeit.

»Lasst es euch schmecken«, sagte ich zu Okijen, als ich ihm sein Heu hinwarf. Er versenkte sofort seinen Kopf darin. Das Futter würde noch knapp eine Woche reichen, danach musste ich neues besorgen oder die Pferde doch endlich auf die Koppel lassen, aber die war noch nicht eingezäunt. Vielleicht konnte Sadie dabei helfen. Mir graute schon jetzt vor dem Gespräch mit ihr, aber es gab keinen Weg drum herum. Ich nahm mir wieder mein Handy und schrieb ihr eine Nachricht, wann sie heute kommen wollte und ob wir uns bei Cybil treffen könnten. Es war vermutlich leichter, sie erst mal da abzupassen und ihr alles zu erklären. Kurz darauf hörte ich ein Auto vorfahren. Es waren Russell und Tommi.

Ich sammelte mich innerlich und trat auf die beiden zu. Tommi trug einen Koffer in der Hand, und Russell hatte eine Kameratasche über der Schulter hängen.

»Morgen, Parker. Wir werden heute nach Mäusenestern suchen«, sagte er und nickte Tommi zu, der sich gleich auf den Weg machte. »Außerdem werde ich alles fotografieren und dokumentieren.«

»Klar, tobt euch aus«, sagte ich. Es hatte sowieso keinen Sinn, ihnen im Weg herumzustehen. »Ich bin hier, falls ihr mich braucht.«

Russell musterte mich. Es war ein neugieriger und abwägender Blick, als versuchte er einzuschätzen, wie ich heute wohl reagieren würde.

»Was ist?«, fragte ich.

»Als Tara damals dein Bauvorhaben dem Rat vorgestellt hat, war ich strikt dagegen.«

»Das weiß ich, du musst es mir nicht ständig unter die Nase reiben.«

Russell nickte. »Meine Abneigung hat allerdings nichts mit meiner Arbeit zu tun. Ich will nur sichergehen, dass du das weißt. Ich bin Profi, ich lasse mich hierbei nicht von Gefühlen leiten.«

»Wie schön.« Vermutlich sollte ich höflicher sein, aber es fiel mir echt schwer.

Russell ignorierte meinen bissigen Tonfall und machte sich ans Werk. Für einen Moment blickte ich ihm hinterher, dann lief ich zurück ins Haus und startete mit den ersten Telefonaten.

Wie zu erwarten war, brach unser gesamter Zeitplan zusammen. Als Erstes sprach ich mit Leo, der mir sagte, dass er in acht Wochen mit einem neuen Großprojekt anfangen müsse und mir nicht mehr zur vollen Verfügung stehen könne. Eigentlich hätten wir bis dahin aus dem Gröbsten raus sein sollen. Er meinte, er könnte versuchen, den anderen Auftrag zu schieben, müsse aber einen Aufschlag von mir erhalten. Die Kostenaufstellung wollte er mir in den nächsten Tagen zukommen lassen. Das nächste Gespräch mit der Bank lief auch nicht viel besser. Mr. Sherman machte mir eindeutig klar, dass ich keinen weiteren Kredit bei ihm bekäme. Es war einfach nichts zu machen. Den ersten kleinen Lichtblick erhielt ich am Vormittag, als ich mit meinem Versicherungsberater sprach. Ich hatte nämlich eine Klausel in meiner Police, die in Kraft trat, wenn eine unvorhergesehene höhere Macht mein Bauvorhaben stoppen sollte. Da ich alle Unterlagen des Architekten vorlegen konnte, der ja im Vorfeld gecheckt hatte, ob es hier geschützte Tierarten gab, wollte sich die Versicherung an das Architekturbüro wenden und schauen, ob wir Schadensersatz fordern konnten. Das würde finanziell einiges abfedern. Das Gespräch mit meinem Vater verschob ich also noch mal auf unbestimmte Zeit, denn das wäre nur mein allerletzter Ausweg. Der Versicherungsmakler hatte außerdem angeboten, mit seinem Bankberater zu sprechen und mir eventuell über eine andere Bank einen zweiten Kredit zu verschaffen. Mir wurde schwindelig, wenn ich daran dachte, wie viele Schulden ich aufnehmen müsste, aber ich würde die Zähne zusammenbeißen und es durchziehen. Eine andere Wahl blieb mir nicht.

Gegen Mittag war ich mit den Anrufen durch, hatte dumpfe Kopfschmerzen und ziemlich großen Hunger. Sadie hatte mir geschrieben, dass sie auf dem Weg war und in einer Stunde bei Cybil sein könnte. Ich rieb mir über den Nacken und trat nach draußen in die Mittagssonne. Es schmerzte mich, als ich auf die Baugeräte schaute, die sinnlos herumstanden und darauf warteten, dass sie wieder zum Einsatz kämen.

Ich wollte gerade nach Tommi und Russell schauen, als ich ein Scheppern hörte. Kurz darauf fluchte jemand. Ich folgte dem Geräusch und fand Terence, der halb im Fahrerhaus der Planierraupe hing.

»Kann ich dir helfen?«, fragte ich.

Terence blickte auf und drehte sich zu mir. »Hi, nein. Ich hab wohl gestern Mittag meinen Geldbeutel hier verloren. Muss mir aus der Tasche und zwischen den Sitz gerutscht sein.« Er beugte sich ins Fahrerhäuschen, schob den Arm unter den Sitz und zog ihn schließlich zurück. »Da ist er.«

Ich nickte und sah ihm zu, wie er wieder herunterkletterte und seinen Geldbeutel einsteckte.

»Wie läuft es denn hier?«, fragte Terence.

»Gar nicht, wie du siehst, aber es wird schon weitergehen.«

»Ach ja, wie das?«

»Ich bemühe mich gerade um Schadensbegrenzung.«
»Das heißt, du wirst trotzdem weitermachen?«
»Ja, klar.«
Er zuckte zusammen.
»Reden die Leute denn schon wieder was anderes?«
»Ich ... Nein. Ach, weiß nicht. Dein Abgang gestern war nur so ... Es klang, als wolltest du das Projekt aufgeben. Was ich verstehen könnte. Diese Baustelle ist verflucht.«
»Verflucht?« Ich runzelte die Stirn.
»Ja, klar. So viel wie hier schiefgeht. Wir hatten schon mal ein Projekt vor drei Jahren, da war es ähnlich. Ein Unternehmer aus der Stadt wollte in Boulder Creek ein größeres Einkaufszentrum aufziehen, weil er Potenzial in der Gegend sah. Aber das Bauvorhaben war wie verhext, nichts hat geklappt, bis er eingesehen hat, dass es nicht sein soll. Auf dem Gelände steht jetzt der neue Kindergarten. Der wiederum ließ sich ohne Probleme bauen.«
»Du willst mir also sagen, dass sich das Land gegen mein Projekt wehrt?«
»Klar. In dieser Gegend gibt es jahrhundertealte Schwingungen, starke Energien, verstehst du? Die muss man respektieren.«
Ich schüttelte den Kopf und rieb mir über die Stirn. Mir war klar, dass es einiges zwischen Himmel und Erde gab, was man nicht erklären konnte, aber das ging mir dann doch zu weit. »Tja, die Energien werden mich noch eine Weile aushalten müssen. So schnell lass ich mich nicht unterkriegen.«
»Ich bin gespannt. Muss jetzt weiter. Sobald sich hier was tut, werde ich es ja erfahren.«
»Ganz bestimmt.«
Terence nickte mir zu und lief wieder ums Haus herum. Ich blickte ihm nach, bis er verschwunden war, dann machte ich mich ebenfalls auf den Weg in die Stadt und zum Gespräch mit Sadie.

38.

Heute

Clayanne

»Ich habe mir sehr viele Gedanken über meinen Job gemacht«, legte ich sofort los, nachdem Javier und ich unser Essen bestellt hatten. Fast eine Woche war nun seit meinem Gespräch mit Parker vergangen. Ich hatte mich in Gustav verbarrikadiert, für meinen Geschmack zu viel geweint, Musik gehört, dagelegen und über mein Leben nachgedacht. Ryan war vorbeigekommen, hatte mir Eis und Pizza mitgebracht und sich mit mir Filme angesehen, worüber ich sehr dankbar war. Mittlerweile war mir klar, dass ich etwas anpacken musste, wenn ich aus diesem Loch herauswollte. Ich durfte nicht wieder versacken, also hatte ich mich über meine beruflichen Möglichkeiten informiert und vielleicht eine Lösung gefunden.

Javier lächelte, nahm sich seinen Eistee und lehnte sich im Stuhl zurück. Wir hatten uns bei Cybil verabredet und saßen an demselben Tisch wie beim letzten Mal. »Ich bin ganz Ohr.«

»Ich werde nicht wieder in die Klinik zurückkehren.« Ich hielt die Luft an, weil ich unsicher war, wie er darauf reagieren würde, doch Javier nickte nur. »Du weißt, dass ich die Arbeit mit dir liebe, aber du hattest recht. Wenn ich wirklich Tierärztin sein wollte, hätte ich das Studium längst durchgezogen.«

»Was willst du stattdessen tun?«

»Ich möchte mich gerne selbstständig machen.«

Ein Lächeln zuckte um seine Mundwinkel, als hätte er mit so etwas schon lange gerechnet.

»Ich kann mich nicht von irgendeinem Boss oder dummen Vorschriften einengen lassen. Mit dir zu arbeiten war großartig, aber ich glaube, so eine Stellung bekomme ich nie mehr wieder. Da ich nicht mehr zurückkann, muss ich wohl nach vorne. Keine Sorge, ich will dir keine Konkurrenz machen, aber ich dachte, dass wir vielleicht zusammenarbeiten könnten?«

Er nickte und gab mir zu verstehen, dass ich weiterreden sollte.

»Ich will mich auf Naturheilverfahren spezialisieren. Ich liebe es, Tieren zu helfen, und das möchte ich nicht mehr missen, aber ich will nicht noch acht Jahre auf eine Uni gehen und mir theoretisches Wissen für einen Abschluss aneignen. Das brauche ich nicht. Ich weiß schon so viel.«

»Das tust du.«

»Was ich dir zu verdanken habe.«

Er schüttelte den Kopf und stellte den Eistee zurück auf den Tisch. »Nein, das ist allein dein Verdienst, Clay. Ein Lehrer kann nur unterrichten, wenn ein Schüler es hören will.«

»Wieder ein Spruch aus einem Ratgeber?«

»Nein, den hab ich auf YouTube aufgeschnappt. Ich folge diesem Mönch aus Tibet, der recht kluge Weisheiten raushaut.«

Ich schmunzelte und merkte, wie gut es mir tat, mit Javier so offen sprechen zu können. Er war mir ein Mentor gewesen in den letzten Jahren. Hätte ich ihn nicht gehabt, wäre ich heute nicht so weit.

»Ich habe eine interessante Fernuni gefunden. Dort gibt es einen zweijährigen Kurs über Naturheilverfahren. Ich könnte mir den Lernstoff vorher herunterladen, die Uni bietet auch Videotrainings an, das heißt, ich könnte mir alles erklären lassen.«

»Ein paar Tricks hab ich auch noch auf Lager«, sagte Javier.

»Sehr gerne. Ich nehm alles mit.«

»Ich könnte auch meinen Großvater im Reservat fragen. Vielleicht kannst du ihn mal besuchen und dir zeigen lassen, was er so weiß.«

»Ja! Bitte!«

»Ich rufe ihn nachher an.«

Erleichtert ließ ich die Luft aus der Lunge und nickte dankbar. Mein Vorhaben war nicht von Javier abhängig, aber es war mir wichtig, seine Zustimmung zu erhalten. »Danke.«

»Jederzeit, Clay.«

Ich hob meine Coke und Javier seinen Eistee. Wir stießen miteinander an, und mich durchfloss ein tiefes Gefühl der Ruhe. Das hier könnte wirklich etwas werden. Das könnte mein Weg sein. Ein Weg, den ich vorher gar nicht gesehen hatte, weil ich mich in der Klinik wie selbstverständlich eingeigelt hatte. »Weißt du, was schräg ist?«

»Mh?«

»Wäre Parker nicht nach Boulder Creek zurückgekehrt, wäre das alles wohl nicht so schnell passiert. Ich hätte Flover erst gar nicht behandelt, hätte nie diesen Druck gehabt, etwas ändern zu müssen.«

»Manchmal braucht es einen Impuls von außen, aber letztlich liegt die Veränderung dennoch bei dir.«

»Ja, das stimmt.« Meine Entscheidung war nicht von Parker abhängig, aber diese Aktion mit ihm hatte mir den nötigen Fußtritt verpasst. Es schmerzte zwar noch, aber dafür war ich jetzt auf einem neuen Pfad.

»Wie geht es dir denn mit ihm?«, fragte Javier.

Ich hielt die Luft an und wusste im ersten Moment nicht, wie ich darauf antworten sollte. Mir war klar, dass sich die halbe Stadt schon wieder das Maul darüber zerriss, was mit uns los war, und es sich natürlich herumgesprochen hatte, was bei Parker auf der Baustelle passierte.

»Es ist ...«

»Hier sind eure Pizzen.« Cybil trat an unseren Tisch. Sie stellte zwei große runde Teller vor uns ab und nickte zufrieden. »Darf ich euch sonst noch etwas bringen?«

»Danke, passt alles«, sagte Javier.

Cybil lächelte, tätschelte mir die Schulter, als wollte sie mir sagen, dass alles wieder gut werden würde, und trollte sich. Der Duft des geschmolzenen Käses stieg mir in die Nase und ließ mir das Wasser im Mund zusammenlaufen.

Javier blickte mich noch immer erwartungsvoll an, weil ich seine Frage nicht beantwortet hatte.

»Mir geht es nicht so gut, glaub ich.«

»Du glaubst es.«

Ich schloss die Augen. Mir war es schon immer schwergefallen, meine Gefühle zu artikulieren. Meistens behielt ich für mich, was in mir vorging, und schloss es irgendwo ganz tief in mir ein.

»Es geht mir nicht gut«, gab ich schließlich zu. »Das mit Parker setzt mir zu. Schon wieder.« Ich rieb mir über die Stirn und schüttelte den Kopf.

»Verstehe.« Javier schnitt sich ein Stück Pizza ab und aß es mit der Hand.

Ich blickte zu ihm, wie er genüsslich kaute und dabei die Augen halb geschlossen hatte. Wie so oft hatte ich auch jetzt das Gefühl, als wüsste er die Lösung zu einem Problem, ohne sie mitzuteilen, weil er wollte, dass man selbst darauf kam.

»Du meinst, dass ich Parker dennoch eine weitere Chance geben sollte, weil wir beide erwachsen geworden sind?«, fragte ich unsicher.

Er grinste und wischte sich die Finger an einer Serviette ab. »Ich denke, dass du tun solltest, was auch immer du willst. Wie du eben schon so gut erkannt hast, liegt alles in deinem Leben bei dir. Du kannst bestimmen, wie du auf Situationen oder Menschen reagierst. Du kannst dich von Parker fernhalten, oder du gehst zu ihm. Welcher Weg davon der richtige ist, kannst du nur herausfinden, wenn du ihn beschreitest.« Er lehnte sich vor und zwinkerte mir zu. »Und das ist jetzt eine Weisheit, die von meinem Großvater stammt.«

Ich lächelte und dachte über seine Worte nach. Meine Sehnsucht nach Parker konnte ich nicht leugnen. Ich war in den letzten Tagen so oft kurz davor gewesen, ihn anzurufen.

»Vielleicht machst du jetzt einfach mal den ersten Schritt«, sagte Javier und schnitt sich das nächste Stück Pizza ab. »Und wenn du merkst, dass du in die falsche Richtung läufst, kehrst du eben um.«

»Du denkst, es ist so einfach?«

»Ja, genau das denke ich.«

Er biss erneut ab und zwinkerte mir zu.

39.

Heute

Parker

»Danke, Mr. Blackwater, das ist wirklich großartig!«

»Sehr gerne. Wir freuen uns, wenn wir Ihr Projekt finanziell unterstützen können. Die Verträge kommen übermorgen per Einschreiben. Schicken Sie sie so schnell wie möglich zurück, dann können wir alles in die Wege leiten.«

»Das mach ich.«

»Bis dahin.«

Ich legte auf, ballte die Hand zur Faust und stieß einen erleichterten Schrei aus. Es ging voran! Zwar sehr, sehr schleppend, aber es tat sich etwas! Ich klappte meinen Laptop auf und tippte rasch eine Mail an meinen Versicherungsmakler, um mich für den Kontakt zur Blackwater-Bank zu bedanken. Das heute war das dritte Gespräch, das ich mit dem Juniorchef geführt hatte, und nun stand meinem nächsten Kredit nichts mehr im Wege. Es war der pure Wahnsinn, was ich hier tat, doch ich hatte keine andere Möglichkeit mehr, wenn ich Golden Hill halten wollte.

Seit fast zwei Wochen standen die Bauarbeiten nun still, was mich jeden Tag eine Unsumme an Geld kostete, weil ich Leo trotz des Arbeitsausfalls bezahlen musste, genau wie die Maschinen, die wir gemietet hatten. Zumindest für die nächsten zwei Wochen würden wir das noch so beibehalten; sollte es sich weiter verzögern, müssten wir neu kalkulieren. Das war gefühlt alles, was ich in der letzten Zeit tat. Kalkulieren, telefonieren, alles irgendwie am Laufen halten, Sadie beruhigen, mich um die Pferde kümmern und im Haus ein wenig weiterarbeiten. Russell hatte mir gestattet, mit den Innenausbauten fortzufahren. Immerhin ging es also an dieser Stelle voran.

Mittlerweile hatte ich auch Granny besucht und ihr alles in Ruhe erklärt. Sie hatte es erstaunlich gut aufgefasst.

»Es wird passieren, Parker«, hatte sie gesagt. »Golden Hill und du, ihr gehört zusammen. Ich fühle das.«

Um wen ich mir etwas Sorgen machte, war Sadie. Sie hatte es im Gegensatz zu Granny nicht gut verkraftet und war seitdem am Boden zerstört. Ich hatte ihr versichert, dass ich alles in meiner Macht Stehende tat, um unser Projekt zu retten, aber ich konnte nun mal nicht zaubern. Wir hatten lange zusammengesessen und viel geredet. Diese Woche war sie bei Rhonda, um auch mit ihr alles zu besprechen und umzuplanen. Wir hatten ganz schön Schlagseite bekommen, aber der Kahn war noch lange nicht gesunken.

Ich schrieb meine Mail, checkte, ob etwas Neues hereingekommen war und klappte den Laptop zu. Es war spät geworden, und ich würde heute nicht mehr viel tun, außer nach den Pferden zu sehen und mich hinzulegen.

Es klopfte an die Hintertür in der Küche, und kurz darauf trat Russell ein. »Stör ich?«

»Nein, komm rein.« Ich deutete auf den Tisch und räumte rasch meine Unterlagen beiseite. »Willst du einen Kaffee? Ich hab gerade frischen aufgesetzt.«

»Wenn es keine Umstände macht, gerne.«

Ich nickte, stand auf und holte eine Tasse für ihn.

»Schwarz, bitte«, sagte er und setzte sich an den Tisch.

Ich goss mir selbst auch noch eine Tasse ein und gesellte mich zu ihm. Russell legte seine Unterlagen ab und trank einen Schluck.

»Ich …« Er sah in seine Tasse, als schien er darüber nachzudenken, warum ich so freundlich zu ihm war, während er mir doch das Leben zur Hölle machte. Aber was brachte es mir, wenn ich das an ihm ausließ? Ich hatte einfach keine Lust mehr auf Ärger. Russell schüttelte sich und stellte die Tasse ab. »Ich habe ein paar Ergebnisse für dich.«

Sofort richtete ich mich auf, und mein Puls beschleunigte sich. War das jetzt ein gutes oder ein schlechtes Zeichen? »Brauch ich gleich einen Schnaps statt des Kaffees?«

»Vielleicht.«

Scheiße. Bitte keine schlechten Nachrichten! Der Tag hatte doch gerade so gut aufgehört.

»O-okay.« Ich trank einen weiteren Schluck und versuchte, das Zittern meiner Finger zu unterdrücken.

»Es ist sehr beeindruckend, wie du um Golden Hill kämpfst, Parker.«

»Was?«

Russell schmunzelte. »Ich muss sagen, dass mich das überrascht. Ich hätte gedacht, dass du viel eher aufgibst.«

»Weil die Baustelle verflucht ist?«

»Verflucht?«

»Das hat Terence neulich gemeint.«

Russell winkte ab. »Der ist ein wenig schräg, gib nicht so viel auf das Geschwätz.«

»Tu ich nicht, und wie du siehst, bin ich noch da.«

»Ja.« Er nickte anerkennend und schlug die erste Seite seines Notizheftes auf. »Also, Tommi und ich haben alles sehr gründlich abgesucht und nun wirklich dein gesamtes Land inspiziert.«

Ich tippte mit dem Fuß gegen mein Stuhlbein, während mir die Nervosität weiter in den Nacken kroch. Gebannt starrte ich auf das Blatt Papier vor Russell, aber er hatte seine Hand daraufgelegt, sodass ich nicht lesen konnte, was dort stand.

»Wir haben kein einziges Mäusenest gefunden.«

»Ich … Das … Was?«

»Das ist noch nicht mein abschließender Bericht, aber ich wollte dir dennoch schon Bescheid geben. Auf Golden Hill sind keine Preble's Wiesenspringmäuse ansässig.«

»Aber wir … wir haben doch … Was ist mit denen, die wir gefunden haben?«

»Ich habe nicht die geringste Ahnung, ehrlich gesagt.«

Ich zog die Augenbrauen zusammen. Mein Fuß wippte immer noch. »Was heißt das jetzt? Ich … ich komm gerade nicht mit.«

»Das heißt, dass kein Verstoß gegen das Umweltgesetz vorliegt. Wie gesagt, mein Bericht ist noch nicht abgeschlossen, und ich muss dich um etwas mehr Geduld bitten. Wir werden einen weiteren Experten zurate ziehen, aber wenn der immer noch keine Preble's findet, könntest du die Bauarbeiten wiederaufnehmen.«

»Das ist … im Ernst?« Meine Stimme war lauter geworden, und ich wäre am liebsten vom Tisch aufgesprungen.

Russell schmunzelte und nickte. »Gib uns noch eine Woche. Die brauchen wir, damit ich wirklich sicher sein kann.«

»J-ja! Natürlich!« Eine Woche. Eine verdammte Woche! Das könnte ich jetzt abfangen. Mit dem Geld von Blackwater müsste es gehen. »Und wenn ihr nichts findet, kann es einfach so weiterlaufen?«

»Genau.«

»Ich …« *Fuck, wirklich?* »Das ist jetzt kein Trick oder so?«

»Ein Trick? Wie meinst du das?«

»Keine Ahnung, weil du eigentlich gegen dieses Bauvorhaben bist und mir eins auswischen willst.«

Russell reckte das Kinn und wirkte wieder ziemlich ernst. »Ich sagte dir bereits, dass meine Meinung über dich und deine Pläne nicht meinen Job beeinflusst. Außerdem muss ich zugeben, dass du … Golden Hill tut die Veränderung gut. Mir gefällt, was du draus machst.«

Ich musste mich gleich ohrfeigen, um sicherzugehen, dass ich das nicht träumte.

Russell trank seinen Kaffee aus, gab mir den Zettel aus seinem Notizheft und stand auf. »Das ist mein vorläufiger Bericht, den ich so auch bei Tara abgeben werde. Du kannst weiter im Haus arbeiten und auch den Anbau fertigstellen. Alles andere wird sich hoffentlich fügen.«

»Danke.« Ich nahm das Blatt Papier an mich und konnte es noch immer nicht fassen. »Ich weiß nicht, was ich sagen soll.«

»Das ist keine Gefälligkeit, Parker. Hättest du die Mäuse auf dem Grundstück gehabt, hätte es anders ausgesehen.«

»Trotzdem.«

Russell klappte sein Heft zu, klemmte es sich unter den Arm und lief zur Hintertür. »Dann ist jetzt vielleicht doch Zeit für den Schnaps, oder?«

Ich lächelte und nickte. Das musste ich definitiv feiern!

»Bis morgen.«

Ich ließ mich tiefer in den Stuhl sinken und konnte einfach nicht fassen, was gerade passierte. Die weitere Woche Baustopp würde zwar wehtun, aber es gab ein Licht am Ende des Tunnels. Ich schnappte mir mein Handy und rief meine Kontakte auf. Bei Sadie blieb ich kurz hängen, aber ich wollte lieber noch etwas warten, ehe ich ihr das mitteilte. Stattdessen rief ich Clays Namen auf und startete den Messenger.

Hi, Clay. Ich muss dir unbedingt etwas erzählen … Ich wusste, dass sie Abstand wollte, ich wusste, dass ich mich nicht melden sollte, aber verdammt noch mal, das musste jetzt raus. Wild tippte ich drauflos und entließ meine Gedanken. Keine Ahnung, ob sie das lesen würde, aber ich fühlte mich mit jedem geschriebenen Wort besser.

40.

Heute

Clayanne

Es fühlte sich gleichermaßen fremd wie vertraut an, auf die Schotterstraße abzubiegen, die nach Golden Hill führte. Jackson fand den Weg schon fast von allein, aber trotzdem kam ich mir wie eine Fremde vor. Drei Wochen war ich nicht mehr hier gewesen.

Zeit, die ich sehr gebraucht hatte. Die Vorbereitungen für meine Selbstständigkeit liefen auf Hochtouren. Der Onlinekurs würde erst im Herbst starten, aber das machte nichts, weil es noch genügend andere Dinge zu tun gab. Javier hatte mich seinem Großvater vorgestellt, und wir hatten fünf Stunden lang nur über alternative Heilmethoden geredet. Es war eine wahnsinnig gute Erfahrung gewesen, und ich würde ihn in Zukunft sicher öfter im Reservat besuchen.

Es gab so viele interessante Weiterbildungsmöglichkeiten. Gerade überlegte ich, ob ich mich zusätzlich auch noch für einen Kurs in Akupunktur anmelden sollte. Seit ich diesen Entschluss gefasst hatte, kam ich mir unaufhaltbar vor. Als hätte meine Seele nur darauf gewartet, dass ich endlich diesen Schritt ging.

Ich musste mir nur überlegen, von wo aus ich arbeiten würde. Gustav war dafür zu klein. Ich hätte gerne mein eigenes Büro, wo ich meine Unterlagen verstauen konnte und den Papierkram erledigte. Und ich brauchte auch eine Ecke, in der ich Tinkturen, Pasten und Salben anrühren konnte. Noch hatte ich nichts Passendes gefunden, aber ich war zuversichtlich, dass sich auch das fügen würde.

Heute wollte ich erst mal nach Flover und auch nach Parker sehen. Wir hatten in den letzten Tagen öfter hin- und hergeschrieben, nachdem er mir mitgeteilt hatte, dass es nun doch mit der Ranch weitergehen konnte. Ich freute mich unheimlich für ihn. Aber dennoch wurde ich das Gefühl nicht los, dass an der Sache mit den Preble's Mäusen etwas faul war.

Ich parkte Jackson vor dem Haus und stieg aus. Die Luft war sommerlich heiß. Ich mochte diese Zeit im Jahr sehr, weil ich sie mit Freiheit und Leichtigkeit verband. Wenn die Natur in vollem Glanz erblühte, die Sonne den ganzen Tag schien und eine sanfte Brise wehte, fühlte ich mich immer vollkommen im Einklang mit den Elementen um mich herum.

Ich umrundete das Haus und hielt nach Parker Ausschau, der allerdings nirgends zu sehen war. Also ging ich weiter in den Stall zu den Pferden. Sie lebten noch immer in dem provisorischen Unterstand, besaßen jetzt aber einen Zugang zur dahinterliegenden Koppel. Im Moment waren sie alle draußen und grasten. Es war ein schöner und friedlicher Anblick, wie sie zu fünft zusammenstanden. Sogar Flover hatte sich der Gruppe angeschlossen. Ich genoss es, einen Moment hier zu stehen und diese ganz spezielle Duftmischung aus Pferd und Gras einzuatmen, dann lief ich zurück zum Haus. Als ich die Küchentür öffnete, kam mir Terence entgegen und wäre fast in mich hineingerannt.

»Oh, hi«, sagte ich verblüfft.

Er brummte nur und trat nach draußen.

»Ist Parker da?«

»Ja.«

Ich blickte ihm hinterher, aber er schien es eilig zu haben. Kopfschüttelnd trat ich ins Haus. Oben wurde gerade gebohrt und gehämmert. Jessie rief irgendetwas, das ich aber nicht richtig verstand. Ich spähte in die Küche und stutzte. Die hintere linke Wand war eingerissen worden, es hing eine große Plane davor. Das war wohl ein Durchgang für Cynthia, damit sie direkt von ihrem Anbau in die Küche gehen konnte. Hinter der Plane huschte ein Schatten vorbei. Ich trat näher, schob die Abdeckung zur Seite und trat in den neuen Anbau.

»Wow, ihr seid ja ganz schön weit gekommen.«

Parker fuhr herum und hätte dabei fast einen Lackeimer umgetreten, der auf dem Boden stand. Er hielt ein Metermaß in der einen Hand und einen Bleistift in der anderen. Sein Shirt hatte ein paar Farbflecken.

»Clay … hi.«

Ich hätte vielleicht anrufen sollen, aber die Entscheidung, heute rauszufahren, war mir eher spontan gekommen.

»Wollte mal nach dir sehen.« Ich blickte mich um. Mittlerweile waren die Wände hochgezogen und das Dach gedeckt. Die Fensterrahmen wurden noch von Folie gehalten, und überall lagen Kabelkanäle und Rohre herum.

»Ich messe gerade aus, wo welche Anschlüsse hinmüssen, damit der Elektriker nächste Woche alles verlegen kann«, sagte Parker und klappte das Metermaß zusammen.

»Das sieht super aus«, sagte ich und deutete um mich. Zur Linken war eine Front freigelassen, vermutlich kam dort eine große Terrassentür hin.

»Ja, finde ich auch. Hier wird Grannys Schlafbereich sein. Da, wo du stehst, ziehen wir noch eine Wand ein, die als Raumtrenner zu ihrem Wohnbereich dient, dahinter kommt das Bad. Alles wird offen gehalten. Granny hat es sich so gewünscht.«

»Wie geht es ihr denn?«

»Ganz okay. Sie wartet geduldiger als wir.«

»Weiß sie über deine Probleme Bescheid?«

»Ja, ich musste es ihr sagen.«

Ich nickte und lief etwas unschlüssig herum. Wie an jenem Abend, als Parker bei mir zu Besuch gewesen war, hatte ich auch heute das Gefühl, als würde sich seine Präsenz im gesamten Raum ausbreiten.

»Und wie geht es dir?«, fragte er leise, ohne mich nur einen Moment aus den Augen zu lassen.

Vor der künftigen Terrasse blieb ich stehen. Ich hob die Plane ein Stück an, um hinauszusehen, und lehnte mich an den Pfosten links von mir. »Ganz okay.«

Parker trat neben mich, blieb aber auf Armeslänge von mir entfernt. »Okay ist nicht richtig gut, oder?«

Ich zuckte mit den Schultern und lehnte den Kopf an den Pfosten. »Ich bekomme mehr Klarheit.«

»In Bezug auf was?«

»Auf mein Leben. Ich ... ich weiß jetzt, was ich machen möchte.«

»Ach ja? Was denn?« Ich spürte seinen fragenden Blick auf mir ruhen, aber ich ließ mir Zeit mit meiner Antwort. Von meinem Entschluss, mich selbstständig zu machen, hatte ich bisher nur Javier und meinem Bruder erzählt. Es fühlte sich noch zu privat an, um es mit anderen zu teilen.

Ich drehte mich zu Parker und sah ihn an. Die untergehende Sonne strahlte durch die Plane und wurde so abgedämpft. Parkers Augen schimmerten nun eher türkis als blau. Er behielt mich fest im Blick, die Züge leicht angespannt, die Lippen ein wenig geöffnet. Seine Nähe kribbelte in meinem Körper nach, obwohl er mich gar nicht anfasste. Aber ich erinnerte mich sehr gut daran, wie es sich anfühlte. Ich konnte mich an alles erinnern. An jeden Kuss, jedes gehauchte Wort, jede sanfte Berührung. Nun, da ich ihm so nahe war, traten diese Bilder und Empfindungen an die Oberfläche und tanzten durch meinen Geist. Parker und ich. In der Theorie hörte es sich wundervoll und aufregend an. Die Jugendfreunde, die mehr füreinander empfanden. Die so gut zusammenpassten, sich ergänzten und sich liebten.

Ich atmete tief ein und stieß die Luft zischend aus. »Ich will heilen«, sagte ich schließlich.

Er legte den Kopf schräg und nickte. »Also doch Tierärztin?«

»Nein, aber so ähnlich. Nur besser. Hoffe ich zumindest.« Ich lächelte sanft und erzählte Parker von meinen Plänen in der gleichen Ausführlichkeit, wie ich sie Javier und Ryan geschildert hatte. Ich redete und redete und redete und merkte dabei gar nicht, wie die Zeit verging. Als ich fertig war, war es um uns herum dunkler geworden und der Himmel nur noch ein grauer Streifen, der sich auf die Nacht vorbereitete.

»Das klingt ganz großartig, Clay.«

Parker und ich saßen uns mittlerweile gegenüber. Er an der einen Wand, ich an der anderen. Die offene Terrasse zwischen uns. Er hatte die Beine angezogen und die Hände auf den Knien abgelegt, und ich hockte im Schneidersitz da.

»Es fühlt sich auch wirklich großartig an.« *Genauso, wie hier zu sitzen und mit Parker zu sprechen.* Ich wollte diesen Mann nicht komplett aus meinem Leben ausschließen, aber ich war auch noch nicht wieder so weit, ihn weiter einzulassen. »Ich sollte langsam los.« Ich erhob mich, und auch Parker sprang sofort auf.

»Willst du … Magst du noch mit mir … Wollen wir was essen? Hier oder bei Cybil?«

Ja. Nein. Besser nicht. Ich schloss die Augen und schüttelte den Kopf. »Ich werde nach Hause fahren und noch ein bisschen planen.«

»Klar. Ich kenn das. Als Sadie und ich angefangen haben, Golden Hill auszubauen, saßen wir nächtelang da und haben gar nicht bemerkt, wie die Zeit verging. Es ist wie ein Sog, der dich einfach mitreißt.«

»Das stimmt.« Alles war wie ein Sog, seit Parker wieder da war. »Danke, dass du so gut auf Flover aufgepasst hast.«

»Natürlich.«

»Ich werde ab jetzt regelmäßig herkommen und dir … euch helfen. Wo ist Sadie eigentlich?«

»In Bozeman. Sie wollte ja eigentlich bei Cybil wohnen, aber das Bett ist nichts für sie. Ich hab ihr gesagt, dass sie nicht jeden Tag hier sein muss. Momentan kann sie mir nicht viel helfen, und seit die Pferde auf der Koppel stehen, brauchen sie ja auch nicht mehr so viel Versorgung. Wobei ich sie langsam reinholen sollte. Sadie meinte, ich darf sie nicht zu lange darauf stehen lassen.«

»Das stimmt, zumindest nicht, bis sie angeweidet sind. Ich mach das noch, dann kannst du hier …« Ich deutete vage auf die frisch hochgezogenen Wände um uns herum, und mir wurde klar, dass ich Parker ganz schön vom Arbeiten abgehalten hatte. »… weiter messen oder so.«

»Danke.« Er trat einen Schritt auf mich zu. Ich versteifte mich und lehnte mich zurück. Parker hielt inne, lächelte sanft und nickte.

»Es ist schön, dass du da bist«, sagte ich leise und sah ihm in die Augen.

Das war es wirklich. Doch ich musste erst sehen, wohin mich mein Weg führen würde. Schritt für Schritt für Schritt.

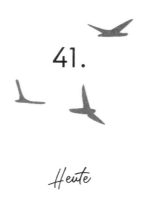

41.

Heute

Parker

Die nächsten Tage blieben eine Herausforderung, die mich weiterhin an den Rand meiner Kapazitäten trieben. Die Bauarbeiten liefen zwar wieder an, der neue Kredit war gesichert, und alle schufteten auf Hochtouren. Dennoch blieb der Wurm drin. Vorgestern hatte uns der Elektriker versetzt, weil er einen anderen Termin notiert hatte, dann waren die falschen Fliesen fürs Haus geliefert worden, und auf einem der Holzböden war ein Eimer Lack ausgelaufen und über Nacht eingesickert. Keine Ahnung, wer den umgeworfen und es nicht gemerkt hatte, aber langsam ging mir das Ganze wirklich auf den Keks.

Terence redete weiterhin davon, dass die Baustelle verflucht sei und ich es besser bleiben lassen sollte. Ich hatte mich sogar dabei ertappt, wie ich kurz mal selbst daran geglaubt hatte, als wir den Strom in der Küche hatten anschließen wollen und alle Sicherungen rausgeknallt waren. Wenigstens hatte Russell Erbarmen mit mir gehabt. Er ließ mich erst in Ruhe den neuen Stall fertig bauen, ohne dass ich eine Strafe für den provisorischen Unterstand zahlen musste. Er schickte zwar noch immer regelmäßig Ryan, um mich zu kontrollieren, doch mir kam es so vor, als wäre er etwas sanfter geworden.

»Hier ist alles gut so weit«, sagte Ryan gerade, der von einem seiner Kontrollgänge kam.

»Da hab ich ja Glück«, gab ich zurück. Ich überprüfte die Holzlieferung, die wir erhalten hatten. Die Dielen sollten nächste Woche in Grannys Anbau verlegt werden.

Ryan trat näher an den Stapel heran, den wir hinterm Haus gelagert hatten, und strich mit den Fingern darüber. »Eiche. Der Klassiker.«

»Granny hat es sich gewünscht. Sie mag das Holz.«

»Es ist ja auch gut. Robust, widerstandsfähig und schön. Cynthia sitzt im Rollstuhl, oder?«

»Noch nicht, aber wenn es sich irgendwann nicht mehr verhindern lassen sollte, wird alles behindertengerecht sein.«

»Du solltest dir das Nussöl bei Stew abfüllen lassen. Er stellt es selbst her, und es ist ganz großartig. Ich nutze es zum Versiegeln oder Pflegen. Wenn du damit den Boden behandelst, wirst du länger was davon haben. Sollte sie irgendwann im Rollstuhl sitzen, wird es dem Boden nicht so zusetzen.«

Ich blickte auf und sah Ryan fragend an. Hatte er mir gerade ernsthaft einen Tipp gegeben? »Vorausgesetzt, Stew verkauft mir das Öl.«

»Stellt er sich dir gegenüber immer noch quer?«

»Nicht mehr als alle anderen.«

Ryan seufzte, notierte sich etwas und klappte sein Heft zu. »Ich hatte genau wie viele anderen meine Vorbehalte, aber ich sehe, mit wie viel Respekt du dieses Land behandelst und wie viel Mühe du dir gibst. Bestimmt erkennen das auch die Leute in Boulder Creek irgendwann. Vielleicht solltest du einen Tag der offenen Tür machen, wenn alles fertig ist.«

»Denkst du, das würde helfen?«

»Kann ich mir schon vorstellen. Die Leute hier sind nicht böse oder feindselig, auch wenn es dir so vorkommen muss. Sie sind nur etwas eigen und sehr darum bemüht, dass die Stadt so friedlich bleibt, wie sie ist. Ich glaube, viele haben einfach Angst vor Veränderung.«

»Verstehe. Ich werde darüber nachdenken. Vorausgesetzt, wir werden irgendwann mal fertig.«

»Geht es immer noch so schleppend voran?«

»Bedauerlicherweise ja. Vorhin ist wieder der Bagger stehen geblieben. Den wir erst von einem Experten haben reparieren lassen. Ich sollte das Ding wohl doch auf den Schrottplatz fahren, aber dazu hat er mich auch schon zu viel gekostet.«

»Mh. Was ist denn kaputt?«

»Irgendwas mit der Hydraulik. Keine Ahnung was.«

Ryan blickte über die Baustelle hinüber zum künftigen Reitplatz. Da hatten wir auch endlich den Boden drainiert.

»Irgendwann schreib ich ein Buch über diese Bauarbeiten, aber mir würde sowieso niemand glauben, was hier alles schon schiefgegangen ist.« Mein Handy vibrierte in meiner Hosentasche. Ich nahm es heraus und deutete Ryan an, kurz zu warten. »Eine Nachricht von der Werkstatt, die meinen Bagger reparieren soll.« Die Assistentin schrieb, dass sie mir jemanden schicken würde, der zuständige Arbeiter aber erst übermorgen Zeit habe. Ich antwortete ihr rasch und bestätigte den Termin.

»Wer repariert das eigentlich?«

»Die Firma IronWorks aus Darby. Die hatte Leo vorgeschlagen.«

Ryan reckte das Kinn und gab einen leisen brummenden Laut von sich.

»Kennst du die?«

»Ja, der Geschäftsführer Roger hat früher hier gewohnt und …«

Ryan hielt die Luft an, blickte sich noch mal um und schüttelte sich.

»Was ist denn?«

»Nichts, mir ging nur was durch den Kopf.«

»Willst du mich daran teilhaben lassen?«

»Noch nicht, aber ich werde mich bei dir melden.«

Ich runzelte verunsichert die Stirn.

Ryan wandte sich ab, doch er hielt noch mal inne und drehte sich herum. »Du und Clay ...«

»Da läuft nichts mehr, also keine Angst. Wir sind nur ... Freunde.«

Er öffnete den Mund, schloss ihn aber wieder und nickte. Es kam mir vor, als wollte er noch etwas dazu sagen, aber er behielt es für sich, wandte sich ab und ließ mich mit meiner Holzlieferung allein.

42.

Heute

Clayanne

Ich wischte mir den Schweiß von der Stirn und nagelte die letzte Holzlatte fest. »Ich glaube, das war es, oder?«
»Ja, es sieht großartig aus«, sagte Sadie und trat einen Schritt zurück. »Es ist so schön geworden!«
Der neue Stall war fertig. Wir hatten in den letzten zwei Wochen mit Hochdruck daran gearbeitet. Judie hatte mir noch mal ihre Helfer von der Eastwood Ranch geschickt, die bis gestern mitgearbeitet hatten. Den Rest hatten Sadie und ich erledigt. Erleichtert, dass wir es geschafft hatten, gab ich ihr High five.
»Ich fülle Heu auf«, sagte Sadie. »Dann können die Pferde ihre erste Nacht hier verbringen. Außerdem müssen wir Parker den Stall zeigen, er wird bestimmt ausflippen.«
»Ja. Vermutlich.« Wie immer, wenn ich seinen Namen hörte, überkam mich eine tiefe unendliche Sehnsucht nach ihm. Seit zwei Wochen ging ich nun wieder mehr oder weniger regelmäßig auf Golden Hill ein und aus. Ich versorgte die Pferde, wenn Sadie oder Parker nicht konnten, kümmerte mich um Flover, erledigte ein paar kleinere Aufgaben, wann immer ich Zeit dafür fand. Mein eigenes Business lief ebenfalls langsam an, Javier hatte mir bereits

die ersten Kunden vermittelt. Er empfahl mich fleißig bei den Patientinnen und Patienten weiter, und da mich viele ja bereits kannten, nahmen sie diese Empfehlungen dankend an. Everett passte es natürlich überhaupt nicht, weil er meinte, ich würde der Klinik damit Konkurrenz machen, aber wie sollte er es mir verbieten. Tiere, die medizinische Hilfe benötigten, gab es genug, die Klinik würde weiterhin gut zu tun haben. Sollte Everett meinetwegen wettern, so viel er wollte.

Ich hatte meinen Weg gefunden, und es fühlte sich gut an.

Nur bei Parker verwehrte ich mir jegliches Glück. Ein Teil von mir sehnte sich sehr nach ihm. Jedes Mal, wenn ich ihm gegenüberstand, wollte ich ihn in die Arme nehmen, seine Lippen auf meinen spüren, ihm wieder so nahe kommen wie früher, aber ich hielt mich weiterhin zurück. Die Angst überwog das Verlangen.

»Ich fahr mal wieder«, sagte ich zu Sadie und wandte mich ab.

»Magst du nicht zum Abendessen bleiben? Parker und ich weihen heute den neuen Esstisch ein, den ich für die Küche gekauft habe.«

»Ich ... ich weiß nicht.«

»Gib dir einen Ruck! Hast du überhaupt schon gesehen, wie weit der Innenausbau ist? Nächste Woche kommen die restlichen Möbel, und ich kann endlich mein Bett aufstellen. Es nimmt echt Formen an.«

Ich atmete tief durch. Tatsächlich war ich nicht viel im Haupthaus gewesen, weil ich mich meistens bei den Pferden aufgehalten hatte und es irgendwie leichter für mich war, Parker im Freien zu begegnen. Zu viele Erinnerungen waren mit dem Haus verbunden ... gerade mit der Küche ... Parker unter der Spüle, sein Hemd, das hochgerutscht war und seinen muskulösen Bauch freigelegt hatte ...

»Clay?« Sadie stupste mich sanft an und grinste.

Ich vertrieb die Bilder aus meinem Kopf und schüttelte mich.

»Danke für die Einladung, aber im Moment hab ich noch einiges zu tun.«

Noch immer suchte ich nach geeigneten Büroräumen. Letzte Woche hatte ich mir ein Objekt in Boulder Creek angeschaut, mitten in der Stadt in einer ruhigen Seitengasse gelegen. Ich wäre superschnell bei Cybil oder Stew, hätte alles, was ich brauchte, und wäre optimal für meine Patienten erreichbar. Dennoch hatte ich abgelehnt. Nachdem ich die letzten Jahre draußen in der Natur gelebt hatte, kam es mir einengend vor, nach Boulder Creek zu ziehen. So seltsam das auch war.

Ich verabschiedete mich von Sadie und lief zurück. Parker hatte ich vorhin mit Terence beim neuen Reitplatz gesehen. Ich würde ihm rasch Bescheid geben, dass ich ging und mich trollen, ehe er mich auch zum Essen einladen konnte.

Parker sah mich bereits von Weitem und winkte mir zu. Er sagte noch etwas zu Terence, dann kam er mir entgegen.

»Läuft es mit dem Bagger?«, fragte ich.

»Bisher schon. Der Mechaniker war endlich da und hat ihn repariert, mal sehen, wie lange es dieses Mal hält. Wie geht es mit dem Stall voran?«

»Ja, also, wir sind fertig.«

»Wow! Das ist großartig, ich schau es mir gleich an.« Er legte eine Hand auf meinen Unterarm, als wollte er mich auffordern, mit ihm zu kommen.

Ich schluckte trocken, weil mich die Berührung seiner Finger ablenkte. Was hatte ich mir eben noch mal vorgenommen? Schnell verabschieden und abhauen. Dass ich so heftig auf Parker reagierte, störte mich enorm. Es schien sich von Tag zu Tag zu steigern, als staute sich all diese Energie in mir auf und drängte darauf, entlassen zu werden, wenn ich ihn endlich in die Arme nahm und mir das holte, was ich von ihm wollte.

Parker trat einen Schritt näher, als spürte er genau das Gleiche. Er hielt die Luft an, sah mir fest in die Augen und löste so ein weiteres Prickeln in mir aus. »Clay, ich …«

Mein Handy klingelte und zerstörte den Moment. Ich zuckte zusammen, fischte es aus der Tasche. »Hi, Ryan.«

»Bist du auf Golden Hill?«

»Ja, warum?«

»Bin auch gleich da. Such Parker, wir müssen reden.«

»Der steht mir gegenüber. Ist was passiert?«

»Gleich.«

Ich runzelte die Stirn, bemerkte Parkers fragenden Blick und steckte mein Handy zurück in die Tasche. »Ich weiß nicht, was er will.« Rasch nahm ich seine Hand und lief mit ihm zurück zum Haus. Wir kamen zeitgleich mit Ryan an, der aus dem Wagen stieg und seine Uniform glatt strich.

»Was ist los?«, fragte ich.

»Können wir drinnen sprechen?«, fragte Ryan.

»Ja, klar«, sagte Parker. »Ist etwas passiert? Rollt gerade der nächste Ärger heran?«

»Wie man es nimmt.«

»Scheiße, bitte nicht«, flüsterte Parker. Er umklammerte meine Hand fester und zitterte leicht.

Ich erwiderte den Druck seiner Finger und trat mit ihm und Ryan ins Haus.

43.

Heute

Parker

Ich trat aus der Hintertür der Küche hinaus, überquerte das Grundstück und lief auf den Bagger zu, der in einer Ecke stand. Ryan und Clay folgten mir. »Terence«, rief ich.

Er zuckte zusammen und drehte sich zu mir um. In seiner Hand hielt er eine Zange.

Mein Puls pochte in meinen Ohren, ich fühlte mich, als hätte ich gerade einen Dreihundertmetersprint zurückgelegt. Bestimmt war mein Kopf knallrot, zumindest kam es mir vor, als müsste er gleich platzen!

»Was hattest du damit vor?«, fragte ich und deutete auf das Werkzeug. Meine Finger zitterten vor Wut.

Ryan legte mir eine Hand auf die Schulter und schob sich neben mich. »Ich mach das.«

Ich wollte ihm widersprechen, aber er ließ mir keine Gelegenheit dazu und baute sich vor Terence auf. »Wir müssen uns unterhalten.«

»Was? W-warum?«

»Ich denke, das weißt du genau«, sagte Ryan.

»Wie zum Teufel kommst du darauf, unser Bauprojekt zu sabotieren?« brüllte ich und trat einen Schritt auf Terence zu.

»Hey, ganz ruhig«, sagte Clay und fasste mich am Arm an, doch ich schüttelte sie ab.

»Hast du eine Vorstellung davon, was du angerichtet hast?«

Terence reckte das Kinn, sah von mir zu Ryan und Clay. Man merkte ihm an, dass er seine Möglichkeiten abwägte. Entweder leugnen oder gestehen. Sollte er sich für Ersteres entscheiden, würde ich ihm die Visage polieren!

Ryan hatte Clay und mir in der letzten halben Stunde erklärt, was er herausgefunden hatte. Erst hatte ich nicht glauben können, dass Terence der Verantwortliche für all unsere Probleme war, doch Ryan hatte eindeutige Belege. Nicht nur den Bagger hatte Terence wieder und wieder sabotiert, sondern auch absichtlich Fehler in den Materiallieferungen gemacht und Termine falsch koordiniert. Ryan hatte sich bei allen Zulieferern erkundigt und ist dabei immer wieder auf Terence' Namen gestoßen. Das mit IronWorks und der Baggerreparatur war ein wenig komplizierter. Roger war ein alter Freund von Leo, weshalb Ryan erst ihn im Verdacht gehabt hatte, aber nach einigen Anrufen hatte er herausgefunden, dass Terence' Cousin Frederik dort arbeitete. Er hatte meinen Bagger immer repariert und vertuscht, dass Terence vorher Schrauben gelockert hatte.

Das alles erläuterte Ryan gerade Terence, der bei jedem Wort blasser und zittriger wurde.

»Die Krönung ist allerdings die Aktion mit den Preble's Mäusen«, sagte Ryan ruhig. »Ich habe erst nicht verstanden, woher du die Tiere hattest, aber ich hab unser Filmmaterial von den Kameras gesichtet, die wir vor ein paar Wochen aufgestellt haben. Rate, wer da am Southern Spring Creek unterwegs ist und Mäusefallen aufstellt.«

»Ich ...«, stammelte Terence. »Das hab ich aber doch nicht ...«

»Terence, leugnen ist zwecklos.«

Ich hatte keine Ahnung, wie Ryan so ruhig bleiben konnte, denn ich stand kurz vorm Explodieren! Dieser verfluchte Mistkerl hätte mich fast ruiniert! Er hatte mich in den größten Schuldenberg getrieben, er hatte mir alles nehmen wollen, was ich für meine Großmutter und Sadie hier draußen aufgebaut hatte.

»Warum?«, stammelte ich.

Terence lehnte mittlerweile am Bagger, starrte zu Boden und wimmerte leise.

»Warum machst du so etwas?«

»Ich … ich hab nicht … ich wollte nicht, dass du Golden Hill bekommst.«

»Was?«

Er schnappte nach Luft. »Dieses Land. Seit Jahren spare ich darauf. Ich … ich hätte noch eine Weile gebraucht, um es mir leisten zu können. Hab wirklich jeden Cent zurückgelegt, und dann kommst du und schnappst es mir einfach vor der Nase weg.«

»Ich bin …« Ich wusste nicht, was ich darauf erwidern sollte. Auf einmal fühlte ich mich leer und ausgelaugt. Es war für mich unbegreiflich, wie jemand so böswillig sein konnte. Einen anderen Mann zu ruinieren, nur weil man das Grundstück besitzen wollte?

»Ich dachte, wenn ich dich mürbe genug mache, gibst du auf und haust wieder ab.« Terence blickte mich an, und die Kälte in seinem Blick ließ mich frösteln. »Ich wollte dich nur von diesem Land runter haben. Es steht dir nicht zu.«

»Aber dir, oder was?«

»Boulder Creek hat dich all die Jahre nicht geschert, warum denn auf einmal jetzt? Warum tauchst du einfach wieder auf und veränderst hier alles? Niemand hat auf deine Rückkehr gewartet.«

Ich schüttelte den Kopf und fuhr mir durch die Haare. Ryan trat nach vorne, nahm Terence am Arm, der sich nicht mal wehrte.

»Wir beide fahren jetzt aufs Revier. Ich werde deine Aussage zu Protokoll nehmen, und in der Zeit kann Parker sich überlegen, ob er Anzeige erstatten möchte. Schadensersatz würde ihm in jedem Fall zustehen.«

Terence ließ sich widerstandslos von Ryan zum Polizeiwagen führen. Clay und ich folgten ihnen. Ich sah Ryan zu, der Terence auf die Rückbank verfrachtete und die Tür schloss. Dann wandte er sich noch mal mir zu.

»Es tut mir leid, dass ich das nicht schon früher herausgefunden habe, aber wir hatten keinen Anhaltspunkt dafür, Terence zu verdächtigen.«

»Schon gut. Wenigstens wissen wir es jetzt«, gab ich mechanisch von mir. »Ein Glück, dass ihr diese Kameras aufgehängt habt.«

»Tja, also was das angeht.« Ryan sah rasch zum Wagen, aber Terence schenkte uns keine Beachtung. »Die hängen zwar im Wald, aber nicht am Southern Spring Creek.«

»Was?«, fragte Clay. »Das war eben gelogen?«

»Es hat gewirkt, oder? Ich hatte nämlich keine Ahnung, wie ich beweisen sollte, dass er die Mäuse bei dir platziert hat. Jetzt kann ich ihn aber wegen Verstoß gegen das Umweltgesetz drankriegen.«

»Ryan!« Clay gab ihrem Bruder einen Klaps auf die Schulter und lächelte. »Das war raffiniert.«

»Ich weiß.« Er räusperte sich und nickte uns beiden zu. »Gönn dir 'ne Pause, ja, Parker? Wenigstens für ein paar Tage. Ich denke, es wird jetzt entspannter hier draußen werden.«

»Ich hoffe es.«

Ryan trat zurück zum Wagen, stieg ein und brauste mit Terence davon. Kaum waren sie weg, spürte ich Clays Hand, die meinen Arm hochwanderte.

»Was kann ich für dich tun?«, fragte sie leise.

Ich schluckte, mein Herz pochte heftig und wollte sich einfach nicht beruhigen. »Ich … Könntest … Wäre es okay, wenn ich dich in den Arm nehme?«

»Natürlich.«

Ich wandte mich zu ihr um, schlang die Hände um ihre Hüften und zog sie an mich. Sie hielt mich fest, hauchte mir einen Kuss auf die Wange und schenkte mir genau den Halt, den ich gerade brauchte.

44.

Heute

Clayanne

Vielleicht war das gerade sehr verrückt, was ich tat, aber ich dachte bereits seit Wochen darüber nach und hatte mich heute endlich dazu entschlossen, es durchzuziehen. Ich parkte vor Golden Hill, strich über das Lenkrad von Bill und stoppte den Motor. Parker hatte mir seinen Rover ausgeliehen, ohne nachzufragen, was ich damit vorhatte.

Ich stieg aus dem Auto und blickte mich um. In den letzten fünf Wochen hatte sich unglaublich viel getan. Seit Terence nicht mehr hier arbeitete, klappte das meiste reibungslos. Der Reitplatz war so gut wie fertig, die Halle weiter im Aufbau. Die Renovierung des Hauses war abgeschlossen und sämtliche Zimmer auch schon eingerichtet. Sadie hatte in den letzten zwei Wochen ständig neue Möbel anschleppen lassen. Parker hatte ihr die Inneneinrichtung komplett übergeben. Letzte Woche war Sadie nun auf Golden Hill eingezogen, und auch Parker war von seinem Schlafsack in ein Bett umgesiedelt.

Ich selbst hatte in den vergangenen Wochen jede Menge damit zu tun gehabt, mein Business zum Laufen zu bringen. Ein Büro hatte ich noch immer nicht gefunden, dafür aber zahlreiche Patienten. Es hatte sich ziemlich schnell herumgesprochen, dass ich alternative Behandlungsmethoden für Tiere anbot, und viele Leute konsultierten erst mich, bevor sie eine teure, aufwendige Therapie für ihr Tier in der Klinik in Erwägung zogen. Javier und ich arbeiteten fast wieder so eng zusammen wie früher. Manchmal rief er mich sogar zu einem seiner Patienten dazu, wenn er das Gefühl hatte, dass ich mit meinem Wissen über Heilkräuter und natürliche Verfahren besser helfen konnte. Und ich machte es umgekehrt genauso. Denn natürlich kam man bei einigen Krankheiten nicht um eine klassische veterinärmedizinische Behandlung herum. Es war endlich eine vollwertige Partnerschaft, wie ich sie mir immer gewünscht hatte. Meine Arbeit erfüllte mich mehr, als ich mir je hätte vorstellen können.

In zwei Wochen ging mein Onlineseminar los. Wenn ich den Kurs abgeschlossen hatte, bekäme ich auch bessere Konditionen bei meiner Versicherung, dann würde mehr Geld hängen bleiben, und ich könnte mir vielleicht irgendwann eine richtige Wohnung zulegen. Am liebsten würde ich mir selbst ein Zuhause bauen, mitten in der Natur, aber eins nach dem anderen.

Heute war erst mal die Überraschung für Parker dran, die ich eben geholt hatte. Ich atmete durch und lief nach hinten zum Pferdehänger, den ich mit Bill gezogen hatte. Drinnen polterte es bereits, und ein lautes Wiehern erklang.

»Ganz ruhig, du darfst gleich raus«, sagte ich und wollte gerade die hintere Klappe öffnen.

»Clay?«, hörte ich Parkers Stimme.

Ach, Mist. Er sollte um diese Zeit doch eigentlich noch die letzten Arbeiten auf der Baustelle beaufsichtigen. Ich spähte um den Wagen herum und sah ihn zur Vordertür herauskommen.

»Was ...« Er deutete auf den Pferdehänger.

»Tja, also ich hab 'ne Überraschung für dich.«

»Du hast mir noch ein Pferd geholt?«

»Nein, ein Rindvieh.«

Parker runzelte die Stirn.

»Dachte, du könntest in die Rinderzucht einsteigen.«

Im Pferdehänger trampelte es erneut, und kurz darauf ertönte das nächste Wiehern.

»Klingt aber nicht gut für ein Rind. Sicher, dass man dich nicht übers Ohr gehauen hat?«

Ich schmunzelte, winkte ihn zu mir und öffnete endlich die hintere Klappe. Der Geruch nach Pferd und Mist wehte mir entgegen. Es war heute recht warm, und das Tier hatte ziemlich geschwitzt, aber es würde sich auch gleich wieder abkühlen.

Parker spähte in den Hänger und kniff die Augen zusammen. »Ziemlich groß. Das ist kein Mustang, oder?«

»Nein.«

Ich stieg hinein und trat auf das Pferd zu, um es loszubinden. Die Aufregung kroch mir in den Bauch. Ich war so gespannt, was Parker gleich sagen würde. Ich tätschelte dem Wallach die Nase, löste den Strick und bedeutete Parker, die Querstrebe zu entfernen, damit ich das Tier herauslassen konnte. Schritt für Schritt trat ich mit Parkers neuem Familienmitglied aus dem Hänger. Er machte uns verwirrt Platz.

»Erkennst du ihn?«, fragte ich und führte das Pferd zu ihm. Erst da ging ihm ein Licht auf.

»Oh mein Gott.« Sein Mund klappte auf, wieder zu. Er sah zum Pferd, zu mir, deutete auf das Tier. »Das ist ... Charlie?«

»Ja!« Ich strahlte übers ganze Gesicht, weil ich mich so freute, dass es geklappt hatte.

»Aber ich dachte, er ist ... er wurde doch an einen Wanderreitbetrieb verkauft.«

»Richtig. Ich hab ihn zurückgeholt. Charlie ist schon seit einer Weile im Ruhestand, weil er sich den Fuß verletzt hatte. Er hat quasi sein Gnadenbrot dort bekommen.«

»Ich fasse es nicht, Clay.« Parker trat auf Charlie zu, hielt ihm die Hand hin und ließ ihn daran riechen. »Unglaublich, dass du das getan hast. Ich bin … Du hast … Ich geb dir das Geld wieder, was du für ihn bezahlt hast.«

»Ach, Quatsch. Das ist ein Geschenk. Von mir an dich. Zum Einzug auf Golden Hill, wenn du es so sehen magst. Ich weiß, dass du erst mal nicht so viele Pferde aufnehmen wolltest, aber das ist …«

Auf einmal trat Parker einen Schritt vor, legte seine Hand an meine Wange und küsste mich. Ich umklammerte Charlies Strick fester, wich aber nicht zurück. Parker schmeckte nach Sonne, nach frischer Luft und nach … Parker. Er schmeckte nach etwas Vertrautem und Innigem, nach einer uralten Freundschaft, die so viel überstanden hatte und noch immer hielt.

Er schmeckte nach Liebe. Nach tief gehender, intensiver und sehr ehrlicher Liebe.

»Danke«, flüsterte er, als er sich von mir gelöst hatte. Ich blinzelte, war im ersten Moment etwas perplex. Parker drückte seine Stirn gegen meine, ich spürte seinen Atem auf meiner Haut. »Für alles.«

Ich nickte und fand nicht die richtigen Worte. Schließlich räusperte ich mich, drückte ihm rasch den Strick in die Hand und löste mich endlich.

»Vielleicht magst du Charlie nach hinten bringen«, sagte ich. »Wir sollten ihn erst mal von den anderen separieren, bis er sich eingelebt hat.«

»Klar.« Parker klang ein wenig enttäuscht, aber er akzeptierte mein Verhalten und trottete mit Charlie davon.

»Ich komm gleich nach«, rief ich ihm hinterher und wartete, bis er mit dem Pferd ums Haus verschwunden war. Mit dem Daumen fuhr ich über meine Lippen, auf denen ich noch Parkers Berührung spürte.

Gut und heiß und innig.

45.

Heute

Parker

Der Tag war gekommen. Als ich damals angefangen hatte, die Therapiestätte auf Golden Hill mit Sadie zu planen, hatte ich diesen speziellen Moment immer vor Augen gehabt. Ich hatte ihn mir wieder und wieder vorgestellt, ihn visualisiert, so wie ich es von Ajden gelernt hatte.

»Bist du bereit?«, fragte ich Granny nun, die mit verbundenen Augen neben mir auf dem Beifahrersitz saß. Das war Sadies Idee gewesen, um den Überraschungseffekt zu erhöhen.

Granny hob eine Hand, und ich griff nach ihren Fingern. Sie hatte abgenommen in den letzten Jahren, und das Alter zehrte an ihr, aber sie hatte noch immer einen kräftigen Händedruck.

»Ich ... ich glaube, schon, mein Junge.«

»Sehr gut. Ich parke jetzt das Auto, dann komm ich auf die andere Seite und hol dich.«

Sie nickte, ließ mich wieder los. Ich hörte noch, wie sie tief einatmete und seufzte, während ich ausstieg. Der Flug von Denver hierher dauerte nur knapp zwei Stunden. Granny hatte fast die ganze Zeit über davon geredet, wie sehr sie sich auf ihr neues Leben freute.

Die Vordertür des Hauses öffnete sich, und Sadie trat heraus. Ich hatte ihr von unterwegs geschrieben und mitgeteilt, wann wir eintreffen würden.

»Endlich seid ihr da!«, rief Sadie und kam uns entgegen. Ich öffnete die Beifahrertür, reichte Granny die Hand und half ihr, aus dem Auto zu steigen. Mein Herz hämmerte heftig, und mir lief der Schweiß den Nacken hinunter, obwohl es nicht mehr so warm war. Es war jetzt Mitte September, und man roch bereits den Herbst in der Luft.

»Oh, Sadie!«, rief Granny, als sie ihre Stimme hörte.

»Magst du die Binde schon abnehmen?«, fragte ich sie.

Granny nickte, ich trat hinter sie und löste vorsichtig den Knoten. Sie hatte ihre grauen Haare zu einem Dutt zusammengebunden, der etwas durcheinandergeraten war. Granny atmete tief ein, hielt die Luft an und öffnete die Augen. Ich stellte mich wieder neben sie und beobachtete jede ihrer Regungen.

»Mein Gott, Parker«, stammelte sie, und schon füllten sich ihre Augen mit Tränen. Sie griff nach meiner Hand, ihr Zittern übertrug sich auf mich und setzte sich in meinem Körper fort. »Das ist ... Du hast es ... Oh.« Sie fasste sich ans Herz, die ersten Tränen kullerten über ihre Wangen, während sie Golden Hill fasziniert betrachtete. Sadie kam langsam näher, rieb die Hände aneinander und beobachtete Granny genauso gespannt wie ich.

»Ich kann es gar nicht glauben«, sagte unsere Großmutter und machte die ersten vorsichtigen Schritte aufs Haus zu. Ich hakte sie bei mir unter, blieb ganz dicht an ihrer Seite, um ihr Halt zu geben.

»Es ist so wunderschön.« Ihre Stimme brach, und sie schluchzte heftig. »So schön, mein Junge. So unglaublich schön.«

Ich atmete tief durch und merkte, wie auch meine Augen glasig wurden. Sadie trat auf Grannys andere Seite, nahm ebenfalls ihren Arm, und so gingen wir zu dritt bedächtig ums Haus herum und zeigten Granny das Grundstück, weil sie zunächst die Außenflächen sehen wollte. Ich deutete auf den Reitplatz, die Halle, die nahezu fertig war, den Stall, den alten Geräteschuppen, in dem Grandpa früher so gerne gebastelt hatte und den wir hatten restaurieren können.

»Ist das etwa …?«, rief Granny auf einmal ganz aufgeregt, als wir an den Auslauf kamen. Die Pferde standen auf der Koppel. Sie deutete mit zitterndem Finger auf die Gruppe, die in einiger Entfernung graste. »Das ist … das ist doch …«

»Ja, wir haben Charlie zurückgeholt«, sagte ich. »Na ja, genau genommen Clay, sie hat ihn …«

»Oh!« Granny fiel mir um den Hals und drückte mich. Ihr Herz wummerte so schnell, dass ich es durch den Stoff meines Shirts spürte. Hoffentlich verkraftete sie die ganze Aufregung. »Ich weiß nicht, was ich sagen soll. Ihr wunderbaren Kinder.« Sie löste sich von mir und nahm auch Sadie in den Arm, die nun ebenfalls weinte. »Ich liebe euch so sehr!«

»Wir dich auch, Granny«, gab Sadie von sich und zog die Nase hoch.

Ich atmete durch, schüttelte meine Arme aus und versuchte, mich einigermaßen zusammenzureißen. Dieser Moment war intensiver, als ich es für möglich gehalten hätte.

»Ich wünschte, Darren könnte das sehen«, sagte Granny leise und hielt sich die Hand vor den Mund. »Er wäre so stolz auf euch. Ich bin so stolz auf euch.«

Ich strich ihr über den Rücken und atmete mit ihr im Gleichklang.

»Es … es tut mir so leid …«, setzte ich an. Granny und ich hatten nie über meinen Abgang von Golden Hill gesprochen. Aber ich hatte in all den Jahren immer gespürt, dass es sie sehr belastet hatte.

»Es ist alles gut, mein Junge«, flüsterte sie nun.

Sadie verlagerte ihr Gewicht von einem Fuß auf den anderen. Auch sie hatte nicht an Grandpas Beerdigung teilnehmen können, da sie zu der Zeit im Krankenhaus gelegen hatte.

»Ich ... ich wünschte, ich könnte die Zeit zurückdrehen und es besser machen.«

»Das brauchst du nicht.« Sie griff nach meiner Hand und drückte sie. Ich sah ihr in die Augen, die vor Freudentränen und Dankbarkeit glänzten. »Du machst es hier und heute besser«, sagte sie leise. »Er ist bei uns. Für immer.«

Ich nickte, blickte mit ihr und Sadie über das Land, das mir so viel abverlangt hatte. Für diesen Moment heute hatte ich gekämpft und für tausend andere, die noch kommen würden.

Die Einzige, die an meiner Seite fehlte, war Clay. Ich wünschte, sie könnte hier mit mir stehen, ich wünschte, sie könnte sich auf mich einlassen, ich wünschte, sie könnte sehen und begreifen, dass ich sie liebte.

»Alles wird sich fügen, Parker«, sagte meine Großmutter auf einmal und tätschelte mir den Arm. »Hab Vertrauen.«

Ich nickte und schluckte gegen die Enge in meiner Kehle an. Gerade rollte so viel über mich hinweg, dass ich es gar nicht richtig erfassen konnte, und wenn ich in die Gesichter von Sadie und Granny blickte, ging es ihnen ganz ähnlich.

»Können wir reingehen?«, fragte Granny schließlich. »Ich möchte so gerne noch den Rest sehen.«

»Natürlich«, sagte ich und führte sie mit Sadie zurück zum Haus. Granny gab einen entzückten Laut von sich, als sie das Kräuterbeet sah, das Sadie extra für sie angelegt hatte. Ich lächelte, öffnete die Küchentür für Granny und winkte sie herein.

»Willkommen auf Golden Hill. Deinem alten und neuen Zuhause.«

Granny klatschte in die Hände und betrat zum ersten Mal seit elf Jahren das Heim wieder, das ihr einst alles bedeutet hatte. Heute schloss sich der Kreis. Heute kehrte sie dorthin zurück, wo sie hingehörte.

Der Rest des Tages verlief mit genauso viel Staunen und noch mehr Tränen. Granny war von jedem Raum begeistert und sagte mir alle fünf Minuten, wie unglaublich froh und stolz sie war. Ich holte ihre Koffer aus dem Auto und half ihr beim Auspacken. Danach saßen wir lange zusammen und redeten über die Ereignisse der letzten Wochen, bis Granny müde wurde und gerne ins Bett wollte.

Ich räumte das Geschirr in die Spülmaschine, während Sadie noch mal nach den Pferden sah. Mich überkam so viel Frieden und Dankbarkeit, dass ich es kaum fassen konnte. Wir waren noch lange nicht fertig mit Golden Hill, das nächste Großvorhaben waren unsere Gästehäuser. Durch die Verzögerungen hingen wir weit im Zeitplan hinterher, und an all die Schulden durfte ich gar nicht erst denken. Aber das Ganze rückte gerade so weit in den Hintergrund. Es waren Momente wie diese, die wichtig waren. Hier zu stehen, Granny zu erleben, wie sie sich freute, Sadie zuzusehen, die sich um die Pferde kümmerte. Das war es. Das war genau der Stoff, der glücklich machte.

»Sie fehlt, was?«, erklang auf einmal Grannys Stimme hinter mir. Sie stand am Durchgang zu ihrem Anbau, trug einen leichten Bademantel und ihre Filzhausschuhe. Ihre Haare fielen nun offen über ihre Schultern.

»Sadie kommt gleich wieder.«

»Sie meinte ich nicht.«

Granny lächelte mich an. Ihre graublauen Augen waren gerötet vom vielen Weinen, aber sie strahlten auch sehr viel Glück und Zufriedenheit aus.

»Clay«, sagte ich und schloss die Spülmaschine.

»Dieses Bild, das du mir von euch geschickt hast …«

»Ich erinnere mich.« Als wir bei den Pferden standen, in den Sonnenuntergang blickten und glücklich waren.

»Ich merke, dass dich etwas belastet, Parker, und das liegt nicht nur an den Strapazen der letzten Wochen.«

»Das stimmt. Ich … ich liebe sie. Sehr. Aber leider genügt das nicht.«

»Ach, mein Junge. Natürlich tut es das. Ihr wisst es nur noch nicht.«

Ich verzog das Gesicht und lächelte traurig. »In den letzten Wochen hat es nicht gereicht, und ich weiß nicht, was ich noch tun kann, um ihr zu beweisen, wie ernst es mir mit ihr ist.«

»Ich glaube, du weißt das ganz genau, du musst dich nur trauen, den nächsten Schritt zu gehen.«

»Aber ich kann sie doch nicht zwingen.«

»Das musst du auch nicht. Gib sie nur nicht auf.«

Ich nickte und deutete auf Grannys Zimmer. »Erst mal helfe ich dir. Brauchst du noch irgendetwas?«

»Ach, Unfug, Junge. Ich bin alt, aber ich bin nicht so gebrechlich, dass du mich ins Bett bringen müsstest. Stell mit deiner Zeit lieber etwas Besseres an.«

»Ich wüsste nicht was.«

Sie lächelte und erinnerte mich dabei an früher. Schon so oft hatte sie mich mit diesem leicht verklärten Gesichtsausdruck und einer unendlichen Liebe bedacht. Granny war mir immer einen Schritt voraus gewesen. »Doch, doch, das tust du.«

»Ich lass dich sicher nicht an deinem ersten Abend hier allein.«

»Wenn ich eins gelernt habe, dann, dass manche Dinge nicht aufgeschoben werden sollten. Geh zu Clay. Rede mit ihr, zeige ihr, wie sehr du sie liebst.«

»Und wenn sie mir nicht glaubt?«

»Machst du es morgen wieder und am Tag danach und danach. Das kann doch nicht so schwer sein.«

»Aber du …«

»Ich hab Sadie hier, und wenn du jetzt noch einmal sagst, dass du heute nicht einfach so gehen kannst, muss ich dich gewaltsam rausschmeißen.«

»Aus meinem eigenen Haus.«

»Unserem Haus!« Sie hob einen Finger und wandte sich ab. »Und jetzt raus mit dir!«

Ich blickte ihr nach, wie sie in ihren Anbau wackelte und die Tür hinter sich schloss. Die Spülmaschine ratterte leise vor sich hin, und draußen wieherte eins der Pferde.

Vielleicht hatte Granny recht. Vielleicht hatte ich jetzt wirklich lange genug gewartet. Ich war so weit gekommen, da konnte ich schlecht kurz vor der Ziellinie stehen bleiben.

46.

Heute

Clayanne

Ich trat aus der Dusche, wickelte das Handtuch um meinen Körper und rubbelte mir mit einem anderen die kurzen Haare trocken. Ich fror, weil ich mal wieder das warme Wasser nicht angestellt hatte. Ryan hatte zwar meinen Generator repariert, aber ich hatte mich daran gewöhnt, kalt zu duschen.

Ich schwang die Hüften im Takt von *Forgivness Don't Grow On Trees*, das aus meinen Lautsprechern drang, warf das Handtuch von mir und schnappte mir frische Unterwäsche aus dem Schrank. Wie so oft drifteten meine Gedanken zu Parker. Er hatte mir erzählt, dass er heute seine Großmutter abholen wollte, und ich wüsste zu gern, wie das Wiedersehen abgelaufen war.

Ich schlüpfte in meine bequeme Jogginghose, zog mir einen Pulli über und dicke Socken an. Hier oben wurden die Nächte bereits kälter, und ich liebte es, mich einzumummeln und es mir bequem zu machen. Gerade als ich fertig war, hörte ich draußen ein Geräusch. Ich zuckte zusammen. Es war nicht weiter ungewöhnlich, dass sich mal ein Tier in die Nähe meines Wohnwagens verirrte, aber das klang anders. Wie Schritte, die sich Gustav näherten. Aber ich hatte gar kein Auto gehört.

Ich nahm Maggie aus ihrem Koffer und wandte mich der Tür zu. Kurz nachdem ich den Wohnwagen an diesem einsamen Platz abgestellt hatte, hatte zweimal jemand versucht, bei mir einzubrechen. Das erste Mal waren es ein paar Typen aus der Stadt gewesen, die mir einen Schrecken einjagen wollten – ist ja auch sehr lustig –, das andere Mal hatte ein italienischer Backpacker versucht, bei mir einzusteigen, weil er dachte, der Wohnwagen stehe leer. Als ich ihm mit Maggie in der Hand erklärte, dass in einem leer stehenden Wohnwagen wohl kaum Licht brennen würde, hatte er mich beleidigt und war abgehauen.

Mit Maggie unterm Arm trat ich auf die Tür zu und lauschte. Die Schritte waren näher gekommen, und wenn ich es richtig deutete, stand mein ungebetener Gast jetzt direkt vor Gustav. Ich kniff die Augen zusammen, legte Maggie an, öffnete die Tür und zielte in die Nacht.

»Wer ist da?«, rief ich heiser.

»Heilige Scheiße, Clay!«, erklang Parkers Stimme.

Ich blickte über den Lauf meiner Flinte und sah mich ihm direkt gegenüber. Er stand vor der Tür, starrte mich an und hatte die Schultern vor Panik hochgezogen.

»Was soll das denn?«, fragte ich und ließ die Waffe sinken. »Wieso schleichst du hier draußen rum? Hast du eine Ahnung, wie das auf mich wirkt?«

»Ich … Sorry, ich wollte dich nicht erschrecken.«

Ich schüttelte den Kopf, trat einen Schritt zurück und bat ihn herein. Parker stieß einen leisen Seufzer aus und schloss die Tür wieder hinter sich. Rasch verstaute ich Maggie im Koffer.

»Warum hast du denn nicht angerufen?«

»Weiß nicht, das heute war recht spontan.«

»Und wo ist dein Auto?«

»Na, draußen.«

»Aber ich hab dich gar nicht kommen hören.«

»Ich bin vor zehn Minuten angekommen und saß noch 'ne Weile im Wagen.«

Da war ich unter der Dusche. Deshalb hatte ich nichts mitbekommen. »Du bist so ... Irgendwann schieß ich dir echt noch in den Fuß.«

»Ich werde künftig vorher anrufen, falls ich dir spontane Besuche abstatten will.«

»Ich bitte darum. Was gibt es denn? Ist was passiert?«

»Nein, alles bestens. Cynthia ist heute angekommen.«

»Und warum bist du nicht bei ihr?«

»Weil sie mich zu dir geschickt hat.«

Ich runzelte die Stirn.

»Sie meinte, ich ... ich soll mich ... Wir sollten ... Keine Ahnung. Sie hat wohl gespürt, dass es zwischen uns Klärungsbedarf gibt.«

Ich schlang die Arme um mich, weil ich mich auf einmal nackt fühlte, obwohl ich so dicke Klamotten trug. »Was hast du ihr gesagt?«

»Die Wahrheit. Dass ich dich liebe, ich aber nicht weiß, ob das genügt.«

»Parker ...« Ich blickte zu Boden und schüttelte den Kopf.

»Ich weiß, dass du nicht mit mir zusammen sein willst, aber ich hab dennoch das Gefühl, dass ... dass zwischen uns immer noch etwas ist. Dieser Kuss vor einer Woche ...«

»Ja, das war ... überraschend.«

»Er hat dir gefallen, sonst hättest du mir wohl ein Knie in die Eier gerammt.«

Ich schmunzelte. »Hattest du etwa Angst davor?«

»Ja, hast du das nicht bemerkt? Ich hab die ganze Zeit die Luft angehalten und den Bauch angespannt.«

Jetzt lachte ich breiter. »Das ist mir nicht aufgefallen, nein.« Ich war zu sehr damit beschäftigt gewesen, seinen Lippen nachzuspüren und mich in seine Nähe fallen zu lassen.

Er machte einen Schritt auf mich zu, und ich wollte aus Reflex heraus zurücktreten, aber da war der Schrank.

»Ich will dich wirklich zu nichts drängen, Clay, aber seit Monaten schleichen wir umeinander herum. Wir gehören zusammen.«

Ich schloss die Augen. Nun war ich diejenige, die die Luft anhielt.

»Ich kann nicht von dir lassen. Ich werde um dich kämpfen. Ich werde dir wieder und wieder beweisen, dass ich es ernst mit uns meine. Ich werde nirgendwohin gehen, ich werde weiter an Golden Hill bauen, ich werde alles daransetzen, dass du mir wieder vertrauen kannst. Ich will eine verdammte zweite Chance von dir. Oder eine dritte oder ... keine Ahnung. Ich will dich. Ich liebe dich.«

Ich stieß die angehaltene Luft aus und blickte ihn an. Er war noch näher gekommen und umschloss mich nun mit seiner gesamten Kraft und Wärme.

Er liebt mich.

Ich liebe ihn.

Wir passten so gut zusammen, und dennoch ängstigte mich die Vorstellung von uns beiden. Ich hatte gerade damit begonnen, mein Leben für mich allein zu sortieren, und meinen eigenen Weg eingeschlagen. Und nun sollte ich mein Glück wieder von jemand anderem abhängig machen? Wäre das nicht eine riesige Dummheit? *Aber er ist nicht jemand anderes – er ist Parker.*

»Wenn ich eins in den letzten Monaten gelernt habe, dann, dass man sich auf nichts so wirklich im Leben vorbereiten kann«, fuhr Parker fort. »Es werden immer Probleme oder Hindernisse auftauchen, davor ist man nie gefeit. Ich habe keine Ahnung, was die Zukunft bringen wird oder was noch alles auf mich zurollt, aber ich weiß, dass ich das alles mit dir an meiner Seite erleben will. Du bist einer der wichtigsten Menschen für mich. Du warst all die Jahre über in meinem Herzen, auch wenn wir nicht miteinander gesprochen haben. Du warst damals mein Anker, und du bist es auch heute noch. Bitte gib uns eine Chance.«

»Ich ...« Gott, warum war das alles so schwer für mich? Ich blickte ihm fest in die Augen und suchte dort nach der Sicherheit und dem Vertrauen, das ich so dringend von ihm brauchte. Aber war es nicht längst da?

Parker hatte seit seiner Rückkehr nach Boulder Creek all seine Versprechen gehalten. Er hatte mir gesagt, dass er Golden Hill aufbauen und Cynthia zurückholen würde. Er hatte gesagt, dass er für dieses Projekt kämpfen würde, und genau das hatte er getan. Er hatte nicht aufgegeben, war gefallen und wieder aufgestanden. Für seine Träume, für Sadies Träume, für Cynthias Träume.

Jetzt stand er hier vor mir und wartete, dass auch ich diesen Sprung machte. Dass ich ihm folgte und wir beide gemeinsam diesen Schritt wagten, von dem wir nicht wussten, wohin er führen würde. Aber vielleicht war das einfach so im Leben. Vielleicht mussten wir uns fallen lassen, in dem festen Glauben, dass uns jemand auffangen würde.

Parker lehnte sich näher zu mir, behielt mich fest im Blick. Die Zeit schien stillzustehen, und in mir hämmerten all die Gefühle, die ich so lange unterdrückt hatte. Mein Herz hatte schon immer für diesen Mann geschlagen, es hatte nie geschwiegen und stets darauf gehofft, dass ich die Liebe endlich zulassen würde.

»Also gut«, sagte ich und straffte die Schultern. »Lass uns springen.«

Ehe er fragen konnte, was ich damit meinte, schlang ich die Arme um seinen Hals und drückte ihm meine Lippen auf den Mund. Er japste kurz nach Luft, doch dann gab er nach und zog mich an sich. Alles an ihm fühlte sich so vertraut an, dass mir davon schwindelig wurde. Seine Hände, seine Zunge, die sich langsam vortastete, seine Muskeln, sein harter Körper, der meinen zwischen sich und dem Schrank einklemmte. Ich küsste Parker fast schon fanatisch, sog alles von ihm in mich auf, und er gab mir genauso viel zurück. Wir taumelten durch den Wohnwagen, ich griff an den Saum seines Shirts und zerrte es ihm über den Kopf. Er half mir aus meinem Pulli, und auf einmal gab es kein Halten mehr für uns. Wir verschlangen uns ineinander, sanken aufs Bett und ließen nicht einen Millimeter voneinander ab. Ich stöhnte auf, als er meinen Hals küsste. Mein Körper lechzte nach ihm, gab sich ihm bereitwillig hin und war so dankbar, dass ich es endlich zuließ. Kurz überkam mich noch mal die Angst. Nicht vor dem Sex, sondern vor der Zukunft. Vor der Liebe, vor dem Vertrauen, vor der Gemeinsamkeit. Doch Parker sah mich an, küsste mich intensiv und gab mir mit jeder kleinen Berührung zu verstehen, dass er dieses Mal an meiner Seite stehen würde. Dass er mich nicht noch mal fallen lassen würde, selbst in schwierigen Zeiten.

Dass ich ihm vertrauen könnte.

Und genau das tat ich.

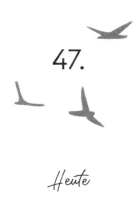

47.

Heute

Clayanne

»Das ist wirklich großartig«, sagte ich und stellte den letzten Karton ab. »Danke, dass ich mich hier einmieten darf.«

»Soll das ein Witz sein?«, fragte Sadie, die an der Tür zu meinem neuen Büro lehnte. »Das ist das Beste, was uns passieren kann.«

Ich schmunzelte und sah mich in dem Raum um. Mein vorübergehendes neues Büro. Es war geräumig, lichtdurchflutet, mit Blick auf die Koppeln. Wie überall im Haus waren die Möbel aus hochwertigem dunklem Holz. Sadie hatte viel Wert auf Qualität gelegt. Nun verströmte das Haus diese wohlige urige Atmosphäre. Einige Wände hatte Parker freigelegt, sodass das Mauerwerk zu sehen war. Vor allem im Wohnzimmer sah das wundervoll aus, rustikal und modern zugleich. Überall duftete es nach Holz und den frischen Blumen, die Granny regelmäßig pflückte und im Haus verteilte.

Bald wollte Parker mir hinten bei den künftigen Gästehäusern ein eigenes Büro bauen. In der Nähe des Waldes, damit ich meine Ruhe hatte. Er musste nur noch die Genehmigung einholen, aber damit hatte er ja bereits genügend Erfahrung. So lange würde ich diesen Raum im Erdgeschoss beziehen, der eigentlich für Sadie gedacht gewesen war, aber sie hatte genügend Platz im ersten Stock.

Parker hatte mir auch angeboten, Gustav auf dem Gelände abzustellen oder, besser noch, gleich bei ihm einzuziehen. Da hatte ich aber erst mal auf die Bremse getreten. So schön die letzten drei Wochen mit ihm auch gewesen waren, sosehr überrollte es mich manchmal, dass wir nun ein Paar waren. Ab und an erwischte ich mich dabei, wie ich mir Sorgen machte oder die Angst erneut in mir hochkroch, dass er einfach so abhauen könnte. Mittlerweile konnte ich es aber besser formulieren, und wenn ich mit ihm darüber sprach, versicherte er mir, dass er auf Golden Hill und an meiner Seite seinen Platz gefunden hatte, den er niemals wieder aufgeben würde. Dann küsste er mich oder zeigte mir auf andere Art, wie sehr er mich liebte. Und so gewöhnte ich mich langsam daran, mit ihm zusammen zu sein, und genoss unsere gemeinsame Zeit sehr.

»Wollen wir uns raus auf die Party wagen?«, fragte Sadie und deutete zum Fenster.

Ich schmunzelte. Party war nicht ganz das richtige Wort. Parker hatte Ryans Rat befolgt und veranstaltete eine Art Tag der offenen Tür. Jeder, der sich Golden Hill ansehen wollte, war willkommen, und so gingen schon seit heute Morgen jede Menge Leute auf der Ranch ein und aus. Cynthia war voll in ihrem Element und begrüßte jeden Bewohner Boulder Creeks voller Freude und Herzlichkeit. Ich ließ meinen Blick durchs Fenster schweifen, bis ich sie entdeckte. Im Moment stand sie mit Ryan, Russell und Stew zusammen und gestikulierte energisch und mit einem großen Grinsen auf ihrem Gesicht. Die kleine alte Frau war ein wahrer Wirbelwind und ließ jeden wissen, wie stolz sie auf ihren Enkel war und wie schön sie Golden Hill fand. Stew wirkte mittlerweile auch wesentlich aufgeschlossener.

»Ich komme gleich raus, will nur schnell nach Parker sehen«, sagte ich an Sadie gewandt.

»Alles klar«, gab sie zurück und verließ das Büro. Auch sie tankte hier viel Kraft, und ich hatte den Eindruck, dass es ihr körperlich viel besser ging, seit sie hier wohnte. Vielleicht war das ja die Magie von Golden Hill. Die besten Voraussetzungen, um hier künftig meine Tinkturen zu brauen.

Ich sah mich noch mal kurz im Büro um, dann trat ich hinaus in den Flur, um nach Parker zu suchen. Er war vorhin hier irgendwo herumgelaufen. Ich entdeckte ihn im Wohnzimmer. Er stand vor einem der Fenster und telefonierte. Dieser Raum war mit der schönste im ganzen Haus. Wir hatten den Kamin restauriert und die großen Backsteine drum herum freigelegt. So wirkte die Feuerstelle rustikal und gemütlich. Parker und ich hatten schon den einen oder anderen Abend auf der Couch verbracht, was zwar für meinen Geschmack mal wieder viel zu kitschig, aber eigentlich auch sehr schön war.

»Alles klar, Riley«, sprach Parker ins Telefon. »Ich ruf Ajden mal an, mach dir keine Sorgen … Tut mir leid, dass es mir nicht schon früher aufgefallen ist, ich hatte einfach zu viel um die Ohren … Ja, klar. Ich halt dich auf dem Laufenden, aber du musst dich auch auf dein Studium konzentrieren … Okay, bis bald.« Er legte auf und seufzte leise.

»Alles in Ordnung?«, fragte ich und blieb an der Tür stehen. Parker wandte sich mir zu, und sofort hellte sich seine Miene auf.

»Ja, das war Ajdens Schwester Riley. Sie macht sich Sorgen um ihn.«

»Warum denn?«

»Er ist ja seit Jahren mit Liz zusammen, aber bei denen kriselt es gerade heftig. Letztes Frühjahr waren sie gemeinsam in Indien und haben dort Brunnen gebaut, da hat sie Ajden mit einem der Dorfbewohner betrogen.«

»Oh, verstehe.«

»Nach einer kurzen Auszeit sind sie trotzdem wieder zusammengekommen, aber es scheint nicht besser geworden zu sein. Riley meinte, Ajden sei total unglücklich, aber er schnallt nicht, dass Liz regelrecht toxisch für ihn ist.«

»Brauchst du Maggie?«

Er lachte, kam zu mir und legte die Hände an meine Hüften. Sofort strahlte Wärme von seiner Berührung durch meinen gesamten Körper.

»Vielleicht später, aber erst mal werde ich ihn anrufen und fragen, ob ich ihm helfen kann.«

»Lad ihn doch hierher ein.«

Parker küsste mich auf die Nase. »Mal sehen. Weiß nicht, ob Ajden sich darauf einlässt. Riley meinte, dass er schon auf gepackten Koffern sitzt und sein nächstes Projekt starten möchte.«

Ich nickte und atmete seinen herrlichen Duft ein, ehe ich mich von ihm löste. »Die Party steigt da draußen ohne dich. Du solltest dich blicken lassen und deinen ehemaligen Widersachern aus Boulder Creek ins Gesicht lächeln.«

Er rollte mit den Augen, grinste aber. »Wie ist denn die Stimmung?«

»Richtig gut. Cynthia hält die Leute auf Trab.«

»Ich kann es mir lebhaft vorstellen.«

Ich wollte mich von ihm lösen, aber Parker legte eine Hand in meinen Nacken und zog mich zu einem weiteren, intensiveren Kuss zu sich heran. Ich stöhnte in seinen Mund und ließ mich sofort darauf ein. Mein Körper entspannte sich unter seiner Berührung. Ich legte eine Hand auf seine Brust und grub meine Fingernägel in sein Shirt. Das hier fühlte sich in so vielerlei Hinsicht gut an. Wir wussten beide nicht, was die Zukunft uns bringen würde, aber wir könnten ihr gemeinsam gegenübertreten und das Beste daraus machen. Ich unterbrach den Kuss und strich mit dem Zeigefinger über seine Wange. Parker war ein unglaublicher Mann. Ich hatte es damals schon gewusst, lange Zeit in mir begraben, und jetzt war alles wieder da. Ich griff nach seiner Hand und führte ihn hinaus.

In der offenen Hintertür blieben wir beide stehen und nahmen für einen Moment den Anblick in uns auf. Draußen spielte leise Musik, der Wind wehte leicht, und die Herbstsonne tauchte die

Ranch in goldenes Licht. Alle waren gekommen. Jessie stand bei Kit aus dem Diner und lachte gerade aus vollem Halse über einen ihrer Witze. Unsere Bürgermeisterin Tara redete mit Neil, der recht zahm mir gegenüber geworden war und mich mittlerweile sogar seine anderen Tiere behandeln ließ.

Ich schlang die Arme um Parkers Bauch und drückte mich an ihn. Er gab ein leises Seufzen von sich und nickte.

»Wer hätte das gedacht?«

»Das hast du geschafft, weil du nicht aufgegeben hast.« *Nicht hier. Und nicht mit mir.*

»Es hat sich gelohnt.« Er küsste mich auf den Haaransatz. »Alles.«

Ryan bemerkte uns, sah uns ein paar Sekunden lang an und wirkte kurz unschlüssig. Er war noch etwas verhalten Parker gegenüber. Als wartete er ständig darauf, dass Parker beim geringsten Problem doch wieder in sein altes Muster verfallen und abhauen würde. Dieses Mal stahl sich allerdings ein leichtes Lächeln auf das Gesicht meines Bruders. Er prostete uns mit seiner Bierflasche zu und konzentrierte sich wieder auf sein Gespräch mit Russell und Cynthia.

»Weißt du noch, als ich dich zu unserem Picknick abgeholt habe?«, fragte ich Parker.

»Natürlich.«

»Wir haben über Kraftplätze geredet, und du hast gefragt, ob ich auch einen habe.«

»Hab ich.«

»Ich glaube, ich hab ihn jetzt gefunden.«

»Ja?«

»Ja.«

Hier bei ihm. Auf Golden Hill. An seiner Seite.

Parker und ich.

Etwas, das in der Theorie und auch in der Praxis sehr gut funktionierte.

Danksagung

Jedes Mal, wenn ich eine Danksagung anfange, werde ich ein klein wenig melancholisch (auf eine gute Art und Weise). In meiner bisher zehnjährigen Laufbahn als Autorin habe ich schon einige Danksagungen geschrieben, und dennoch rührt es jedes Mal mein Herz. Es ist dieser Moment des Innehaltens und des Reflektierens. Des Bewusstwerdens, was man alles vollbracht hat.

Wie immer danke ich meinem Mann Andreas von Herzen. So viele Jahre stehst du schon an meiner Seite und unterstützt mich mit allem, was du hast.

Ein weiteres großes Danke geht an meine tollen Agentinnen Kristina Langenbuch und Gesa Weiß. Ich liebe die Zusammenarbeit mit euch und dass ihr euch jede meiner Ideen anhört.

Danke auch an den wundervollen Verlag HarperCollins, allen voran meiner grandiosen Lektorin Anna Hoffmann. Wir haben die One-Last-Reihe gemeinsam gestemmt und tauchen nun in die Welt von Golden Hill ein. Ob New York oder Boulder Creek – ich freue mich so, dass du meine Texte so viel besser machst. Danke auch an all die Menschen, die hinter den Kulissen arbeiten, damit meine Bücher gedruckt, ausgeliefert und überhaupt gezeigt werden.

Danke an die weltbesten Freunde! An meine Squad: Ava, Anabelle, Alex, Bianca, Klaudia, Laura, Laura, Marie, Nina, Tami und natürlich auch an meine Testleser: Saskia, Jule und Beate.

Danke an Red Dead Redemption und an Claudia und Jo, die mir dieses tolle Spiel geschenkt haben. Durch die virtuelle Prärie zu reiten hat mich extrem motiviert, und es gibt den einen oder anderen Spot im Game, der mich zu einigen Schauplätzen in dieser Reihe inspiriert hat.

Danke an Linda, die mir mit ihrem medizinischen Fachwissen zur Seite gestanden hat und mir half, Sadies Verletzung besser zu verstehen.

Danke an Suse und Bernhard. Ihr seid nicht nur seit Jahren ein Teil meines Lebens, ihr passt auch hervorragend auf mein Pferd auf. Danke für die Hilfestellung und die Beratung in Sachen Nagel aus einem Pferdehuf entfernen. Ich hätte das Ding sonst nie herausbekommen.

Danke an euch wundervolle Leser*innen da draußen. Ohne euch wären meine Geschichten nichts.

Und ein ganz dickes Danke an mein Pferd Bashir, das seit 2004 bei mir ist und sich bester Gesundheit erfreut.